日本の中世の秋の歌

『閑吟集』を読む

上

堀越孝一
Horikoshi Koichi

……注は歴史のなかに嵌入する世界であり、劇を裏返す劇中劇である

（「注のある風景」『放浪学生のヨーロッパ中世』より）

『閑吟集訳注』によせて

井上　亘

学習院大学文学部史学科の学生にとって堀越孝一教授の「史学概論」は一つの通過儀礼であった。その講義内容は『教養としての歴史学』（講談社現代新書、一九九七年）にまとめられているが、あれは昭和の終わりに私が聴いた内容とはちがう。先生は毎年講義を更新されていたようで、入学一年目に聴いただけでは理解がおぼつかないと、二年目も聴講に出かけると開口一番「去年は失敗でした」と言われてずっこけた。先生の講義は若い人のいう「電波」なお話で、「なに言ってるか、全然わかんない」とショックを受ける学生が多かった。それは先生の語り口が「くねくね体」で（『放浪学生のヨーロッパ中世』「くねくね体の文章」、悠書館、二〇一八年）、つかみ所がなく、余談も多いせいで、段々慣れてきた私はノートの箇条書きに本筋のお話は「○」、補足は「△」、余談は「×」の符号をつけて漏れなく記録するように工夫していたところ、試験前に頼まれて誰かに貸したきりノートは戻ってこなかった。

岩波の雑誌『思想』に発表して林達夫に絶賛されたという堀越先生の論文「過去への想像力」に私は魅了されていた（『中世ヨーロッパの精神』悠書館、二〇一九年）。冒頭の「ハムレットではないが、言葉、言葉、言葉！　歴史は言葉の衣裳をつけて立ち現われる。わたしはその衣裳の裾に足をひっかけて、ころげまわる」（同書一三四頁）に始まり、注7に引く「感覚はほどよく釣り合いのとれた事物を自己に似たものとしてよろこぶ。けだし感覚もまた一種の理性なのであって、すべて認識の力は然るのである」というトマス・アクィナスの言葉が感性と理性を対義語と見なす頭を砕き、「世界はかれらにとって言語の相似物《アナロゴン》だからである」（同書一四七頁）というミシェル・フーコーの断言をへて、「歴史空間はまずそれがあって、それを言葉が表現する。したがって言葉は表現の素材にすぎず、無限定である」という常識があっさり破られ、「歴史空間は言葉の集合であって、その数は有限である。ここに歴史空間の認識可能性の根拠がある」といい、「記述＝歴史空間は読みを提示する空間であり、同時に、読みを待つ空間なのである」という定義に到達する（同書一四八〜一四九頁、傍点原注、以下同じ）。

言葉と現実事態とのからみあい、このいわば被膜に現実はつねにおおわれているのであって、現実の認知を狙う歴史学にとって、この言葉の力学の働くかぎり、実は言葉が本来どの位相に帰属するかは問題にはならないのである。むしろ、ある位相において言葉を読むこと、この実修が最高度に要請されているのであって、これをいいかえれば、記述一般の構造についての省察の要請である。（同書一四二頁）

それは現実事態のある部分をその言葉で書きとめる習慣であり、他の言葉は使わない習慣である。出来事がその様態《モード》において定立される様式《モダリテ》である。（同書一五一頁）

記述が言葉と現象態のからみあう、いってみれば現実《リアリティ》の被膜であると考えれば、フーコーのいう出来事とは、その被膜の現象態の側からの焼き付けであり、物とは言葉の側からの焼き付けである。

（同）

そういう「記述の構成原理」すなわち「現実の認知」の様式をフーコーは「アルシーヴ archive」とよび、美術史家のパノフスキーは「精神のくせ mental habit」とよび、これはやがてピエール・ブルデューの「ハビトゥス habitus」へと展開されるが、先生はそれを予見しつつ（注19）、ご自身が訳された『中世の秋』の著者ホイジンガの「歴史的なものの覚知とはなにか。それは絵への注視、いやむしろ絵の喚起である」という述懐から、

記述＝歴史空間は想像力の管理下におかれ、現実の事物をもって客体化された時代のイメージである、ちょうど画面が画家のイメージの相似物であるように。ちょうど事物の集合でしかない画面が、注視者の想像力によってひとつのイメージに変容するように、現実の記号で構成される記述＝歴史空間は、わたしたちが想像力を武器に注視するとき、イメージの集合へ変容し、認識へと体をひらく。（同書一六一頁）

といささかエロティックに展開して、「端的にいうならば、事実とはイメージに焼き付けられた出来事である。とすれば、イメージの構造が事実の様態を決めるのである」といい、「記述＝歴史空間は、現象態

（出来事）と言葉とのからみあう、いわば過去の現実の被膜である。この空間は、現実の側からは現実の写しとして焼き付けられ、認識の方向からは想像的なものとして狙われる」「想像力がよい形において働くならば、イメージの被膜を通じて過去の現実のよい形での認知が可能となる。これが歴史思考の実相である」という、一応の結論が導き出される。

この「過去への想像力」で先生が言われたのは、歴史は言葉の読みによって現象する、あるいは現像される（焼き付けられる）という考え方であり、その近松の「虚実皮膜」にも似た流麗な歴史学の方法論は、高校の恩師に国文法を叩き込まれ、岩波文庫黄帯の読破に血道を上げていた学生をその圧倒的な影響力のもとに置いた。いま思うと、若者の人生が方向づけられたといってもよい（実際、私のレポートはよく「堀越節」と揶揄された）。

つまり、堀越史学は文学にとても近い。例えば、瓜に描いてある子どもの顔や、ちょんちょん跳ねてくる雀の子を見て、われわれは「かわいい」と思うが、清少納言は「うつくしきもの」と言う（『枕草子』）。これが「現実事態のある部分をその言葉で書きとめる習慣」であり、ではなぜ平安の女性はそれを「うつくし」と言うのかを考えることが「ある位相において言葉を読む」こと、つまり「記述一般の構造（アルシーヴ）についての省察」となる。われわれは古文の授業で「古語のうつくしは現代語のかわいいの意味」と覚えるが、それでは「読む」ことにも「省察」することにもならない。清少納言は「をかしげなる」子どもを抱っこして「うつくしむ」あいだにすがりついて寝てしまったさまを「労たし」と言っているが、この三つの単語の意味を辞書で引くと全部「かわいい」「かわいがる」になる。それでは三つの言葉を使い分けた心は閉ざされたまま、この記述の「歴史空間」はわれわれの「認識へと体を」ひらかない。すがりついて眠る子どもを抱く平安の女性という「絵の喚起」と「注視」は、この三つの言葉の「読み」において「想像力がよい形において働く」ことで「実修」される。そうしてわれわれが区別しない物事をきめ細やかに分節する平安びとの「精神のくせ」が暴かれる。「これが歴史思考の実相である」と。

その「実修」とは具体的に「をかしげ」「うつくし」「労たし」という言葉が平安時代という「位相」においてどう使われたかを調べ上げること、つまり用例調査による「注釈（訳注）」という作業であり、本書において先生はそれを「実修」されているのである。

例えば『閑吟集』巻頭の訳注では「花の錦の下紐は」の句をさておいて、つづく「なかなか、よしなや」の「よしなし」に焦点を合わせる。「過去への想像力」で先生は「文脈の構造を明かす徴候」とか「局在」といい、記述の「一般構造の照合点」「すなわち一般構造がそこに収斂するひとつの言葉をさぐり出す」と書かれているが、このばあい「よしなし」がこの歌を定立している言葉と見定めた。「よしなし」がどうしようもないという意味であることは誰でも知っている。何をいまさらと思われるかもしれない。しかし何がどう「どうしようもない」のかがつかめなければ、この歌を読んだことにはならない、と先生は考えておられる。それで「八代集」にその用例を探り、『古今集』の一例しかないことを発見する。「ある位相において言葉を読む」にあたり、ここで「八代集」が選ばれていることは重大な意味をもつ。俊成・定家以来、八代集（古今・後撰・拾遺・後拾遺・金葉・詞華・新古今）と『万葉集』は「歌学」の古典とされ、本歌取りなどに用いる歌語の宝庫（データベース）とされていた。中世の歌人なら当然知っていなければならないと同時に、その古典主義は歌人がその範囲から逸脱することを容易には許さなかった。

『閑吟集』は中世の歌謡であり、その語句の解釈にあたっては同時代以降の歌謡や民謡の用例を挙げることが多いが（例えば真鍋昌弘『閑吟集開花』和泉書院、二〇一三年など）、堀越先生はそういう努力を一切払われていない。それら後代の用例は『閑吟集』の歌の定立には関わらないとのお考えらしい。それは一つの見識であると思う。

その『古今集』の一例から「くしゃみ」の話になる。ここから私のノートの符号でいう「△」の話が始まり、『枕草子』『徒然草』の用例から古今歌の解釈を試みたあと、『万葉集』に手を伸ばすと今度は「眉」の話になって記紀歌謡にも目配りしつつ、「世《よ》の間《なか》はすべなきもの」と哀しむ憶良の長歌を（傍点筆者、以下同）、自身が訳されたフランソワ・ヴィヨンのバラッド「兜屋小町恨歌」としゃれて『ヴィヨン遺言詩集』（悠書館、二〇一六年）をも引くあたり、一見完全に余談「×」であるが、「実は余談ではないのでして」（先生は講義中よくこう言って本題○に戻られた）、万葉の「くしゃみ」から古今歌の解釈に片をつけると、今度はその万葉歌の「紐解け」を取り上げて「下紐」に関連する『万葉集』巻十一の用例を小気味よく並べ、『閑吟集』の序歌は古今歌をかすめて万葉に帰ると結論づけて、その現代語訳を提示する。

ここに至る間に次々と歌を引いて多彩なイメージの絵を喚起し、その言葉の読みを補正またはモンタージュしていることに気づかないと、これはまた「電波」な話ということになるが（なお先生は講談社学術文庫『中世の秋の画家たち』で「絵の喚起」「注視」の実修をもされている）、それならそれでいっそ次から次へと画面に映し出される歌の風景を楽しみながら旅をするという心構えで開き直っても、十分に読みごたえのある文章になっている。

訳注はまだつづくのだが、それはお読みいただくとして、ここで堀越先生が「権兵衛が序歌に置いた」

と書かれた点について一言（八頁）。本書では『閑吟集』の編者と所収歌の作者を区別せず「権兵衛」と呼んでいる。これは中世文学の専門家からすると無作法で不適切な処置と思われるかもしれないが、こんなふうに呼ぶのは先生が『閑吟集』宮内庁書陵部本というテキストの「読みを提示する」相手と考えておられるからで、他意はない（と思う）。また『閑吟集』には真名《まな》序と仮名序があり、前者には「竺支扶桑（印度・中国・日本の「三国」）、音律を翫《もてあそ》び調子を吟ず、其の揆《き》一なること悉く説けり」として、天岩戸の歌舞―神歌・催馬楽―早歌・今様・朗詠―近江大和節・小歌という邦楽三変説を掲げ、風雨を「天地の小歌」とし流水・落葉を「万物の小歌」とする禅的な世界観を述べてから、

爰《ここ》に一狂客有りて、三百余首の謳歌を編む、名づけて『閑吟集』と曰《い》う。数寄・好事を伸べて、三綱（君臣・父子・夫婦の道）・五常（仁義礼知信）を諭す、聖人・賢士の至徳要道なり、豈《あ》に小補ならんや。時に永正戊寅（十五年＝一五一八）穐《あき》八月、青灯夜雨の窓に述べて作り、以て同志に貽《おく》ると爾云《しかい》う。（原文の字体を一部改めた）

と編者が現れて編纂の意義を述べる（「爾云う」は「序」を結ぶ定型句）。また仮名序には、

ここに一人の桑門《そうもん》（世捨て人）あり。富士の遠望をたよりに庵をむすびて、十余歳の雪を窓に積む。松吹く風に軒端を並べて、いづれの緒よりと琴の調べを争ひ、尺八を友として春秋の調子を試むる折々に、歌の一節をなぐさみ草にて、隙行く駒に任する年月の先々、都鄙《とひ》遠境の花のもと、月の前

の宴席にたち交はり、声をもろともにせし老若なかば古人となりぬる懐旧の催しに、柳の糸の乱れ心とうちあぐるより、あるは早歌、あるは僧侶佳句を吟ずる廊下の声、田楽・近江・大和節になりゆく数々を忘れがたみにもと思ひ出づるにしたがひて閑居の座右に記しおく。これを吟じうつり行くうち、浮世のことわざに触るる心のよこしまなければ、『毛詩』三百余篇になずらへ、数を同じくして『閑吟集』と銘ず。この趣をいささか双紙の端にといふ。命にまかせ、時しも秋の蛍に語らひて、月をしるべに記すこととしかり。

とあって、「柳の糸の乱れ心」という序歌をはじめ、『詩経』三百余篇と同数（三百十一首）の小歌を集めて『閑吟集』と名づけた経緯を述べる。ここに富士を遠望する庵に十余歳とあることから、宗祇の弟子で晩年、駿河の宇津山麓「柴屋軒《さいおくけん》」に住した宗長《そうちょう》（一四四八〜一五三二）がその編者に擬せられたが、この説は退けられて現在は編者未詳に落ち着いている（浅野建二『中世歌謡』塙選書、一九六四年）。だから「名無しの権兵衛」なのだが、先生はそうした編者の詮索に興味を示されないばかりか、『閑吟集訳注』と銘打ちながらこの仮名序にも真名序にも手を着けておられない。そこで遺著の編集を託されたわれわれとしては、この両序の訳注を補うべきか議論したが、『閑吟集』巻頭の一番歌を「序歌」とする先生のご遺志を尊重して、真名序・仮名序の注釈は放棄した。ご諒解いただきたい。

本書はまた『閑吟集訳注』でありながら先行研究の知見を顧みない。これは門外の後学が注釈を公表する態度として学界・読書界から独善の謗《そし》りを免れないところであろうが、堀越先生としてはあくまでも虚心に書陵部本というテキストに向き合うというほかにも、先学の諸注をあえて見ない理由があったと思われる。

先生はかつてフランス文学の渡辺一夫と論争されたことがある（前掲『中世ヨーロッパの精神』「『日記』の読み方について——渡辺一夫先生にお答えする」）。それは中世フランスの史料を紹介した高名な文学者の不備を新進の歴史学者が責め立てた（しかも大家になられてから死者にむち打つ形で！再説した）などと誤解されているようだが、先生はただ後世の見方を中世の史料にもちこんで読む先学に対して「ある位相において言葉を読む」ことを求めたにすぎない。ただそのやり方がいかにも先生らしいというか、いささか凄絶であって、例えるならフーコーのいう「病理の局在」を渡辺の文体のそこここに見つけてはピンで止め、その一々を診察して病原をえぐり出すといったふうで、つまり先学の記述をまるごとテキストとして読み、そのアルシーヴをつかみだそうとする。それで渡辺の筆法に「近代主義」的な思考のくせを読みとり、そこから離脱しないと中世のテキストは読めないということを告発されたわけだが、おそらく批判された相手は一体なにを言われたのか理解できなかったのだろう。

この一件は、堀越先生のお考えとは正反対に、歴史と文学の対立を象徴する論争として受け取られる一方、先生の学者としてのいき方にも大きな影を落としたと思われる。この論争のもととなった史料の訳注を終生の仕事とされたのもその一端であろう。その『パリの住人の日記Ⅰ～Ⅲ』（八坂書房、二〇一三～一九年）があと一冊で完結というところで、先生は亡くなられた。

つまり先生は清朝の考証学者が漢唐の古注や宋明の新注を引いて「某説是《ぜ》也《なり》（正しい）」というふうに説き進めることができない。学説のつまみ食いは「よい形での認知」を狙う主体の認識にブレやズレを生じさせてしまう。先生の「史眼」は諸刃の剣であって、ある本文とその注釈を読めば、それぞれの「記述

＝歴史空間」が同時に開かれてしまう。その注釈が一つ二つならまだよいが、諸注に一々立ち止まって「なぜこうなるのか」を徹底的に突きつめ、諸家の記述の原理を暴いてゆくというのは、もはや狂気の沙汰であろうし、あの不毛な一件のトラウマもあって、自説を立てるのに他説を斬って捨てる必要もないとお考えだったのではないか。そこで片目をつぶって、中世歌謡の読みだけに専念されたとしても、私は非難する気持ちにはなれないのである。

堀越先生はその卓絶した語学力と「過去への想像力」で西欧と日本、歴史と文学・芸術といった領域区分を乗りこえて、それらが共有すべき学問の方法を示された。その最期の実修の成果をここにお届けするお手伝いができたことを、われわれは誇りに思っている。

（常葉大学教育学部教授）

日本の中世の秋の歌

『閑吟集』を読む

（上巻）

目次

目次

『閑吟集訳注』によせて（井上亘）　ii

日本の中世の秋の歌『閑吟集』を読む

花の錦の下ひもハ　閑吟集私注——はじめに
凡例
序歌　1　花の錦の——　1

I　誰が袖触れし梅が香ぞ

2　いくたひもつめ——　16
3　なをつまは——　18
4　木のめ春雨——　20
5　うくひす——　24
6　めてたやな松の下——　26
7　しけれ松山——　27
8　たか袖ふれし——　28
9　只吟可臥——　30
10　梅花ハ雨に——　31
11　老いをなへたてそ——　35
12　それをたか——　38
13　人こそふりて——　40
14　花いかた——　43
15　かつらき山に——　46
16　花うつほ——　50
17　人はうそにて——　51
18　花のミやこの——　54
19　面白の花の都や——　56
20　花見の御幸——　61
21　尺八——　65
22　吹くや——　69
23　春風細軟——　73
24　呉軍百万——　75
25　散らであれかし——　79
26　上林に——　81
27　地主の桜ハ——　82
28　さかりふけゆく八重桜——　84
29　西楼に月おちて——　85

Ⅱ　あら、卯の花や、卯の花や

30 卯の花──94
31 お茶の水──96
32 新茶のわかたち──98
33 新茶のちやつほ──104
34 契りの末は──106
35 面影ばかり──108
36 一目見し面影──110
37 いたずらものや、面影は──114
38 からたちやいばら──116
39 梨花一枝──118
40 かの昭君の黛は──124
41 げにや弱きにも──127
42 柳の陰に──130
43 雲とも煙とも──139
44 見ずは──143
45 なみさいそ──145
46 思ふさ──147
47 今から誉田まで──148
48 ぬりつほ笠──150
49 ちろり──153
50 なにともなやなふ──155
51 なにともなやなふ その二──162
52 何事もかことも──166
53 夢幻や──168
54 くすむ人──169
55 なにせうそ──171

Ⅲ　わが恋は、水に燃え立つ蛍

56 しゐてや手折まし──174
57 卯の花かさね──179
58 夏の夜を──180
58 続里の名──183
59 水にもえたつほたる──190
60 磯すまし──192
61 影はつかしき──193
62 桐壺の更衣の──195
63 思ひまはせハ──197
64 宇治の川せの──198
65 京にハ車──202
66 忍ひ車の──210
67 ならぬあた花──210
68 忍ふ軒端に──213
69 まつ宵ハ──215
70 しめちかはらたちや──222
71 恋はをもしかろしと──227
72 恋風か──229
73 おしやるやミの──231
74 日数ふりゆく──233
75 庭の夏草──240
76 青梅の折えた──241
77 我御寮──243
78 上の空──244
79 むらさき──246
80 思へかし──248
81 思ひの種──249
82 思ひ切りしに──249
83 思ひ切りかねて──250
84 何の残りて──254
85 思ひだすとは──255
86 思ひださぬ間なし──256
87 しやつと──256
88 思へど──259
89 寒竈に煙たえて──260
90 扇のかけて──265
91 たぞよ、おきやうこつ──266
92 うからかひたよ──267

Ⅳ 人の心の秋の初風

93 軒端の荻―― 270
94 下荻の末越す風―― 272
95 夢のたはふれ―― 275
96 ただ人は情あれ―― 277
97 秋の夕べの虫の声々―― 278
98 手枕の月―― 279
99 風破窓を簸て―― 284
100 月も仮寝の露の宿―― 288
101 暁寺の鐘―― 292
102 今夜しも―― 298
103 清見寺―― 300
104 残月清風雨声―― 302
105 身は浮き草の―― 304
106 雨にさえ―― 305
107 木幡山路―― 306
108 月さへ匂う夕暮れ―― 323
109 都は人目つつましや―― 347
110 夜の関戸の明け暮れに―― 350
111 末は淀野のまこも草―― 352
112 残灯―― 358
113 宇津の山辺―― 361
114 ただ人は―― 364
115 よしやつらかれ―― 365
116 うやなつらやなふ―― 366
117 なさけならては―― 366
118 情けは人のためならず―― 375
119 ただ人には馴れまじもの―― 377

Ⅴ 今朝はとりかき聚たる松の葉は

120 浦は松葉を―― 380
121 塩屋のけふり―― 382
122 磯の細道―― 387
123 片し貝―― 390
124 塩くませ網ひかせ―― 396
125 汀の浪の夜の塩―― 398
126 天野の里―― 399
127 涙川の瀬枕―― 401
128 歌へや歌へやうたかたの 403
129 さほの歌―― 406

本書を読むにあたって（田村 航） 415

下巻

凡例

Ⅴ今朝はとりかき聚たる松の葉は（続）

130近江舟／131人買舟／132鳴門舟／133阿波の若衆／134沖のかもめ／135誰か夜舟／136泊まり舟／137から艪／138もろこし船／139宵の稲妻／140今うきに／141御法の花／142恨みはなにはに／143葛の葉／144四の鼓／145そふ／146そひそはされ／147あら野のまきの駒／148やまがら／149やふれ笠／150笠をめせ／151色かくろくは

Ⅵいざ引く物をうたわんや

152いざ引く物をうたわんや／153忘るなとたのむのかりに／154露の身／155身はさび太刀／156一度はさやに／157ふてて一度／158あるる野の宮／159野の宮の森の木からし／160犬かひ星／161女郎花／162秋の時雨／163露時雨／164名残おしさに／165一夜なれたか／166月は山田の上にあり／167朝霧／168このてかしは／169鹿の一声／170めくる外山に／171枕さへに／172窓前芭蕉の枕／173邯鄲の枕／174邯鄲の枕の二／175人をまつ虫／176山田作れば／177とかもなひ尺八／178とかもなき枕を／179和尚の手枕／180勝事の枕／181枕にとふ／182衣ぎぬの砧の音／183君いかなれは旅枕／184ここはしのぶの／185千里も遠からす／186君を千里に置いて／187南陽県の菊の酒／188ねりぬき酒／189にしさひもお／190赤きは酒の咎ぞ／191況や興宴の砌には

Ⅶあの鳥

192あの鳥／193宇記も一時／194人目をつつむわが宿の／195むら時雨／196ひとり板屋／197思ふふたりひとりね／198ひとりねしよの／199人のなさけの／200ふたりねし物／201ひとりねはするとも／202ただ置いて／203とてもおりやらば／204頼むまじの一花心／205霜の白菊／206君こずは／207さくさくたる／208あかつき月よ／209鶏声茅店月／210帰るをしらるるは／211橋へ廻れば／212橋の下なる／213小川の橋を／214都の雲居を／215鎌倉へ下る道に／216面白の海道下りや／217甑の中へ／218今朝の嵐は／219水が凍るやらん／220春過ぎ夏闌けて／221げにや眺むれば／222あはてかへれは／223須磨や明石の小夜千鳥／224深山からすの声までも／225からすだに／226丈人屋上烏／227をともせいで／228名残の袖を／229袖に名残を／230風に落ち水には紛う／231世間は霰よ／232およそ人界のありさまを／233申したや、なう／234身の程のなきも／235あまり言葉のかけたさに／236吉野川の／237田子の浦浪／238石の下の蛤／239百年不易満／240我御料に心筑紫弓／241白木の弓を／242さまれゆへたり松山のしら塩／243いともの細き御腰に／244いや申すやは／245うすの契りや／246常陸帯／247まことの姿はかげろふの／248水に布る雪／249ふれふれ雪よ／250夢かよふ道さへ絶ぬ／251見るかい／252しやつとした／253げにあいがたき法にあい／254おほとのへの孫三郎が

Ⅷ人の心は

255人の心は／256人の心と／257みちのくにの／258うき陸奥の／259忍ぶ身の／260しのぶの里に置く露も／261忍ばば目で／262しのふにましる草の名／263龍のはし／264忍ぶこと／265しのふれと／266惜しからずのうき名や／267おりやれ／268名の立たば立て／269お側に寝たとて／270よそ契らぬ／271流転生死を離れよ／272ただまさに／273むらあやてこ／274今遊た髪は／275わかまたぬ程にや／276まつとふけとも／277待ても夕べの重なるは／278待てとて来ぬ夜は／279待つ宵の更けゆく鐘の声／280この歌のごとくに／281つぼいなう／282あまりみたさに／283いとおしうて／284にくげにめさるれども／285いとしうも／286いとおしかられて／287人のつらくは／288にくひふり／289いとほしひ／290讃岐のつるわの物／291羨やわか心／292文はやりたし／293こかのとことやら／294おせき候とも／295こしかたより／296詮なひ恋／297あの志賀の山こえ／298あちきなと／299ここはどこ／300よしやたのまし／301人はなにとも／302恋の中川／303宮城野／304紅羅の袖／305花見れは／306難波ほり江の／307なくはわれ／308折〳〵は／309よへのよはい男／310花かこに月／311かこかな

ご挨拶

堀越孝一『閑吟集』注釈を読む（小峯 和明）

〈ホモ・ルーデンス〉ドクトル堀越の遊びの極意を見つけたり！――編集後記に代えて

編集後記補遺（田村 航）

注釈重要語句一覧

凡例

一、本書は堀越孝一先生の遺稿である。

二、本書は宮内庁書陵部蔵の『閑吟集』に注釈を附したものである。ただし、真名序・仮名序・奥書については注釈を附していない。また、『閑吟集』一番歌を序歌として扱い、冒頭に配置したのは著者の意図によるものである。全体の章立てについても同様である。

三、『閑吟集』の原文は、下段が書陵部蔵本の字句および配列を忠実に翻刻したもので、上段がこれに漢字をあて、読点・濁点を附して適宜改行したものである。すなわち下段を読解したものが上段部分である。下段で仮名遣いが誤っている箇所には正しい仮名遣いを注記した。

四、右の読解の根拠と、そこまでにいたる過程および考察をしめしたものが、本書の本文である。

五、*を附した箇所は著者による『閑吟集』小歌の現代語訳である。

六、『閑吟集』原文および引用史料そして各小歌の見出しは旧仮名と新仮名が混在し、統一がとれていないが、あえて著者がそのように表記した箇所もあるため、著者の意を汲みとり、改めるのは最小限度にとどめた。

七、本書の読解の便宜を図り、［　］で注を補入した箇所がある。

八、同様に読解の便宜を図り、巻末に「注釈重要語句索引」を附したので、あわせて参照されたい。

日本の中世の秋の歌『閑吟集』を読む

――ここに一狂客あり、三百余首の謳歌を編み、名づけて閑吟集といふ。（中略）
時に永正戊寅秋八月、青灯夜雨の窓に述べてつくり、以て同志に贈るとしかいう。

閑吟集私注――はじめに

花の錦の下ひもハ

室町時代から戦国時代へかけて、世の中がおもしろく動いた。演劇もおもしろくなった。田楽から能へ。この時代に生きた男が糺《ただす》の森へ能を見にいく。見た能に触発されて、小歌をものする。あるいはかれの創作が能の台詞作りを共有したこともあったか。その辺の消息、ゾクゾクするほどおもしろい。

はじめ「わが閑吟集」を構想した。『わが梁塵秘抄《りょうじんひしょう》』（図書新聞、二〇〇四年）と同趣向である。始めてみて、すぐこれは断念した。なにしろ権兵衛（閑吟集の作者をこう呼ばせていただく）はだれでも知っている能の詞書をながながと引用し、そのあと、なんかそれに触発されたという風情を見せて、チョン、チョンと小歌を物する。なんだ、これはこの男の観能日記なのだ。そう分かった。

わたしはそれほど能に詳しくない。能を見にも、ここのところいっていない。ただ、高校から大学にかけて、このこわっぱめに目を掛けてくださって、染井の能楽堂などへよく連れて行ってくださった恩師S

がいた。能の感性は、その時わたしの身に付いた。なんと神保町界隈の能書専門の古書店にこわごわ首を突っ込んで、積んである和綴じの能本をおそるおそる手に取ってみた記憶がいま甦る。

かれの観能日記をつくってみてはどうだろうか。永正十五年（一五一八）がたしかだとしたら、そのころ南都、京都、近江の能舞台（まだまだ田楽と呼ばれることが多かったが）の立役者はなんといっても今春八郎元安、おそらく一五二八年以前に法名を名乗って禅鳳《ぜんぽう》。

閑吟集ができあがった年の翌年、永正十六年（一五一九）二月、将軍義稙《よしたね》が細川高国邸にやってきて猿楽の馳走を受けたとき、「見物衆如雲霞」（『二水記』権中納言鷲尾隆康の日記、一五〇四〜〇五年、一五一七〜三三年の部分が伝わっている）（ママ）

また、翌々年、永正十七年（一五二〇）九月、将軍義稙邸で伊勢貞陸《さだみち》主催の風流は、見物衆の「屋落地、人多破身、剰有死人」というさわぎになった。

わたしがおもしろく思うのは、権兵衛はその見物衆に立ち交ざっていたのだろうか。

あるいは、また、さかのぼって永正十三年（一五一六）二月六日、南都興福寺で薪能が催された。『相生《あいおい》』（『高砂』の古名）が演じられ、元安の嫡男七郎氏昭《うじあき》が『杜若《かきつばた》』と『車僧《くるまぞう》』を演じた。元安は踏み台に座って見物していた。

これは『禅鳳雑談』ほかの史料が伝えているが、わたしがおもしろく思っているのは、もしやそのとなりの腰掛けに権兵衛が座っていなかったかどうか。

70番の小歌を例に取ろう。『恋重荷《こいのおもに》』の現行の舞台では「恋の重荷」が緞金を包みにして縄をかけた作り物が舞台正面に置かれている。それが安土桃山時代能舞台のルポルタージュによると重荷の作り物は竹棒の先にとりつけてある。霊体の老人はそれをもちあげ、女御にいどみかかって、竹棒を女御の肩に押し掛ける。女御はその重みによろめく。さらには女御を押し倒す。わたしがいうのは権兵衛が紕の森の桟敷舞台で見た能はこんなふうの演出だった。権兵衛の小歌にその気迫がこもっている。

＊　＊　＊

人の命は火と燃やせ、
虫の命は火に捨てよ、
思いおもえば、闇の世や、
うき世は夢よ、ただ狂え

ご記憶であろうか、黒沢明監督作品「隠し砦の三悪人」で火祭りの場面で村人によって歌われる歌である。これは黒沢明自身の作詩ということになっているが、どう見てもこれは閑吟集である。

序歌

1　花の錦の

花の錦の下紐は、解けて、なかなか、
よしなや、柳の糸の乱れ心、
いつ忘れうそ、寝乱れ髪の面影

花の錦の下ひもハとけて中〳〵
よしなや柳のいとのみたれこゝろ
いつわすれうそねミたれかミのおもかけ

「なかなか、よしなや」はどう読んだらよいのか。まったく、由無し事ですねえと読んではみたが、なにかすわらない。「よしな」は「よしなし」の語幹をとった名詞形です。

「よしなし」は「八代集」に、なんとたったの一例しか出ない。これはまったく意外だった。『古今和歌集』巻第十九の一〇四三歌、「よみ人しらず」の、

出でてゆかむ、人を止めむよしなきに、隣の方に鼻もひぬかな

「鼻ふ」は「くしゃみをする」ことだぞと、おもわずくしゃみをした。なにしろこの歌もわからない。くしゃみについては、『枕草子』の一七七段から一七八段（一八四段から一八五段だというひともいる）がおもしろい。

一七七段は、清少納言が宮仕えをはじめたばかりのころの回想で、中宮に「わたしのことを大事に思っ

ているか」と聞かれて、「いかゝは」、どうして大切に思わないでいられましょうかときまじめに答えたところ、その返事に合わせるかのように、「したりかほなる物、正月ついたちにさいそにはなひたる人」（得意顔の人をあげれば、まず正月元旦に、だれよりも先にくしゃみをした人）と書いている。どうやら、嘘をつくと、はたの者がくしゃみをするといわれていたらしい。くしゃみは虚言の信号だった。

それが、清少納言は次の段で、「台盤所《だいばんどころ》のかたに、はなをいとたかうひたれは、あな、こゝろう。そらことをいふなりけり。よしよしとておくへいらせ給ひぬ」（台所の方で、おおきなくしゃみをした人がいて、中宮は、あら、いやだ。嘘をついたのね。まあ、いいわとおっしゃって、奥へお入りになってしまわれた）と書いている。くしゃみは、験担《げんかつ》ぎの印にもなったらしい。

さかのぼって二六段（二五段と計算するひともいる）は、「鼻ひて、誦文《ずもん》する。おほかた、人の家の男衆ならでは、たかく鼻ひたる、いとにくし」と、くしゃみをしたら、なにか悪いことが起きないように、呪文をとなえる習慣になっていたことを教えてくれる。

後代、兼好法師が『徒然草』四七段で、この習慣について書いているが、なんともおそろしいことに、「くさめくさめ」といいながら歩いている尼御前に、同行者がわけをたずねたら、「やら、鼻ひたる時、かくましなはねはしぬると申せは」と、生死がかかった呪文の慣行に成長している。

さてさて、清少納言の「くしゃみ」で、問題の『古今』の「よみ人しらず」が読めるか。

たしかに、一七七段は、「台盤所のかたに、鼻をいとたかうひたれば」と書いていて、これは「よみ人しらず」の「隣の方に、鼻もひぬかな」を読む上でたいへん参考になる。「隣の方に」は、それは「隣家の方向に」と読めないことはないが、清少納言のレトリックにならえば、ここは「隣の家で、くしゃみをする人もいないことだ」と読むことになる。
それが、清少納言がいうように、「鼻ふ」は虚言とか、験担ぎとか、まじないとかに関係するということになると、『古今』の「よみ人しらず」は読めない。

出ていくというのを、出ていかないでと止めようもないでいるのに、隣の家でくしゃみをして、そんなのうそだといっている人もいないことだ。

なにしろ『古今』の言葉の世界で、さらに「はなふ」の言いまわしを調べようにも、ここにしか出てこないのだからしかたがない。それが、さかのぼって、『万葉集』を見ると、さっそくにも巻第十一の二四〇八番歌、

眉根削、鼻ひ、紐解け待つらむか、いつかも見むと思へるわれを

この歌は、いきなり「眉根削」からしてとまどわせる。「眉」の読みがわからないし、「削」が読めない。「削」の件は、巻第十一の二八〇八番歌に、ほとんど同文の歌があって、そちらでは「眉根掻」と書いている。だからたぶん「削」は誤字で、「眉根掻き」で、それはよいのだが、「眉」の方はその歌の方でもらちがあかない。

振《ふ》り放《さ》けて三日月見れば一目見し、人の眉引き（人乃眉引）思ほゆるかも（『万葉集』九四四番歌）

大伴家持のこの秀歌にして、若いころのわたしがどう読んでいたか、記憶はとりとめがない。「ひとの

まよびき」とちゃんと読んでいたかどうか、あまり自信はない。

『万葉』に「眉」はいくつ出ているか、きちんと勘定したことはないが、十ぐらいは出ているだろう。そのほとんどは白文（『万葉』の原文）が「眉」である。

『古事記』の「応神天皇」の条に、「この蟹や（許能迦邇夜）」とはじまる長歌があって、そこに「まよ書き（麻用賀岐）、濃に書き垂れ（許邇加岐多礼）」と見える。「まよを濃く書いて」という意味である。

それが、ある古語辞典の「まゆ」の項に『日本書紀』に「眉《マユ》の上に蚕生れり」と見えると、さてこそと、手元の刊本を見てみたら、たしかに読み下し文には「眉《まゆ》の上に蚕生れり」と見えるが、原文を見ると「眉上生蠶《のみ》」と書いてある。なんということもない、「まゆ」は校訂者の解釈でした。

『古事記』に「麻用」と出るからといって、『万葉』の「眉」の「まよ」の読みが保証されたということにはならない。なんとか内側から読み解けないかと、今回、腰を据えて探してみることにした。案外かんたんに見つかって、内心、おどろいたのだが、巻第五の八〇四番歌、山上憶良の「兜屋小町恨歌《かぶとやこまちうらみうた》」に、

蜷《いな》の腸、か黒き髪に、何時の間か、霜の降りけむ、紅の（一に云ふ、丹のほなす）面の上に、いづくゆか、皺が来たりし（一に云ふ、常なりし、笑まひ、まよびき（麻欲毘伎）、咲く花の、うつろひにけり、世の中は、かくのみならし）

別伝ではあるが、「まよびき」と、「眉引き」の読み方を教えてくれる。

ちなみに「兜屋小町恨歌」は「ヴィヨン遺言詩『遺言の歌』」の四七節から五六節までの連節と、その締めのバラッド「兜屋小町が春をひさぐ女たちへのバラッド」の詩行をいう。四七節だけでもご案内しよ

うか。もっとも五二節に「三日月の眉」を歌っている。やはりこれもご案内しよう。

四七
嘆きの声がおれの耳に聞こえるようだ、
往時、兜屋小町と評判だった女が、
若いころにもどりたい、娘でありたいと、
こんなふうにせつせつと語るのが、
おお、老いよ、なんと残酷で、猛々しい、
ずいぶんと早く、あたしを打ちのめしたね、
なぜ？　あたしを止めるのはだれ？　いっそ、
われとわが身を打って、死んでしまいたいのに

五二
どうなったか、あのつややかなひたい、
ブロンドの髪、三日月の眉、
眉間はひろく、愛らしい口元、
どんなにかはしこい男も射すくめる、
まっすぐ通った鼻筋、高からず低からず、
かわいらしい耳も、品よくピッタリと、

あごにえくぼの、ととのった顔立ち、
　そうして、あのきれいな朱色の唇は

『万葉』の「眉根削」とはじまる歌は、「眉毛の生え際をしきりに掻き、くしゃみして、下紐はいつのまにか解かれていて、わたしを待っていることだろうか、いつか、はやく逢いたいと思っているこのわたしを」と女が男の気持ちを思いやっている。

清少納言は、「はなふ」のこの用例は知らなかった。

ちなみに紫式部の物語には、「はなふ」「くさめ」は、そもそも言葉として出ない。『源氏物語』の登場人物たちは、くしゃみはしなかったらしいのだ。

『万葉』巻第十一の「はなふ」は恋人たちの逢い引きの予兆だった。『古今』の「よみ人しらず」は、さて、これで読めるか。

　出ていくというのを、出ていかないでと止めようもないでいるのに、隣の家で、くしゃみをして、待っていてくれる人もいない。

なにか、読めたという気がしないでもない。

『万葉』の「眉根削」とはじまる歌で、「紐解け」を「下紐はいつのまにか解かれていて」といいかえたのは、なんともこれはぎこちない言いまわしだとお思いだろうか。「紐解け」を「紐を解いて」といいかえると、能動的なイメージが強まる。それが、「紐解け」は、「眉根削」と「鼻鳴」とならんで、人に思われている吉兆である。自分で解くのではない。自然に解けるのである。

「眉根削」の歌の次歌、

君に恋ひ、うらぶれをれば、くやしくも、わが下紐の結《ゆ》ふ手いたづらに

は、女を思い、それが逢えなくてじれている男の手が、なぜだか解けていた下裳《したも》の紐を、無意識のうちに結んでいる、そういう光景を想像させる。

巻第十二の「悲別歌」に分類されている三一八三番歌、

都辺に君はいにしを誰が解けか、わが紐の緒の結ふ手たゆきも

も、また、あなたは都に行ってしまったというのに、だれが解くのか、この下裳の紐を、と、だれかが解いたかのようにいっているが、それがそうではない。気が付けば、下裳の紐は解けていた。わたしの愛する人はいまはいない。都へ行ってしまった。下裳の紐を結ぶわたしの手は、ただ、かったるい。

「眉根削」のふたつ前の二四〇六番歌は、

高麗錦紐解きあけて、ゆふべには知らざる命、恋ひつつやあらむ

さらにまたひとつ前の二四〇五番歌は、

垣穂なす人はいへども、高麗錦紐解きあけて、君ならなくに

と、人を思い、人を待つ状態を「紐解きあけて」と言いあらわしている。

それは下裳の紐を解きあけたのは人を思う人の手だったのだろうが、そんな理屈で歌を作るだろうか。それは「ゆふべには知らざる命」「君ならなくに」と斜めに構えたもののいいようをしているが、なんということもない、由無し事です。

下紐がなぜだか解ける。恋人たちは前兆をさがす。

さてさて、なんということもない、わたしがいうのは、権兵衛の、なにしろ『閑吟集』の作者は名が知られていないので、名無しの権兵衛と、こう呼ばせていただくが、権兵衛が序歌に置いたこの歌、

花の錦の下紐は、解けて、なかなか、
よしなや、柳の糸の乱れ心、
いつ忘れうぞ、寝乱れ髪の面影

は、どうやら『古今』の「よみ人しらず」をかすめて、『万葉』の巻第十一に帰るらしいのだ。

＊気が付けば、下裳の紐は解けていて、これは、もう、どうしようもない。わたしの心は青柳のよう。風に乱れている。いったい、いつになったら忘れることができるというのだ、あのひとの寝乱れ髪の面影を。

「なかなか、よしなや」を「これは、もう、どうしようもない」と読んだわけだが、この読みは、はじめに紹介した『古今』の「くしゃみの歌」、なにしろ「八代集」で、じつにそこだけに「よしなし」が出てくるその歌の、その「よしなし」の読みに通じる。「よし」は「由、因、縁」をいうが、また、「ことの

来歴、また、手段・方法などの意に用いる」（白川静『字訓』）。

『更級日記』も、かなり筆が進んで、筆者三十八歳の年の十一月、大津の石山寺に参籠したことを書いている文節の書き出しに、「いまは、むかしのよしなし心もくやしかりけりとのみ思しりはて」と見える。この「よしなし心」は、「物語にある光源氏」を空想していた若いころのたわいのなさをいっている。「由、因、縁」に立った、しっかりした心の持ちようを知らなかった青春の悔いである。

ところが、ところが、読めたと気負い立ちながら、じつのところ、わたしの心は青柳のよう。風にゆれている。「寝乱れ髪」がわからない。

それは、『日本国語大辞典第二版』を見ると、「ねみだれがみ」で項が立っていて、『万代《よろづよ》』春上に大江《おおえの》匡房《まさふさ》の「佐保姫《さほひめ》のねみだれがみの青柳をけづりやすらん春の山風」の一首があり、『義経記《ぎけいき》』七「大津次郎事《おおつじろうのこと》」に「ねみだれがみの隙より恐しげなる眼しばたたき」と見えると用例を引いている。

『万代』は一二四八年から四九年にかけて編纂されたと括弧書きで案内しているが、よくわからない。大江匡房は後三条・白河・堀河天皇三代にわたって朝廷に出仕した文人政治家で、天永二年（一一一一）七十一歳で死去した。

『八代集総索引』によるかぎり、「ねみだれかみ」は歌語ではない。「みだれかみ」もみつからない。大江匡房は「佐保姫」にかけて歌っているが、「佐保姫」の名の初出は、十世紀の村上朝の歌人平兼盛《たいらのかねもり》

柳

のもので、『詞花《しか》和歌集』に採られた。「天徳四年内裏歌合に柳をよめる」と前詞を置いている。

　佐保姫の糸染めかくる青柳を、吹きな乱りそ春の山風

「染めかく」の言いまわしは古く『催馬楽《さいばら》』の「浅緑」と呼ばれる歌に見られる。この小歌集後段の「うすの契りや（245）」にも紹介する古歌だが、『万葉』巻第十（一八四七）にも「染懸有跡」というぐあいにこの言いまわしが出る。

　あさみどり、染めかけたりと、見るまでに（見左右二）、春の柳は、もえにけるかも

「見左右二」を「見るまでに」と読んだのは、『万葉』巻第一の川島皇子の歌（三四）、

　白波の浜松がえのたむけくさ、幾代までにか（幾代左右二賀）年の経ぬらむ

の「幾代左右二賀」が初出で、源順《みなもとのしたごう》がこれを「まで」と読み解いた事の次第が『石山寺縁起絵巻』に書かれているという。なんでも「両手」「諸手」を「まで」と呼んだことによったのだという。

　『催馬楽』の方のはこうである。

あさみどり、濃いはなだ、
染めかけたりとも見るまでに、玉光る、下光る、
新京朱雀のしだりやなぎ

歌のトーンは通い合うと思う。『万葉』の方は、あさみどりの顔料を染めかけたかと見るまでに、春の青柳は、あさみどり色に芽吹いている。陰暦如月の青柳です。『催馬楽』の方は、あさみどり色に、濃いはなだ色を染めかけたかと見るまでに、新しい都平安京の朱雀大通りの枝垂れ柳は、キラキラ光っている、下の方まで光っている。

そこで『詞花』の方だが、佐保姫が濃いはなだ色を染めかけたかのように、色鮮やかにキラキラ光っている青柳を、佐保山から吹く春風よ、そんなに吹いて、乱さないでおくれ。

「佐保姫」だが、奈良の東、佐保山が春の方角にあたるところから佐保姫が春の女神に据えられたということだったらしい。その時期についてはなんともいえない。平兼盛の歌は天徳四年（九六〇）の年紀をもっているし、九七〇年代以降、十世紀のうちに成ったと見られている『うつほ物語』の「かすかまうて」に「さほ姫」の名前が登場する。「かすかまうて」の第九葉の表に、

佐保姫は幾らの春を惜しめばか、染め出《い》だす花の八重に咲くらん

佐保姫は、たくさんの春に惜別の情を見せるのか、かの女が染めかけてくれる花はみんな八重に咲く。

ところが、『古今』に下ると、佐保山はもみじの名所で、それも秋霧が深い。「やまとのくにゝまかりける時さほ山にきりのたてりけるを見てよめる」と前詞を置いて、紀友則《きのとものり》が歌うには（二六五）、

誰がための錦なればか秋霧の、佐保の山辺をたち隠すらむ

いったい、だれのための錦なのだといって、秋霧は、佐保山のあたりを隠してしまうのだろうか。

ところが、この歌、錦と秋霧と、同じ季語をふたつ使っている。なんか気になる。さかのぼって、『万葉』には「寝乱れ髪」は出ないようである。巻第四の七二四番歌に、

朝髪の念乱れてかくばかり、なねが恋ふれぞ夢に見えける

と、「朝髪の念乱れて」という言いまわしが見える。この「念」が「ね」に見えてしかたがないが、これは「おもひ」と読む。「思い乱れて」である。

この歌は大伴坂上郎女《おおとものさかのうえのいらつめ》が家に残した娘大嬢《だいじょう》にあてたもので、「なね」は二人称の「な」に、接尾辞「ね」をつけたもので、親愛の情を強めていると解釈されている。

朝起きたら、こんなに髪がみだれちゃって、なんか心が騒いで、あんたがさ、あんたが逢いたいっていってるのを夢に見ちゃったもんだから。

それがみょうなもので、たまたま、「なね」が余所《よそ》に出てないかとさがしたら、巻第九の一八〇〇番の長歌に「小垣内《おかきつ》の麻を引き干し、妹名根が作り着せけむ白細《しろたへ》の」と、この長歌はあまり験《げん》がよくない、行き倒れの男のことを歌ったものだが、そこに「ぬばたまの髪は乱れて」と、ここにも「髪は乱れて」の言いまわしが出るが、このケースは、だから行き倒れの男の髪のことをいっているのだから、あまり参考にならない。

やはり大伴坂上大嬢がらみで、夫の大伴家持が越中守として任地にあったおりに、都の妻にあてて、能登半島突端の珠洲《すず》の海人が取った真珠をたくさん送ってやろうと歌った長歌、巻第十八の四一〇一番歌に、

「朝寝髪、かきもけづらず」と、「朝髪」は「朝寝髪」のかたちで出現する。というよりは、「朝髪」は白文の方にそのままそう書かれているが、「朝寝髪」の方は、「安佐祢我美」と書かれているのをそう読みとるということで、これは朝、起き抜けに、櫛で「掻きも梳らず」の状態でいる。

はしきよし、妻のみことの、衣手の、別れし時よ、ぬばたまの、夜床片去り、朝寝髪、

かきもけづらず、出でてこし、月日よみつつ

町田本『洛中洛外図屏風』より嵯峨釈迦堂（左隻第4扇上）

Ⅰ　誰が袖触れし梅が香ぞ

2　いくたひもつめ

いくたびも摘め、生田の若菜、君も千代を積むべし

いくたひもつめいくたのわかな
きみも千代をつむへし

十二世紀後半、源平争乱の時代に編集された『梁塵秘抄』と呼ばれる歌謡集がある。その一番最後の歌に、

いつしかと、君にと思ひし若菜をば、法のためにぞ、今日は摘みつる

というのがある。これはもともと十世紀に編集された『拾遺和歌集』に村上天皇の御製として載っている歌である（一三三八）。「法のためにぞ」が「法の道にぞ」となっているだけで、あとは同じである。

前詞によれば、村上天皇は母藤原穏子《ふじわらのおんし》の七十の算賀（長寿の祝い）を心積もりにしていたところ、天暦八年（九五四）正月四日に母が薨じたので、一周忌にあたって、天暦九年正月に追善供養を営んだ。これはそのおりの御製であるという。

『閑吟集』の歌人はこの歌を受けている。「いくたびも摘め、生田《いくた》の若菜」と「君も千代を積むべし」の上句と下句のつきあわせの不自然さも、そのことを前提とすれば解ける。

「生田の若菜」は、能の『求塚《もとめづか》』を踏まえている。ふたりの若者の恋の鞘当てにあって自害した「うな

いおとめ」とも「あしやおとめ」とも呼ばれる女性が、現世と後世の境界にあって、煩悩の強さを語るこの能は、生田川のほとりでの若菜摘みの場面からはじまる。

「生田」は和歌の世界ではむしろ秋の歌枕だが、権兵衛は能の台本から感興を得ることが多く、ここでも「生田」は若菜摘みの名所扱いである。

しかし、ただ名所の代表ということではない。権兵衛の頭には、「うないおとめ」の魂を救済したいという思いが強くはたらいている。だから「生田」である。もともと『求塚』の作者観阿弥が「生田」に触発されたのではないか。

権兵衛は哀傷歌を春歌に返した。村上が母への愛に何をしたかったのか、的確に理解した。村上は死せる太皇太后に春の言祝ぎを献じたかったのである。権兵衛の歌に太皇太后は春に甦る。死から生へと帰る。注釈とはまことに無粋なもので、あらずもがなの注記をときに強いられる。醍醐天皇を父とし、藤原穏子を母とする朱雀天皇が天慶《てんぎょう》九年（九四六）に弟の成明《なりあきら》親王に譲位した。これが村上天皇である。朱雀天皇の代に皇太后を称していた穏子は、これ以後「太皇太后」と呼ばれるようになった。「太皇太后」は本来直系の孫の皇位にともなう位だったが、平安中期以降、この原則はくずれていたのである。

「ヴィヨン遺言詩」の『遺言の歌』に、遺言の執行についてなにやらくだくだいいつのった遺言人が、もしもだ、もしも受遺者（遺言の品の受け取り手）のだれかが「死から生へ」おもむく羽目になったときはだ、と、慎重にその扱いを指示するくだりがある。

生と死と、若さと老いと、対立する両軸が回廊を作る。詩人はこの時の回廊をいそがしげに往来する。生の機に死があり、死の端に生が見える。どんづまりで、人は死から生へおもむく。

＊いくたびも、いくたびも、野に出て、若菜を摘みなさい。生田の若菜を摘みなさい。そこにあなたの生が見えてくる。うないおとめが回生する。村上よ、『梁塵秘抄』の歌を通して、春の野に若菜を摘むあなたの姿が見える。母御の魂の救いに若菜を摘むあなたの姿が見える。千代千載の後までも、年を重ねて、春の野に若菜を摘みなさい。

3　なをつまは

菜を摘まば、沢に根芹や、
峰に虎杖、鹿の立ち隠れ

なをつまはさはにねせりや
みねにいたとりしかのたちかくれ

権兵衛は、「若菜を摘め」とけしかけているだけではなんだな、「若菜」ってどんなか、教えてやろうと、まず「沢に根芹《ねぜり》」たぶん「野芹」の転訛でしょう。
「峰に虎杖《いたどり》」、山野や路傍に生える、一メートルぐらいの、けっこう丈の高いタデ科の多年草で、若い茎が酸味を帯びて食用となる。根茎は利尿、健胃によいという。スカンポとも呼ぶが、伊予の方言でイタズリ、広島でイタヅラというのはおもしろい。

起源についてはよう知らないが、近世の山城国貴船神社で、陰暦四月一日に行なわれた神事に「虎杖競《いたどりくらべ》」があった。上賀茂神社の氏人が神社に騎馬で参詣した帰り、市原野で虎杖を摘み、大小多少を競ったのだという。『わが梁塵秘抄』の「わうしのおまへのさゝくさは」の段に、五月五日、端午の節会に、都の公達が淀野に出て、「あやめ草」の根を引っこ抜いて、根の長短を競った話を書いておきました。ご参考までに。

「鹿の立ち隠れ」だが、「鹿」については、『日葡辞書』が地中にあるのがウド、地上に出たのはドゼン、高く伸びたのがシカと説明している。「ウド」はウコギ科の多年草で、丈は二メートルに及ぶ。根は「独活《どくくわつ》」と呼ばれ、薬用に供する。「ウド」にこの漢字をあてるのはこの関係からだと思われる。食用は土中にある芽の部分で、成長した茎葉が「鹿」と呼ばれるのは、鹿が食べると角が落ちるからであるという。

「立ち隠れ」がわからない。『日本国語大辞典第二版』の「しか」の「方言」を見ると、尺以上に伸びた「ウド」を熊本県下益城《ましき》郡では「しかがくれ」と呼ぶという。いずれにしても「立ち隠れ」ではない。「鹿の立ち隠れ」は、「しかがくれ」が群生している様子をいったものか。鹿が臥してではなく立って隠れている様子を「ウド」にたとえたか。

この小歌は、『梁塵秘抄』に多く見られる「物は尽くし」のかたちを踏まえた歌振りを示していて、権兵衛が『梁塵秘抄』の本歌取りなことを示唆する。

4　木のめ春雨

木の芽春雨ふるとても、
木の芽春雨ふるとても、
なお消えがたきこの野辺の、
雪の下なる若菜をば、
いま幾日ありて摘ままし、
春立つというばかりにや、
御吉野の、山もかすみて白雪の、
消えし跡こそ路となれ、
消えし跡こそ路となれ

木のめ春雨ふるとても
〱
なをきへかたきこの野への
雪の下なるワかなをハ
いまいくかありてつま
ましはるたつといふハかりにや
御よしの ゝ 山もかすみてしら雪
のきえしあとこそ路となれ
〱

「木の芽春雨」は『後撰和歌集』巻第九恋一の「よみ人しらず」の歌（五四四）が解説する。

木の芽張る春の山田を打返し、思ひ止みにし人ぞ恋しき

木の芽が張る春が立ち返った。農民が春先の田圃を鋤き返すように、わたしも心の内を思い返し、わたし

に思いを寄せることを止めたあの人のことを、つくづくと恋しく思う。

物語調に解釈したのは、この歌には前詞があって、女に長年言い寄っていた。女の方は、だからそれが逃げだったのか、今年いっぱいはご返事できないのよというので、待っていたのだが、木の芽が張る春が立ち返った、という文脈だからである。

「いま幾日ありて摘まし」は『古今和歌集』巻第一春歌上の「よみ人しらず」の歌（十八）、

春日野の飛火の野守いでて見よ、今幾日ありて若菜摘みてむ

が解説する。「とぶひ」は「烽《ほう》」と書き、「狼煙台《のろし》」をいう。古代大和国家では軍防令に規定され、四〇里（約二一キロメートル）毎《ごと》に設置され、「烽長《ほうちょう》」「烽子《ほうし》」が配置されることになっていた。だが、この制度は、平安京遷都の直後、八世紀の末には、大宰府管内を除いて廃止されたと伝えられていて、それはたしかに平城京のすぐ東の春日野に「烽」が置かれたことは文献に出るが、『古今』が編集されたころ（十世紀はじめ）に「野守《のもり》」、そういった政府機関に配置される役人、ここではだから「烽長」と「烽子」の一隊が、きちんとそこに詰めていたかどうかは分からない。

春日野の烽の役人衆、ひとつ見てきてはくれませんか、あと何日ぐらいで若菜が摘めるようになるんでしょうねえ。

「春立つといふばかりにや」以下は、『拾遺和歌集』巻第一春の序歌、

　春立つといふばかりにや三吉野の、山もかすみてけさは見ゆらん

と、これを本歌とする『新古今和歌集』巻第一春歌上の序歌、

　み吉野は山もかすみて白雪の、ふりにし里に春はきにけり

が解説する。

「三吉野」は「吉野」の美称。『万葉集』巻第二の額田王《ぬかたのおおきみ》が弓削皇子《ゆげのみこ》に宛てた歌（一一三）に、

　み吉野（三吉野）の玉松が枝は愛《は》しきかも、君の御言《みこと》を持ちて通《かよ》はく

『拾遺』の序歌の歌人壬生忠岑《みぶのただみね》は、きちんと「三吉野」と書いていて、伝統の書法に忠実だったわけだ。権兵衛は「御よしの」と書いている。しょうがないから、読み下しでも、そう書いた。

『新古今』の序歌の歌人、「摂政太政大臣」こと九条（藤原）良経《よしつね》の歌は、「ふりにし里に」、雪が降っていたと過去形でとらえているのを、宮内卿《くないきょう》は、良経の歌にすぐつづく第四歌に、

　かきくらしなをふる里の雪のうちに、跡こそ見えね春はきにけり

と、「なを降る雪」に春の気配を探っている。この歌もまた、権兵衛はメモしたのではなかろうか。

　宮内卿は後鳥羽院の女房だった人らしい。右京権大夫源師光《もろみつ》を父、巨瀬宗茂女《こせむねもちのむすめ》を母として生を受け、元久二年（一二〇五）ごろ、父親の死と前後して夭折した歌人である。宮内卿は『新古今』に十五歌入選し

ている。非凡な歌人である。巻第四秋歌上の、

　思ふことさしてそれとはなきものを、秋のゆふべを心にぞとふ（三六五）

これは秀歌だと思う。ひとつおいて西行法師の歌が採られている。

　おぼつかな、秋はいかなるゆへのあれば、すゞろにものの悲しかるらん（三六七）

これはだれが見ても宮内卿に軍配があがると思うのだが、いかがであろうか。巻第十三恋歌三に、

　きくやいかに、うはのそらなる風だにも、松に音するならひありとは（一一九九）

と見えるが、これは「寄風恋《かぜによするこい》」と外題を立てていて、建仁二年（一二〇二）九月十三日に、後鳥羽上皇の別荘水無瀬殿《みなせどの》で催された「歌合《うたあわせ》」に披露した歌である。この「歌合」は「水無瀬殿恋十五首歌合《みなせどのこいじゅうごしゅうたあわせ》」と呼ばれている。

　宮内卿の歌の前歌、一一九八番歌は、やはりこの「歌合」に披露された九条良経の歌であって、「夕の恋といへる心を」と前詞が置かれている。また、後歌一二〇〇番歌は西行法師の「題しらず」と題された歌であって、「風のけしき」の文言が歌い込まれていて、これは宮内卿の「寄風恋」を受けている。以下、八条院高倉、鴨長明と「寄風恋」が歌い継がれていく。

　なんとねえ、宮内卿は九条良経に近侍して、「寄風恋」の主題を起こし、西行法師、八条院高倉、鴨長明を率いる堂々たる役どころを演じている！

＊木の芽を膨らませる春の雨が降るとはいっても、まだまだ吉野の雪は消えない。いまはまだ雪の下の若菜を摘むには、あと何日ほどかかるのだろうか。立春を迎え、暦の上では春といっても、吉野山はまだ雪に覆われている。それでも日に照らされて、雪から立ち上る春の気配に山は霞んで見える。いまはまだ道も雪の下だが、いずれまもなく雪は消えて、春の道が現われることだろう。

宮内卿の歌もまた、権兵衛はメモしたのではなかろうかと書いたが、じつのところ、権兵衛にその必要はなかった。権兵衛のこの小歌は、能の『二人静《ふたりしずか》』の一小段をそのまま転写したものであって、『古今和歌集』や『後撰和歌集』、さらには『拾遺和歌集』、『新古今和歌集』と、羽音をふるわせて花から花へと飛び回る蜂のような振舞いに及んだのは能作者であって、権兵衛ではない。

5　うくひす

霞分けつつ小松引けば、
鶯、鶯、野辺に聞く初音

かすみ分つつ小松ひけハうくひ
す〳〵野へにきく初音

宮内庁書陵部蔵本は、「うくひす」の「す」の書き方がぞんざいで、「春」のくずしなのだが、踊り字のくの字点がついているのやら、いないのやら。「鶯、鶯」と繰り返したのは、諸家の読みにおつきあいしたまで。

蜂ならぬ鶯は『拾遺和歌集』に飛ぶ。巻第一春に藤原穏子《おんし》の女房宮内《くない》のいまだ童女の頃合いの作として、

　松の上になく鶯の声をこそ、はつねの日とはいふべかりけれ

というのが載っている。なんとも稚拙な作りようで、宮内はさすがによそにその名を出してはいない。4番歌にふれてご紹介した「宮内卿」はまったくの別人である。

ただ、松と鶯の取り合わせは「八代集」を通じてここだけに見える。そこがおもしろい。それに、作者が藤原穏子の家内だったこともおもしろい。それは話は穏子の夫君醍醐天皇の御代の話で、なんでも天皇の御前の鉢植えの（だと思うのだが）五葉の松に鶯がとまって鳴いた。そこで「正月初子《はつね》の日つかうまつりける」と前詞は解説する。正月の最初の子の日にかけて鶯の「初音」と、この童女は当意即妙に歌を作ったと評判になったということだろう。

正月の子の日は何をするのか。宮内のは『拾遺』の二二番歌だが、つづく二三番歌に、壬生忠岑《みぶのただみね》が歌う。

　子日《ねのひ》する野辺に小松のなかりせば、千世のためしに何を引かまし

子の日に小松の根を引く。もし小松がなかったらどうしようか。千代千載の寿命をと祝うのに、何をたとえに引いたらよいのか。

『後拾遺和歌集』巻第一春上の三〇番歌に、霞と小松を取り合わせているのがある。民部卿経信《つねのぶ》の作で、

あさみどり野辺の霞のたなびくに、けふの小松をまかせつるかな
野辺に霞が浅緑色に棚引く。今日、子の日の小松引きは、霞にまかせたことだった。
どんな取り合わせもあるものだ。

＊春霞の野辺に分け入って小松を引けば、どこからか鶯の囀《さえず》りが聞こえる。初子の日の初音だねえ。

6　めでたやな松の下

めでたやな、松の下、千代も引く、
ちよ、千世千世と

めでたやな松の下千代もひく
ちよ千世〳〵と

＊めでたいことだ、めでたい松の下陰で小松を引く、千代千載ののちまでも小松を引く、ちよ、ちよ、ちよと、鶯が鳴く。

「ちよ、千世千世と」は囃子詞《はやしことば》ではあろうが、前歌をうけて鶯の囀りが聞こえる。

7 しけれ松山

茂れ、松山、茂らふには、
木陰に茂れ、松山

しけれ松山しけらふに八木かけ
にしけれまつ山

＊茂れ、松山、茂るには、木陰を作るようにさかんに茂れ、松山。

『古今和歌集』「仮名序」に「あるは松山の浪をかけ」と見える。同集巻第六冬歌に、

浦ちかくふりくるゆきは白浪の末の松山こすかとぞ見る（三二六）

また、巻第二十東歌に、

きみをおきてあだし心をわがもたば、すえの松山浪もこえなん（一〇九三）

と見える。

古典和歌の世界では、「松山」は磯の風光のうちにある。それも冬の景色だ。「すえの松山」は「末の松山」と読まれて歌枕とされ、宮城県多賀城市の末松山八幡宮の裏山とも、岩手県の一戸町と二戸町の境界に位置する波打峠ともいうが、よくわからないらしい。

作歌の作法としては、松を「待つ」にかけて、あり得ないこと、心変わりすることなどをいうが、権兵衛のこの歌には、「浪」も「待つ」も通じない。旺盛な生命力を松と松山に託した祝い歌と読む。

8　たか袖ふれし

誰が袖触れし梅が香ぞ、
春に問はばや、
物言ふ月にあひたやなふ

たか袖ふれし梅か香そ春に
とはゝや物いふ月にあひたやなふ

梅

松から梅へ。梅花の連作がはじまる。

これはすっかりわたしは気に入って、ここから「西楼に月おちて（29）」までが春を歌い、「卯の花（30）」から「水にもえたつほたる（59）」まで、季節は夏と見るが、そのゆるやかなくくりで「春の歌」をわたしは「1　誰が袖触れし梅が香ぞ」と題した。ほとんど注釈はいらないだろう。それは「誰が袖触れし」は、『古今和歌集』巻第一春上に、

色よりもかこそあはれとおもほゆれ、たが袖ふれしやどの梅ぞも（三三）

があり、『新古今和歌集』巻第一春上に、堀河大納言源通具《みなもとのみちとも》の作として、

むめの花たが袖ふれしにほひぞと、春やむかしの月にとはばや（四六）

がある。本歌取りはあきらかで、それが「物言ふ月にあひたやなふ」の結句が権兵衛の権兵衛たる所以を語る。諧謔と皮肉の詩人がおずおずと「物言ひ」はじめる。

＊どなたの袖が梅の枝にさわって、香りがこぼれたのだろう。むかしの歌人は、むかしながらの春の月に聞いてみたいものだと歌ったが、それは春は知っているだろうさ。月も見ていただろうさ。それが月はだまっている。話してくれる月に会いたいものだ。

9　只吟可臥

ただ吟じて臥すべし、梅花の月、仏に成じ、
天に生まれかはるも、すべてこれ虚なり

只吟可臥梅花月成佛生天
惣是虚

唐の孟浩然《もうこうねん》の詩「立公房に宿る」に「能令許玄度　吟臥不知還」という一節がある。「よく許玄度をして、吟臥して還るを知らざらしむ」と読む。「吟臥《ぎんが》」は「寝ころんで歌う」という意味。唐詩文で「臥吟」ではなく、「吟臥」と熟していて、だから「吟可臥」というような、一見人を惑わせる言いまわしも、まあ、了解の内に入る。

＊まあ、梅花の枝にかかる月を眺めながら、寝ころんで詩を吟じて過ごそうよ。成仏の、生天のといったって、これは事実ではない話なのだ。

じつのところ、よく読めない。この七言詩、上句と下句のつながりはどうなのか。「いくたひもつめ（2）」のばあいと同じで、両者はつながっているようでつながっていない。「吟臥」と「生天成仏」とがどうつながるのかということで、「生天成仏」が「虚」だと言い放つ態度がどうのこうのというまえに、そのことが気にかかって、臥《ふ》しても目が冴えかえる。

10　梅花ハ雨に

梅花は雨に、柳絮は風に、世は、ただ、うそに揉まるる

梅花ハ雨に柳絮ハ風に世は
たゝうそにもまるゝ

柳絮《りゅうじょ》は「絮雪」ともいう。「絮」は綿毛をいう。春に川柳が種からこぼれた白い綿毛を飛ばす。それを「雪」と表現している。

『閑吟集』が成ったと前後して『中華若木詩抄《ちゅうかじゃくぼくししょう》』と呼ばれる漢詩文の注解書が成った。わたしは「新日本古典文学大系」版を見ている。それに採られた杜甫の「漫興《まんきょう》」と呼ばれる七言絶句（延べ番号で一八七番）は、後半二行に、

顚狂柳絮随風舞　　軽薄桃花逐水流

と、風に随って舞う柳絮を顚狂《てんきょう》といい、水を逐って流れる桃花を軽薄といっている。

詩抄の選者の解説文に、「顚狂」を批評して、「ジャレタルモノニテ、物ニ狂ウ人ノヤウニ飄蕩シテ舞フゾ」と読める。「飄蕩」は「ひょうとう」と読み、杜甫や李白の詩でしきりに使われる。「飄」はつむじかぜ、はやてで、なんでも高速の風だが、その字をふくんでいるからといって、風にゆれるとか、なんとか、そういう読みではない。つむじかぜのように方向がさだまらないところから、さすらう、流浪の意味づけ

が生じた。狂ったように、方向をみさだめず舞うといったところか。

杜甫の詩では、柳絮と桃花が対になっている。詩抄の選者如月寿印《にょげつじゅいん》の解説文に、「桃花ハ流水ヲ逐テ流レ出ル。得時得処タル体也。シカルニ、吾レハ万事不平零落シタル也。サルホドニ、柳絮ヲ見テモ桃花ヲ見テモ断腸スルノミゾ。軽薄ハ、字ナリハ軽ク薄也。人ノ軽忽ニシテ実モナク、落チ着カヌ有様也。当世形儀ナルナリ也」。

水に乗って流れる桃花を軽薄だと揶揄している。詩抄の選者は、軽薄は、字面は軽くて薄いで、だから桃の花を形容しているのだろうが、と含みをもたせている。たしかに杜詩の方で、「顚狂」と対になって「軽薄」だから、ただ桃の花の軽さ、薄さをいっているだけではなさそうだ。

そこで詩抄の選者は、なにかこれは杜甫の人生と関係するのだろうと思い測っている。だいたいが杜甫は、ようやく平役人の職にありついたと思った途端、安禄山の乱がおこって、その職も失うという悲哀を味わった体験は、それはあったらしいが、そんな「不平零落シタル也」と断定されるほどのことではなかった。なかったのではないかと思うが、本人にとってはどうだったのか、どうぞこのあと、いろいろな小歌の注釈に杜甫が登場しますので、お目をお留めになってください。

問題は、杜甫の生涯がそのように伝承されてきていたということで、実際はどうだったのかはまた別の問題であることは勿論《もちろん》である。

ここでは、軽薄について、人でいえば「軽忽ニシテ実モナク、落チ着カヌ有様也。当世形儀ナルナリ也」といっているところが、かぎりなくおもしろい。「きょうこつにして実もなく、落ち着かないさまだ。

当世かたぎであるものである」と断定を繰り返している。この「ナルナリ」がおもしろいが、「軽忽《きょうこつ》」がまたおもしろい。

「たそよ、おきやうこつ(91)」が「たそよ、おきやうこつ、主ある我を締むるは、喰ひつくは」と女にいどみかかる若者の振舞いを「きやうこつ」と批評している。「軽忽」の字をあてるが、「忽」は、『廣漢和辞典』の「解字」の欄の解説によると、「勿」は否定をあらわす助辞で、心になにもないことを意味するという。「勿論」は論ずるまでもないを意味する。だから「軽忽」は軽くて中身が何もないことをいう。なお、「きょう」は呉音であり、「こつ」は漢音だから、いわばこれは重箱読み。呉音では「きょうこち」と読む。

梅花だが、晋の子夜が「吐鶤《とけん》竹裏鳴　梅花落満道（ほととぎす、竹林に鳴いて、梅花落ちて、道に満つ）」と歌っている。梅花が地に落ちたいわれは、南朝陳の張正見が「清風吹麦隴《ばくろう》　細雨濯梅林（清風、麦畑を吹き、細雨、梅林を濯《あら》う）」と歌っている。「細雨」では梅花は落ちないだろうって？

*梅の花が雨に揉まれる、柳の花が風に揉まれる、世はうそに揉まれる。

「うそ」は、このあと、「花うつほ(16)」に「うそのかはうつほ」と出ていて、「かわうつほ」は「皮靫」で、これは矢差しの背負子だが、「うそ」は「嘘」と「川獺《かわうそ》」のもうひとつの呼び名である「獺《うそ》」にかけている。

「花うつほ(16)」の「うそ」は、まあ、「獺」だといっても、「嘘」と読んでもそれはよいが、つづく「人はうそにて(17)」の「人はうそにてくらす世に」の「うそ」は、なにしろ「世」の字と同居していて、この「梅花ハ雨に(10)」の「世は、ただ、うそに揉まるる」の「うそ」と響きあうだけにやっかいだ。「人はうそにて(17)」は、「ひとはうそにてくらす世に」が、下句に、「なんぞよ、燕子《えんし》が実相を談じ顔なる」を従えていて、なんだよ、燕め、高いところで、ピイチクパーチク、本当のところはこうだよと知ったかぶり。

本当のところはなかなかわからないと、みんな、思いながら、暮らしていた。本当のところはこうだよといいたがる連中がいるものだ。あのおしゃべりが、と、みんなにコバカにされているのに。

「揉まるる」は、これもあとの「面白の花の都や(19)」が、「川柳は水にもまるる、ふくら雀は竹にもまるる、都の牛は車にもまるる、野辺の薄《すすき》は風にもまるる、茶壺は挽木《ひきぎ》にもまるる、小切子《こきりこ》は放下《ほうか》にもまるる」と書いている。

「小切子」を揉みながら、「放下」は、律儀に「もまるる」と繰り返す。その線でいえば、「梅花ハ雨に(10)」の権兵衛はなまけていると批評されてもしかたがない。それが、おそらく権兵衛は、能の『放下僧《ほうかぞう》』で「面白の花の都や(19)」を聞いていて、能舞台では「揉まるる」とていねいに繰り返されていた。

ていねいに、というよりも、この繰り返しが放下師の歌芸能にリズム感をあたえたのであって、放下師は、小切子を揉みたて、揉みたてて歌う。どうぞ、「面白の花の都や(19)」の注釈をごらんください。

11　老いをなへたてそ

老いをな隔てそ、垣穂《かきほ》の梅《むめ》、
さてこそ花のなさけ知れ、
花に三春《さんしゅん》の約あり、
人に一夜を馴れそめて、
後いかならん、うちつけに、
心そらに楢柴《ならしば》の、
馴れは増さらで、
恋の増さらん、くやしさよ

老をなへたてそかきほのむめ
さてこそ花のなさけしれ花に
三春のやくあり人に一夜を
なれそめて後いかならんうちつ
けに心そらにならしはのなれ
はまさらて
恋のまさらんくや
しさよ

＊年寄りだからといって、遠ざけないでおくれ、垣に咲く梅花の君。花は人に対して分け隔てしないもの。花には三春の約がある。春が来れば、みつきのうちに、かならず咲く。それが人はどうだろう。いいや、みつきのうちに三度咲けとはいっていない。一夜、むつみあったというのに、その後、どうだろう、急に君はわたしに対して心もそぞろになってしまって、もうわたしとむつみあおうとしない。君に逢うことはなく、君に対する思いのますますつのる、このくやしさはどうだろう。

永享年間、一四三〇年代から史料に出てくる「宮増大夫《みやますだゆう》」という能役者に関係すると考えられる能を「宮増能」と呼んでいる。権兵衛のこの小歌は、「奥書」に大永四年（一五二四）の日付をもつ『能本作者注文』という能書に「宮増能」としてその演目が記載されている『鞍馬天狗』を写している。

室町幕府の政所《まんどころ》役人であった蜷川親元《にながわちかもと》の日記の寛正《かんしょう》六年（一四六五）三月九日の記事に、将軍義政が後花園院の仙洞御所《せんとうごしょ》に観世父子（大夫又三郎三十六歳と父音阿弥六十七歳）を招いて能を演じさせた。その演目表に『鞍馬天狗』の名が見える（『能楽史年表 古代・中世編』）。ただし、こちらは永正《えいしょう》十三年（一五一六）の日付をもつ『自家伝承』という能書は、『鞍馬天狗』は世阿弥作としていて、「宮増大夫」という能作者が実在したかどうかは、じつはよく分かっていない。

これからご案内していく所存である『閑吟集』の歌人権兵衛は、しばしば能の詞書《ことばがき》（謡曲）に感興を汲んで、その「小段」（一節）を書き写し、またそれに触発されていくつかの「小歌」を作る。「梅花ハ雨に(10)」の注釈にご紹介した能『放下僧《ほうかぞう》』も、また、「宮増能」のひとつだったらしい。『自家伝承』に記載された能の演目だが、この能書には、もうずいぶんとあとの方、「情けは人のためならず(118)」で紹介する能の『粉川寺《こかわでら》』もまた、演目のひとつにあげられている。

わたしがおもしろく思っているのは、「宮増能」は権兵衛にとって現在形の能演劇だった。能や狂言と権兵衛の文学との関係は、たまたま同じ頃合いのフランスの「ファルス」や「ソッティー」と「ヴィヨン遺言詩」の詩人の文学との関係に対応する。

ひとつだけ注記したいのは、「心そらに楢柴の」だが、「そらに」で『梁塵秘抄』を思い出した。三一四（三三五）番歌はこう歌っている。

思いは陸奥《みちのく》に、恋は駿河に通うなり、
見初めざりせばなかなかに、そらに忘れて止みなまし

『わが梁塵秘抄』にはこの歌は段別の首歌としては採らなかったが、「きみかあいせしあやゐかさ」の段に、この歌も引いて、ながながしい注釈をくわえた。芥川龍之介がこの歌の後半を「相聞歌三連」の初連に、ほとんどそのまま採っている。

あひ見ざりせばなかなかに、そらに忘れてやまんとや

ごらんのように、「そらに」はそのまま引いている。わたしはこの歌をこう訳した。

思いは深く、道の奥の陸奥に達するほど、恋は激しく、駿河の富士川の流れのようです。お会いして、あなたを愛していなかったならば、かえって心もそぞろに、お会いしたことも忘れてしまって、それですんだことだったでしょうに。

あえて文字を拾えば、「そらに」を「心もそぞろに」と訳している。権兵衛のは、というよりも『鞍馬天狗』のは、文脈は趣を異にするけれども、「そらに」は『梁塵秘抄』に通じる。言葉の伝承を思う。

12　それをたか

それを誰が問へばなふ、
よしなの問はず語りや

それをたかとへはなふよしなのと
はすかたりや

「誰が問へば」の「ば」は、動詞の已然形について、そうなれば、こうなるという確定的な、あるいは恒常的な条件を表わしていた。『千載和歌集』巻第三夏歌の康資王母《やすすけおうのはは》の歌（一五二）、

寝覚めする袂に聞けば、ほととぎす、辛き人をも待つべかりけり

の「ば」がそれを示している。

「たもと」は「腕」をいい、このばあいは「手枕」で、独り寝の手枕で、ほととぎすの鳴き声に目覚めた。ああ、あ、いつものことだ。薄情な人だけど、来てくれないかなと、お祈りするんだったねえと、しみじみ、思ったことでした。

それが室町時代も段々と更けてくると、「ば」の意味合いの確定と恒常の意味合いが次第に弱まって、なにか自信なげになってきて、いつのまにやら仮定の意味合いが強まった。康資王母の歌と権兵衛の小歌を見くらべて、そうか、そういうことだったのかと、つくづくと思い知った。

＊誰かが問うてくれていたのならねえ、これではまったく甲斐のない述懐だ。

なんと権兵衛は前歌に『鞍馬天狗』から「老いのくりごと」の一小段を引きながら、自分自身の生活を思っていたのだろうか。「人」はついに権兵衛の思い人だったのだろうか。

人が人に逢い、人が人に馴れそめる。人は異性でなければならないわけはない。

13

人こそふりて

年々に人こそ古《ふ》りて亡き世なれ、
色も香も変らぬ宿の花盛り、
色も香も変らぬ宿の花盛り、
たれ見囃《はや》さんとばかりに、
またためぐり来て、小車《をぐるま》の、
我とうき世に有明の、
尽きぬや恨みなるらむ、
よし、それとても春の夜の、
夢の内なる夢なれや、
夢の内なる夢なれや

年〱に人こそふりてなき世なれ色も香もかハらぬ宿の花さかり〱たれ見はやさんとハかりに又めくりきてをくるまの我とうき世にあり明のつきぬやうらみなるらむよしそれとても春の夜のゆめのうちなる夢なれや〱

＊年を追って人は老い、人はみまかる。花は色も香も変わらず、盛りを迎える。だれに花を愛でさせようというのか、季節はまた廻って、運命の車輪は廻って、うき世にあるわたしは有明の月に、来し方を思う。運命に文句はあっても、いずれ人生は春の夜の、夢のまた夢。夢のまた夢。

権兵衛の「小歌集」で、「うき世」という言いまわしがはじめて出る歌だが、節まわしはそれほど個性的ではない印象を受ける。能にさがしてもみつからない。能に先立つ「猿楽」のテキストの残影か。

「我とうき世に有明の、尽きぬや恨みなるらむ」のわたしの読みはどうかな。一風変わっていると誹《そし》られかねない。その自覚はある。『わが梁塵秘抄』の「こひしくはとうとうおはせ」の章で、「説経節信田妻《せっきょうぶししのだづま》」にテキスト化された「葛の葉狐の歌」を紹介した。

　恋しくば、訪ねきてみよ、いづみなる、しのだの森のうらみ葛の葉

「うらみ」という言葉が万感の思いを込めて使われている。「うらみ」は人を恨み、呪うということではない。宿命を知り、宿命に耐える心です。そう、わたしは書いた。権兵衛が拾ったこの歌の「うらみ」もその趣意だと思う。

じつはわたしは「小車」を、はじめ「運命女神の車輪」と訳した。だから「運命に文句はあっても」は「運命女神に文句はあっても」です。これではあまりにバタ臭い。「運命に」とトーンダウンした次第です。

「よし、それとても春の夜の、夢の内なる夢なれや」はなんともステキな表現だ。「夢のまた夢」と投げやりに片づけたのは、この詩人に嫉妬したからである。夢が三重の構造をもっている。なぜってそれでは「うき世」は、また、夢ではないのか。

芝居のなかの芝居ということを思う。『ハムレット』が恰好のサンプルだが、わたしがいうのは芝居の『ハムレット』はエリザベス朝社会というひとつの演劇空間のうちにある。その『ハムレット』が、また、

「芝居のなかの芝居」を蔵している。ハムレットは旅一座が到来したと聞いて、執事のポローニアスにいう。

けっこう、のこりはじきに連中にしゃべってもらおう。ポローニアス、役者たちに寝床をととのえてやりたまえ。わかったかい、粗略に扱うなよ。なんてったって、連中はうき世の縮図、手短な年代記なんだ。生きてるうちに連中にまずいことといわれるよりは、死んでから下手な墓碑銘書かれた方がましだってことさ（第二幕第二場の終わりのあたり）。

「うき世の縮図、手短な年代記」の「うき世」と訳したのは、「ザ・タイム」という言葉です。まずかったでしょうか。

14　花いかた

吉野川の花筏、
うかれてこがれ候よの、
うかれてこがれ候よの

よしの川の花いかたうかれてこかれ候よの
〱

「花いかた」は、日本文学史上、どうやらこれが初出らしい。この後、俳諧用語として使われるようになる。川面に重なり流れる桜花をいい、また、桜の枝を載せた筏、花びらの散り敷く筏をいう。さて、権兵衛の想念にどれがあったか。

「こかれ」が「漕ぐ」と「焦がる（焦がれる）」の意味の二重奏をかなでるといいたいのなら、前歌に「うき世」が見えることでもあるし、「うかれ」もまた「浮かる（浮く）」と「憂し」の意味の重奏を作っていると読まなければなるまい。ただ、「うかる」は動詞であり、「うし」は形容詞である。そうして、動詞の「うかる」は「かる」が語源で、「離る」と書き、「はなれる」を意味する。「うし」と語源的な関係はない。後段の「暁寺の鐘（101）」の注釈をごらんください。

そのことを承知の上でいうのだが、『後撰和歌集』巻十八雑四の伊勢

花筏

の歌に（一二七五）、

身のうきをしれはゝしたになりぬへみおもひはむねのこかれのみする

というのがある。わたしは暗い女ですから、明朗闊達に物がいえない。なんかいってもみんな中途半端に終わってしまう。あなたへの思いは胸に焦がれるだけなのです。あなたにこがれているのですよ。

なんと伊勢は本歌を『万葉』巻第二の二〇七番歌、柿本人麻呂の挽歌「あまとぶや軽の道は」にとっている。

あまとぶや軽《かる》の道はわぎもこの里にしあれば、ねもころに見まく欲しけど、やまず行かば人目をさはみ、まねく行かば人知りぬべみ、さねかづら後も相はむと、大船の思ひ頼みて、玉かぎる盤垣淵《いわかきぶち》の隠《こも》りのみ恋ひつつあるに……

人麻呂のは挽歌で、伊勢のは挽歌ではなさそうなところがちがうが、いおうとしていることは通じるし、「人知りぬべみ」のつなぎが利いている。「人知りぬべみ」、「はしたになりぬべみ」だから、「磐垣淵の隠りのみ」、「思ひは胸のこがれのみ」なんですよと伊勢はため息をついてみせる。

諧謔の詩人伊勢の「うき」は形容詞「憂し」の名詞形である。だから「うかる」と直接の関係はないとはいえ、権兵衛が「うかれてこがれ」とことばを弄するとき、この伊勢の歌が脳裏をよぎらなかったとはいえない。

ちなみに伊勢のこの歌は、伊勢の私家集『伊勢集』に、

身のうきをいはゝはしたになりぬへしおもへはむねのくたけのみする

のかたちであらわれる（二二八）。なんか胸の内をいうのいわないの、いえば半端になってしまうのなんの、焦げるどころか、砕けてしまうなどと、伊勢は歌作りに苦労している。「はしたになりぬべみ」が「はしたになりぬべし」と変化しているところは、「べみ」が理由句を作る接続詞だと解説する勢いをそぐものだと思う。上の句から下の句へのわたりは、むしろ気分的なものだと思う。

＊吉野川に花筏が流れる。浮き世に浮かんで、漕がれていくんだねえ。憂き身に、思い焦がれて、流されていくんだねえ。

なお、「候」の読みだが、写本は漢字をそのままに、一番簡略化したかたちで書いている。『閑吟集』全編を通じて「候」は簡略字体で書かれていて、簡略化の度合いが違うだけである。

助動詞の「候」は「さうらふ（そうろ・う）」の読みが基本だが、体言に直接つくばあいは、「ざうらふ」と読まれることが多い。室町時代にはこれが縮約されて「ざう」が使われた。次歌の「花候よ」は、「はなざうよ」と読んだ方がわたしたちの耳にやさしい。わたしたちの耳には「はなぞうよ」と聞こえる。もっとも、「ざうらふ」の略した読みに「ざうろ」があったらしく、それをとれば「はなざうろよ」と読む。

それが「こかれ候よの」の「こかれ」は名詞の「焦がれ」ときめつけるわけにはいかない。「うかれ」と相和して動詞「焦がる」の連用形と見て、「こかれ候よの」は「こがれそうろうよの」とか、「こがれぞうろうよの」とか、「こがれぞうろよの」と読む方が自然である。

15　かつらき山に

葛城山に咲く花候よ、
あれをよと、よそに思ふた念ばかり

かつらき山にさく花候よあれ
をよとよそにおもふた念ハかり

『千載和歌集』巻第一春歌上に、

かつらきや、たかまの山のさくら花、雲居のよそに見てやすぎなん

『新古今和歌集』巻第十一恋歌一に、

よそにのみ、見てやゝみなん、かつらきや、たかまの山のみねの白雲

と見える。「かつらき」、「たかまの山」、「よそに見て」が共通している。

「かつらき」が「葛城」のことをいうのであれば、『万葉集』での初出は一六六五歌の題詞に「葛城二上山」と出る。掲出順にいえば次は五〇九番で、これは長歌の本文中に「青旗乃葛木山尓」と見える。つづいて一三三七番に「葛城乃高間草野」と出る。つづいて二二一〇番に「葛木山之木葉者」と見え、さらに二四五三番は「春楊葛山発雲立座妹念」と書いていて、これが全文で、「はるやなぎ、かづらきやまにたつくもの、たちてもゐても、いもをしそおもふ」と読まれている。

二四五三番のは記号をならべただけといおうか、だからか、ここには「かづらき」の音は出ない。「かづら」である。ただし、「かづら」の読みもじつは当て推量でしかない。『日本国語大辞典第二版』の「かずら」の項を見ると、どうもカは接頭辞で、ツラはなにか。ツル（蔓）が有力なようだが、ならばなおのこと読みが「かづら」でなければならないいわれはない。これは慣行の読みでしょうねえ。

白川静の『字訓』の「かづら」の項は「鬘」の漢字などをあげて、これは「葛」からだという。「かづら」の音を示しているという用例を二点あげていて、ひとつは『万葉』の八一七番歌に「可豆良」と見える。また、『逸文尾張風土記』に「鬘」が「訛《よこなま》りて阿豆良の里といふ」と見える。「かづら」「あづら」と読むべきだと白川はいう。

後者は知らないが、『万葉』の用例についてだが、これは巻第五の八一七番歌で、

梅の花咲きたる園の青柳は、鬘（可豆良）にすべくなりにけらずや

青柳の枝を鬘に作るというイメージをもてあそんでいる。

しかし、この二例だけで、「可豆良」ないし「阿豆良」を「かづら」「あづら」（白川はそうルビを振っている）と読むと決めるのはきびしい。『和名抄』も白川は引いていて、「鬘　加都良」というのだが、いったい「豆」「都」を「づ」と読む根拠はなにか。「可豆良」自体、なにもこの歌だけではなく、すぐ近所の八四〇番歌は「波流楊那宜　可豆良尓乎利志　烏梅能波奈　多礼可有可倍志　佐加豆岐能倍尓」と、「可豆良」と「佐加豆岐」と並べていて、後者を「さかづき」と読むならば、問題の前者はめでたく「かづら」と読むことになるという用例を示している。

それが、まことに都合のよいことに、四歌め繰り返して八一三番歌の長歌の締めに「伊麻能遠都豆尓多布刀伎呂可儛」と見えて、これは「いまのをつつに、尊きろかむ」と読んで、「をつつ」は「現」で、白川静は「をつつ」は「うつつ」の古形か方言で、山上憶良と大伴家持の歌だけに出ると、かなりいいかげんなことをいっているが、いずれにしても「現なや」の「現」で、これまた、白川は「をつづに」と連濁の形をとる用例もあると、実例もしめさずいいかげんなことをいっていて、しかし「乎追通」と書いている用例もあるから、まあ、清音で読むのだろうと、ほんとうのことですよ、またまたいいかげんなことをいっていて、「豆」を「づ」と濁音で読みたいと願望している人たちに期待をもたせるが、実相は、「都」も「豆」も、清濁どちらにも通じる。それはたしかなことである。

八四〇番歌はおもしろい。白文中「倍」が二度出る。最初のは「べ」と濁音、後者は「へ」と清音に読む。「盃の辺に」である。はからずも同じ字を清濁両音に読む用例を示しているわけで、なんと、「豆」の読みについて、これは示唆を与える。

だから、わたしがいうのは、「蔓」あるいは「葛」は「かづら」と読むと強弁することは止めた方がよいのではないか。「葛城」だか「葛木」だかも、これを「かづらき」と読むのはつまりは慣行の読みということで、それを保証する用例はほとんどない。

いまは「かつらぎ山」、葛城山は、飛鳥の西に当たる山地で、北から二上山、葛城山、金剛山と並ぶ連山を「葛城山」と呼んでいたようである。「たかまの山」はどこへいってしまったのか。これもよく分からない。

『万葉集』巻第三の柿本人麻呂の作に、

こもりくの泊瀬の山の山の際に、いさよふ雲は妹にかもあらむ（四二八）

があって、「山の際に」は「やまのまに」と読む。「山のあたりに」という意味である。「たかまの山」は「高際の山」ではないだろうか。「山の高みに」という意味である。「高天の原」、あるいは「高天が原」という、神話に属する地名がある。それが現在、金剛山のふもとの奈良県御所市に「高天」の地名があるという。なにか示唆的だ。

＊葛城山の高みのきれいな山桜でございますねえ。ぜひ、お近づきにと願ったことですが、なんとねえ、余所者として、お傍を通り過ぎただけでした。

16　花うつほ

人の姿は花靫、優しさうで、
あふたりや、うその皮靫

人のすかたハ花うつほやさしさう
てあふたりやうそのかはうつほ

『菟玖波集《つくばしゅう》』に、「やさしく見ゆる花うつほかな」に「もののふや、桜狩して帰るらん」と付けている連歌が見えるという。というというのは、わたしは『菟玖波集』はたしかな刊本をまだ見ていないので。「花うつほ」はやさしく見えると、権兵衛の「やさしそうで」の言いまわしをやさしくみとめてくれている気配である。

「うつほ」は「うつぼ」と読み、矢を差して背負う中空の籠で、毛皮を張って矢が濡れるのをふせぐ。これに花枝を差して飾ったのを「花靫」と呼んだらしい。

「あふたりや」は「あふ」に、継続を示す助動詞「たり」と感嘆をあらわす助詞「や」をつけたかたちに見えるが、「たり」は動詞の連用形につく。「あひたり」でなければならない。完了を示す助動詞「つ」の連用形「て」に「あり」をつけた「てあり」も、「たり」とならんで使われているので、こちらかなとも思うのだが、これまた、動詞の連用形につく。「あひてあり」である。なんともこの「あふ」はややこしい。「あふ」の読みの「おう」は、「あひ」の読みの「おい」の音便とみてはどうか。「負うていることだねえ」。

それが、「や」は「矢」を、「やさしさうて」の「やさし」が「矢差し」をかけていて、また、「うそのかはうつほ」は「嘘の皮靫」と「獺《うそ》の皮を張った靫」の両義に読める。

＊靫《うつぼ》に花枝を差し飾ったあの人は、一見やさしそうに見えるけれど、なんとねえ、背中の靫に張った皮は獺《かわうそ》の毛皮だよ、嘘の皮張りだねえ。

17　人はうそにて

人は嘘にて暮らす世に、
なんぞよ、燕子が実相を談じ顔なる

人はうそにてくらす世になんそよ
燕子か実相を談しかほなる

「燕子」は「つばめ」をいう。『中華若木詩抄』の延べ番号一五六、江西作「寄越人」と題された七言絶句、

賀監湖辺燕子天　蘭舟蕩漾柳如烟
青春不再楽唯可　頭白書林未必賢

賀監、湖畔にあり、つばめ、天を飛ぶ。蘭舟、水にたゆたい、柳花、けむりのごとし。

春、再びきたらず、ただ楽しむべし。こうべ、書林に白きも、いまだ賢ならず。

「賀監」は、この詩抄の編集人如月寿印《にょげつじゅいん》が、その解説を「賀知章ト云タ者也」とあっさり書き始めているところから推して、その「賀知章」が「秘書監」の職にあったらしく、そこから「賀監」と、これは雅号のようなものか。

ところが如月寿印は、「一二ノ句、賀監湖辺ハ面白キ処也」と解説に書いていて、なにか「賀監湖」という湖があったかのようなのだ。これはつまりはこの賀知章が、しきりにそのほとりに住みたいとねがっていたという鏡湖《きょうこ》を暗示しているらしく、「鏡湖」については、どうぞ「呉軍百万(24)」の注釈をごらんください。この詩のテーマの「越の人に寄せる」は、どうやら「西施《せいし》」を指し示しているらしい。如月寿印は、つづく一五七番の詩を「西施」と題しているのである。

如月寿印は、つづけてこう解説している。

取リ分ケ春ノ時分、風景佳ナルゾ。燕子ノ天ハ、春ト云ハンズルト云コト也。燕来ル時分ノコト也。燕子ハ付字也。燕マデ也。燕ノ子ヲ燕児ト云コトアリ。依時可解之。春ノ時分ニ蘭舟ニ乗リテ湖上ヲアナタコナタ遊覧スレバ、湖辺ノ柳ハアヲ〳〵ト糸ヲ乱テ、烟ナンドノ立ツヤウナルゾ。

如月寿印の解読は、なんとも分かりやすい。燕子の子は付け字だなどと強調しているところなど、うれしくなってしまう。ただし「蘭舟」は解説がない。これは「木蘭」で作った精巧な舟をいうらしいが、かんじんのその「木蘭」が分からない。「モクレン」をいっているようにも見えるし、「イチイ」を指しているようにも見える。これはおもしろい。
「三四の句」と如月寿印はつづける。

> 一年中ニ春ハ二度ハナキモノゾ。一日モ徒ニヲリテハ、曲モナイ。酒ヲ飲ミ詩ヲ作リテ、湖上ノ春景ヲ賞ジテ遊ブベキコト、可也。叢林ヨリ只今諸老ノ詩作リテ申サルベキヤウ、推量申スニ、只今御里ニ御座アリテ御遊楽無用カ、早々御帰リアリテ学問ヲメサレイトアルベシ。ソレモ余義モナケレドモ、私ノ心中ハサウハナイゾ。若キ時ハ再ビナシ。春モ同前也。タダ日夜御遊ビアリタルヨリ外ノ面白キコトハアルマイゾ。京都ニテ我等ガヤウニ朝暮学問シテ、書籍ノ中ニテ年寄リハツルト云テモ、人ガ賢者ト云ハバコソ。学問シテ身ヲ持ツト云コトハ昔ノコト、当世ハサハナイゾ。只御遊ビアレト云心也。又、当世ヘカケテモ云ワズトモ、孔丘盗跖倶塵埃ナレバ、善ト云モ善ナラズ、悪モ悪ナラズ。何モ塵芥ナレバ、タダ御遊ビアレ。頭白書林モ、サノミ見事デモナイゾ。総ジテ、此詩ハ、吾ガ身ヲ卑下シテ、シカモ揣リテ抓ルヤウナル詩ゾ。底ハ、全体早々帰テ学問ヲセヨト云フ心アルゾ。頭白書林二十年トヤラン、山谷ガ作ル也。

如月寿印はすばらしい。

「孔丘盗跖倶塵埃《こうきゅうとうせきともにじんあい》」、孔子も大盗賊の盗跖もともにチリやホコリとなる。「揣」は『廣漢和』によれば、「スイ、タ、セン、スイ、タン、シ」などと発音し、「はかる、おしはかる」を意味する。だから「揣リテ」は「ハカリテ」と読み、「抓」は「つめる、つねる」だから、あわせて「様子をうかがい、抓ってみる」というような言説と聞こえる。

「叢林」といったり、「書籍」と書いたり、「書林」といったり。「書林」はどうやら宋の詩人黄庭堅《こうていけん》の詩からの引用らしく、山積みの書籍という意味合い。結語の「山谷ガ作ル也」の「山谷」は黄庭堅の雅号の一つである。

＊人は本音を言わず、まあまあで暮らしている。それなのに、なんだよ、燕め、本当はこうだよとしゃべりたがって。したり顔するなって。

18　花のミやこの

花の都の経緯に、
知らぬ道をも、問えば、まよわず、
恋路、など、通いなれても、紛うらん

花のミやこのたてぬきにしらぬ
みちをもとへはまよはすこひち
なとかよひなれてもまかふらん

『古今和歌集』巻第十二恋歌二の紀貫之の歌に、

わがこひは、しらぬ山ちにあらなくに、惑心そ、わひしかりける（五九七）

がある。これの「惑心」は、写本によっては「迷心」と読めるらしい。「まどう心」か、「まよう心」かである。紀貫之の歌が、どうやら震源らしい。恋にまどい、まよう心は、『閑吟集』にいたって、「まがう心」の変奏を呼んだ。『古今』巻第七賀歌の在原業平の歌に、

桜花、散りかい曇れ、老いらくの、来むというなる道、まがふがに（三四九）

がある。

それは、たしかに、在原業平の歌は、「さくら花ちりかひくもれ」、桜が散り乱れて、目の前が見えなくなるようにと、「まがう」ものをしめしている。『古今』では、あと二首に出る「まかふ」は、ともにそういう文脈に立っている。

けれども、「道がまがう」、見えなくなるという意味合いで、「恋路、など、通いなれても、紛うらん」、いくら通いなれている道でも、見えなくなることが、どうしてあるのだろうと、権兵衛は、業平の歌を本歌にとっている。

＊京の都は東西南北に道が走っていて、知らない道もあるけれど、聞けば、迷うこともない。それが、恋路は、通いなれているとはいっても、見えなくなることがある。どうしてだろう。

19　面白の花の都や

面白の、花の都や、
筆で書くともおよばじ、
東には祇園、清水、
落ち来る滝の音羽の嵐に、
地主の桜はちりぢり、
西は法輪、嵯峨の御寺、
廻らば廻れ、水車の、
いせむ堰の川波、
川柳は水にもまるる、
ふくら雀は竹にもまるる、
都の牛は車にもまるる、
野辺の薄は風にもまるる、
茶壺は挽木にもまるる、
げにまこと、忘れたりとよ、
小切子は放下にもまるる、

面白の花の都や筆てかく
ともおよハしひかしにハきをん
きよミつおちくるたきのおとは
のあらしに地主の桜ハちり〳〵
にしハほうりんさかの御寺まハら
はまはれ水車のいせむせきの
かはなみ川柳ハ水にもまるゝ
ふくら雀ハ竹にもまるゝ都の
うしはくるまにもまるゝ野への
薄ハ風にもまるゝ茶壺は
引木にもまるゝけにまこと忘
たりとよこきりこハ放下に
もまるゝこきりこのふたつの
竹の世ゝをかさねてうちおさ
めたるミ代かな

小切子のふたつの竹の世々を重ねて、うち治めたる御代かな

＊花の都の趣は深い。とうてい筆では書ききれない。東には祇園の八坂神社、清水寺がある。境内の音羽の滝の舞い上がる水しぶきに、地主権現《じしゅごんげん》のしだれ桜が花吹雪を作る。西には法輪寺があり、嵯峨の御寺がある。川辺に水車がまわっている。いせむ堰に川波が立っている。川柳が水にもまれている。ふくら雀が竹にもまれている。都の牛車の牛は車にもまれている。野辺のすすきは風にもまれている。茶壺は挽木にもまれている。なんとなんと、忘れていたよ、小切子《こきりこ》が放下《ほうか》にもまれていたよ。小切子のふたつの竹棒が節々を重ねて、世々を重ねて、天下泰平、めでたいな。

『梁塵秘抄』は、一二八六（三〇七）歌から二八八（三〇九）歌にかけて、「西の京」、「嵯峨野」、「大堰川《おおいがわ》」のあたりの社寺参詣案内をくりひろげている。どうぞ『わが梁塵秘抄』の「つねにこひするは」の段をごらんいただきたい。

権兵衛のいう「西は法輪」は嵯峨虚空蔵法輪寺、桂川の渡月橋を渡った嵐山の麓に位置する。「嵯峨の御寺」は、おそらく大沢池の南西にあたる嵯峨釈迦堂清涼寺をいっている。寺からさらに南に道をとれば大堰川のほとりに天龍寺がある。

天龍寺は、後嵯峨天皇が営んだ離宮である亀山殿の跡地を寺域にとっていた。『徒然草』によると、亀山殿は、屋敷地に大堰川の水をひこうと、近在の領民に水車を建造させたが、うまくいかなかった。そこ

で宇治郷の住人を呼んで仕事に当たらせたところ、「安らかに結ひてまいらせたり」(第五一段)。

現在の渡月橋のすこし上流、嵐山公園の大堰川河畔のあたりかと思われる。このあたりは、大堰川はまだ保津川と呼ばれている。渡月橋のあたりから桂川の呼び名が保津川にとってかわる。なお、「宇治の川せの(64)」を参照されたい。

「いせむ堰の川波」だが、これは読めない。ただ、このあと、ご紹介するように、この小歌は、「放下」の謡い物だったらしく、能の『放下僧《ほうかぞう》』にも、ほぼ同様の詞章《ししょう》が見える。その能の方には、「いせむ堰」は「井堰」と書かれたり、「臨川堰」と書いて「りせんせき」と読まれたりしている。

「りせん堰」の写しまちがいだとしたら、「臨川寺」に関係する言説と読めるかもしれない。「臨川寺」は天龍寺の川下、現在の京福嵐山本線の終点嵐山駅の南に位置する。すぐ南が渡月橋である。渡月橋の北のたもとの川岸に設けられた堰を「臨川堰」と呼び、これが「りせん堰」といいならわされ、「いせむ堰」の誤写を招いたのかもしれない。

「いせむ堰の川波」からの連想か、「川柳は水にもまるる」と、「いせむ堰」の土手に川柳が生えていたのだろうか。以下、「もまるる」の連句だが、「もまるる」は「揉まるる」と漢字

放下・鉢扣

『七十一番歌合』四十九番（塙忠雄編、国立国会図書館デジタルコレクション）

をあてる。

後の方で、「なんとなんと、忘れていたよ」とそらっとぼけて、これは「放下師」が両手にもつ「小切子」を打ち合わせて、揉むような所作を繰り返す。その所作を諸物のつきあいに当てたもので、川柳と流水、ふくら雀と竹林、牛車の牛と車、すすきと風、茶壺と挽木と、それぞれのつきあいを「揉まるる」と言いまわしているわけで、それは「川柳と水」は、もしかしたら「いせむ堰」を越えて流れる川水の水しぶきが川面に垂れた柳の枝葉にかかる情景を想像しているのかもしれない。

「ふくら雀と竹」のつきあいは、「揉まるる」で、それはよいとして、「牛は車に」は、ただ「車」といっても牛車をいっていたから、牛車と牛車が輻輳する、都大路の情景を想像しろと放下師は聴衆に要求しているのかもしれない。

「すすきは風に」のつきあいは、風に揉まれるすすきの穂群を想像させて、それでよいが、「茶壺は挽木」は、これはどうか。「挽木」は茶を挽く石臼をまわす柄をいう。この両者のつきあいはあまり親密ではないようですねえ。

「小切子」は五、六寸の長さの竹筒で、小豆などをなかにいれて音を出す。竹の「節」は「よ」と発音した。これを「世」にかける。『七十一番職人歌合』の四十九番に、「放下」は「鉢扣《はちたたき》」と組み合わされて登場する。

烏帽子をかぶり、腰蓑を巻いて、腰刀と柄杓《ひしゃく》を腰にさし、葉のついた竹の枝を背負い、両手に「小切子」をもって打ち鳴らす恰好の「放下」が描かれている。絵の上に「うつゝなのまよひや」と書いてあって、歌は、

月見つゝうたふはうかのこきりこの、竹の夜声のすみ渡る哉

と見える。「竹の夜声」は「竹のよごえ」と読んで、これもまた、「竹の節」に「夜声」をかけている。「放下」は「放下師」と呼ばれる僧形の歌芸人で、柄杓は投げ銭を受け取る容器に使う。「小切子」ではなく、「羯鼓《かっこ》」や「簓《ささら》」を楽器とするのもいる。

なお、「鉢扣」は「鉢叩」とも書き、絵を見ると、頭は束髪で、上衣は短袖、裸足で、左手に瓢簞、右手に撥《ばち》をもっている。瓢簞を撥で叩きながら、念仏や和讃を唱える。男の前に先端が鹿の角の杖が立ててあって、歌にこう読める。

うらめしや、たが鹿角ぞ、昨日まで、こうや〳〵といひてとはぬは

「鹿角」は「わさづの」と読み、「たが業《わざ》」をこれにかけている。うらみがましいことです、だれの仕業なのでしょう、昨日までは「来るよ、来るよ」といいながら、いつになってもお出でがないのは。

「こうや」は「来うや」と漢字をあてるが、「空也上人」をかけている。「空也」は「くうや」と読まれるが、「こうや」の読みもあった。「空也上人」は「鉢扣」の祖師である。

絵の上に「昨日みし人けふとへば」と書いてある。これは「無常和讃」の一節、「きのふみし人はいづくとけふとへば、谷ふくあらし、みねの松かぜ」からとっている。

20　花見の御幸

花見の御幸と聞こえしは、保安第五の如月

花見の御幸と聞えしハ保安第五のきさらき

宮内庁書陵部蔵本は「御幸」の右側に「ミゆき」、左側に「こかう」と仮名を振っている。だいたいが、前歌の「茶壺」に「ちやうす」と仮名を振っているぐらいなもので、読み仮名の御仁はあてにならないが、それにしても右側に「ミゆき」と振っている。これをしりぞけて、諸家は「こかう」を採る。

「みゆき」は、天皇のほかにも上皇、法皇、女院にも使われ、天皇のばあいには「行幸」、それ以外は「御幸」の漢字をあてた。平安朝も下ると、はっきり区別するために、後者を「ごかう」と音読するようになったと、たいていの「古語辞典」に書いてある。

『保元物語』に、「夜に入りて、新院、鳥羽の田中殿より白川の前斎院の御所へ御幸なる」と見える。「新院」は崇徳院である。後白河天皇に対して謀反を企てたという文脈で、もう少し後の段に、「保元元年七月十一日卯剋《うのこく》に、東三条殿へ俄《にわか》に行幸成る」と、後白河の行動が「行幸」と書かれている。

わたしは「新日本古典文学大系」本を見ているが、「御幸」「行幸」は漢字で書かれていて、校注者は「御幸」に「ごかう」、「行幸」に「ぎやうがう」と仮名を振っている。この読み仮名が適切かどうか、『保元物語』のなかでは確認できない。それは、「先々御幸の有しには」の前後に「御車に奉て後」とか、

「無由御伴して」とかの文言が見えて、「御車」に「おんくるま」、「御伴」に「おんとも」と仮名を振っているのを見ると、どうしてまた、「御幸」だけは「ごかう」と読むと決めるのか。

そのわけは『保元物語』のなかでは知りがたい。テキストはちがうが、やはり「新日本古典文学大系」本の『平治物語』に「大内へ御幸行幸はなりぬ」と見えて、これの振り仮名の付け方から、どうやら校注者が見ている原本には「大内へ御かうぎやう幸はなりぬ」と書いてあるらしいと分かる。「御かう」「ぎやう幸」と読むということで、この読みを『保元』へ返せば、それでよしということになりそうだが、それが『保元』の校注者が「参考資料」として巻末にまとめているもののうちに『今鏡』があって、『今鏡』は今、わたしの手元になく、さしあたりそれを借りることにすると、「すべらぎの中第二」の段に、「またの年のむつき二日、かの院の女房の中より、高倉の内のおとゝの御もとへ、みな人は今日のみゆきと急ぎつゝ消えにし跡はとふ人もなし」と和歌が一首見える。

「みゆき」は校注者は「御幸」に仮名を振っていて、どうだろうか、『今鏡』は一一七〇年ごろの作と見られる。保元平治の乱のすぐ後である。それは『保元物語』と『平治物語』は十三世紀から十四世紀にかけて、ようやく原型が成立する軍記物だから、『今鏡』のころまでは、まだ「みゆき」の読みが残っていた。軍記物ではそれが「ごかう」に統一されたとまで決めつけてよいのだろうか。

『増鏡』の「第十五むら時雨」の段を見ていくと、元徳《げんとく》二年の記事に、「おなじとしの冬の比、平野北野の社に一《ひと》たひに行幸なる。（中略）この平野の行かうのまひ人にまいる」と見えて、なるほど「行幸」は「ぎやうがう」と読むのかと、感心して、しばらく目を走らせていくと、「行かう」がいくつか、立てつづけに出るところがある。なるほどと思って、なおも先に行くと、「時をえてみゆきかひある庭の面に花もさかりの色や久しき」と、和歌に「みゆき」が出てくる。

『増鏡』は応安年間（一三六八〜七五）の著述かと見られている。なるほど、歴史物でも、このころの著述になると、地の文では「ぎやうがう」で、歌語として「みゆき」が残っていたということかと、さらに読み進めると、しきりに「行幸」と見えた果てに、「やがて宇治に行幸《みゆき》あるべきよし奏すれば」と見える。すこしあとに「びやうどう院のもみぢ御らんじやらるゝも、かゝらぬ御ゆきならばとあいなし。後冷泉院かとよ、こゝに行幸し給て（後略）」。

「みゆき」「御ゆき」「行幸」と、ひとつらなりに、地の文に見える。

結論は、分からない。どちらも使っていたというのが事の真相で、それは、詩語としての読みの問題がたしかにあると思う。「花見の御幸と聞えしは」は「はなみのみゆきときこえしは」と読んで、むしろ語調がなめらかで、わたしはその方がよいと思う。

それが、後段、「保安第五の如月」とはなにか。「ほうあんだいごのきさらぎ」と、あんまり語調はなめらかではない。「保安」は一一二〇年四月十日にはじまり、一一二四年四月二日に終わる。四月三日に改元されて天治である。だから、「保安第五」は「天治元年」でもある。

「保安第五の如月」というが、どうやら「花見の御幸」と評判されたのは「閏二月十二日」のことだったらしい。だから保安五年の閏二月である。天皇の位には六歳の崇徳がついている。崇徳天皇は十八年後の一一四一年に異母弟の近衛に譲位させられる。その近衛もまた、十四年後に、崇徳の同母弟の後白河に譲位させられる。その翌年、一一五六年、保元元年七月二日、鳥羽上皇が死去した。崇徳院は、自分を軽視して、近衛と後白河の天皇人事をすすめた父の鳥羽上皇の死去を機会に、弟の後白河天皇に対して謀反を起こす。これが「保元の乱」である。

この流れでいうと、崇徳天皇の即位と翌年の「花見の御幸」は「保元の乱」の淵源である。「花見の御幸」は白河院と鳥羽上皇の法勝寺の花見への御成をいっている。崇徳の人事は曾祖父の白河院の推挙によるものだったが、父の鳥羽上皇は、かならずしも崇徳の血統を立てなかった。「保安第五の如月」に、曾祖父と父は同じ桜を愛でたが、父はその後、別の桜に心を移した。

この「花見の御幸」のことは、『今鏡』に出る、『応仁略記』に出ると、諸家は傍証に凝っているが、わたしが不安に思うのは、保安五年を「保安第五」と呼ぶ、この言いまわしはおそらくここだけなのではないか。なにか不安で、もしや「保安大期」にかけているのではないか。もしや「保安五年」はおかしいから、だからわざと「保安第五」と書いたのか、写本の筆生がそう書いたのか。

ちなみに『増鏡』からの引用で、「この平野の行かうのまひ人にまいる」にはまいったというお方もいらっしゃるのではないかと思う。白状するとわたし自身、なにを書いたのか、わけが分からなくなって、「日本古典文学大系」版のそれをまたもや書架から引っ張り出して調べた次第です。この版本の校訂者は「この平野の行幸《がう》の舞人《まひ》にまいる」と読み下している。

21　尺八

我らも持ちたる尺八を、
袖の下より取り出し、
しばしは吹いて、松の風、
花をや夢と誘うらん、
いつまでか、この尺八、
吹いて心を慰めむ

我らももちたる尺八をそての
下よりとりいたししはしハふひて
松の風花をや夢とさそふらん
いつまてか此尺八ふひて心をなく
さめむ

宮内庁書陵部蔵本のこの段の書写は納得しがたい。「我らももちたる」と「も」の字が踊り字で重ねられていない。「とりいたししはしハ」の「し」の字についてもそうである。はじめの「し」は「之」のくずし、次のは「志」のくずしで書いている。

「尺八を吹く」主題は「まつとふけとも(276)」にも見える。

まつとふけともうらみつゝふ
けともへんない物ハ尺八ちや

その前後、「待つ」を主題に立てていて、なかなか来ない人を恨みながら待っていて、尺八を吹くのだけれど、なんともへんないものだね、尺八は。

「へんない物」の「へん」は「遍」のくずしの「へ」に「ん」と書いていて、だから「遍」の漢字をあてるのは、それは変だが、どうもその「変」でもなさそうで、『日本国語大辞典第二版』は「篇・編」の項に「へんも無い」の言いまわしをあげている。「篇・編」に「根拠・かど・わけ」の用例があり、そこから「わけもない、とりたてるところもない、つまらない」などの言いまわしが生じたとする理解であるらしい。

次歌の「待ても夕べの重なるは(277)」に、

まても夕のかさなるハかはる初
かおほつかな

待っていてもお出でのないのがこうつづくというのは、これは心変わりのきざしでしょうか。なんともこころもとないことです。

なにしろ「かはる」の読みがなんともおぼつかなく、校訂者によっては「かはり」と読んでいる。「初」に振り仮名が「そむる」と付いていることもある。「変わる初め」か、「変わりそむる」か、じつのところ、「か」も「は」もかなりぞんざいな書きようで、ここのところ、なんともこころもとない。

「までも」の読みもまたおぼつかない。校訂者によっては「までとも」と読むが、それはないだろう。問題は「も」の読みで、これは「と」とも読めるという意見もあるが、それはないだろう。ただ、「も」と読んだばあいは「て」とのつながり具合がこころもとない。「待ても夕べの重なるは(277)」の注釈をごらんください。

いずれにしても、「待つ」が不安な気分をはらんでいる。前歌が「待つ」を掛詞にこの歌にかかっていると読めば、前歌の「待つと吹けども」は、「恨みつつふけども」と照応して、尺八の音色は「待てど暮らせど来ぬ人を宵待草のやるせなさ」を伝える。

「尺八」だが、これはいまの尺八ではない。いまの尺八は、江戸時代の禅宗の普化宗《ふけしゅう》の「法器」だった「普化尺八」あるいは「虚無僧尺八」に由来する。権兵衛が袖の下から取り出した尺八は、「一節切《ひとよぎり》」と呼ばれたもので、「普化尺八」と同様、前面四孔、背面一孔で、その点、「古代尺八」と呼ばれる、前面五孔、背面一孔のものとはちがう。ちなみに「古代尺八」は正倉院に八管、法隆寺所蔵で東京国立博物館に移管されているのが一管存在するという。

「一節切」の呼び名は、竹の幹の中ほどを、上寄りにひとつだけ節を残して切って作られているところからで、「普化尺八」は、竹の幹の根方から、節を複数残して切って作る。「一節切」は、それだけに「普化尺八」よりは、細く短い。音量も少なく、音域も狭い。権兵衛の時代の後、江戸時代に入って「宗左流《そうさりゅう》」という芸流がおこり、これが使った「黄鐘切《おうしきぎり》」という尺八が標準となった。管長は一尺一寸一分とされたという。三四センチメートルほどで、武蔵野音楽大学楽器博物館が所蔵するものを見ると、黒漆で仕立てられている。

尺八

「普化尺八」は曲尺《かねじゃく》の一尺八寸を標準とする。だからといって「尺八」の呼称はなにも「曲尺の一尺八寸」に由来するものではない。「尺八」の呼称は「古代尺八」が唐の小尺の一尺八寸を寸法としたところから来たらしい。唐の小尺というのは二四・六センチメートルほどだったという。江戸時代の曲尺は、享保尺が三〇・三六三、伊能忠敬が工夫した折衷尺というのが三〇・三〇四センチメートルだったという。いずれにしても曲尺は現在の数値に近かったわけで、一尺八寸で五四センチメートルを越す。「普化尺八」を「袖の下から取り出す」のはかなりの芸当である。それが細身の一節切ならば、まあ、無理はない。腰帯にはさんで携行していたことだったろう。

＊腰帯に差して持ち歩いている尺八を、袖の下から抜き出して、しばし、吹くとしよう。松風が起こり、夢の中のように、桜花が散るだろう。さてさて、いったいいつまで、この尺八を吹いて、心慰めたらよいものやら。

22　吹くや

吹くや、心に掛かるは、
花のあたりの山颪、
更くる間を惜しむや、
まれに逢ふ夜なるらん、
この、まれに逢ふ夜なるらむ

ふくやこゝろにかゝるハ花の
あたりの山おろしふくるまを
おしむやまれにあふよなるらん
此まれにあふ夜なるらむ

能の『鵜《う》の羽《は》』の詞書《ことばがき》をそのまま、「この」という間投詞もそのままに借りている。観世入道世阿弥は、応永三十年、一四二三年に『三道』を書いて、七郎元能《もとよし》に与えた。奥書に「右此一帖息男元能秘伝為所也　応永卅年二月六日　世阿」と見える。『三道』は、「種作書」の三点から能演劇を考える文章である。中心となる役者にどのような役どころを与えるか。劇の構成をどうとるか。また、詞書と謡をどう書くか。

これに世阿弥は最近出色の作能として、「女体物」では「箱崎、鵜の羽、盲打、静、松風村雨、百万、浮船、檜垣の女、小町」と、『鵜の羽』を上位において、あげている。

七郎元能は、永享二年、一四三〇年に、『申楽談儀《さるがくだんぎ》』を書き上げたあとで出家した。この行動が、父世阿弥と長兄元雅《もとまさ》が将軍義教《よしのり》の不興を買って、醍醐寺の楽頭職を取り上げられるなどのことがあったことと関係があるかどうか、それはわからない。

七郎元能はわからないところの多い能役者であり、能作家である。生年を応永十三年と推定する考え方があり、そうだとすれば父世阿弥から『三道』をもらったのは十七歳のことで、それから八年後、永享二年に『申楽談儀』を書いたことになる。

『申楽談儀』は『世子《ぜし》六十以後申楽談儀』の略した呼びようで、『三道』を書いたころ、世阿弥は還暦を過ぎていた。以後八年間に「世子」世阿弥から聞いた芸談をまとめたという趣旨の書き物である。その『申楽談儀』で、七郎元能は『鵜の羽』が「世子」の作であることを保証している。

『鵜の羽』は、「新潮日本古典集成」の「謡曲集」上巻に収録されていて、すぐにでも手にとって読むことのできる能本のひとつだが、一説によれば、江戸時代に将軍に嫌われて、江戸中期から、どの流派でも上演されることのなくなった演目のひとつだという。

宮崎県の日南海岸の洞窟に鵜戸《うど》神社がある。一三八四年の年紀をもつ『梵灯庵主袖下集《ぼんとうあんしゅそでしたしゅう》』に「是は日向の国に有、天の岩戸是本也。伊勢に岩戸ありと申せども、日向のうどの岩屋是本也」と読める。「うどの岩屋」は、九世紀に天台宗鵜戸山の寺院として祀られたが、「梵灯庵主」のころには真言宗の寺院となっていたと思われる。

それが「梵灯庵主」が証言しているように、この岩屋には「天の岩戸」伝承がまとわりついている。能の『鵜の羽』は、「鵜の羽」で葺いた仮屋の作り物を舞台に置く演出を要求している。シテの海女は、「鵜羽葺不合尊《うのはふきあわせずのみこと》」の名前の由来を語って、「龍宮の豊玉姫」が尊の母親であると告げる。能も後段に入って、シテは「龍女」に身を変えて登場する。海女の「前シテ」に対して、「後シテ」である。

「神代の古跡」に仏教寺院が建つ。中世人にとってごく自然の両部信仰である。『梁塵秘抄』の世界である。

能『鵜の羽』は、「前シテ」の海女の語りにつづいて、上歌《あげうた》の地の謡が「浦風も松風も、浦風も松風も、日方《ひかた》は疾風波颪《はやちなみおろし》、音を添え、声を立て、扉《とぼそ》も軒も鵜の羽風、吹けや吹けや疾く吹け」と謡って、つづけて「吹くや心にかかるは、花のあたりの山颪、ふくる間を惜しむや、稀に逢ふ夜なるらん、この稀に逢ふ夜なるらん」と謡う。

「日方」は風の方向をいう。日のある方向から吹く風で、東より、西より、地方によって方向性に違いがある。『万葉集』巻第七の一二三一番に、

天霧《あまぎ》らひ日方吹くらし水茎の、岡の水門《みなと》に波立ち渡る

と見える。

「水茎の」は「岡」にかかる枕詞。ここは、いまは福岡県遠賀《おんが》郡芦屋町の遠賀川の河口の台地をいっている。霧が立ちこめて、日方が吹きそうな気配だ。河口に一面、波が立っている。遠賀川河口は北西にひらけた水域だから、ここは「日方」は北西から南東の方向へ向かって吹く風をいっている。

おもしろいのは、芦屋は、能の『砧《きぬた》』のシテの妻の住む里である。訴訟のことで京に上った夫の帰りを待つ妻は、里人の打つ砧の音に、蘇武《そぶ》の妻の打つ砧の音が異郷の地にあった夫の耳にとどいたという故事を思い起こして、みずから砧を打ち、松吹く風に想いを託す。

なんとねえ、詞章《ししょう》が芦屋の「日方」の方向を指示する。

蘇武が旅寝は北の国、これは東の空なれば、西より来たる秋の風の、吹き送れと、間遠の衣打たうよ。

つづいて「上歌《あげうた》」の小段が歌う。

古里の軒端の松も心せよ、己が枝えだに嵐の音を残すなよ、今の砧の声添へて、君がそなたに吹けや風、あまりに吹きて松風よ、わが心、通ひて人に見ゆならば、その夢を破るな、破れて後はこの衣、誰が来ても訪ふべき、来て訪ふならばいつまでも、衣は裁ちも替へなん、夏衣、薄き契りは忌まはしや、君が命は長きよの、月にはとても寝られぬに、いざいざ衣打たうよ。

『三道』に『砧』はあげられていないが、『申楽談儀』は世阿弥が「静かなりし夜、砧の能の節を聞きしに、かやうの能の味はひは、末の世に知る人あるまじければ、書き置くも物くさき由」を語ったと七郎元能は書いている。してみれば『砧』は、世阿弥が『三道』を書いた応永三十年から、七郎元能が『申楽談儀』を書いた永享二年まで、世阿弥六十一歳から六十八歳までのあいだに作能されたと見てよいであろう。

「物くさし」は気が進まない、うっとおしいというほどの意味で、能劇『砧』の興趣は後代の人たちにはもう理解できないことになってしまうだろうから、これを書写して人に与える気にはなれないと、なんとも尊大なもののいいようで、それがそれだけのことはたしかにある。さて、世阿弥が世阿弥自身理解したように能劇『砧』をわたしたちが理解できるかどうか。各自、試みてみられるがよい。

＊尺八を吹けば、松風が起こり、夢の中のように、桜花が散るだろう。浜の岩屋の葺きかけの鵜の羽を

風に運ぶだろう。それが、いま、心に掛かるのは、花に吹きすさぶ山颪の風だ。吹く風の音を聞いて、夜が更ける。遠く、砧を打つ音が聞こえる。夜が更けるのが惜しまれる。稀に逢う夜となるだろうに、なんとねえ、稀に逢う夜となるだろうに。

23 春風細軟

春風細軟なり、西施の美

春風細軟なりせいしの美

「細軟」という熟した言いまわしは、『廣漢和辞典』を見ても、出ていない。ただ、この権兵衛の小歌集の「新潮日本古典集成」版の注に、『蔭涼軒日録《いんりょうけんにちろく》』延徳四年（一四九三）正月四日等からということで、「淡月朦朧西子廊　春風細軟賛公房」という詩が紹介されている。また、「新日本古典文学大系」版の注にも引用されているが、こちらは『翰林葫蘆集《かんりんころしゅう》』三からとなっている。

「新潮日本古典集成」版の注は、杜甫の「大雲寺賛公房」四首の中からということで、「細軟青糸履」の文言を紹介していて、どうやらこの『蔭涼軒日録』だか、『翰林葫蘆集』だかからの引用は、杜甫の詩によっているらしい。

「賛公房」の「賛公」は、長安の「大雲経寺」（通称大雲寺）の僧侶で、安禄山の乱以後は、泰州の西枝村に草堂を置いていた。杜甫はその草堂を訪ねて、五言古詩をふたつ作っている。

「履」は「くつ」をいうが、『廣漢和』によれば、漢代の揚雄の著述である『別国方言（揚子方言）』に、「絲作之者謂履（糸でこれを作るものを履という）」と見えるという。だから「青糸履」は「青い糸で作ったくつ」ということになる。

「細軟青糸履」は「細くて柔らかい青い糸で作ったくつ」ということになるのだろうか。なにしろ杜甫のその詩はわたしの手元の本では探すことができず、だから文脈をたどることができないので、なんとも読みかねる。

『蔭涼軒日録』は、室町時代の京都相国寺鹿苑院蔭涼軒主の公用日記である。蔭涼軒主は禅宗寺院と将軍との仲介役を務めていたという。原本は焼失。「増補続史料大成」所収。「延徳」は将軍足利義尚《よしひさ》、義材《よしき》の時代。一四八九年改元。四年は一四九二年。『翰林葫蘆集』は室町時代後期の禅僧景徐周麟《けいじょしゅうりん》（一四四〇～一五一八）の漢詩文集。等持寺、相国寺、南禅寺などに住む。日録『等持寺日件』を残している。鹿苑院にも関係したらしいが、「蔭涼軒主」とは時代がちがう。権兵衛の同時代人である。『翰林葫蘆集』は内閣文庫本六冊が刊行されている。

24　呉軍百万

呉軍百万の鉄金の甲も、西施が笑裡の刀に敵せず

呉軍百万鉄金甲不敵西施
咲裡刀

『春秋左氏伝』「哀公」の記述によれば、呉王夫差《ふさ》は夫椒《ふしょう》で越王勾踐《こうせん》を破ったのち、勢いを借りて越に攻め込んだ。勾踐は五千の兵とともに会稽山《かいけいざん》にたてこもり、大使を派遣して、講和を求めた。呉王の家臣伍員《ごうん》は反対したが、夫差は講和を良しとした。伍員は、「越は今後十年間に人口と富を増やし、その後の十年間に教育・訓練を施せば、二十年後には呉は沼地と化しているだろう」と人に語った。

この話は魯《ろ》の哀公《あいこう》元年である。哀公二十二年、冬十一月、越は呉を滅ぼして、夫差を「甬の東」（甬は「よう」と読むが、どこのことをいっているのだか、分からないらしい）に住まわせようとしたが、夫差は、「わたしは年を取った。もう、仕えることはできない」といって、首を吊って死んだという。伍員の予言は的中した。

『左氏伝《さしでん》』には、勾踐を助けたという家臣范蠡《はんれい》の名も、范蠡の仕組んだ謀略だったと伝えられる西施を呉王の室に入れたという話も出てこない。魯の哀公元年から二十二年というと、西暦でいえば紀元前五世紀の最初の四半世紀にあたる。それから時が経って四世紀、後漢がはじまって、それからまたどのくらいあとか、それは分からないらしいが、後漢の趙曄《ちょうよう》がものした『呉越春秋』に、ようやく勾踐、范蠡、西施

の物語が記述されたのだという。

西施は呉王のもとへ派遣された仕事人だったわけで、「西施が笑裡《しょうり》の刀」の意味がこれである。「笑裡の刀」は「笑裏蔵刀」とか「笑中有刀」というふうに言いまわされていて、うわべには笑いながら、うちに陰険なものを隠しているというふうに説明される。だが、西施のばあいはまさしく「刀」をふところに蔵していたと想像してもよさそうで、なにしろかの女は、事が終わって後、なんと范蠡と「湖水を渡って」駆け落ちしたのだという。

李白はしきりに西施を歌っている。「鏡湖水如月」とはじまる五言絶句「越女詞《えつじょし》」もそうである。この「鏡湖」が、西施が范蠡と駆け落ちするのに渡った湖水だったのであろうか。

鏡湖水如月　耶渓女似雪　　鏡湖の水は月の如く、耶渓の女は雪の似《ごと》し。
新粧蕩新波　光景両奇絶　　新粧が新波にゆらめく。光景、ふたつながら奇絶。
鏡湖の水面は月の光に映え、若耶渓《じゃくやけい》のむすめは雪のように色白だ。
お化粧したてが鏡に映って、波間にゆれる。鏡も人も、とてもすてきだ。

「鏡湖」は現在浙江省紹興市の南にある、会稽山のふもとの湖。昔は耶渓が鏡湖に流れ込んでいた。耶渓は若耶渓のことで、もうひとつご紹介する詩では、李白、そちらでは若耶渓と書いている。

李白は、「蘇台覧古」と題する七言絶句に、かつて西施を照らしていた江西の月と、やはり西施の美を月光にたとえている。

旧苑荒台楊柳新　菱歌清唱不勝春
只今惟有江西月　曾照呉王宮裏人

蘇台で昔を見る。昔の庭苑の跡、荒廃した楼台、柳が新たに芽吹いている。菱の実を採る女たちが歌う歌が春風に乗って流れてくるのを聞くと、春を思う気持ちに勝てない。

昔も今も有るものは、ただ、江西の月、かつて呉王の王宮の人を照らしていたあの月だけだ。

「江西」はいまは揚子江中流の南、江西省をいうが、昔は、春秋戦国の時代、呉、越、楚が制覇した地域をいった。揚子江下流南岸である。だから、「江西の月」は「かつて呉王の王宮の人」、西施を照らしていたのである。

もうひとつは七言古詩という詩形で、「採蓮曲」。これは「蓮を採る女たちの歌」ということで、だから「蘇台覧古」の「菱の実を採る女たちの歌」に響きあう。

若耶渓傍採蓮女　笑隔荷花共人語　日照新粧水底明　風飄香袖空中挙
崖上誰家遊冶郎　三三五五映垂楊　紫騮嘶入落花去　見此踟躕空断腸

若耶渓のあたりで蓮を採る女たち、笑い、蓮の花ごしに語りあう。化粧してきたかの女たちを、日は明るく水底《みなそこ》に照らし出す。吹く風は香る袖を空中にひるがえす。

どこかの浮かれ男《お》たちが、三々五々と、岸辺の垂れ柳の葉陰に映る。紫騮《しりゅう》はいなないて、落花のなかに入り、去ろうとするが、女たちを見て、踟躕《ちちゅう》し、むなしく断腸の思いをする。

「紫騮《しりゅう》」の「騮」は馬偏に「留」の旁《つくり》だが、『廣漢和』によると、桺（りゅう、ヤナギ）の旁（ボウ、卯の本字）の字形でも同じということで、そちらを見ると「くりげ　たてがみの黒い赤馬」ということで、『詩経』をはじめいくつもの用例注が見える。だからさしあたりそのあたりに解を求めるとして、これは「どこかの浮かれ男たち」のことをいっているのであろうか。原文は『李白詩選』（松浦友久編訳、岩波文庫）に借りたが、それの訳注を見ても、そのあたりのことは解せない。

「落花」だが、柳の花というのは春に川柳が種からこぼれた白い綿毛をとばす。それをいう。「梅花ハ雨に(10)」の注釈をどうぞ。

また、「踟躕《ちちゆう》」も『廣漢和』は、「たちもとおる、行きつ戻りつする」と解を示し、『詩経』『文選』などから用例を示している。さしあたりこれに従うことにする。

西施が若耶渓の流れで布を洗い、蓮を採ったという伝承があるのだという。「越女」「採蓮女」は西施の記憶に返る。

25　散らであれかし

散らであれかし、桜花、散れかし、口と花心

ちらてあれかしさくら花ちれかし口と
はなこゝろ

「口」は、『源氏物語』の七個所に出るが、多くは身体の口とか、場所の口で、ことばにかかわるのは、「真木柱《まきばしら》」の巻に、屋敷に帰ってきた娘の、鬚黒《ひげくろ》大将の北の方に、母北の方が「口にまかせてなおとしめ給そ」、ほかにもう一個所、「若菜上」に、朱雀院が出家した年の暮れに、源氏が紫の上に、自分の愛情に変わりがないことを、るる、語って、「ひがことききこえなどせん人の事きゝいれ給な、すべて世の人のくちといふ物なん、たがいひいづる事ともなく」。紫式部は、ここでは「世間の噂」という意味合いで使っている。

「花心」は、『源氏物語』ではただ一個所に出る。「宿木《やどりぎ》」に、薫が中君《なかのきみ》を思って、匂宮《におうのみや》にゆずってもよいけれど、心配だ、「はな心におはする宮なれば、あはれとはおぼすとも、いまめかしきかたにかならず御心うつろひなんかし」。ここの「花心」は「浮気心」と読む。

なにも紫式部だけが頼み所というわけではないが、「散れかし、口と花心」の文脈では、まあ、そんなところではないか。

＊散らずにいてほしいものだ、桜は。散ってほしいものだ、人の噂と浮気心は。

「花心」だが、「頼むまじ(204)」に「一花心」と見える。

霜の白菊うつろひやすや
なふしやたのむましの一花
こゝろや

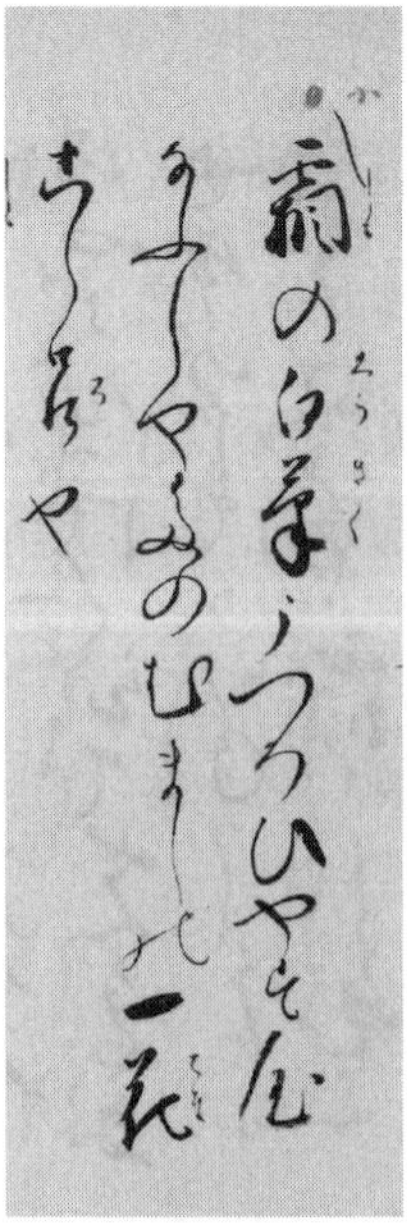
204番歌

「一花心」の「一」がしっかりと太字で書いてあって、印象的である。

「一花染め」というと、一度だけ染めた染め物、あるいは染めることをいう。「一花衣」は、「一花染め」の衣料をいう。「一花心」は「一時の浮気」ということだろうか。

人の心は、霜を置いた白菊のようなもの、色香は移ろいゆく、ええい、頼むまい、どうせ一時の浮気心でしょうよ。

女の歌と読みました。

「頼むまじ」だが、「たのむ」は相手に依存することをいう。四段活用で、助動詞「まじ」は動詞の終止形につく。ただ、辞書によっては、中世は動詞の未然形につくというふうに変わったという。とすれば「頼ままじ」だが、ともかく権兵衛は終止形をとっている。それにしたがって読むしかない。

26　上林に

上林に鳥が棲むやらう、
花が散り候、
いざ、さらば、鳴子を掛けて、
花の鳥、追はう

上林に鳥かすむやらう花か
ちり候いささらはなるこをかけ
て花のとりおはう

＊さくらが散っていますねえ。鳥が来ています。上林に棲んでいるのでしょうか。さあ、鳴子をかけて、花にわるさする鳥を追いはらいましょう。

「花が散り候」というようなもののいいようは、なんか、そんなふうな歌の読みを誘う。それが、じつは「上林」が分からない。辞書を引くと、「じゃうりん」と読んで、「上林苑」に同じと出る。「上林苑《じゃうりんえん》」は、「しゃうりんえん」とも読んで、秦の始皇帝が開設し、漢の武帝が増設したという、長安の西にあった苑囿（「えんゆう」と読んで、草木を植え、動物を飼う園。大きいのを苑といい、小さいのを囿という）をいう。珍しい動物や草花を集めたという。

27　地主の桜ハ

地主《じしゅ》の桜は散るか、散らぬか、
見たか、水汲み、
散るやら、散らぬやら、
嵐こそ、知れ

地主の桜ハちるかちらぬか見たか
水くミちるやらちらぬやらあらし
こそしれ

「水汲」とか「お茶の水」とかと呼ばれている狂言の演目があって、寺の和尚に「清水」へ水汲みにいけと命じられた若い僧侶が、いろいろ言い抜けて、代わりに門前の店の女いちゃに水汲みにいかせるよう仕向ける。そのくせちゃっかり水場に先回りして、いちゃのくるのを待ち受けて、しきりにいいよる。「新日本古典文学大系」の『狂言記』所収の「水汲新発意《みずくみしんぼち》」の校訂によれば、「清水」は「しみつ」と読んでいたらしい。

それにつき、茶には水が第一じや程に、そなたは清水へ行て水を汲んでおりやれ

しかし、権兵衛は「面白の花の都や(19)」で「きよミつ」と書いている。その「しみつ」寺だか「きよみつ」寺だかの「地主権現《じしゅごんげん》」のしだれ桜と「音羽の滝」はなにしろ有名で、権兵衛も都の名所と歌っている。水場は「音羽の滝」のあたりにあったらしい。

「落ち来る滝の音羽の嵐に、地主の桜はちりぢり」と、権兵衛は、19歌で27歌を解説している。もっとも、このばあい、狂言の演目が権兵衛の本歌だったかどうかはうたがわしい。いずれにしても『狂言記』の出版は万治三年（一六六〇）に下がる。元となった台本は、京都や奈良にいた狂言役者のものだったらしいと推測されても、それが権兵衛の演劇空間に存在したテキストと同じ物だったとはまずいえなかろう。いずれにしても、『狂言記』の「水汲新発意」に、この小歌は載っていない。

28　さかりふけゆく八重桜

神ぞ知るらん春日野の、
奈良の都に年をへて、
盛りふけゆく八重桜、
盛りふけゆく八重桜、
散ればぞ、誘う、誘えばぞ、
散るはほどなく露の身の、
風を待つ間のほどばかり、
うきこと繁くなくもがな、
うきこと繁くなくもがな

神そしるらん春日野のならの
ミやこに年をへてさかりふけ
ゆく八重桜〲ちれはそ
さそふささそへはそちるハほとなく
露の身の風をまつまのほと
ハかりうきことしけくなくも哉〲

＊神もみそなわす、春日野の奈良の都に年を経て盛りを過ぎた八重桜がある。花が散れば、風がまた誘い、風がまた誘えば、花がまた散る。この身もほどなく散る身、風が吹くのを待つだけだ。うっとおしいと思う機会がもうそんなにないようねがいたいものだ。

これも転載らしく、いまは上演されることがなくなった能の『春日神子《かすがのみこ》』の詞書の一節である。「古典文庫」の『未刊謡曲集』に入っているという。

「うきこと」の「うき」は「うし」という形容詞からで、「憂し」という漢字をあてる。「憂いことがそんなに起こらないようにねがいたいものだ」。

29　西楼に月おちて

西楼に月落ちて、
花の間も添い果てぬ、
契りぞ薄き灯火の、
残りて焦がるる、
影恥ずかしきわが身かな

西楼に月おちて花の間も
そひはてぬちきりそうすきとも
し火の残りてこかるゝ影はつ
かしきわか身かな

前歌は能の詞書からの転記だったが、この歌もまた、能の『籠太鼓《ろうだいこ》』からの転記である。『閑吟集』が成った頃合いに前後して、観世長俊《かんぜながとし》の筆談としてまとめられた『能本作者註文』に世阿弥作と紹介されている能『籠太鼓』の一節である。世阿弥作は「もとより信じ難い」と、「新潮日本古典集成」本『謡曲集』の編者は一蹴する。作者未詳が真相らしい。

寛正《かんしょう》七年（一四六六）二月二十五日に、将軍足利義政夫妻が飯尾之種《いのおゆきたね》宅を訪ねた記録が『飯尾宅御成記《いのおたくおなりき》』の表題で残っている。それに、そのおり、観世又三郎らが上演した能に『籠太鼓』が含まれていたことが記されている。なお、寛正七年は二月二十七日で終わり、二十八日から文正《ぶんしょう》元年がはじまった。

無実の夫が牢抜けしたというので、妻が身代わりに牢に入る。「清次が今夜籠を破り抜けて候」と、「籠」と書かれていて、中世では「籠」が「牢」の正字なのだ。現在の演出では、舞台の上に作り物の「籠《かご》」が置かれている。

「籠」の字は、時刻を読みとる器具の「漏刻」にもかけている。台詞に、しきりに数字遊びをやっている。どうぞ、「四の鼓(144)」をごらんねがいたい。権兵衛は、さらに、これにすぐつづく小段から、台詞を引いている。そこに数字遊びが見え隠れしている。

どうもこの能の作者はマニエリストだ。このあたりが能学者に嫌われるわけなのだろう［ここでいう「能学者」とは、能の研究者という意味である］。能学者の思惑はそっちのけで、権兵衛の時代には、けっこうこの能は人気があったのではないか。

妻の夫を想う心根を知った役人は、ふたりともに自由の身にするから、もう牢から出ろという。ところが、妻は出ようとしない。

シテが謡う。

おん心ざしはありがたけれども、夫《つま》に代れるこの身なれば、この籠の内をば出づまじや、これこそ形見よ懐かしや。

地謡が引き継ぐ。

無慙《むざん》やわが夫の、身に代りたる籠の内、出づまじや雨の夜の、つきぬ名残ぞ悲しき、西楼に月落ちて、

花の間も添ひ果てぬ、契りぞ薄き灯し火の、残りて焦がるる、影恥づかしきわが身かな。

「出づまじや雨の夜の、つきぬ名残ぞ悲しき」だが、『詞花《しか》和歌集』巻第七恋上に、僧都覚雅《そうずかくが》の、

影見えぬ君は雨夜の月なれや、出でても人に知られざりけり（二〇七）

が見える。これが本歌なことはあきらかで、「つきぬ名残」は「月」にかけている。

「西楼に月落ちて、花の間も添ひ果てぬ」は、『今昔物語』巻第二四の第二六話「村上天皇、菅原文時《ふみとき》と詩を作り給うこと」を本歌にとっている。

いまはむかし、村上天皇は「宮の鶯暁に囀る」と題する詩を作った。

露こまやか（露濃）にして、緩語す、園花の底月落ちて、高歌す、御柳の陰

その詩が自分で気に入って、文章《もんじょう》博士の菅原文時を呼んで、それを見せた。すると文時もひとつ詩を作った。

西楼に月落ちて、花間の曲、中殿《ちゅうでん》に灯《ともしび》残って、竹裏の声

村上は、自分の歌もかなりのものだと思うが、文時のものもなかなかだ。遠慮のないところ申せと、文時

に迫った。文時は困ってしまって、下句はけっこういいですよ。わたしのよりもいいかなと答えた。すると、村上は憤然として、文時は正直なところをいっていないと責めた。文時は、ついに「まあ、一膝分ほど、わたしの方がいいでしょうかね」と言い捨てて、逃げだしたというお話。

村上天皇の歌もかなりのものだとわたしも思うが、いかがであろうか。優劣いずれにせよ、鶯は、村上の詩では、御苑の花群れにもぐって鳴いている。露が濃いといっているから、明け方だろう。月が落ちれば、柳の木立の茂みに移る。

文時の詩では、「西楼」に月の落ちる頃合い、鶯は「花間」で囀っている。「曲」といっているのだから、ただ花から花へ飛び交っているのではなくて、囀っている。「中殿」の残灯が、夜の白々明けに、あわくまたたく頃合い、柳の枝葉のなかで、声が聞こえる。

「西楼」は、平安京「大内裏《だいだいり》」の「豊楽院《ぶらくいん》」の北西の角の「霽景楼《せいけいろう》」をいうという理解があるが、どうだろうか。「中殿」は「清涼殿」をいう。これは「大内裏」の一部で、天皇の日常生活空間を作る「内裏」（「大内」ともいう）の御殿のひとつである。「豊楽院」と「内裏」は、天皇の公的空間を作る「朝堂院」をあいだにはさんで、「内裏」が北東に、「豊楽院」が南西に対している。

村上と文時は、「中殿」で対話していたのだろうか。いずれにしても、「西楼」は、想像の視界にある。そこに梅林が、竹林が見える。鶯が花枝を渡っている。

「西楼」も「花間」も李白の詩に出る。おそらく文時が自分の方のが一膝分いいかなと判定をくだした、その根拠は本歌取りにあった。

「西楼」は、李白の「送儲邕之武昌」と題する五言排律に、「黄鶴西楼月」といきなり「西楼」が出る。

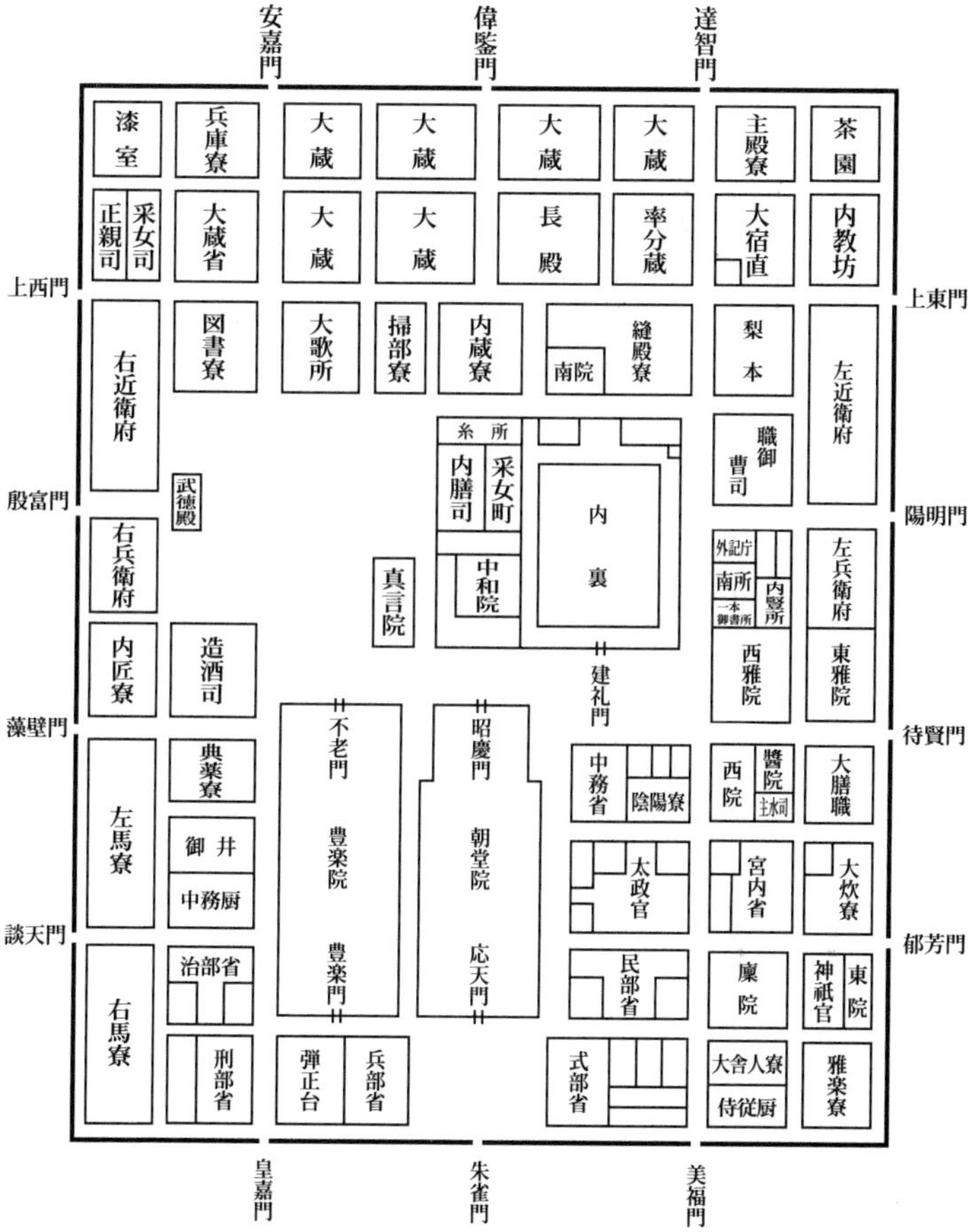
安嘉門
偉鑒門
達智門
漆室
兵庫寮
大蔵
大蔵
大蔵
大蔵
主殿寮
茶園
正親司
采女司
大蔵省
大蔵
大蔵
長殿
率分蔵
大宿直
内教坊
上西門
上東門
右近衛府
図書寮
大歌所
掃部寮
内蔵寮
南院
縫殿寮
梨本
左近衛府
糸所
内膳司
采女町
内裏
職御曹司
武徳殿
殷富門
陽明門
右兵衛府
真言院
中和院
外記庁
南所
一本御書所
内豎所
左兵衛府
内匠寮
造酒司
建礼門
西雅院
東雅院
藻壁門
待賢門
不老門
豊楽院
豊楽門
昭慶門
朝堂院
応天門
中務省
陰陽寮
西院
醤院
主水司
大膳職
典薬寮
左馬寮
御井
中務厨
太政官
宮内省
大炊寮
談天門
郁芳門
治部省
民部省
廩院
神祇官
東院
右馬寮
刑部省
弾正台
兵部省
式部省
大舎人寮
侍従厨
雅楽寮
皇嘉門
朱雀門
美福門
大内裏見取図（『広辞苑』）

題辞は「儲邕《ちょよう》が武昌に行くのを送る」と読む。「之」は「行く」と読む。いま、最初の四行を紹介すれば、

黄鶴西楼月　長江万里情　黄鶴の西楼に登る月、はるばろと長江の眺め、
春風三十度　空憶武昌城　春風が吹いて三十年、いま武昌城をそらに思う。

「黄鶴」は、いまの武漢市武昌の蛇山のふもと、揚子江をのぞむところにあったと伝えられる、また、じつに李白の時代についても伝えられたと書いてなんの問題もない古伝承に出る楼の名前である。仙人子安が黄色い鶴に乗ってその楼に立ち寄り、休んだという。

李白は「黄鶴楼《こうかくろう》で孟浩然《もうこうねん》が広陵へ行くのを送る」と題する七言絶句にも「故人西辞黄鶴楼」というのを書いていて、そこでも「西」をいっている。どう読むのかわからない。「親しい友人が、西に、黄鶴楼を辞する」と読むのだろうか。ところが、その親しい友人の孟浩然は、長江を揚州に下るのだという。東方なのである。だから「西」は分からない。

故人西辞黄鶴楼　煙花三月下揚州　故人西に、黄鶴楼を辞し、煙花三月、揚州に下る。
孤帆遠影碧空尽　惟見長江天際流　孤帆の遠影、碧空に尽き、ただ見る、長江の天際に流るるを。

「花間」は李白の「春日酔起言志」と題する五言古詩に出る。なにしろそのタイトル、春の日、酔っぱらって、そのへんに寝込んで、そのうちに起きてきて「志を言う」というのが気に入った。

処世若大夢　胡為労其生　処世は大夢のごとし。いずくんぞ為さん、その生を労することを。

所以終日酔　頽然臥前楹　ゆえに終日酔い、頽然《たいぜん》として（くずれ倒れて）前楹《ぜんえい》に臥す。
覚来眄庭前　一鳥花間鳴　覚め来たりて庭前を眄《なが》むれば、一鳥、花間に鳴く。
借問此何時　春風語流鶯　借問す、これ、いずれの時ぞ。春風、流鶯《りゅうおう》を語る。
感之欲歎息　対酒還自傾　これに感じて、歎息せんと欲し、酒に対してまたみずから傾く。
浩歌待明月　曲尽已忘情　浩歌して明月を待ち、曲尽きて、すでに情を忘る。

この世の生は壮大な夢だ。そんな夢の生を、なんか考えたり、なんかやってみたりしてどうなるっていうのだ。

そこで一日中酔っぱらい、ついにはくずれ倒れるように、目の前の柱にすがって、眠り込む。酔いが醒めて正気にもどって、目の前の庭を眺めれば、鳥が、一羽、花のあいだに、鳴いている。おたずねしますが、いまはいったいどういう季節か。答えて、春風が、枝をわたるうぐいすを語る。これに感じて、おおいにほめたたえたくなって、酒に向かって、またもや身を傾ける。大きな声で歌をうたって、月の出を待っているうちに、歌も出尽くして、いい気分になっていたことさえも忘れてしまった。

「花間に鳴く」は、花がむらがり咲いていて、花と花が重なって、隈もない。隙間もない。そこを鶯が飛び回っていて、というわけで、ほんのせせこましいスペースをいっている。それが「花間に鳴く」の解だが、ここで、ようやく権兵衛の歌にもどれば、だから、権兵衛は、本歌の「花の間の曲」の、そのまた本歌が李白にあることをたぶん知りながら、わざと誤解したふりをして、「花の間も添ひ果てぬ」と、鶯が花から花へと飛び回る短い時間と歌っている。

＊そんな短いあいだも添うことができなかった、だから「契りの薄い」このわたしが、鶯なんて晴れがましい鳥どころか、へらへらの夜の蛾のこのわたしが、鱗粉をまき散らして、残灯に身を焦がす。この身が恥ずかしい。

権兵衛の「春の歌」が歌い収められたいま、わたしは大きな驚きを覚えている。なんとねえ、序歌につづいて2番歌は村上天皇の歌を本歌にとって、春の歌の初歌とした。いま、西楼をめぐる話題に、またもや村上が登場した。そうして春の歌が歌い収められた。これは一注釈者の宰領を超えた事態である。

II あら、卯の花や、卯の花や

町田本『洛中洛外図屏風』より清水寺（右隻第2扇上）

30 卯の花

花ゆえ、ゆえに、あらわれたよなう、
あら、卯の花や、卯の花や

花ゆへ〳〵にあらわれたよなふ
あらうのはなやうのはなや

＊花のせいで、ばれてしまったねえ、やれやれ、卯の花だねえ、憂の花ってこと。

ふたりの仲がばれたのは、卯の花が群がり咲く川縁で逢い引きしていたからなのか、卯の花を思う人に届けたのが人に見つかったからなのか、そのあたりのことはどうもよく分からない。

もっとも、「卯の花かさね（57）」に、

卯の花かさねななめさいそよ
月にかゝやきあらはるゝ

と見える。「卯《う》の花襲《はながさね》、な、な、召さいそよ、月に輝き、顕《あらわ》るる」と読む。「卯の花襲の着物なんか着なさんな、月光を浴びて、しっかり目だって、ばれちゃうよ」というほどの意味合いで、だから、ここの「花ゆえ、ゆえに」も、「卯の花襲」なんか着ていたから、ばれちゃったねえと読むこともできるが、まあ、そこまで読みこむこともないでしょう。

「卯の花襲」は表が白、裏が「青」の布地をいう。「青」は『万葉集』の時代から「緑」をいっていた。「青旗《あおはた》の」は山にかかる枕詞で、どうぞ、「木幡山路（107）」の注釈をごらんください。「青旗の木幡」「青旗の葛城山」「青旗の忍坂山《おさかやま》」の諸例がある。山の緑を指している枕詞です。『延喜式』「縫殿寮《ぬいどのりょう》」には「深緑」「中緑」「浅緑」の三色の「緑」が指定されていて、公的には「緑」といっていたのだが、俗に「あを」といえば、それは緑色をいった。

権兵衛の時代になるが、『曇華院殿装束抄《どんげいんどのしょうぞくしょう》』という衣裳本がある。曇華院《どんげいん》は現在も京都市右京区にある臨済宗天竜寺派の尼寺で、「竹の御所」とも呼ばれる。開山の知泉尼は将軍足利義満の祖母という。その衣裳本は、天文《てんぶん》年間の製作といわれていて、天文年間は将軍義晴と義輝の時代で、一五三二年から一五五五年にいたる。『閑吟集』は一五一八年に編集したと「真名序《まなじょ》」は書いているから、もう権兵衛は生きてはいなかったかもしれない。

権兵衛自身の生死はともかく、この衣裳本で「緑青」といっているのが、「襲色目《かさねいろめ》」でいう「中青」らしい。「襲色目」では、「青」は、「中青《なかあを》」を中程度に、「濃青《こきあを》」と「淡青《うすあを》」の三種をいう。これは『延喜式』「縫殿寮」にいう「深緑」「中緑」「浅緑」に対応する。

31　お茶の水

お茶の水が遅くなり候、
まづ、放さいなう、
又、来うかと問われたよなう、
なんぼこじれたい、
新発意心じゃ

御ちやのみつかをそくなり候
まつはなさいなふ又こふかととはれ
たよなふなんほこしれたいしん
ほちこゝろちや

「地主《じしゅ》の桜ハ(27)」の門前の店の女いちゃが、ここでもまた、お茶の水汲みに、清水寺の音羽の滝の水場に出かけると、またもや若い僧侶が待ち受けていて、いちゃに言い寄る。「お寺にお茶の水、お届けするのが遅くなっちゃうじゃあないの。手を放しなさいよう」「放さいなう」の「放さい」は、四段活用の動詞の未然形に、相手に要求する意味をあらわす助動詞「い」をつけたかたちで室町時代にはひろく使われた語法だが、江戸時代に入るとほとんど使われなくなったという。

「まづ、放さいなう」は「放さい」に、終助詞「な」の転だという「なう」をつけている。「なう」は相手方に訴えて同意をもとめる意を添えるという。だから、ここは「手を放しなさいよう」で、まあ、よいと思うのだが、めんどうなのは、次の行で、「又、来うかと問われたよなう」、また来るかと聞かれたわよねえ。いったい、だれに対して訴えて同意をもとめているのか。

「なんぼこじれたい」だが、「なんぼ」は「なんぼう」の口なまりらしく、「なんぼう」は「なにほど」からだという。

「こじれたい」は『日本国語大辞典第二版』によれば、「こじれ」からで、「こじれ」は「小焦」の漢字をあてる。これが形容詞になって、近世以降、「こじれッたい」と使われた。同辞典は「こじれたい」の項も立てているが、そこに引かれている用例は、まさにこの権兵衛の小歌である。他はない。近世以降の言葉遣いが権兵衛の小歌集に出てくるのは、べつにここだけではない。ここも、それでよろしいのではないでしょうか。ええい、こじれたい言いまわしだねえ。

さてさて、この小歌、ぜんたいどう読むか。いちゃになかまがいたと仮定しよう。

＊お寺にお茶の水、お届けするのが遅くなっちゃうじゃあないの。手を放しなさいよう。ああ、いっちゃった。また来るかと聞かれたわよねえ。だってねえ、返事のしよう、ないじゃあないの。まったく、じれったいったらありゃあしない、あの若いお坊さん、なに考えてんだか。

32　新茶のわかたち

新茶の若立ち、
つみつ、つまれつ、
ひいつ、ふられつ、
それこそ若い時の花かよなう

しんちやのわかたちつミつつ
まれつひいつふられつそれ
こそわかひときのはなかよなふ

「わかたち」だが、『古語大辞典』の案内によると、『日葡辞書』は「わかだち」と「たち」を濁音で読んでいるという。「新しい若枝、または、新しい小枝」と解が示されているという。また、西行の『山家集《さんかしゅう》』から用例をひとつ引いている。なにしろ『八代集索引』に「わかだち」の項は立っていない。西行の証言は、どうやら貴重なものであるらしい。

『日本国語大辞典第二版』の「わかだち」の項は、同じ西行の歌のほかは、いきなり『上杉家文書永禄二年（一五五九）』からということで、まあ、たしかに永禄二年といえば、権兵衛の生涯をすこし通り越した頃合いなわけで、その意味では、これもまた、貴重な証言ではある。

西行法師の『山家集』の歌というのはこうである。

年はゝや月なみかけて越えにけり、むべ摘みけらしゑぐのわかたち

「ゐぐ」は慈姑《くわい》のひとつ、黒慈姑をいうが、院政時代に入ってから成った古歌解説などに、芹をいうとも出る。

わたしは『山家集』は「日本古典文学大系」版で見ているが、この西行の歌は、その刊本で下雑《ぞう》一〇六一番で、頭注によると、版本によって「しばのわかたち」と出るらしい。「しば」では意味が通らないところから、「ゐくのわかたち」と見える版本をとったということである。

「ゐく」というと、『万葉集』巻第十の一八三九番歌、

君がため、山田の沢に恵具摘むと、雪消《ゆきげ》の水に裳《も》の裾濡れぬ

に「恵具」と見える。平安時代以降は「恵供」と書かれたようで、正月七日白馬節会《あおうまのせちえ》の供物をいい、これが「恵供」の若菜だった。

黒慈姑はもともと慈姑のなかまで、塊茎が慈姑のように食用となる。それの「若立ち」が若菜として食されていたということらしい。

だから『万葉』のこの歌の「恵具」は、なにしろ歌の調子が、浅い笊《ざる》を小脇に抱いて若菜を摘む若い女性を連想させるわけで、だから「ゐぐ」でも、「根芹《ねぜり》」でも、それはよい。

西行は茶を知らない。西行の次の世代の栄西が宋から茶をもたらした。栄西は、建久二年（一一九一）、宋から帰ってきたおりに、当時、中国でひろまっていた抹茶の茶法を、茶の苗木とともにもたらしたと見られている。ちなみに、煎茶は、江戸時代初期に来日した隠元《いんげん》がもたらしたとされる。

抹茶は、茶の葉を摘み、炒って、乾燥させ、臼で挽いて、篩《ふるい》にかけて作る。この工法を、権兵衛のこの

小歌は映している。

いいえ、つまり、茶の葉を摘んだり、摘まれたり、臼を挽いたり、篩で振られたりということらしいのだが、それはたしかに「つみつつまれつ」は「つむ」に「つめる、つねる」（漢字は抓をあてる）の意味があって、引っかけはなりたつが、「ひいつふられつ」の方はかなり抵抗感がある。

まさか、臼で挽いたり、篩で振られたりと、そのまま読めというわけではないだろうから、漢字をあてれば「引いつ、振られつ」だろうと、一応、当たりをつけるとして、「ひいつ」は「ひく」で、『万葉』巻第二の九六歌、

みこも苅る信濃の真弓わが引かば、うま人さびて否と言はむかも

にはじまる久米禅師《くめのぜんじ》と石川郎女《いしかわのいらつめ》の、「信濃の真弓」と「梓弓」を枕詞にとった二組の問答歌に、「弓を引く」あるいは「弓を弾く」が人の心を引きつける所作として歌われている。

ところが「ふられつ」の「ふる」は、それは『源氏物語』の「夕顔」の終わりに近く、「おもへどあやしう人ににぬ心つよさにてもふりはなれぬるかなと思つゝけたまふ」と、それはたしかに「ふりはなれぬる」のかたちでは、後代のことばづかいで「振る」とか「袖にする」といった意味合いで出るように見えはするが、どうもわたしはこの文章がよく読めない。

これは、空蟬《うつせみ》の夫の伊予介《いよのすけ》が下向するというので、空蟬との仲をきれいにしようと、源氏が空蟬の「小袿《こうちき》」を返して、歌の遣り取りをする。それにつづく文章で、「なにかはっきりしない人だなと思っていたが、それがその人とは思えない心強さを見せて、ふりはなれていったなと、源氏はつくづくと思った

ことでした」。

「ふりはなれぬる」は「ふりはなる」に完了を示す助動詞「ぬ」がついた「ふりはなれぬ」の変化形である。「はなる」は自動詞で、「はなつ」がその他動詞形である。「ふり」がなければ「離れていったものだな」と読む。「ふり」を後代にいう「振る」と読むとすると、「わたしを振って、離れていったものだ」と読むことになる。

さすがに『古語大辞典』も『日本国語大辞典第二版』も、「振る」の項に、後代の意味合いでの解を立てながら、『源氏』のこのくだりを用例に拾ってはいない。『仮名草子』『浮世草子』など江戸時代の文献から用例を拾っている。ところが、『日本国語大辞典第二版』は『枕草子』から用例を引いている。「日本古典文学大系」版では第八六段、「新日本古典文学大系」版では第八二段、また、「新潮日本古典集成」版では第八一段の文章からで、「いかてかさつれなくうちふりてありしならむ」というのだが、これがおもしろい。

問題のその段はこう書き始められている。

さて、その左衛門の陣などに行きて後、里に出てしばしあるほどに、とく、まゐりね、などある仰せ事の端に、左衛門の陣へ行きし後ろなん、つねに思し召し出らるる、いかでか、さ、つれなく、うちふりてありしならむ、いみじうめでたからんとこそ思ひたりしか、など仰せられたる（後略）。

「左衛門の陣」などなどは、七四（七八、七三）段に書いた話につづけていると見られる。そこに「近衛の御門より左衛門の陣にまゐり給ふ上達部の前駆ども」などなどと書かれていて、「近衛御門」は「陽明門」、「左衛門陣」は「建春門」で、その中間に「職《しき》の御曹司《おんぞうし》」が位置していた。これは中宮の仮御所である。中宮藤原定子は、長徳二年二月（九九六）から長保《ちょうほう》元年（九九九）まで、ここに住んでいた。

有明の月が残る朝まだき、女房たちがすっかり霧がたちこめた庭に下りて歩きまわる気配をお察しになられて、中宮さまもお起きになられた。女房たちが、みんな、部屋の外に出て、縁側に座ったり、庭に下りて歩いたりして遊んでいるうちに、ようやく夜が明けてきた。だれかが、「左衛門の陣へ行ってみましょう」と誘って、みんながわれもわれもと追いかけて、後に付いていったら、大勢の殿方の声が聞こえてきて、「なにがし、一声の秋」などと朗詠しながらこちらへ来る気配がしたので、御殿に逃げ帰って、後を追ってやってきた殿方たちとお話をした。殿方たちのなかには、「月を見ていらっしゃったんですね」とわたしたちをほめて、歌まで詠んでみせてくれたお方もいた。

そこで第八二（八六、八一）段へ帰ると、

さて、明け方に、陽明門まで女房たちみんなで押しかけるというような出来事があって後、わたしは里帰りを許されていたのだが、しばらくしたら、「急いでお帰りなさい」という中宮さまからのお手紙があって、そこに、「あなたがたが明け方に陽明門の方へ押しかけたおりのあなたの後ろ姿をいつも思い出しますよ。どうして、まあ、あんなにもつれなく、うちふりてあったのでしょう。ご自分ではずいぶんとカッコいいと思っていらっしたんでしょうねえ」などとお書きになられていた。

「つれなく、うちふりて」の「つれなく」は、次の第八三（八七、八二）段に、大雪になって、庭先に雪山を作らせた。なかなかとけず、「さて雪の山つれなくて年も返ぬ」という。その「つれなし」は「そのままで」ということで、だから、清少納言が中宮定子の目に「つれなく」見えたというのは、「まるで普段着のまんま」ということでしょう。

「うちふりて」の文脈に照らしての読みは、だんだんと意味範囲がせばまってくる。なんか、人を振り捨てるような、とはどうも読めそうにはないということである。「ふる」は「旧る」と漢字をあてる。古びるということで、「なんともオールドファッションで」と、中宮は、ふだん口争い相手の清少納言をからかっている。

権兵衛の文学以前の文献に、近世以降の意味合いでの「振る」を探しまわっても、どうも無駄骨に終わりそうである。だから、どうして権兵衛は「新茶の若立ち、つみつ、つまれつ、ひいつ、ふられつ、それこそ若い時の花かよなう」と書いたのか。

あらためて歌を眺めてみれば、「つみつ、つまれつ」はおたがい対義語ではない。ところが「ひいつ、ふられつ」を、「ふる」を「振る」と読めるかどうかがその読みにかかっているかのように読もうとつとめるということは、これを、おたがい対義語として読もうとしているということになる。これは不条理である。歌全体の文脈において不作法な読みの工夫である。

あらためて見直せばそういうことで、だから、「ひいつ、ふられつ」をおたがい対義語ではない読みの作法を通すにはどうしたらよいか。答がようやく出かかって、「袖を」を補って読むということではどうであろうか。「袖をひいつ、袖をふられつ」と、なんと、おたがい対義語ではない読みに仕上がった。

「袖を引く」については、『古語大辞典』が『沙石集《しゃせきしゅう》』から用例を拾っていてくれるし、「袖を振る」の方は、これはもう古典的な名歌、『万葉集』巻第一に額田王の歌がある（二〇）。

あかねさす紫野《むらさきの》行きしめ野行き、野守《のもり》は見ずや君の袖振る（布流）

33　新茶のちやつほ

新茶の茶壺よなう、
入れての後は、
こちや知らぬ、こちや知らぬ

新茶のちやつほよなふいれての
のちハこちやしらぬ〱

権兵衛は、「新茶の茶壺」はおぼこ娘、「入れての後」は情交した後と読ませたいのだろうが、さて、「こちや知らぬ」を重ねる態度はどうだろう。「こち」は人称代名詞で「わたし」をいい、「や」はおそらく間投助詞だろう。「あたしゃ、知らないね」といっていることになる。

この「あたしゃ」のように、権兵衛の時代、「こちや」は「こちゃ」と拗音化されていたか。もしそうだったのなら、「新茶」に対して「古茶」のことばふざけができるのだが。

それにしても、「新茶の若立ち」とはなにか。いいえ、これは前歌の話だけれども、ここでもまた「新茶の茶壷」などと、わけのわからぬことを権兵衛はいいだす。それはたしかに、『狂言記』の「茶壷」に、「あかいの坊のほうさきを十斤ばかり買い取り、此壺にうち入れ」と見えて、これぞまさに「新茶の茶壷」である。「あかいの坊」は「閼迦井の坊」で、製茶の達人だったらしい。「ほうさき」は「穂先」で、これぞ「若立ち」である。あかいの坊が「若立ち」を精製したのを、十斤ばかり、この壺に入れてということで、一斤は一六〇匁、約六〇〇グラムである。十斤で六キログラム。かなりの大壺だ。台詞は「うしろにきつと背負うて」とつづいている。

だから、「いれてののちハ」と、いま気が付いたが、「の」が踊り字になっていない。それは、まあ、行替えだからということで大目に見るとしても、いったい権兵衛は何をいいたいのか。新茶を入れようと、特別にあつらえた茶壺に、(べつに特別にあつらえなくてもよいのだが)、新茶で調製した抹茶を入れてからの後のことは、わたしゃ、知らないと、いったい権兵衛は何をいいたいのだろう。

ちなみに、当時の茶は「たてる」ものであって、「いれる」ものではなかった。古語辞典などで「たつ」を見れば、粉状のものを水や湯で溶くという解がどこかに示されている。それが「いれる」は、『日本国語大辞典第二版』に見るかぎり、「茶をいれる」は、一番古い文献は人情本『閑情末摘花《かんじょうすえつむはな》』(松亭金水著、天保十(一八三九)年)である。なんか、わたしは権兵衛にからかわれているような気がしてならない。

34　契りの末は

離れ離れの、
契りの末は徒夢の、
契りの末は徒夢の、
面影ばかり添い寝して、
辺り淋しき床の上、
涙の波は音もせず、
袖に流る川水の、
逢瀬はいずくなるらん、
逢瀬はいずくなるらん

かれ〳〵のちきりのすゑハあたゆ
めの〳〵面影評そひねして
あたりさひしき床のうへ涙のなみハ
をともせすそてになかる川水
のあふせハいつくなるらん〳〵

いまは上演されることがなくなった能の『安字《あんのじ》』の小段である。大正三年（一九一四）に博文館から出版された「校注謡曲叢書」に収録されている。

文字を買いに蜀の国へ旅立った夫の帰りを待つ妻の心境を語っている。「涙の波は音もせず」が印象的だ。「涙の波」は世阿弥の作と伝えられる能の『鵺《ぬえ》』にも見える。『鵺』は、源頼政の鵺退治を前提において、蘆屋（芦屋）の海岸に流れ着いた「空船《うつほぶね》」の船人が前シテ、その本体が鵺の亡心《ぼうしん》で、これが後シテの曲である。型どおりにワキの自己紹介と場所の説明があった後、シテが櫂に見立てた棒をもって登場し、レシタティーヴに謡う。

悲しきかなや身は籠鳥《ろうちょう》、心を知れば盲亀《もうき》の浮木、ただ闇中《あんちゅう》に埋れ木の、さらば埋れも果てずして、亡心何に残るらん。

つづいて、音域を高め、太鼓、小鼓の連打のなかで、シテ、地謡、シテと受け繋いで、

浮き沈む、涙の波のうつほ舟、こがれて堪《た》へぬいにしへを、しのび果つべき隙《ひま》ぞなき。

35　面影ばかり

面影ばかり残して、
東の方へ下りし人の名は、
しらしらというまじ

面影ハかりのこしてあつまのかたへ
くたりし人の名ハしら〳〵といふ
まし

『新古今和歌集』巻第十三恋歌三の一一八五番、西行法師の歌に、

おもかげのわすらるまじきわかれかな、なごりを人の月にとゝめて

というのがある。けっこう、このあたりが、権兵衛のこの小歌の本歌かもしれない。

西行法師の歌は、あいかわらずの歌振りで、「なごりを人の月にとどめて」のあたり、あまりに技巧が目立ちすぎて、読まされる方はしらける。いいえ、去りゆく人が名残を月に留めてゆく。月明かりのなかで別れたということなのでしょうねえ。その面影が忘れられないということで。

「面影ばかり」の「ばかり」だが、これは前歌、能の『安字《あんのじ》』から拾った詞書《ことばがき》のばあいで、書陵部蔵本の写本は、「面影評」と書いている。わずか五行ほど後の方で、この小歌に「面影ハかり」と書いている。「面影評」は「面影許」とも読める。じつはこの字形の方がよいので、「面影評」だと、「面影判定」の意味になってしまう。「はかり」と読むこともない。ならば「面影許」はどうか。副詞「ばかり」は、ふ

つう「許り」と書かれる。「計り」「斗り」とも書く。物事の程度、頃合い、ほど、限定をいう。書陵部蔵本の写本の筆生は、ここのところ、誤写した可能性が高い。

『後拾遺和歌集』巻第十三の恋三の七三六番、大納言忠家の歌に、

いかばかりうれしからまし面影に、見ゆるばかりの逢ふ夜なりせば

というのがある。

「面影に見ゆるばかりの」が眼目で、「面影に見ている、そのあなたの実体と」という意味である。あなたのことをいつも面影に見ている、そのあなたのありようで、あなたが現実にあらわれて、逢瀬をもてたなら。

それが、権兵衛の小歌のは限定でしょうか。面影だけを残して、あの人は、東下りの人になってしまった。

「しらしらというまじ」だが、「水に布る雪(248)」に、

水に降る雪、白うはいはじ、
消え、消ゆるとも

と見えて、この「白うはいはじ」は、人に対する思いを雪の白にかけて言っていて、だからこの小歌の「しらしらと」は、白い雪のようにあからさまに、というほどの意味を作る。これはどうやら権兵衛のオ

リジナルなようで、なにしろ辞書は、『日本国語大辞典第二版』も含めて、「しらじら」が「はっきりと」の意味を持たされた用例に、この権兵衛の小歌しか引いていない。

36　一目見し面影

さて、なんとせうぞ、
一目見し面影が身を離れぬ

さて何とせうそ一めみしおもかけか
身をはなれぬ

『千載和歌集』巻第十一恋歌一の六四七番、徳大寺左大臣君《ひだりのおほいまうちぎみ》の歌、

ひとめ見し人はたれともしらくもの、うはのそらなるこひもするかな

まあ、このあたりが本歌でしょうかねえ。もっとも、「八代集」のかぎりではということだが。徳大寺左大臣こと藤原実能《さねよし》のこの歌は、諧謔調と読んで読めないことはない。「ひとめ見し人はたれともしらくもの」は、「ヴィヨン遺言詩」の『遺言の歌』の「男たちのバラッド」の第二連を思い起こさせる。

こちらもまた、どこだ、スコットランド王、
その顔半分が、なんと、うわさに聞いた、
むらさき水晶みたように、真っ赤だと、
そのアザ、ひたいからおとがいにかかった、
キプロス王はどこだ、この王、高名だった、
それに、あのボンなスペイン王はいまはさて、
なんて名だか、おれは知らんけど、どこいった、
さてさて、どこだ、いさましいシャルル大王

「男たちのバラッド」は、ラテン語の詩で「ウビ・スント（いまはどこにいる）」と歌い始められることがある「無常」の主題を奏でた詩である。なにもはじめから諧謔と諷刺の詩風がなじんでいる主題ではない。そこに諧謔と諷刺の詩風を流していくのが「サンブネの司祭」（わたしがこの詩の作者と見込んでいる人物）の真骨頂で、それが徳大寺左大臣のばあいはどうか。

『千載和歌集』の「恋歌一」にグループ分けされているくらいなもので、本人も、まわりも、これはまじめな恋歌だと思っている。わたしも、それに反対するつもりは毛頭ない。けれども、もしや徳大寺左大臣は、『梁塵秘抄』にも投稿していたのではなかったかとかんぐって楽しませてもらっている。

「うはのそらなるこひ」というのも楽しい。上句の「しらくもの」、「白雲の」のかかりのつもりなのはあきらかで、「上の空の恋」ということで、なんとこれは「貴婦人崇拝儀礼歌」のつもりらしい。いい

え、徳大寺左大臣がそう思いこんでいるというよりは、『千載和歌集』の選者たちがということで、いいえ、むしろ後代の読み手がそう読むように自分自身を強制している気配がある。

権兵衛の歌が「うはのそら」を歌い込んでいる。「上の空（78）」で、

なにを仰やるぞ、せはせはと、
上の空とよなう、
こなたも覚悟申した

これの本歌が徳大寺左大臣の歌だといってもよいのではないか。「うはのそらなるこひ」は、まさに「上の空の恋」で、『梁塵秘抄』の三一四（三三五）番歌に、

思いは陸奥《みちのく》に、
恋は駿河に通うなり、
見初めざりせばなかなかに、
空に忘れて止みなまし

と読める。どうぞ『わが梁塵秘抄』の「きみかあいせしあやゐかさ」の段をごらんねがいたい。わたしはこの歌をこう読んでいる。

思いは深く、道の奥の陸奥に達するほど、恋は激しく、駿河の富士川の流れのようです。お会いして、あなたを愛していなかったならば、かえって心もそぞろに、お会いしたことも忘れてしまって、それです

んだことだったでしょうに。

「うはのそらなるこひ」は、「それですんだ恋」だった。もしや徳大寺左大臣は、筆のすさびにこの歌を作って、『梁塵秘抄』に投稿したのではなかったか。

わたしがいうのは、権兵衛のこの小歌の本歌は、『梁塵秘抄』の三一四（三三五）番歌だった。

なお、どうぞ頁をもどして「木のめ春雨（4）」の小歌の注釈をごらんねがいたい。『新古今和歌集』巻第十三恋歌三に、宮内卿が寄せている歌を披露した。

きくやいかに、うはのそらなる風だにも、松に音するならひありとは
上空を吹く風さえも、時には松林を訪れて、音を立てることがあるのですよ。あなたは、そう聞いて、いかがお思いですか。

宮内卿はこの歌に「風に寄する恋」と外題《げだい》を立てている。

37　いたずらものや、面影は

いたずらものや、面影は、
身に添いながら、独り寝

いたつら物やおもかけハ身にそひ
なからひとりね

＊「いたつら物」、いたずらものは、役に立たない、用のない者をいうが、思わせ人の面影を役に立つの立たないのというのは、どうもおもしろくない。だからといって、困り者だよと、なにかいいかえた気になってもらっても困る。役に立たないのである。だから、「ひとりね」。

「ひとりね」は、次は「しめちかはらたちや(70)」に出る。能の『恋重荷《こいのおもに》』の小段からの借用で、「苦しやひとり寝の、わが手枕の肩替へて」の文脈で、季節はまだ夏。

次に、ずっと後段の「とかもなひ尺八(177)」。季節は秋に入っている。

とかもなひ尺八を枕にかたりとなけあてゝもさひしや独寝
（とがもない尺八を、枕にかたりと投げ当てゝも、さびしや、ひとり寝）

つづいて、「思ふふたりひとりね(197)」から「ひとりねはするとも(201)」にかけて、「独り寝」連首。

これは「むら時雨(195)」に、

篠のしの屋の村時雨あらさためなのうき世やなふ
（篠の篠屋の村時雨、あら、定めなのうき世やなう）

と、「ひとり板屋（196）」に、

せめて時雨よかしひとり板屋のさひしきに
（せめて時雨よかし、ひとり板屋の淋しきに）

を先立たせて、秋の深まった雰囲気を演出している。
わたしがいうのは、「ひとりね」は、蚊帳《かや》を吊して、茣蓙の上に寝っ転がって、団扇《うちわ》をバタバタやっているのではさまにならない。

38　からたちやいばら

あぢきない、そちや、枳棘《ききょく》に鳳鸞《ほうらん》棲まばこそ

あちきなひ《（い）》そちや枳棘に鳳
鸞すまはこそ

*あじけないねえ、あんたねえ、枳《からたち》や棘《いばら》に鳳凰《ほうおう》や鸞鳥《らんちょう》が棲むもんかね。

あんたはあたしに不釣り合いだといっているように聞こえる。

からたちやいばらの話は、なにしろ『廣漢和辞典』にも『後漢書』「循吏仇覧伝《じゅんりきゅうらんでん》」からということで「枳棘非鸞鳳所棲」と引例されているくらいなもので、なにしろ権兵衛たちの漢文教科書に載っていただろうことはまちがいない。「鸞鳳」が「鳳鸞」になっているところがおもしろい。

「あぢきない」だが、なにしろ分からない。分からないといっているのはどうして「あぢきない」か。「あぢきなし」の活用形だと思うのだが、「あぢきな」が終助詞に「い」をとる根拠が分からない。おまけに「ひ」と書いている。

『日本国語大辞典第二版』は『日葡辞書』に「アヂキナイ Agiqinai」と見えるといっている。『日葡辞書』は一六〇三年から四年にかけて編纂された日本語ポルトガル語対訳辞書だが、それ以前、一五二九年ごろの著述と見られる清原宣賢《のぶかた》の『蒙求抄《もうぎゅうしょう》』に「我さへあぢきないほどに、老夫が打こうだも、道理ぢゃとて、よくあいしらうぞ」と読めるという。権兵衛の生活圏で、もう「あぢきなし」は「あぢきない」とも発音され、書かれていたということなのだろうか。もっとも『蒙求抄』は寛永年間の刊本だと『大辞典』はことわっている。

『閑吟集』の写本は宮内庁書陵部蔵本は書写の年紀がないが、江戸時代もかなり下がるのではないかと推定されている。水戸彰考館蔵本は、「天保三年」の年紀をもっている。ちなみに『閑吟集』は漢文の序文に「永正《えいしょう》戊寅《ぼいん》穐《あき》八月《はちがつ》」と年紀を入れていて、それから十年後、大永八年（一五二八）に書写された写本が根本写本となったのではないかと推定されている。現存するのは宮内庁書陵部蔵本と水戸彰考館蔵本、それに阿波国文庫旧蔵本の三本である。

『日葡辞書』も『蒙求抄』も、また『閑吟集』も、編集書写の現在は十七世紀以後である。『閑吟集』の「ことばのかたち」と「おとのかたち」を考えるばあい、そのことに十分留意しなければならない。

「あぢきなし」あるいは「あぢきない」は、古くは「無道」「無端」などの訓にあてられた。「無道」は「道理が通らない」であろうか。「無端」は、「端」は「端正」の熟語から知られるように、正しくまっすぐなことをいう。それが無い状態が「あぢきなし」である。そこから、主観的な感想として、「おもしろくない」「つまらない」という意味合いが生じた。

なんとねえ、権兵衛は、「そちや」と呼びかけて、あんたなんか、あたしにとって「無端」だよと、これは女に捨てられて、まけおしみの捨てぜりふなのか。「無端」は、このばあい、「おもしろくないねえ」とひらくことにしようか。

39　梨花一枝

梨花一枝、
雨を帯びたる粧ひの、雨を帯びたる粧ひの、
太液の芙蓉の紅、未央の柳の緑も、
これにはいかで勝るべき、げにや六宮の粉黛の、
顔色のなきも理や、顔色のなきも理や

梨花一枝雨を帯たるよそほひ
の〳〵太液の芙蓉のくれなひ
未央の柳のみとりも是にハ
いかてまさるへきけにや六宮
の粉黛の顔色のなきもこと
はりや〳〵

金春禅竹《こんぱるぜんちく》作の能『楊貴妃』の一小段をそのまま写している。場所は蓬莱宮《ほうらいきゅう》。シテの楊貴妃は、はじめ、「むかしは驪山《りさん》の春の園に、ともに眺めし花の色」と、宮のなかでレシタティーヴに謡う、「移れば変はる慣らひとて、いまは蓬莱の秋の洞《ほら》に、ひとり眺むる月影も、濡るる顔なる袂《たもと》かな、あら恋しのいにしへやな」。

「驪山」は現在の陝西省《せんせいしょう》西安市臨潼《りんどう》区東南の山地をいう。秦の始皇帝の陵の遺跡がある。唐の太宗がそこに離宮を造営し、その宮殿を長生殿と呼んだ。玄宗はそれを華清宮《かせいきゅう》とあらため、楊貴妃をともなって、よく出向いた。

つづいてワキと問答があって、シテが舞台に登場する。場が定まったところで、高い音域の地謡が「梨花一枝、雨を帯びたる粧ひの」と謡いはじめる。

詞書は白居易の「長恨歌」を下敷きにしている。「梨花一枝《りかいっし》」は「玉容寂莫涙欄干　梨花一枝春帯雨」からで、「玉容寂莫として、涙欄干、梨花一枝、春、雨を帯ぶ」と読む。「欄干」は「てすり」とか「かこい」とか、そういう意味しかないが、この白居易の詩が有名になってしまったからしく、「涙などがさかんに流れるさま」という意味も辞書に出るようになった。もともとは「欄干に涙す」とでも読むのだろうか。

「太液《たいえき》の芙蓉」「未央《びやう》の柳」は、「太液芙蓉未央柳　芙蓉如面柳如眉」からで、「太液の芙蓉、未央の柳、芙蓉は面の如く、柳は眉の如し」と読む。太液池に咲く蓮花と、未央宮に植わっている柳の葉を、楊貴妃の顔容にたとえている。

「六宮《りくきう》の粉黛《ふんたい》」は、「回眸一笑百媚生　六宮粉黛無顔色」からで、「眸《ひとみ》を回らして一笑すれば、百媚を生じ、六宮の粉黛、顔色無し」と読む。「粉黛」は「おしろい」と「まゆずみ」、転じて「化粧」。また転じて「美女」。「六宮」は「後宮」と言い換えられる。「楊貴妃が、ゆるやかに視線を移して、笑みを浮かべれば、なんともこれが魅力で、化粧を凝らした後宮の女たちなんて、ぜんぜん問題ではない」。

「太液池」「未央宮」は、漢の武帝が造営した長安の王宮の結構をいっている。この金春禅竹の能でも、しきりに「漢朝」「漢宮」をいっている。「長恨歌」は、元和元年（八〇六）、三十四歳の青年官吏白居易が作って一躍評判になった詩だが、それ以前、大先達の李白が玄宗帝の宮廷をいろいろ歌っている。ちなみに李白は、「安史の乱」の直後、宝応元年（七六二）に、六十二歳で亡くなっている。

「宮中行楽詞其二」と題された五言律詩がおもしろい。これは李白が玄宗帝に召し出されて翰林供奉《かんりんぐぶ》に任ぜられた天宝元年（七四二）から同三年までのあいだ、李白四十二歳から四十四歳までのあいだ、たぶん四十三歳時に制作されたものだろうと見られる。

柳色黄金嫩　梨花白雪香
玉楼巣翡翠　珠殿鎖鴛鴦
選妓随雕輦　徴歌出洞房
宮中誰第一　飛燕在昭陽

柳の新芽は黄金色に若々しく、なしの花は白雪のように白く、香りが高い。

玉楼に、かわせみ（「翡翠」は「ひすい」と読み、かわせみの雄と雌をいう）が巣をかけ、玉で飾った宮殿におしどり（「鴛鴦《えんおう》」）をつなぐ。

舞姫をえらんで、彫刻のほどこされた手車に随わせ、召し出された歌い手が宮殿の奥の部屋にまで出入りする（「出」は「いでる」と読み、姿を現わすことをいう）。

宮中、だれが第一か。飛燕が昭陽にある。


杜甫の七言歌行「哀江頭」も、七句目に「昭陽殿裏第一人」と呼びかけている。

杜甫のこの作品は、至徳二年春の作とされるが、その前年、杜甫は安禄山の軍隊の捕虜になって、長安に拘束されていた。四月、玄宗帝の太子亨《こう》が霊武で即位したと聞いて、長安から脱出し、霊武へ向かう。この詩は、そのおり、曲江のほとりを過ぎるおりに制作されたものと説明されているようである。

「七言歌行」は、七言古詩（これの新体が七言律詩であり、七言絶句である）が唐代に入ってから変化した詩であり、叙事的な性格が強く、行数が多い詩をいう。「哀江頭」は、わたしは黒川洋一編『杜甫詩選』(岩波文庫)で見ているが、二十行から成っている。前半八行まで、紹介しよう。

少陵野老呑声哭　春日潜行曲江曲
江頭宮殿鎖千門　細柳新蒲為誰緑
憶昔霓旌下南苑　苑中万物生顔色
昭陽殿裏第一人　同輦随君侍君側

少陵野老、声を呑んで哭し、春日、曲江の曲《くま》を潜行する。
江頭の宮殿は千の門を閉ざし、細柳、新蒲、誰が為にか緑なる。
昔を思うに、霓旌《げいせい》(にじのように美しい旗、羽毛で飾った五色の旗、天子の旗)、南苑に下りしとき、苑中の万物、顔色を生ず。
昭陽殿裏第一の人、輦《れん》を同じくして、君に随い、君側に侍す。

「少陵」は長安の東南にあった陵墓の名前。漢の宣帝の皇后許氏の墓陵を「少陵」と呼ぶのは、宣帝の陵墓「杜陵」にくらべて小さいからであったという。杜甫は、その土地に居を構えたので、みずから「少陵の野老」とか、「少陵の布衣《ふい》(平民の衣服をこう呼んだので、無位無冠の者という気取り)」と称していた。

「曲江」についてはよく分からないが、『廣漢和辞典』などの記載によると、長安の東南に設けられた苑囿《えんゆう》で、まがりくねった形の池があったという。名前の由来がそれだというが、「江」は河川を意味するので、いずれにせよ、黄河の分水につながっていたのではないか。

「秋興八首」と呼ばれる七言律詩の第六首の首聯《しゅれん》に「曲江」が出る。頷聯《がんれん》とともに紹介すれば、

瞿唐峡口曲江頭　万里風煙接素秋
花萼夾城通御気　芙蓉小苑入辺愁

「瞿唐峡《くとうきょう》」は長江上流の三峡のひとつ。「三峡」は、ともかく大峡谷で、水が流れている「グランドキャニオン」そのものらしい。わたしはまだ行って見たことがないが。「瞿唐峡」の「口」といえば、そこは「灩澦堆《えんよたい》」と呼ばれる名だたる灘である。だから、どうも「曲江」の「頭」と、そりが合わない感じがする。そのあたり、どうも杜甫にお伺いを立ててみたくなるのだが、いずれにしても、詩人のイマジナリーには、万里に吹く風が運ぶ風煙が、このふたつの観光地をひとつの秋に結ぶのだという。「風煙」と、この期に及んでも、かたく言いまわしたのは、なにしろ霞といえば春、霧といえば秋と、いまではしっかり頭にあるので、それがどうやら昔はそうではなかった。両方とも両方に通用した。だから、「もや」といっておけばそれでよかったか。

「花萼《かがく》」は、長安の南に玄宗帝の時代に設けられた興慶宮《こうけいきゅう》の南西隅の楼のひとつを「花萼相輝楼」といった。それを指している。興慶宮は、玄宗の治世に政治の中心の場になった宮殿で、二十世紀半ばの発掘調査によって、東西一〇八〇メートル、南北一二五〇メートルの規模の宮殿であったとわかった。

「夾城」は読みがむずかしい。壁でかこった長廊下という解釈があるらしいが、わたしにはそのあたりの距離感覚がまるでないので、さて、玄宗帝は歩いて通ったのかと、ばかげたことがつい気にかかる。『廣漢和』に「夾城」の熟語は見られない。どうやら杜甫のオリジナルらしい。もっとも「城を夾《はさ》み」

という読みがないわけではないが。

「城」は「城壁」をいう。『廣漢和』によれば、土で築き、煉瓦を積んで作った壁で、町を囲い、内側のを「城《じょう》」といい、外側のを「郭《かく》」という。だから、「城」で夾《はさ》んだ通路を作ったということらしい。

「花萼」と「芙蓉」と、律詩の三、四行の対句に立てて、「花萼」から「芙蓉」へ、「夾城」を通って、興慶宮の「御気」、宮廷の空気が通っていた。それが、動乱の世に移り、「芙蓉の小苑」に「辺愁」が入る。

「小苑」は「小さな苑」という意味しかなく、どうして「小さな」と卑小辞を立てるのか、不審だが、それは、世の動乱が「小苑」に及ぶものでしかなかったという杜甫の政治諷喩《ふうゆ》だったかもしれない。それは「辺愁」にとどまったのである。「辺愁」は、旅先で宿をとるときの不安な思いをいうという。蜀へ逃げる玄宗帝に付き随った「芙蓉の小苑」の女主人楊貴妃が旅先で抱いた不安な思いをいうという。

昭陽殿は前漢の成帝の皇后趙飛燕《ちょうひえん》の宮殿である。後代、これがひろく皇后や后の住処を指すようになった。李白も、杜甫も、昭陽殿といえば、未央宮であり、長生殿だった。趙飛燕が、後漢の武帝妃李夫人に、楊貴妃に重ねてイメージされていたのである。

40

かの昭君の黛は

かの昭君の黛は、緑の色に匂いしも、
春や暮るらむ、糸柳の、
思い乱るる折ごとに、
風もろともに立ち寄りて、
木陰の塵を払わん、木陰の塵を払わん

かのせうくんの黛ハみとりの
色に匂ひしも春やくるらむ
糸柳のおもひみたるゝ折ことに
風もろともにたちよりて木
陰のちりをはらハん〱

「六宮の粉黛の」といえばと、権兵衛は思い入れたっぷりに、今度は「昭君」の事例を持ち出す。金春《こんぱる》禅竹《ぜんちく》の祖父、金春権守《こんぱるごんのかみ》の作と考えられている能『昭君』の小段を写している。

「黛は、緑の色に匂いしも」だが、『金葉和歌集』巻第九雑部上の源俊頼朝臣《としよりあそん》の歌（五八六）に、

さりともとかく黛のいたづらに、心細くも老ひにけるかな

前詞に「青黛画眉々細長といへることをよめる」と見える。

この前歌の源雅光の歌（五八五）に、

昔にもあらぬ姿になりゆけど、嘆きのみこそ面変りせね

前詞に「上陽人苦最多少苦老亦苦といふことをよめる」と見える。

「上陽人」は長安の宮殿で玄宗の寵を恣《ほしいまま》にした楊貴妃とは対極にあって、洛陽の上陽宮で「いたつらに」年老いた「六宮の粉黛」（前歌を参照）を指している。李白が詩を作っていて、「新楽府《しんがふ》」というのだそうだが、そこで十六歳で宮中に出仕し、「いたつらに」六十路の坂を越えた女性が描かれているという。楊太真が貴妃になったのは天宝四年（七四五）、安禄山の反乱の煽りをくらって楊貴妃が殺されたのは天宝十五年（七月に改元して至徳、七五六）である。李白の詩が文学だと強調するつもりはないが（もともと文学である）、「上陽人」の不遇がすべて楊貴妃の驕慢に原因したと考えるのはどうか。

「青黛画眉々細長」は日本語では「せいたいがび、びさいちょう」と読む。『廣漢和』によると、「青黛」は文字通り「青い黛」で、「集解」に、「志」に「青黛はペルシア国から来た」と出ると紹介している。青い黛で描いた眉は細くて長い。そう源俊頼は批評していて、「さりともと」そうはいわれるけれど、と、「かく」描く黛は、「いたづらに」何の役にも立たなくなっているというのに、「心細くも」細く描かれて、なんと心細い。年取ってしまった。

ヴィヨン遺言詩『遺言の歌』の「兜屋小町恨歌」を聞いているようだ。歌人の名前が、また、いい。

「みなもとのとしより」という。

もっとも、源雅光の歌の方は、なんとも了解しかねる。前詞からしてそうで、「上陽人、苦しむこと最多、少にして苦しみ、老いてまた苦しむ」は、それはないでしょう。

「若いころとはちがう姿形になってきたけれど、嘆きだけは昔も今もかわらない」はないでしょうということで、「サンブネの司祭」や「みなもとのとしより」の老いの嘆きは、老いの予感を知らず、青春をあたら過ごした悔恨に発する。源雅光ごときが、なんだ。とはいっても、「源雅光」が何者だか、わたしは知らないが。わたしがいうのは、「嘆きだけは昔もいまもかわらない」なんて、そんな。

そこで、ようやく権兵衛の文学に立ち戻ると、「かの昭君の黛は、緑の色に匂いしも」は、もしや青と緑の混淆という、もしかすると日本人特有の色感のあいまいさを突いているのではないか。それは、だから、「春や暮るらむ、糸柳の」とつづいて、緑の色が柳にかかって、だから色感はしゃんと立ち直るというふうに権兵衛は調整していて、「思い乱るる折ごとに、風もろともに立ち寄りて、木陰の塵を払わん、木陰の塵を払わん」とたたみかけられて、ああ、そうですか、どうぞどうぞと、むすめの王昭君が胡国へ旅立つにあたって植えていったのだという柳の世話に憂き身をやつす老いた父親に、こころからご同情申し上げる。

41　げにや弱きにも

げにや弱きにも乱るるものは青柳の、
糸吹く風の心地して、糸吹く風の心地して、
夕暮れの空曇り、雨さえ繁き軒の草、
傾く影を見るからに、心細さの夕べかな、
心細さの夕べかな

けにやよはきにもみたるゝ物ハ
青柳のいとふく風の心ちして
〱夕暮の空くもり雨さへ
しけき軒の草かたふく影を
みるからにこゝろほそさのゆふへ
かな〱

書陵部蔵本は「けにやよはきにも」と、「よわし」を「よはし」と書いている。ほかにもこの手の仮名遣いがないわけではないが、「よわし」の用例に辞書が引くのが『源氏物語』の「桐壺」の巻であるところが、いろいろな意味でおもしろい。

ひとつには、仮名遣いで、「新日本古典文学大系」本を見るかぎり、紫式部は「よはし」と書いている。

そのとしのなつ、みやすん所、はかなきここちにわづらひて、まかでなんとし給ふを、いとまさらにゆるさせ給はず、年ごろの常のあづしさになり給へれば、御めなれて、猶しばし心みよとのみのたまはするに、日々におもり給て、たゞ五六日の程にいとよはうなれば、はゝぎみなく〱そうしてまか

　でさせたてまつり給。

「たゞ五六日の程に、いとよはうなれば」、一週間もたたないのに、急に病状が進んだので、と、紫式部は物語作家である。

　ひとつには、「いづれの御ときにか、女御、更衣、あまたさぶらひ給ひける中に」と書き始めた物語作家は、桐壺更衣の評判に筆を進め、「やう〳〵天のしたにもあぢきなう人のもてなやみぐさに成て、楊貴妃のためしも引いでつべくなり行に」と、楊貴妃のことを引き合いに出して、とやかくいう人も出る始末と、天を仰いでいる。

　このところの権兵衛の歌のわたしぶりについて、楊貴妃、王昭君とつづけたから、ここは和泉式部できたと批評する向きもあるが、それは和泉式部がらみの歌であることにはまちがいないが、なにしろ「桐壺」の巻の書き出しに、「楊貴妃」、「いとよはうなれば」ですよ。本歌はこれだということではないでしょうか。

　以上はのっけから閑話休題の気味があり、この小歌は能の『稲荷』からの引用だということを、いそいでご紹介しなければならない。

『稲荷』は、いまでは上演されることがなくなった能だという。刊本も、ずいぶんとむかしの、「契りの末は(34)」の注釈でご紹介した『安字《あんのじ》』と同様、大正三年（一九一四）に博文館から出版された「校注謡曲叢書」か、昭和二年（一九二七）に国民図書という出版社から出版された「校注日本文学大系謡曲下」を見なければならない。

能『稲荷』は、和泉式部に懸想した「牛飼童《うしかいのわらわ》」の亡心が、式部の娘小式部《こしきぶ》に憑依する話だが、タイトルは、そもそも和泉式部が京都の稲荷神社に参詣したときの出来事にからんでいて、その話は、『袋草紙』上巻にくわしい。

それによると、稲荷参詣の道すがら、時雨にあった和泉式部に、通りがかった「牛飼童」が、自分の襖を脱いで貸した。襖は「あを」と読んで、袷《あわせ》の上衣である。式部は、ありがとう、たすかりました、とそれを借りて、そのまま忘れていたところ、後になってその男が訪ねてきた。どうしたのですかと尋ねたところ、その男は歌を一首披露した。

時雨する稲荷の山の紅葉葉は、襖借りしより、思い染めてき

稲荷社の紅葉に時雨がかかっていた。その道であなたはわたしから襖をお借りになったのだったが、紅葉の葉がまだ青かったころから、わたしはあなたをお慕いしてきたのですよ。

「袋草紙」の筆者藤原清輔は、「便なき心のありけるとなん」と批評している。「便なし」は、「都合が悪い」の意味から「具合が悪い」「困る」などの意味が派生した。意味のとりにくい言葉である。「まったく、困った心があったものだ」と解釈してみても、なにか居心地が悪い。「牛飼童」と呼んでいることではあるし、だいたいが歌の題を「賤夫《せんぷ》の歌」とつけている。だからといって、「身分不相応で、よくない心」とまで解釈してみせることはないと思うのだが。

42　柳の陰に

柳の陰にお待ちあれ、人、問はばなう、楊枝木切ると仰あれ

柳の陰におまちあれ人とはゝ
なうやうし木きるとおしあれ

『古今和歌集』巻第一春歌上の素性《そせい》法師の歌に（五六）、

みわたせば柳さくらをこきまぜて、宮こぞ春の錦なりける

と見える。

秋山の錦をよくいうが、柳と桜をまぜあわせて、都の眺めこそ春の錦ではないか。『大宝律令』と『養老律令』の「営繕令」に、都の道路筋や堤に柳を植えることが定められている。『催馬楽』の「日本古典文学大系」本で十四番歌に、

大路に沿いて上れる青柳が花や、青柳が花や、
青柳が撓《しな》いを見れば、今盛りなりや、今盛りなりや

と見え、また、四四番歌に、

浅緑、濃い縹《はなだ》、染めかけたりとも見るまでに、
玉光る、下光る、新京朱雀《すざか》のしだり柳、
またはた井《い》となる前栽《せんざい》秋萩、撫子蜀葵《なでしこからほい》、しだり柳

七九四年十一月に、桓武天皇が「平安京」と号する以前、建設中の新京を「新京」と呼んでいた。四四番歌にいう「新京朱雀」の「新京」はそれだとする意見もあるようだが、「長岡京」に対して「平安京」を「新京」と呼んだと見て不都合な点はない。十四番歌の「大路」もまた、「平安京」の「朱雀大通り」と見てよい。「朱雀大通り」に柳の並木が見られた。

四四番歌の下句は、湿地帯であった右京をあてこすっている。右京の屋敷地は前栽に萩や、撫子《なでしこ》、立葵《たちあおい》を植え込んでいるが、水たまりになっているよ。

十四番歌に歌い込まれた「青柳」は、陰暦如月の新緑の柳をいっている。「青柳」は、もうひとつ、九番歌に歌われている。

青柳を片糸に、縒りて、や、おけや、鶯の、おけや、
鶯の、縫ふといふ笠は、おけや、梅の花笠や

「片糸」は、まだ縒《よ》っていない一本の糸をいう。柳の新芽を糸に見立てて、新緑の青柳にたわむれるかのようにとびまわる鶯が、糸を縫っていて、縫った糸でなにか縫っていて、それは梅の花笠だよと、青柳と梅花が季節に同居する様子を歌っている。「や、おけや」は拍子言葉と思われる。

この歌は、『古今』の巻第二十「神遊びの歌」の一〇八一番歌に、そのまま採られている。

あをやきをかたいとによりてうくひすの、ぬふてふかさはむめのはなかさ

また、『源氏物語』「若菜上」の「管弦の遊び」の段に、「夜のふけ行まゝに物のしらへともなつかしくかはりて、あおやきあそひ給ほど、けにねくらのうくひすおとろきぬへく、いみしくおもしろし」と見える。「青柳」と「鶯」のとりあわせが『催馬楽』から『源氏物語』へと伝承された。

街路樹に楊柳《ようりゅう》は都人の見慣れた風景だったわけで、それが、こちらは中国山地の安芸と石見に伝わった中世歌謡『田植草紙』の、「新日本古典文学大系」本で累積番号九三番歌は、柳を「門田」に植えることをすすめている。屋敷のなかに植えてはならないということだという。

おもふ柳を門田へこそな、
枝もさかへる、かど田へこそな、
柳植へまいい、柳はしだれ、わるいに、
もりのなびきが、吉野へとうどなびいた、
もりのこかげでしのびあおうや

じつのところ、この歌の読みはなんとも難解で、校注者も音を上げている。

「門田」は屋敷のすぐ前の田のことで、『わが梁塵秘抄』の「わかこひはおとゝひみえす」の段にも紹介

したが、藤原定家の歌論『詠歌大概《えいがたいがい》』に、

夕されば門田のいなば音信《おとづれ》て、あしのまろやに秋かぜぞ吹く

と見える。

柳をさ、門田に植えようよ、

枝葉の茂る柳を、門田へさ、

ここまでは分かる。校注者はていねいに「佐渡八幡宮田遊びの歌・正元《しょうげん》元年」から引いてみせる。「正元元年」は鎌倉時代中期、一二五九年三月二十六日改元。これはなにしろ「田遊び」といっているのは、田植え儀礼のことで、だから改元の月日まで気になるのですよ。

「田を作らば門田をつくれ、かどでよし、田をつくらは柳のしたに田をつくれ」。

「柳植へまい、柳はしだれ、わるいに」は、門の外ではなく、門の内には柳は植えないでおこう、柳は枝垂れで、これは縁起が悪いというような意味だろう。

「もりのなびきが、吉野へとうどなびいた」の「もりのなびき」は「大きな柳の木の葉群れが」という意味だと思う。これを理解するには、『万葉集』巻第十の一八五〇番歌、

朝な朝《さ》な　わが見る柳うぐひすの、来居て鳴くべき森にはやなれ

が参考になる。「森」は神の宿る大木をいったらしい。このところあさなあさなに見ている柳は、まだ若木なのだろう。鶯もまだ寄りつかない。

それが、清少納言には、この呼び方は奇異に映じたらしい。『枕草子』第一九三段に、「ようたてのもりといふがみゝにとまるこそあやしけれ。もりなどいふべくもあらず、たゞ一木あるを、なにごとにつけけむ」（「つけけむ」の二字目の「け」は踊り字表記ではない）。

「ようたての森」というのがあると聞くが、あやしげなことだ。「森」などというべきものではない。ただ一本の木なのに、どうしてこう呼んでいるのか。

「ようたて」は写本によっては「よこたて」とあるそうだが、道綱母《みちつなのはは》の『かげろふのにき（蜻蛉日記）』の天禄二年七月の記事、初瀬詣での旅行記に、「ようたてのもりにくるまとゞめて、わりごなどものす。みなひとのくちむまげなり」と見える。

「ようたての森に、車留めて、割籠などものす。みな人の口、旨げなり」と読むのだろうが、これは二度目の初瀬詣でのところで、安和《あんな》元年九月の最初の初瀬詣でのおりの記述に、「にへのの池、泉川など言いつつ、鳥ども、居などしたるも、心に沁みてあわれにおかしう覚ゆ」と書いている。

二度目の記述に、「にへのの池、泉川、はじめ見しには違わであるを見るも、あわれにのみ覚えたり」と見える。だから、同じ行路だと分かるが、最初のおりの記述に、つづけて、「その泉川も渡らで、橋寺というところに泊まりぬ」と書いていて、「橋寺」は木津川北岸の「泉橋寺」だという。

泉橋寺は京都府相楽郡山城町の木津川北岸の寺で、行基が建立したという。やがて橋もかけられた。木津川は、道綱母がそう書いているように、泉川と呼ばれていて、寺の名前はそれに由来する。「ようたての森」は泉橋寺の近くということになる。

道綱母が「ようたての森」といっているのを、清少納言は、森とはなんだ、ただの一本の木ではないかと難癖を付けている。

菅原孝標女《すがわらのたかすえのむすめ》は『更級日記』の書き出しのところで、父の任官先から都へ帰る道すがら、「境を出て、下野の国のいかたという所に泊まりぬ。庵など設きぬばかりに、雨降りなどすれば、おそろしくて、いも寝られず、野中に丘だちたる所に、ただ、木ぞ、三つ立てる。その日は、雨に濡れたる物ども干し、国に立ち後れたる人々、待つとて、そこに日を暮らしつ」。

「野中に丘だちたる所に、ただ、木ぞ、三つ立てる」と、孝標女は心細げに書いている。いや、さぞや心細い思いをしたことだったろうと、少女のころの自分を思いだしている。

これも「森」だろうか。

『万葉集』の歌人、清少納言、道綱母、菅原孝標女、それぞれに「もり」のイメージは異なる。だから、そのどれを本歌にというわけにはいかない。あとは『田植草紙』の文脈のなかで読むしかない。

「もりのなびきが、吉野へ、とうど、なびいた」。最終行に「もりのこかげでしのびあおうや」と見える。これは「もりの木陰で、忍び逢おうや」と逢い引きの誘いと読む。「もり」は「柳の木」である。

「吉野へ」は、おそらく桜の名所である大和の吉野を指している。「とうど」は、これが伝来写本のそのままの写しであるとするならば、「とうと」あるいは「どうど」のその地方特有の発声であり、表記なのではないか。『わが梁塵秘抄』の「やまふしのこしにつけたる」の段をごらんください。この段は、じつは、さきほど紹介した「わかこひはおとゝひみえす」の段の次の段です。

「山伏の腰に着けたる法螺貝の、丁と落ちて、いと割れ、砕けて物を思うころかな」という、これは『梁塵秘抄』の四四七（四六八）番歌だが、その「丁と落ちて」の読みについて、これは「とうと落ちて」と読めるかもしれない。他方、重い物が落ちる音を「どうど」と言いまわす用例が『保元《ほうげん》物語』に出ると、そう書いている。

「白河殿へ義朝夜討チニ寄セラルル事」の段の終わりに近く、「伊賀国ノ住人山田小三郎是行《これゆき》」が源為朝の矢を受けて落馬する場面である。わたしは「新日本古典文学大系」版を見ているが、ここのところは原文の漢字交じりカタカナ書きそのままで、いくつかの漢字について校注者が平仮名で読み仮名を付しているが、それの転記は省略した。

是行ハ、一ノ矢射損ジテ、口惜シクヤ思ケン、急ギ二ノ矢ヲ打食セテ、打上〳〵二三度ハシケルガ、正念次第ニ迷ヒケレバ、弓矢ヲカラト捨テ、ドウド落ツ。

「大きな柳の木の葉群れが、春一番に煽られて、重く、撓《しな》うように、吉野山の方角へ靡《なび》いた」。

柳をさ、門田のほとりに植えようよ、
枝葉の茂る柳を、門田のほとりにさ、
門内には柳は植えない、枝垂れ柳は縁起が悪い、
柳の葉群れが、春一番に撓って、吉野山の方へ靡いた、
柳の木陰で、こっそり逢おうよ

『閑吟集』42番歌、「柳の陰におまちあれ人とはゝなうやうし木きるとおしあれ」の、以上が注釈です。「やうし木きるとおしあれ」が説明されていないと「おしある」のですか。なんとも、それが具合の悪いことに、それはたしかに「楊柳《ようりゅう》」の枝を削って作るから「楊枝《ようじ》」というとよく説明されるが、『田植草紙』の「昼歌壱番」の第一歌、累積番号で三〇歌は、

竜の白鬚、楊枝にけづり、はそうだ、
昼飯《ひるま》食べだち、中の懸子《かけご》をやすめた、
けふの田主は、かねのよう《(や)》じをくわへた、
よふ《(やう)》じ木にわ、南天竺《なんてんじく》の枇杷《びわ》の木、
さつき花で、よう《(や)》じを染めてもたいで、
上臈《じょうろ》、やうじを花でそむれば、下品《げぼん》な、
惜しや、小柳、このふだやうじを落《おと》いた

龍の白鬚を楊枝に削り、はさんだ、
昼飯食べた後、弁当の懸子じゃあないけれど、こどもを寝かせた、
田主は今日は金物の楊枝をくわえた、
楊枝を作る木は、南天竺の枇杷の木、
つつじの花で楊枝を染めて、持ち歩こうよ、
田主の奥方は、楊枝を花で染めても下品ではない
もったいないことをした、小柳よ、こないだ、楊枝を落とした

最後の行が「小柳よ」と、柳の若木に呼びかける風情を見せていて、なるほど「楊柳」も「楊枝」の材料だったかと納得させられるのだが、その前に「龍の白鬚」だったり、「金物」だったり、「南天竺の枇杷の木」だったり、いろいろあげている。

それに「南天竺の枇杷の木」とはなんだろう。「南天竺」は「天竺」のひとつで、南インドのあたりを指したというが、「南天」をこうも呼ぶ。だから、「南天」と「枇杷の木」とも読める。

「楊枝」の材料は、「楊柳」のほかにいろいろあって、だから、柳の木陰でわたしを待っていて、だれかに見咎められたら、「楊枝を作る枝をとっているの」とおっしゃりなさいなんて、一番下手な弁解の仕方を教えることになる。

43　雲とも煙とも

雲とも煙とも見定めもせで、
上の空なる富士の嶺にや

雲ともけふりとも見さためも
せてうはの空なる富士のねにや

寛和《かんな》・永延年間（九八五〜九八九）に成立した物語『住吉物語』に、

世とともに煙絶えせぬ富士の嶺の、下の思いや我が身なるらん
富士の嶺の煙と聞けば頼まれず、上の空にや立ちのぼるらん

の二句が見える。

『住吉物語』は「シンデレラ物語」を趣意とする。女主人公の「女君」が、継母のいじめに耐えて、男主人公の「少将」との愛をつらぬく物語である。継母は「筑前」と共謀して、「少将」に、思い人である「女君」へあてた歌を詠ませ、実子の「三の君」をたばかって、強いて返歌を書かせる。それがこの二句である。だから、筋書からいえば、前句は、「少将」の真摯な思いを、後句は、半信半疑ながら、「少将」からの思い文を受けた「三の君」の喜びを表現していることになる。

もっとも、この二句は、物語がはじまって、まだそれほど進んではいない、挿入された歌の数でもまだ四番と五番でしかない頃合いの文章で、そこに作者は、「三の君」の歌作りを、母親から「それ〱とせ

められて」、こう書け、ああ書けと教え込まれて、と書いていて、つまりは両句とも、作法に則った文学だったわけで、かならずしもこれを両人の生の感情の表白と読まなければならないわけはない。

なにしろ「三の君」の返歌は、諧謔と皮肉の調子がきつい。これがそんな幼い姫君の歌だとは、すなおにそうは受け取れない。

「少将」の歌の「したのおもひ」は『源氏物語』に一個所にだけ、出る。「薄雲」の巻は明石君と源氏の歌の交換で終わる。その源氏の歌、

浅からぬ下の思ひを知らねばや、なお篝火の影は騒げる
浅くはないわたしの心の内をしらないものだから、あなたの心は篝火のようにさわぐのだろうか。

この歌は、明石君の歌に応えたものであり、明石君の歌には、漁り火と浮舟と篝火とが歌い込まれているというやっかいな歌合わせであって、このわたしの解はさしあたりのものである。また、「少将」の歌の「煙たえせぬふしのねの」が「なおかゝり火のかけはさわける」に対応しているからといって、ここに本歌取りの関係を見ようなどと、そんな大胆なことをいうつもりもない。

ただ、権兵衛の書架には、まずまちがいなく『住吉物語』と『源氏物語』は和綴じ本なので重なっていたろうから、権兵衛が感興にまかせて、このふたつの歌を校合する機会はあったろうと思うわけで、本歌取りの環境がそこに成った。
＊富士山の噴煙とお聞きしては、頼りにしてよいのだとは思えませんせん、噴煙は上空に立ち上るではない

ですか、あなたは上の空なのではないですか。

『古今和歌集』巻第十一恋歌一の五三四番歌に

人知れぬ思いを常に駿河なる、富士の山こそ、わが身なりけれ
（人しれぬおもひをつねにするかなる、ふしの山こそわか身なりけれ）

と見える。「少将」が思い人へ贈った歌はこれを本歌としている。

わたしは古典和歌は、原則、原写本の表記そのままを紹介している。原写本はもちろん、その影印本すら、わたし自身、ほとんど見ていない。諸種の刊本をお借りして見ているだけである。それでも、それら印刷本を透かして見えるかぎりの原写本の表記を推理して書き写すことをなぜやっているのかというと、こういうことが起こるからである。

わたしがいうのは、この歌は、「ひをつねにす」の文言を読みとって、はじめて理解が立つ歌である。「少将」は、この文言を「したのおもひ」と読み替えた。本歌取りの、これもまた、ひとつの有り様である。

古典和歌と物語の時間の流れをさらにさかのぼって、『万葉集』巻三の三一九番歌の長歌「不尽山を詠う歌一首」がある。

なまよみの甲斐の国、うち寄する駿河の国と、こちごちの国のみ中ゆ、出で立てる不尽の高嶺は、天

雲もい行きはばかり、飛ぶ鳥も飛びも上らず、燃ゆる火を、雪もち消ち、降る雪を、火もち消ちつつ
（以下略）

『万葉集』の歌人は、「燃ゆる火」と、端的に表現している。
古典和歌の時間の流れを逆に下れば、『梁塵秘抄』の三一四（三三五）番歌に、

思いは陸奥に、
恋は駿河に通うなり、
見初めざりせばなかなかに、
空に忘れて止みなまし

と見える。これもまた、『閑吟集』の歌の本歌だとわたしは思う。
『梁塵秘抄』のなかでも、この歌は、諧謔と皮肉の歌振りが比較的に弱く、悲歌の調べが強い歌だと思う。それが、わたしが『梁塵秘抄』の表の顔だと思っている『千載和歌集』に、徳大寺左大臣君《ひだりのおほいまうちぎみ》が、なんとも皮肉なタッチで、「うはのそらなるこひもするかな」と歌っている。「一目見し面影（36）」の注釈をどうぞ。『閑吟集』の歌人は、ここでもまた、徳大寺左大臣君に同調して、その本来の調子を見失ってはいない。

＊住吉物語の「少将」ではないけれど、あなたのおっしゃる煙というのは、もしか雲なのではないです

か。『万葉集』の歌人は、「天雲もい行きはばかり」と歌っていますけれど。お確かめになられたのですか。わたしも「三の宮」の気分ですよ。頼りにならない。あなたが上げているとおっしゃる噴煙は、上空に流れています。「うはのそらなるこひもするかな」とお受けしましょう。

44 見ずは

見ずは、ただ、よからう、見たりやこそ、物を思へ、ただ

見すハたゝよからう見たりやこそ物を思へたゝ

「見ず」は「見る」の已然形「み」に打ち消しの助動詞「ず」のついたかたちである。「見ずは」の「は」は、この文脈では、「ば」と読みたい。「ば」という接続詞には、「既定の事態を修辞的に仮定条件としてあらわす」があるからである。しかし、「ば」は動詞や助動詞の未然形につく。「ず」には未然形がない。かわりに「ざり」の未然形「ざら」を使い、「見ざらば」と書かなければならない。「見ず」の後の「は」は「は」であって、「ば」ではない。権兵衛の時代には、「みすわ」と書いている例もあるそうだ。

もっとも、「ば」に已然形でつくかたちがあって、これは古く確定条件、恒常的条件を意味したが、権兵衛の時代には、未然形でつくかたちと同じく、仮定条件をいうようにもなっていたらしい。「それをたか（12）」を参照。「ず」の已然形は「ね」だから、ここを「見ねは」と書けば、「見さらは」と書いたのと同じになる。だが、いずれにしても、権兵衛は「見すハ」と書いている。だから、ここは「見ずは」と読む。

＊逢わないということは、ただそれだけのことで、かえってそれでよいのだ、逢ったからこそ、物をこそ思えで、ただそれだけのことさ。

ただ、前歌の注釈に紹介した『梁塵秘抄』三一四（三三五）番歌が本歌なことにまちがいはない。前歌との関係で、それはそういうことになる。「ただ」は、『梁塵秘抄』の方では「なかなかに」と書かれている。

「一目見し面影（36）」の注釈に、『梁塵秘抄』のその歌を通しで訳しておきました。どうぞごらんください。なお、『わが梁塵秘抄』の「きみかあいせしあやゐかさ」の段に、この歌は紹介しています。この歌を借りて作ったと思しい芥川龍之介の「相聞歌《そうもんか》」もあわせてご紹介していますので、ぜひ、ごらんください。

45　なみさいそ

な見さいそ、な見さいそ、
人の推する、な見さいそ

な見さひ《（い）》そ〳〵人のすいするな見
さひそ

動詞「見る」は上一段活用で、このように一、二段活用の動詞の未然形に助動詞「さい」をつけた語法が、四段活用の動詞の未然形に助動詞「い」をつけた語法とならんで室町時代に見られた。命令の気持ちをあらわす。「お茶の水（31）」の注釈をごらんください。

「な見さいそ」、そんなに見ないでよ、そんなに見ないでよ、「人の推する」、そう思われちゃうじゃないの、そんなに見ないでよ、と、三度も繰り返す。「人の推する」などと、かなりかたい言葉遣いもまじっているが、助動詞「さい」をともなうかるい命令形の「見さい」を、こちらもかるい禁止命令をあらわす「な、そ」で包んで、なんともやわらかなタッチの言いまわしに仕上がった。

「人の推する」だが、これは動詞「推す」の連体形で、これだけでも立たないことはないが、まあ、「人の推する元となる」とかなんとかいっている、それを略した言いまわしと見てよいだろう。

「推《すい》す」は当時口語になっていたなどと無責任な発言が目立つが、はたしてそうだったのか。辞書類が引用する用例の種類を見ても、どうもそうは思われない。

「命終」という仏教用語がある。「みゃうじゅう」と音読みするが、『梁塵秘抄』三八九（四一〇）番歌では、「かしらしらみ」が櫛に梳かれて「をこけのふたにてめいをはる」、麻小笥の蓋にて命終わると書かれている。これを『わが梁塵秘抄』の「かうへにあそふはかしらしらみ」に、「訓読み」と批評したが、これは舌足らずでした。重箱読みですね、これは。

『今昔物語』にさがすと、「命終」は、用例をあげれば、「其ノ後、此ノ二人ノ小児終ニ命終シテ」、「其後、不久ズシテ婢、病ヲ受テ命終シヌ」（ともに「巻第二阿育王女子語第十四」から）というふうに書かれていて、わたしの見ている校訂本（「新日本古典文学大系」版）の底本は、「付属語や活用語尾を片仮名小字で二行に割書きしている」とのことで、だからこれは校注者の恣意ではなく、原写本自体が読みを指示しているということのようで、校訂本によれば「みやうじゆう」と読む。

『今昔』は保安《ほうあん》年間（一一二〇〜二四）から四半世紀のうちにその原型が成ったと見られている。いずれにしても『梁塵秘抄』が編集されたのがそれから半世紀後という見当である。

それが弘仁《こうにん》年間（八一〇〜八二四）に成立したと見られる『日本霊異記』は白文であって、その中巻第十八に「挙身躄地、頓命終矣」と見える。これをわたしの見ている校注本「新日本古典文学大系」の訓読文は「身挙《みこぞ》りて土《つち》に躄《たふ》れ、頓《たちまち》に命終《をは》る」と訓《よ》んでいる。脚注を見ても、底本の訓釈は指示されていない。

校注者が「景戒の同時代人の視点で」（凡例）訓読したということらしい。「景戒」は編集者と目されている人物である。校注者は、後記の「解説」で、「訓読は受容のありかたのひとつ。本書が訓読されて受容されたこともあったことは、たとえば諸写本の訓釈に遺存している訓読、たとえば『三宝絵《さんぼうえ》』に反映している『日本霊異記』の訓読、によって知ることができる」と記している。

聞くべきであると思う。ただ、『今昔物語』に示されている読みもあることは参考になる。それに対して、『梁塵秘抄』が訓読していることも参考になる。

権兵衛が「人の推する」と音読していることは、白文の訓み下しの長い歴史のなかにある。そう理解しなければならない。

＊そんなに見ないでよ、そんなに見ないでよ、あたしたちの仲がばれちゃう元になるかもよ、そんなに見ないでよ。

46　思ふさ

思うさへこそ、目も行き、
面も振らるれ

思ふさへこそめもゆきかほも
ふらるれ

「思うさ」の「さ」は人称代名詞。「やつ、そいつ、あいつ」といったくだけた感じ。これが「面《つら》」と呼応する。

＊いとしいあいつに、自然と目も行き、面も向く。そんなもんじゃないかい。「面」が「顔」の卑称になるのは近世に入ってからだと辞書は書いているが、権兵衛は中世と近世のはざまに生活している。このあたりの呼吸がおもしろい。

47 今から誉田まて

今から誉田まで、日が暮れうか、
止まひ、片割れ月は宵のほどじゃ

今から誉田まて日かくれうか
やまひかたはれ月ハよひのほとちや

「誉田」は「こんだ」と読んで、大阪府羽曳野市誉田の誉田八幡宮を指すとされる。「こんだ」の読みは「ほんだ」がなまったもの。しかし、次歌とのわたりで、「誉田」を八幡宮と特定することに意味はない。だれが、なにをしに「河内の誉田」までいくのか。

「暮れうか」だが、これは「暮る」の未然形に成り行きを仮定的にあらわす助動詞「う」をつけ、さらに、疑問をあらわす助詞「か」をつけくわえた言いまわしである。

「止まひ」は「止む」の未然形「止ま」に、相手に対してかるい要求の意味をあらわす助動詞「い」をつけたかたち、「止まい」である。なお、「お茶の水(31)」の注釈をどうぞ。「片割れ月」は半月をいうが、権兵衛が「かたはれ月」と書いているのをそのまま受けて、「片晴れ月」と読む読み方もある。そもそも『大言海』は、「片割れ月」は「片晴れ月」の転だとしている。「片割れ」だと、望(満月)から欠けていく陰暦の月の下旬に入った二、三夜が「片割れ月」で、「片晴れ」だと、朔(新月)から満ちていく月の上旬の終わり二、三夜ということかな。まあ、それはないでしょう。

むしろ、「宵のほどぢや」のコメントがおもしろい。「宵闇」というと、望からあと、宵のうちは月が出ない状態をいう。また、「有明け」は月の下旬の明け方まで残る月をいう。古典文学の世界では、とくに長月(九月)の月をいう。「宵のほど」の「かたはれ月」は、月の上旬の終わり二、三夜の半月をいう。八日、九日ごろの月である。

＊今から河内の誉田まで行ったら、途中で日が暮れてしまうと思うよ。止めなさい。それは、半月だけど、月も出ている。だけど、それも宵のうちだよ。

しかし、それにしても、京から誉田まで、現在の京都市から羽曳野市誉田まで、飛ぶ鳥の距離にして四五キロメートルはある。それは桂川から淀川を舟でくだって、淀川中流の鵜殿《うどの》(現在高槻市内淀川縁)で舟を捨て、せっせと歩けば七里ほどで誉田である。わたしはけっこうまじめにものをいっていて、「鵜殿」は権兵衛の小歌「京に八車(65)」に暗示されている。中世人がいかに健脚かは、「木幡山路《こはたやまじ》(107)」の注釈に紹介した日野名子《ひののめいし》の日記が証言している。どうぞごらんください。

48 ぬりつほ笠

あら、美しの塗り壺笠や、
これこそ、河内陣土産、
えいとろ、えいと、えいとろ、えとな、
湯口が割れた、心得て踏まひ、中蹈鞴、
えいとろ、えいと、えいとろ、えいな

あらうつくしのぬりつほ笠や
これこそかわち陣みやけえい
とろえいとえいとろえとな湯
口かわれた心えてふまひ中たゝら
えいとろえいとえいとろえいな

「壺笠」については、順序が前後して恐縮だが、「笠をめせ（150）」の注釈をごらんいただきたい。なにしろ「笠」について、ながながしい注疏を立てておきました。

「河内陣」は、明応二年（一四九三）二月、室町将軍足利義材《よしき》が畠山基家《はたけやまもといえ》を討とうと河内に出陣したことを指している。「義材」は「義稙《よしたね》」とも称していたので、その名で紹介している文献もある。「河内陣」は幕府管領《かんれい》職を歴任した実力者細川政元の反逆を招き、義材は失脚した。「河内陣」は五月に解かれた。この一連の出来事は「明応の政変」と呼ばれている。

「河内陣は、河内正覚寺城と誉田城中心の攻防」と「新日本古典文学大系」版の校注者は付録の「地名・固有名詞一覧」で書いている。「正覚寺城」は、基家を討てと義材をけしかけた畠山氏の一方の有力者畠山政長《まさなが》が、細川政元に攻められて自害した城である。

「誉田城」だが、『能楽史年表』の文明《ぶんめい》十二年（一四八〇）八月二日の条に「河内守護畠山義就《よしひろ》の誉田城で金春の猿楽あり（大乗院寺社雑事記七・二三条）」と見える。また、文明十四年（一四八二）一月十四日の条に「畠山義就、河内誉田の邸で猿楽を催す（大乗院寺社雑事記十一日・十五日条）」と見える。

義就は管領畠山持国《もちくに》の子。持国にははじめ子ができず、弟の持富（政長の父）を養子に入れたが、その後義就が誕生した。持国が実子義就に家督をゆずろうとしたところから政争が生じ、これがきっかけで、一四六七年、「応仁・文明の乱」が起きている。だから、正覚寺城の畠山政長と誉田城の義就とは仲が悪かったはずだが、そのあたりの機微については、よく分からない。

『御湯殿上日記《おゆどののうえのにっき》』に、明応二年五月二日付で、「かわちのぢんびらきのよしきこゆる」と読める。

わたしがおもしろく思っているのは、「河内陣」は、権兵衛の現代史だった。「河内陣」から帰ってきた兵士たちが、手ん手に土産の「塗り壺笠」を持っていた光景を権兵衛は目にしている。京雀がさっそくに小歌を作って口ずさむ。

あら、うつくしのぬりつほ笠や、これこそ、かわち陣みやけ

下三行だが、これが分からない。

「蹈鞴《たたら》」は製鉄に使われる「ふいご」、送風仕掛けだが、さて、河内で製鉄が行なわれていたか。河内といえば堺の鉄砲鍛冶が知られていて、だから、鍛冶、鋳物に用いる「蹈鞴」をいっているのか。それが「ふいご」を全部「蹈鞴」といっているわけではない。

中国山地とか琵琶湖北岸の山地で行なわれていた製鉄は、大型の「蹈鞴」を使い、これは三人の男が踏

むほどに大型で、その三人のうちの中のがリーダー格で、踏む呼吸を計るのだという。これを「中蹈鞴」と呼んでいたということになれば、ここで歌われているのは製鉄で、さて、河内で製鉄の「鑪《たたら》」が稼働していたか。

「湯口《ゆぐち》」は、「鑪」で溶かした「溶融銑《ようゆうせん》」を流し出す口をいう。「湯地穴」ともいう。これが「割れた」は、湯地を流すタイミングを計って蓋を壊すことをいい、だから湯地が流れ出すわけで、「心得て踏まひ、中蹈鞴」もないものだ。

「踏まひ」は、前歌の注釈にもあらためて説明したように、動詞「踏む」の未然形に、命令の口調の助動詞「い」がついたかたちである。「踏みなさい」。

「えいとろ、えいと、えいとろ、えとな」「えいとろ、えいと、えいとろ、えいな」は、最後の三字が「えとな」と「えいな」とちがうが、蹈鞴踏みの掛け声か。掛け声を写した囃子詞か。

49　ちろり

世間は、ちろりに過ぎる、ちろり、ちろり

世間ハちろりに過るちろり〳〵

「世間」だが、宮内庁書陵部蔵本には、まま、漢字に振り仮名が添えられている。これはこの写本が作成された時のものではない、ましていわんや「原本」に添付されていたものではないというのが大方の意見のようだが、いくつかある校訂本は、まま、この振り仮名をそのままとっている。「世間」もそうで、振り仮名にしたがって「よのなか」と読んでいる。「世間」は「世間は霰《あられ》よ(231)」にも見える。そこにも「よのなか」と振り仮名が振ってある。

「日数ふりゆく(74)」と「四の鼓(144)」に「世中」と見えて、これにも「よのなか」と振り仮名がついている。どうも振り仮名をつけたお方は「よのなか」「よのなか」と口慣れしていたお方だったにちがいない。

「世間」については、『源氏物語』のなかでの出方がおもしろい。「若紫」で、源氏にあてた僧都の手紙が尼君の死去を知らせて、「せけむのだうりなれど」と書いている。「薄雲」で、冷泉帝が源氏に「世間の事も思ひはゝかりつれ」と語る。その数行前に、「いよ〳〵世中のさはかしき事」と見える。「常夏」に、釣殿《つりどの》で涼む源氏が、「せけむのこともおぼつかなしや」と語る。「手習」に、横川僧都《よかわのそうず》が妹尼に向かって「せけんのゐいぐわ」についていう。

わたしは「新日本古典文学大系」版を見ているだけで、その本の校訂がそのように原本に書写されているというふうに読みとって、ただ書いているだけで、だからテキストクリティークに限界はあるが、すくなくともいえそうなことは、「世間」と漢字で書いているのは「せけむ」ないし「せけん」と読んだこと。また、「世間」に対して「世中」が見られるということである。

「ちろり」と「ちろりちろり」だが、古語辞典は『閑吟集』をまずあげ、浄瑠璃のテキストをそれに並べているだけで、頼りにならない。それは「ちょろり」とか「ちらり」とかの類縁語であることは見当はつくが、欲しいのは先立つテキストか同時代のそれである。

『日本国語大辞典第二版』は「ちろりちろり」の項で『三体詩幻雲抄』(一五二七)なるテキストから、「空にちろりちろりと日に輝て糸のやうなもの」という文言を引いて、「繰り返し、またときどき物が光ったり見えたりするさま」と解説しているが、さて、これがこの小歌の読みになじむかどうか。

「ちろりちろり」の項も立っていて、頭にこの小歌をあげていて、これも、だから、そう読めといっているふうだが、さて、どうだろうか。わたしがいうのは分からない。なんにしてもテキストが不足している。

それは先立つ「ちろり」の項は、こちらではなぜだかこの小歌はあげずに、頭に『野犴集』(一六五〇)から「ちろりと螢窓に飛暮、人玉のでたるをなにたとへまし」を引いている。俳諧のテキストでは螢や人魂の飛ぶ様子をちろりといったらしい。

50　なにともなやなふ

なにともなやなう、なにともなやなう、
うき世は風波の一葉よ

なにともなやなふ《う》〳〵うき世ハ風波の一葉よ

「世間はちろりにすぎる、ちろり、ちろり」が「うき世は風波の一葉よ」にどうつながるのか。そこのところがおもしろい。「世間」を「うき世」といいかえたら、「ちろり、ちろり」が「風波の一葉」になったということか。

「うき世」に漢字をあてるとしたら「浮き世」か「憂き世」か。むろん「浮き世」だよ。なんせ「風波の一葉」だからねえと、ここのところ、かるくかわそうとしても、なかなか。なにしろ、「風波」と「一葉」のひっかかりは、先行するテキストに見つけようとして、案外骨が折れる。

『廣漢和』の「一葉」の項が白居易の詩を引いている。「江州赴忠州、至江陵以来、舟中示舎弟五十韻詩」（江州より忠州に赴くとき、江陵を過ぎて舟中にて舎弟に示す五十韻の詩）からということで、

　孤舟萍一葉　双鬢雪千茎（こしゅうへいいちよう　そうびんせつせんぎょう）

「孤舟《こしゅう》」は「扁舟《へんしゅう》」に同じ、まわりに他の舟がいない、一隻だけをいう。

ぽつんと水面に浮かんでいる、その一隻の舟は、「萍《へい》」の「一葉」だといっている。「萍」は水草の一種

で、「うきくさ」をいう。

白居易については、手元に刊本がないので、李白を眺めることにするが、李白もまた「孤舟」をしきりにいっていて、七言絶句の「望天門山」の終行「孤帆一片」、「早発白帝城」の、これまた終行に「軽舟」、「哭晁卿衡」に「征帆一片」、「秋浦歌其二」に「雨涙下孤舟（涙をふらせて孤舟に下る）」、「宣州謝朓楼餞別校書叔雲」に「弄扁舟」といったぐあい。これは松浦友久氏の『李白詩選』を拾い読みしてみつけたもので、広大な李白の詩の世界には、なお、多くの「孤舟」が出没していることだろう。

「うきくさ」の「一葉」とはなんだと『廣漢和』でしらべたら、「萍」の項に『本草綱目』の「水萍」からの引用として、「時珍曰　浮萍　処処池沢止水中甚多　季春始生　或云楊花所化　一葉経宿、即生数葉」（時珍いわく、うきくさ、処処、池沢止水中に甚だ多し、春に生じ始め、或いは楊柳の花の化すところかという、一葉、宿を経れば、すなわち数葉を生ず）。

「宿を経れば」という言いまわしがよく分からないが、ともかく「うきくさの一葉、数葉」という言いかたがあったのだと分かる。「時珍」は十六世紀、明代の医師である李時珍のことで、『本草綱目』を著わした人物である。

『廣漢和』が拾っている「萍」をともなう熟語は、どれも「さすらう」を意味として立てていると『廣漢和』は解説している。一番はっきりしている用例は、「萍浮《へいふ》」で、『後漢書』「鄭玄伝《ていげんでん》」からということで、「萍浮南北　復帰邦郷」（南北に萍浮し、また邦郷へ帰る）を引いている。「南北」というふうに往き来する方向性を示しているようだが、しかし、じつのところ、「南北」は「さすらう」を表わしているわけではない。他の用例も、どうも、「さすらう」と読もうとそう読んでいる気配がある。

「うきくさ」といえば『梁塵秘抄』の「われをたのめてこぬをとこ」（三三九）が、反射的に思い浮かぶ。どうぞ『わが梁塵秘抄』の同名の段をごらんください。

われを頼めて来ぬ男、角三つ生いたる鬼になれ、
さて人に疎まれよ、霜雪霰ふる水田の鳥となれ、
さて足冷めたかれ、池のうきくさとなりねかし、
と揺りかう揺り、揺られ、歩け

頼めるんだとわたしに思わせておいて、来なくなった男め、つの三本はやした鬼になればいい、人にうとまれるがいい、しもがふり、雪やあられがふる水田の鳥になればいい、さぞや足がつめたかろう、池のうきくさになればいい、あっちにゆらり、こっちにゆらりとゆれて、うろついていればいいさ。

ここでは「うきくさ」に「うろつく」の字義が重なる。だから、どうも、「うきくさ」には本質的に不安定性があって、それが「さすらい」「うろつき」の印象を生むのだろう。舟は一隻だけだ、流れただよったみずくさの葉の一片のようだ、それが、わたしのもろのこめかみに垂れる髪の毛は千筋に白い。

「風波」は杜甫の「夢李白二首」の第二首がある。

浮雲終日行　遊子久不至　　浮き雲、終日行く、遊子、久しく至らず、
三夜頻夢君　情親見君意　　三夜、しきりに君の夢を見る、情と親に君の意を見る、

告帰常局促　苦道来不易　帰るを告げ、常に局促《きょくそく》し、苦衷《くちゅう》を訴えて云う、来るは安からず、
江湖多風波　舟楫恐失墜　江湖に風波多し、舟楫《しゅうしゅう》、疑うらくは失墜せん、
出門掻白首　若負平生志　門を出て、白首を掻く、平生の志にそむくがごとし、
冠蓋満京華　斯人独憔悴　冠蓋《かんがい》、京華《けいか》に満つるに、この人、ひとり憔悴《しょうすい》する、
孰云網恢恢　将老身反累　たれかいう、網恢々《あみかいかい》たりと、まさに老いんとする身、かえって累《つみ》する、
千秋万歳名　寂寞身後事　千秋万歳の名、寂寞《せきばく》たる身後《しんご》の事。

浮き雲が空を流れて、あなたへ去る。旅人は久しく帰ってこない。この三夜、しきりにあなたの夢を見る。夢で逢うあなたの親愛の情が、そくそくと胸に伝わる。それがあなたは、もう帰るといって、なにか逡巡の気配を見せ、苦衷を訴えて語る、君のところに来るのはそうやすやすとではない。川や湖には風が吹く、波が立つ。舟の梶がもっていかれてしまうのではないかと心配なのだ。見送って、門を出ると、かれは立ち止まって、白髪首を掻く。なにか心配事に気を取られているようで、平生の気概はどこへやらといった風情だ。都では、高い身分についた人たちが冠を頭に飾り、豪奢な天蓋をかけた馬車に乗って大通りを行くというのに、この人だけは、こうしてやつれ果てている。天網恢恢、疎にして漏らさずとはよくいったものだ。老境にさしかかった身だというのに、反逆の徒に連座している。名は千秋万歳とはいいながら、死後のことを思えば、なんとも寂しいかぎりだ（「千秋万歳」の文言は、権兵衛の「夢かよふ道さへ絶えぬ(250)」に出現する)。

「江湖多風波」を「川や湖には風が吹く、波が立つ」とひらいたが、じっさい、「江湖」は、それは揚子江と洞庭湖をいうというふうに使うばあいもあるようで、ここも揚子江中流と洞庭湖のあたりと限定でき

そうで、というのは、李白は安禄山の乱に際して、玄宗の息子のひとり、永王李璘《りりん》の軍に参加したが、永王が兄の粛宗との対決で敗れたあと、捕らえられて、夜郎《やろう》に流された。乾元《けんげん》元年（七五八）のことで、それが、どうもそのあたり、クロノロジーがはっきりしないのだが、一年三か月後、乾元二年三月に、李白は長江上流三峡の白帝城のあたりで赦免され、本人にいわせれば、わずか一日で江陵まで帰り着いたのだという。

杜甫のこの詩は、その年、乾元二年、秦州においての作ということになっている。杜甫はまだ李白が解放されたことを知らない。夜郎のどこかに拘束されていると思っている。だから杜甫は李白の魂魄が揚子江を下り、洞庭湖を渡って、夢の中に現われたと歌っている。李白の魂魄は、江湖に風波多く、舟楫、疑うらくは失墜せんと訴えたと歌っている。

十年の後、大暦《だいれき》三年の暮れ、杜甫は洞庭湖東岸の岳陽城西門の三層の楼、岳陽楼に登って、五言律詩をひとつ作った。

昔聞洞庭水　今上岳陽楼
呉楚東南坼　乾坤日夜浮
親朋無一字　老病有孤舟
戎馬関山北　憑軒涕泗流

江陵から長江を下って岳陽。その南に洞庭湖。わたしは杜甫の生涯についてはなにも知らないので、この年、五十七歳の杜甫が、それまで洞庭湖に遊んだことがなかったのかどうかは知らない。ただ、この五言律詩の最初の二行は「昔、話に聞いた洞庭湖、今、はじめて登る岳陽楼」と、なんともそっけない。

つづいて頷聯《がんれん》の対句。呉楚は東南に裂け、乾坤は日夜浮かぶ。古代呉楚の領域はどこかとこまかく問題にしていくときりがない。ここは長江中流から南の土地を指すと見て、それが「裂ける」という。「裂く」は原語の「坼《たく》」を置き換えた。意味はほとんど同じである。

これは『淮南子《えなんじ》』に出る神話で、太古の昔、地はその四隅を太い綱で天から吊されていた。そこに天神の共工というのが、なかまの天神との争い事から、不周山に頭をぶつけ、そのために天柱(天を支えている四本の柱)の一本が折れ、太綱が切れて、地は東南に傾いた。地の一部は海となり、長江をはじめ諸河川がすべて東海に入る構図が描かれた。杜甫の詩は、この天柱神話を映している。

「乾坤」は「乾坤一擲」の「乾坤」で、天地をいう。天と地が、昼も夜も浮かぶというのはすばらしい。世界は「浮世」だといっているようだ。ここで「世界」といっているのは、禅宗の方で、「世」というのは過去・現在・未来をいう。「界」というのは、上下四方をいうという。あるいは、また、唐の温庭筠《おんていいん》の「宿松門寺詩」に、

白石青崖世界分　巻簾孤坐対氛氳

と見えるという。これは『廣漢和』に見た。ここにいう「崖」は「岸」のことで、青々とした岸が、白色一帯、霧の中の世界を分ける。すだれを巻き上げて、ひとり坐し、もわっとした気塊に対する。「気塊」と書いたのは原語「氛氳《ふんうん》」。「氛氳」の字はむずかしい。「氳々」で「気の盛んな様子」をいうという。

親戚朋友から一文字だに便りなく、「老病、また、孤舟」と、詩人の思いは深い。「有」は「又」である。「老病」は老衰とも、また、老いて病み、とも、どちらにもとれる。それほど詩人は截然と物をいいた

がっているわけではあるまい。「老いて、また、孤舟」と詩人はいっている。「孤舟」は、だから、まわりに他の舟がいない、ぽつんと一隻の舟ということで、詩人の孤独感は深い。

もっとも、この二句は五言律詩のなかで頸聯《けいれん》の対句に当たるので、読みとして「親朋無一字　老病有孤舟」は「親朋に一字なく、老病に孤舟あり」と、「有」の字を「あり」と読む方がいいかもしれない。「又」と読むばあいと、意味は同じである。老病の身であるのにくわえて、孤舟の状態だ。

ところが杜甫はまだまだけっこう生臭く、「戎馬《じゅうば》、関山《かんざん》の北」と聞くと、勃然と気が起こる。「関山」は関所がおかれている山々ということで、どうやら長安、いまの西安の南の泰嶺山脈を指しているらしい。その北で戦争だという。楼台の欄干にもたれかかって、北の方を見ると、涙と鼻汁が流れ出て止まらない。「涕泗《ていし》」は「涕洟《ていい》」と同じで、涙と鼻汁のことです。なにが杜甫の目頭と鼻奥を刺激したのか。温庭筠のいう「氛氳」だろうと思うが、どうもそのあたりのことはよく分からない。杜甫、何する者ぞ。

51　なにともなやなふ、その二

なにともなやなう、なにともなやなう、
人生七十、古来まれなり

なにともなやなふ〳〵人生七十
古来まれなり

「人生七十古来稀」は杜甫の詩に出るという。さしあたり『廣漢和』から借りれば、

酒債尋常行処有　人生七十古来稀

で、詩形から見て、七言律詩の頷聯《がんれん》にあたる。「曲江詩《きょくこうし》」というのだそうだが。いたるところの酒屋にツケがたまってるなんていって威張って見せたりしたって、人間、六十、七十まで生きるの、そんなにいないよというような読みでよいのだろうと思うが、やはり原詩の文脈をたどらなければなんともいえない。

杜甫はこの作品を四十歳代に物している。人生七十は杜甫の実感ではなかったわけで、そのあたり、わたしも長らく誤解していた。それでは権兵衛についてはどうなのか。わたしは権兵衛は十五世紀の中ごろ生をうけ、詩文集の前書きに「永正戊寅穐八月《えいしょうぼいんあき》」（一五一八年）と年紀を入れたとき、まさに人生七十だったのではないかと推理しているわけで、それは「ヴィヨン遺言詩」の詩人が、ちょうどそれから半世紀前の一四六八年に、これもまたわたしの推理では、まさに人生七十で世を去った、それと符節を合しているわけで、とてもおもしろい。

『中華若木詩抄《ちゅうかじゃくぼくししょう》』の「新日本古典文学大系」版の延べ番号で五二番に江西《こうせい》の七言絶句「秉燭夜遊（燭を取って夜遊す）」、

七十古稀休問天　祇須秉燭夜留連
豈将白髪三千丈　坐待黄河五百年

「秉」は「へい」、呉音で「ひょう」と読み、手に取るを意味する。あるいは「稲の束」をいい、また、容量の単位に使う。穀物十六石をいうという。

「秉」の字は『詩経』の「邶風《はいふう》」の「簡兮《かんけい》」に見える。「邶風」の「邶」は古代殷王朝の王畿の地のひとつをいう。「風」はおそらく風俗からで、土地の歌謡をいう。「簡兮」は舞楽の様子を歌う詩で、四章の詩だが、その第三章、

左手執籥　右手秉翟（左手にやくを執り、右手にてきを秉る）

「籥」は小さな笛、「翟」はキジの羽根をいう。

また、「鄭風」の「溱洧《しんゐ》」にも見える。「鄭」は黄河の南の、殷王朝の古い都跡で、その地の「溱水」と「洧水」の合流する川縁で催された歌垣の情景を歌う詩が「溱洧」である。二章で、第一章に、

士与女　方秉蕑兮（男と女と　まさにかんを秉る）

と見える。「蕑」は蘭の一種をいう。

「祇」は「但《ただ》」、「須」は「すべからく……すべし」と訓読する。「豈」は「あに」と訓読し、反語の意味をあらわす。「将」は、刊本の校注者は「将《も》って」と読んでいるが、これは「持ちて」と読むということなのか。「白髪三千丈を保って」という読みになる。

　七十の古稀を、なぜそうなのかと天に問うことは止めたほうがよい。ただ、すべからく、夜、明かりをともして、遊びつづけるがよい。どうして、白髪三千丈に達するほどまで我慢して、坐して、黄河が五百年ごとに澄むという、その時を待って遊ぼうなどと考えるのか。

詩抄の編集人は、「夜ルモ燭ヲ秉ツテ遊ブベキゾ。昼ノ遊ビハ云ニ及バヌコト也。留連ハ、タチヤスラウノ心也。遊ビノコトニ用《もちゐ》ル也」と、ステキな解説を示してくださる。

江西竜派は臨済宗黄竜派に属し、建仁寺霊泉院に住む。絶海中津《ぜっかいちゅうしん》に師事する。文安三年（一四四六）に七十二歳で死去したという。「七十古稀」と書いたとき、江西は古稀を迎えていたかどうか。おもしろい。なんと権兵衛がそのころ生まれたのではないか。

この詩はかなり諧謔調だと思う。人の一生を諷喩《ふうゆ》しているといおうか。権兵衛の歌にかぎりなく近づく。だから、権兵衛が「なにともなやなふ」と書くとき、かれは江西の詩の世界にいる。ところが、ところが、わたしがふしぎに思うのは、権兵衛は「人生七十古来まれなり」と、杜甫にも江西にもない「なり」を書いている。「なり」とは何か。

「なり」は断定あるいは詠嘆をあらわす。もっとも詠嘆は近世以降の歌語にもっぱら使われるという。わたしが不思議に思うのは、『廣漢和』もそうだが、杜甫の詩を引いて「人生七十古来稀」に「ナリ」の読み仮名をつける態度である。詠嘆のつもりでつける向きには批評の限りに非ず。もっと軽い調子ではないか。江西の読みこそがおもしろい。

ちなみに、「秉燭」は李白の五言律詩「贈銭徴君少陽」に印象的に出る。

白玉一盃酒　緑楊三月時　春風余幾日　両鬢各成糸
秉燭唯須飲　投竿也未遅　如逢渭水猟　猶可帝王師

「白玉《はくぎょく》」は白い玉で作った杯をいう。「緑楊」は熟語になっていないようだ。日本語の「青柳《あおやぎ》」に対応するのかなと思ったのだが。白玉に一杯の酒、柳が緑の三月、春風はあと幾日吹くか。

『廣漢和』によると、李白は「前有樽酒行」と題した詩に、

当年意気不肯平　白髪如糸歎何益

と見えるという。「肯」は「がえんずる、うべなう」の意味の動詞に使い、また「あえて、がえんじて、よいとして」などの意味合いで副詞に用いる。ここでは「当年の意気、あえて平らかならず」と読むそうだが、語感としては「がえんじて」の方がよい。

「当年の意気」は前後の文脈が見えないと分からないが、まあ、この年になって、気概もないものだが、わたしの気分は平らではない。とはいっても、糸のような白髪になってしまったと嘆いてみてもはじまらない、といったような意味だろうか。

この詩を受ければ、「両鬢各成糸」は、こめかみに垂れる髪は白い糸筋になったと読む。

この五行が前行に返って、「春風余幾日」は、さてさて、あと何年の命でしょうねえ。そこで、ただ、すべからく、燭をとりて、飲むべし、明かりをともして、飲み明かしなさいよ、と、あとにつづく。六行目から最後の三行は、「太公望」伝説を受けている。「也」は「亦」と同じで、「また」で、「竿を投ずるも遅からず、渭水の猟に逢わば、なお、帝王の師となるも可なり」。

52　何事もかことも

ただ、何事も託事も夢幻や、水の泡、
笹の葉に置く露の間に、
あぢきなの世や

たゝ何事もかこともゆめまほ
ろしや水のあわさゝの葉にをく
露のまにあちきなの世や

「託事《かこと》」は「託《かこ》つ」から。「かこつける」の意味合いから「申し訳」、そこからさらに言葉遣いがひろがって、「申し訳ていどのこと」の意味を作る。「何事も託事も」で「なにもかも」と読んでいいでしょう。

「あぢきなの世や」の「あぢきな」は、巻をまきもどして「からたちやいばら(38)」に見える。そこでは「あぢきなし」が「あちきなひ」と書かれていて、なんとも戸惑わさせられたのだが、ここでは「あちきなし」の形容詞の語幹の「あちきな」を名詞的に使っている。「あちきなし」は「無道」「無端」であるという意味合いがもともとで、そこから、主観的な感想として、「おもしろくない」というふうに使うばあいもある。

『源氏物語』の「帚木《ははきぎ》」の巻、紀伊守邸《きいのかみ》へ、またもや押しかけて、空蟬《うつせみ》への思いを遂げようとする源氏から、どうやって逃げようかと思い悩む空蟬を描写する紫式部は、空蟬は、源氏が自分に逢おうと思い謀る、その気持ちは浅くはないものだとは分かるのだけれど、だからといって、お逢いすれば、「あぢきなく夢のやうにて過ぎにし嘆きをまたやくはへんと思みだれて」と書く。

空蟬には、源氏に手込めにされた記憶が新しく、その「あぢきなく夢のやうにて過ぎにし嘆き」をまたもや重ねることになるのかと、それが空蟬のためらいなのだった。源氏との交渉は、男女間の交渉について、そのありかたを空蟬が肯うことができるような、そういうありかたでの経験ではなかった。そこには男女の道はなかった。「苦々しく、情けなく、とうてい現《うつつ》のこととは思えなかったあの夜のこと」と、作者はだんぜん女性の味方である。

紫式部は、ずいぶんと「あぢけなし」を使っているが、それもかなりヴァリエーションをつけていて、「宿木」の、薫が大君《おおいぎみ》を追想する場面、「かの人をむなしくみなしきこえ給ふてしのち思には」と、大君臨終の言葉などを思い起こし、なにも人のせいではなく、自分でえらんだ生き方だけれども、独り寝の夜には、かすかな風の音にも目が覚めて、「来し方行く末、人（中君《なかのきみ》）の身の上のことまでも、いたしかたない人生だ、これも運命だなあと、思いめぐらしなさいます（きしかたゆくさき、人のうへさへあぢきなき世を思ひめぐらし給ふ）」。

＊なにもかも、みんな夢幻だ。水泡だ。笹葉の露だ。泡が消える、露が乾上がる、そのわずかの間が人生だ。いかんともなしがたい。運命だね。

53　夢幻や

夢幻や南無三宝

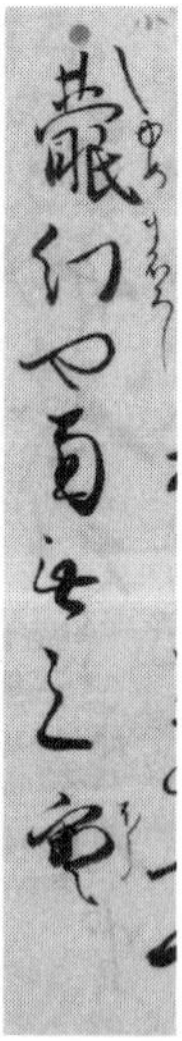

「夢幻」に「ゆめまぼろし」の振り仮名が振ってある。「南無三宝」の「宝」にも「ほう」と振り仮名が見える。この前の小歌では「ゆめまぼろし」と書いている。筆生は「ゆめまぼろし」と書いて、次、「夢幻」と書いた。後代、読み合わせた人が「夢幻」に「ゆめまぼろし」の振り仮名を振った。そういう景色である。おもしろい。

「夢」の字が、また、変わっている。扁の「夕」を、だから「扁」というのか、こちらのばあいは「旁《つくり》」かな、「眠」と書いている。なにか理詰めの字作りのようで、おもしろい。だから、もしかしたら、「夢」ではないのではないか。「ゆめ」ではないのではないかと、余計な気苦労をさせられる。

能の『邯鄲《かんたん》』が本歌かもしれない。現行『邯鄲』の終わりに近く、「げになにごとも一炊の夢、南無三宝南無三宝」と見える。邯鄲《かんたん》の宿で昼寝した旅の青年盧生《ろせい》は、粟飯が炊けたよと起こされる。盧生の見た夢は一睡《いっすい》の夢であり、一炊《いっすい》の夢である。ただ、『邯鄲』のテキストを嘗めるように見ても、「幻」の字は見えない。おもしろい。

54　くすむ人

くすむ人は見られぬ、夢の、夢の、夢の世を、現顔して

くすむ人ハ見られぬゆめの〱〱世をうつゝかほして

「くすむ」は「燻む」と漢字をあてるようで、衣裳では地味で渋い色合い、人ではきまじめな様子をいう。「くすみかえる」というと「まじめくさった」と、からかいの気分が強まる。

そこでおもしろいのは「夢の」を三度重ねている。二つ目、三つ目の「夢の」は踊り字、このばあいは「くの字点」で書かれていて、二つ目の踊り字が二行目の頭にしっかりと書いてあって、なんと、筆生は「くすんでいる」。「うつつ顔」だ。おおまじめに、権兵衛の「夢の」哲学を写している。

わたしがいうのは、踊り字の繰り返しのばあい、そのひとつが行頭にくるのはおかしいではないかということで、どうして二行目の頭は書き直さなかったのか。筆生は元稿（手本にした写本）を律儀に写している。そんな気配が伝わってくる。だから、おおまじめというのだ。

「人こそふりて（13）」は七行に書かれているが、なにしろ字数が多すぎて、最後の七行目は「夢なれや」と書いたところで紙の底辺にとどいてしまった。これに踊り字をつけなければならない。「情けは人のためならず」（118）の注釈では、どこまで繰り返して読むかが問題だと書いたが、それはどちらでもよい。ここでの問題は、そういうばあい、踊り字をどうするかで、このケースでは筆生は「や」の字の右下に、挿入印のくの字のように、踊り字を書き込んでいる。さらに行数を増やして、八行目の頭にもっていくようなことはしていない。

「ただ人は（114）」も「夢の」を三度繰り返している。踊り字は一行目の下に、ふたつつづけて、このばあいはあまり無理してという感じでもないが、書かれている。

もっとも、「情けは人のためならず（118）」は三行目の終わりぎりぎりの「なりにける」の踊り字を四行目の頭にもってきている。

55　なにせうそ

なにせうぞ、くすんで、
一期は夢よ、ただ、狂人

なにせうそくすんで一期ハ夢
よたゝ狂人

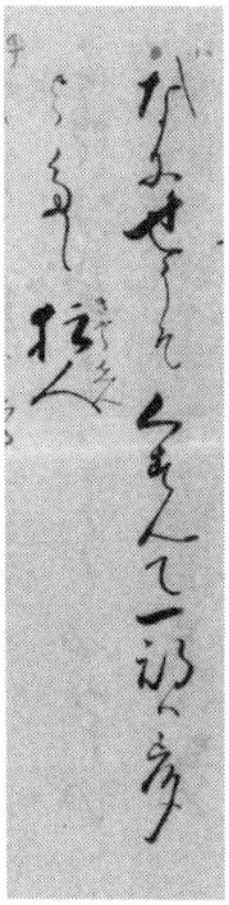

「狂人」の「人」は、書陵部蔵本の「へ」のくせ字とも見える。

いずれにしても、このケースでおそらく権兵衛に一番近い資料的根拠をさがせば、能の『花筐《はながたみ》』だ。観阿弥の原作を世阿弥が改修したと見られるこの能は、大あと《(跡部)》への皇子が天皇に即位するに際してそのまま越前の里に置かれた照日《てるひ》の前《まえ》が、皇子を慕って大和へおもむき、物狂いの様を見せるという筋書で、大あとへの皇子が別れに際して照日の前に、日ごろ使っていた花籠を形見に遺した。照日の狂乱の舞に、この小籠が打ち落とされ、捧げ持たれ、美しく場面を飾る。

「花筐」はすなわち花入れの小籠で、「はながたみ」と読む。「かたみ」は「かたま《(堅間)》」の転、「堅編み」の反という理解があるが、これはわからない。目のつんだ竹籠である。このイコノロジーについては、『古今和歌集』の七五四番歌がよく引かれる。

花かたみめならぶ人のあまたあれは　わすられぬらむかずならぬ身は

花籠の編み目が詰まっているように、あの人の目に並ぶ男の数はなにしろ多いのだから、数にも入らないあたしなんか、どうせ忘れられていることでしょうよ。

とりたてて「形見」の意味合いが重なっているわけではない。「かたみ」に「筐」の漢字があてられたのはいつか。「筐」に「形見」の意味合いが乗せられたのはいつ、どういったテキストでか。おもしろい。この歌集の最終歌「かこかな(311)」と、もう一つ前の小歌「花かこに月(310)」をご参照。

現行の能『花筐』の詞章を見ると、花形見(だいたいが、世阿弥の能は「花形見」と伝えられているのだ)をたたき落とされて、怒った照日が、そんなことをすると「わがごとくなる狂気して、ともの物狂ひ」といわれますよと脅しをかける。なにか理性的な物狂いで、そのあたりがおもしろいが、権兵衛のいう「狂」は、照日の狂気に通うものがあるようだ。

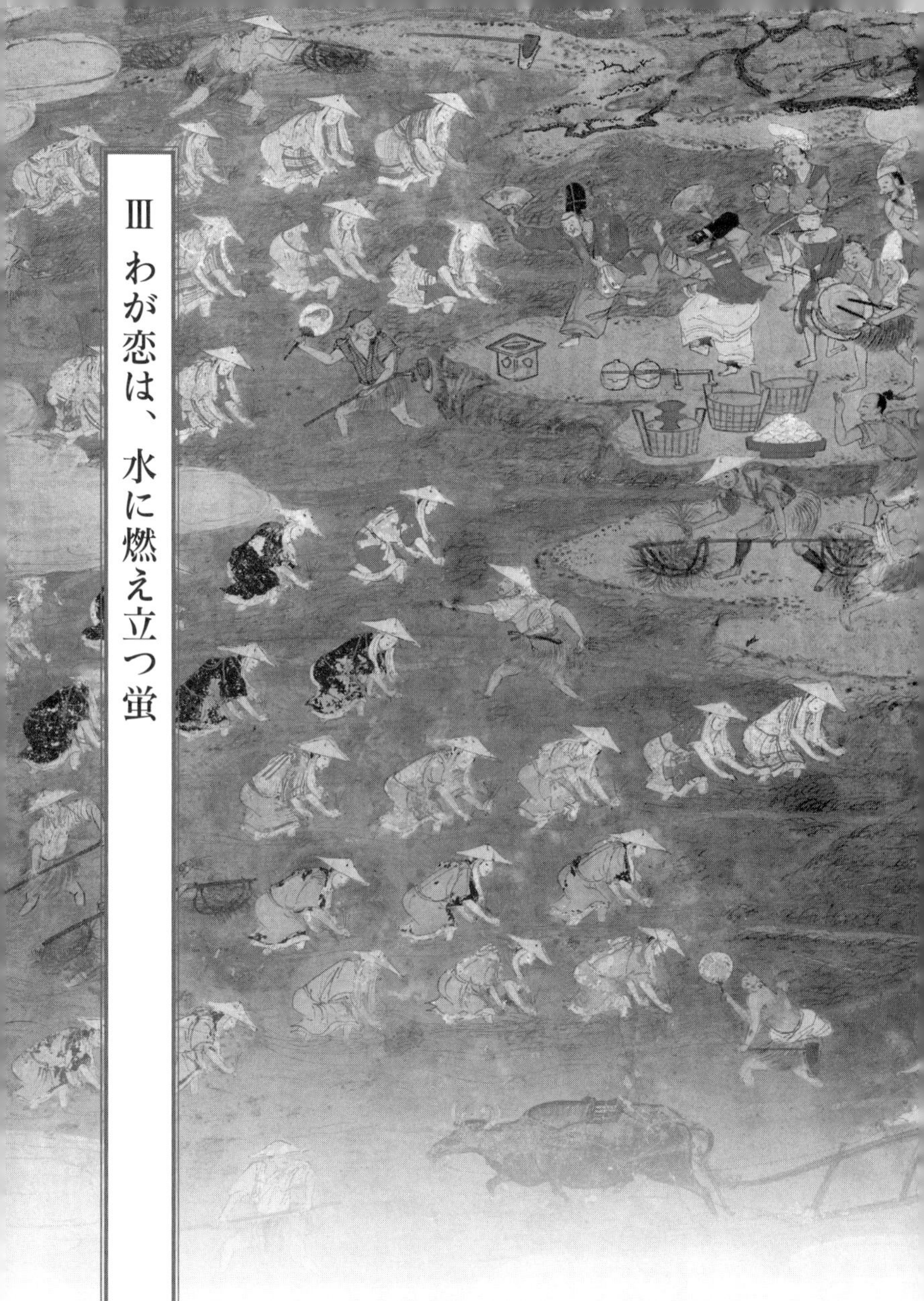

Ⅲ　わが恋は、水に燃え立つ蛍

『月次風俗図屏風』より田植え（第4扇部分、東京国立博物館蔵）
出典：ColBase (https://colbase.nich.go.jp)

56　しゐてや手折まし

強いてや、手折らまじ、
折らでや、かざしましやな、
弥生の長き春日も、
なほ、飽かなくに、暮らしつ

しゐ（ひ）てや手折ましおらてやか
さしましやな彌生のなかき春
日も猶あかなくにくらしつ

「しゐてや」は「しひて」をそう書いたと見て、「強いて」、そう読む。

「手折らまじ」の打ち消しの助動詞「まじ」は、もともと動詞の終止形を受けたのが、中世になると未然形を受けるようにもなった。このばあいは「手折る」の未然形を受けて、「手折らまじ」である。この文脈では決意をあらわす。「手折ることはすまい」。

「かざしまし」だが、助動詞「まし」はもともと未然形を受けたので、「かざし」はおかしい。中世には連用形を受けたという証言も聞かれない。これは「かざさまし」の誤記と見る。

「まし」は、いま起きている事態を心の中で拒否して、それとはちがう事態を望む心の動きを表わす。このばあいは、「無理に手折ることはすまい。折らずに、かざすことができたらなあ」といったところか。

「かざす」だが、さて、なにを「かざす」のか。

『新古今和歌集』巻第二春歌下に『万葉』の歌人、山部赤人の歌が一首採られていて、そこでは桜を「かざして」いる。

もゝしきの大宮人はいとまあれや、さくらかざしてけふもくらしつ（一〇四）

これの原歌と目されているのが『万葉集』巻第十の一八八三番歌で、こちらでは、下句が「梅をかざしてここにつどへる」となっている。同じ巻第十に、

春日野の藤は散りにて何をかも、御狩の人の折りてかざさむ（一九七四）

と見える。ここでは藤を「かざして」いる。

「かざす」は「髪挿す」からだというが、『万葉』に「かづらく」が出る。「縵《かづら》」の動詞化だというが、これも頭に花などを飾ることをいう。

やはり巻第十の、これは「柳の陰に（42）」の注釈でご紹介した一八五〇番歌、

朝な朝なわが見る柳うぐひすの、来居て鳴くべき森にはやなれ

の、ひとつ置いて次の歌に、

ももしきの大宮人のかづらける、しだり柳は見れど飽かぬかも（一八五二）

があり、この「かづらく」が印象的である。

もっとも、ひとつ置いてと、脇に置いてしまった一八五一番歌を、やはりご紹介しないことには、この

歌のステキさはお分かりいただけないかもしれない。

　青柳の糸の細さ、春風に、乱れぬい間に見せむ子もがも

「乱れぬい間に」の「い」は間投助詞で、意味はない。「乱れないうちに」の意味である。「青柳の糸の細さ」の読みが問題で、「日本古典文学大系」版『古代歌謡集』の「古事記歌謡」二番に、「八千矛の神の命」大国主命が「故志能久邇」（越の国）に、「さかしめを　ありときかして　くはしめを　ありときこして」、「佐《さ》用《よ》婆《ば》比《ひ》」（妻になってくれる人、だれかいませんかと呼び歩くこと）にやってくるという歌が見える。凡例によれば、「歌謡は、適当な漢字を当てて書き下ろし」ているということで、校注者の思量から、ここは「賢し女を　有りと聞かして　麗し女を有りと聞こして」と読み下されている。

　こちらは「日本書紀歌謡」の、延べ番号で九六番の歌謡に、「くはしめを　ありとききて　よろしめをありとききて」と見える。これは、やはり校注者の判断で、「麗し女を　有りと聞きて　宜し女を　有りと聞きて」と読み下されている。

　その他、やはり「日本書紀歌謡」に、延べ番号で六七番に、「はなくはし　さくらのめて」と見え、これは従来「花妙し　桜の愛で」と読み下されている。

　また、やはり「日本書紀歌謡」の七七番歌に、隠国《こもりく》の泊瀬《はつせ》の山は「阿野儞干羅虞波斯」（あやにうらくはし）と見えて、これは「あやにうら麗し」と読み下されている。

　この「はなくはし」「うらくはし」のように「はな」「うら」などの体言語につく「くはし」の用例で、いまでもよく知られ、使われもしているのが「香くはし」で、「かぐわし」と読まれるが、その用例は、

「古事記歌謡」の四三番歌に見えて、「かくはし　はなたちはなは」で、校注者によって、「香妙し　花橘は」と読み下されている。

『万葉集』にもいろいろな用例が出るが、つまり「くはし」は、「記紀歌謡」から『万葉』にかけて、そこに美を感じていうばあいに、ごくあたりまえに使われていた形容語で、読み下すばあい、漢字のあて字は、その文脈による。桜がきれいだ、泊瀬の山はこよなく眺めがよい、橘はよい香りがする。

だから逆に、問題の『万葉』の歌、「青柳之　糸乃細紗　春風尓　不乱伊間尓　令視子裳欲得」のばあいは、「青柳」と「春風」という、その文脈から「細」を「くはし」と読むのが適当だということなのである。青柳は糸のように細く、春風になびいて、すてきだ。

『万葉』や『古今』の美意識は、なにか細いもの、細かいもの、繊細なものに美を感じるというふうだったのか。なにかそんなことを考えさせる歌振りの妙である。だから、やはりこれも「日本書紀歌謡」の六六番歌、「ささらかた　にしきのひもを　ときさけて」は、「ささら形錦の紐を　解き放けて」と読み下すのがふつうだが、その「ささら」は「さされ」と同根で、なにかこまかいものをいうとされ、「細」の漢字があてられる。唐渡りの錦織りの細帯に美を感じたということで、このあたりは、物証がものをいう分野のようだ。ただ、「ささ」の語源については明分ではないという。

そのあたり、むかしの日本人が柳に寄せた美意識のゆらぎを、権兵衛の「梨花一枝(39)」から「柳の陰に(42)」にかけての柳主題連作をごらんいただきたいのだが、そこで、『万葉』の一八五二番歌「ももしきの大宮人のかづらける」は、それは「青柳の糸のくはしさ」を髪に飾った大宮人と読めないことはないが、なにしろ朱雀大路は柳の並木道である。これは青柳の下陰を大宮人が行き来する情景描写なのではないか。大宮人は頭上に青柳を「かづらきて」いるのではないか。

山部赤人の歌の方も、どうしてまた「大宮人はいとまあれや」などと、宮廷出仕の役人たちをからかっているのか、そのあたりのことはよくわからないが、こちらのケースも、桜や梅の花枝を大宮人の頭に挿し飾らなくとも、情景描写歌として成立するのではないか。

わたしがいうのは、読みの可能性としては、それはたしかにある。けれども、ここでようやく権兵衛の歌にもどって、このばあいは、さて、どうだろう。手折る、折ると書いている。手折った花枝を髪に挿し飾る意味合いで「かざす」と書いている。それでいて、無理に手折ることはしたくない、折らずにかざすことはできないかと嘆じている。

なお、『万葉』四一三六、四二八九を参照。これはふたつとも「ほよとりて」「青柳のほつえよぢとり」で、「とる」「よじとる」の意思表示が明白な用例だ。

「長き春日」は、『万葉集』巻第十に、

朝戸出の君が姿をよく見ずて、長き春日を恋ひや暮らさむ（一九二五）

と、「暮らす」の動詞と一緒に読みとれる。

権兵衛は、どうやら「万葉学者」である。

＊無理に手折ることはしない。折らずに、かざすことができたらなあ。そんなふうに思いながら、春の弥生の長い一日を、花の風情を惜しみながら、過ごしたことだった。

57　卯の花かさね

卯の花襲、な、な、召さいそよ、
月に輝き、顕るる

卯の花かさねななめさいそよ
月にかゝやきあらはるゝ

書陵部蔵本は、「な、な」は、踊り字で重ねていない。前の「な」は「那」のくずしで、後の「な」は「奈」のくずしである。

「襲（重ね）」は布地の表地と裏地の配色、あるいは重ね着のばあいは、裏と裏を合わせて、表地と表地の配色をいう。「卯の花襲」は、表が白、裏が「青」をいう。ただ、布地の裏表か、重ね着ルックかは、「卯の花襲」といっただけでは分からない。

なお、「襲色目」で「青」は「緑」をいう。この事情については、「卯の花（30）」の注釈を見られたい。

＊卯の花重ねなんか着てこないでよ。いやねえ。お月さまに照らされて、すぐ、人にみつかっちゃうじゃあないの。

58　夏の夜を

夏の夜を、寝ぬ、飽かぬと言い置きし、
人は物をや思わざりけん

夏の夜をねぬあかぬといひをき
し人ハ物をやおもはさりけん

「あかぬ」の「か」は、もうこれ以上はないというほどに、はっきりと「か」なのに、「け」と読む人が多い。わたしが見ているのは宮内庁書陵部本で、他の本には「け」と書いてあるのだろうか。

それは、「ねぬあかぬ」の「ぬ」と「あ」のあいだの右に、小さな字で「に」と書いてあるからといって、それに「か」は「け」だからと、「寝ぬに明けぬ」と読む人が多いのはどういうわけだろう。「に」はだれの注か。

『和漢朗詠集』の「夏夜」に「夏の夜をねぬにあけぬといひおきし人はものをや思はさりけむ」という「よみ人しらす」の歌がある。おそらく権兵衛はそれを本歌にとっている。「ねぬにあけぬ」を「ねぬ、あかぬ」ともじり、「いひおきし」を「いひをきし」と書いた。書いたというのは、これはもじりではないと思うからで、もしや書陵部蔵本の筆生の書き癖か。

ただし、わたしは『和漢朗詠集』は川口久雄の「全訳注」を見ているだけで、書誌学的にどうなるのか、それは知らない。そもそも、ここのところ、「ねぬあけぬ」かもしれないではないですか。

「いひおく」は「言い捨てる、言い残す」の意味合いで用例が出る。『枕草子』四〇（四三）段がおもしろい。

みのむし、いと哀也、おにのうみたりければ、おやににて是もおそろしき心あらんとて、おやのあやしきき《(ママ)》ぬひきゝせて、いま、秋風ふかん折そこんとする、まてよといひおきてにけていにけるもしらす、風の音をきゝしりて、八月はかりになれは、ちゝよ〱とはかなけになく、いみしう哀也。

（みのむし、いと哀れなり、鬼の生みたりければ、親に似て、これも恐ろしき心あらんとて、親のあやしき衣引き着せて、いま、秋風吹かん折ぞ来んとする、まてよ、と言い置きて逃げていにけるも知らず、風の音を聞き知りて、八月ばかりになれば、ちちよ、ちちよ、と、はかなげに鳴く、いみじう哀れなり。）

秋風が吹いてきたら、帰ってくるからね、待ってなよと、言い捨てて逃げていってしまったのも知らずに、八月になると、父よ、父よと心細げに鳴く、なんとも哀れなことだ、と、なんとも絶妙なタッチで「いひおく」と言いまわしている。

みのむしは、雄は成虫の蛾になるが、雌は成虫になっても翅（昆虫のばあいの羽根をいう）をもたず、そのまま蓑の中で生活する。そのちがいがこの清少納言の文章にあらわれているのではないかと見る意見もあるようだが、それはどうか。男親か女親か、鬼か人間かと思い測るのもどうか。だいたい清少納言の文章が変なので、変なりに読むことが肝要で、だいたいが鬼が生んだ子なのだから、わが子ながら親に似て、きっと心根のおそろしい子だろうと思ってか、親は、子にみすぼらしい衣服を着せて、すぐに、秋風が吹いてきたら、帰ってくるからね、まってなよ、というぐあいに読めばよいのではないか。

権兵衛が「寝ぬ、飽かぬと言い置きし」と書いたのは、本歌の方がどうだったのかは知らないが、権兵衛の頭の片隅に清少納言のこの一節があったことはたしかだと思うわけで、もしかすると権兵衛の眼前にみのむしがぶら下がっていたかもしれないではないですか。

『竹取物語』の用例は、どうして権兵衛が「いひおく」でなくて「いひをく」と書いているかを説明してくれるようだ。

天人がかぐや姫を迎えに来て、天の羽衣を着せようとすると、かぐや姫は「すこし待って」という。

衣着せつる人は心異になるなりといふ、物ひとこと、言ひをくべき事ありけり。

羽衣を着た人は、心が地上の人のものではなくなるといいます。一言だけ、言い置いておかなければならないことがありました。

＊夏の夜、寝ない、いくら抱いても飽き足らないと言い置いて帰っていったあの人には、待つ宵はと歌った小侍従《こじじゅう》の気持ちなんか分からないのだ。物を思うということを知らないのにちがいない。［後出69番歌の注釈もご参照下さい。］

58続　里の名

麦搗く里の名には、
都しのぶの里の名、
あらじなの涙やなう、
逢はで浮名の名取川、
川音も杵の音も、いづれとも覚えず、
在明の里のホトトギス、
ホトトギス聞かんとて、杵を休めたり、
陸奥には武隈の松の葉や、
末の松山、千賀の塩釜、千賀の塩釜、
衣の里や、壺の石碑、
外の浜風、外の浜風、
更けゆく月にうそぶく、
いとど短かき夏の夜の、
月居る山もうらめしや、
いざ、差しをきて、眺めんや、

むきつく里の名にハミやこし
のふの里の名あらしなの涙や
なうあはてうきなのなとり川
〱音もきねのをともいつれ
ともおほえす在明の里の子規
郭公きかんとて杵をやすめ
たりみちのくにハたけくまの
松のはや末のまつ山ちかの塩か
ま〱衣の里やつほの石ふミ
そとの濱風〱更行月にうそ
ふくいと〱みちかき夏の夜の
月ゐる山もうらめしやいささし
をきてなかめんや〱

いざ、差しをきて、眺めんや

「続」としたのは、なにも「正」を立ててのことではない。この小歌、なにやら近江猿楽の一節だという。曲名も分からず、さて、どんな文献に載っているというのか。案内もおぼつかなく読み始めたが、最初の二行がすっかり気に入って、それで一編の「小歌」に仕立ててみた［夏の夜を(58)］。

それで、三行目「麦搗く里の名には」以下が「続」である。それが、じつは問題がはじめからあって、「ねぬあかぬ」の問題は片づけたが、つづいて「いひをき」と見える。そしらぬ顔をして「言い置きし」と読んでおいたが、その「読んで置いた」に通じる話で、「をき」は「置き」とは読まない。「置き」は「おき」と書く。

ごらんのように、最終行に「さしをきて」と見える。こちらは、読みは「差しをきて」と、一旦読みは「差し置いた」。留保したという意味です。なぜって、「をく」という動詞も古代日本語にはあった。「招く」と漢字をあてる。意味も「招く」で、だから「差しをく」は「差し招く」です。

この問題は、そのまた前行の「月ゐる山もうらめしや」へ還る。これを「月入る山」と読むのは、かなりの曲芸ですよ。「ゐる」は「居る」でしょうねえ。月が、まだ、山の端にかかっているという意味です。

「あらしなの涙やなう」が、また、分からない。諸家は「あら」と「しなの」のあいだに「よ」の字を入れて、「あら、よしなの」と読む。わたしはそういう大胆なことはできない。「あら、よ」なんて読まないで、写本の字配りのままに読もうと思う。

「ら」の字は「り」とも読める。かなりくだけた字体です。「り」ならば「ありし名の」と読む。

「麦を搗く杵の音が聞こえる里に、信夫の里の名がついている。ずいぶんと昔の名で、懐旧の涙を誘う」。

「ら」と読むならば、「みやこしのぶの里の名あらじ、名の涙やなう」と読む。「麦を搗く杵の音が聞こえる里は、日をへつつ都しのぶの浦さびて、浪よりほかのおとづれもなしと古歌に歌われた信夫《しのぶ》の里と呼ばれてはいないが、なにかその里の名を偲ばせて、涙をさそうことだ」。

「古歌」は、『新古今和歌集』巻第十羇旅《きりょ》歌九七一番歌です。わたしは前者の読みをとる。

「信夫の里」は福島市にあたる。古代の信夫郡信夫郷である。『後撰和歌集』巻第十九離別羇旅一三三一番歌に、

君をのみしのぶのさとへゆく物を、あひづの山のはるけきやなぞ

と見える。

なお、「しのぶの里に置く露も(260)」をごらんください。これの注釈はこの「藤原滋幹《しげもと》がむすめ」の歌の紹介から始めています。

「逢はで浮名の名取川、川音も杵の音も、いづれとも覚えず」の「名取川」は『古今和歌集』巻第十三恋歌三の壬生忠岑《みぶのただみね》の六二八番歌、

みちのくにありといふなるなとり河、なきなとりてはくるしかりけり

を本歌としている。

この忠岑の歌は、その前歌、よみ人しらずの、

かねてより風にさきだつ浪なれや、あふことなきにまだき立《たつ》覧《らむ》

がつづく。その初を受けて四歌、逢うという実もとらず、ただ名だけが立ってしまうという掛け合いの歌である。「陸奥《みちのく》に名取河という川があると聞く。その川の名の通り、逢うこともないのに、ただ評判だけが立ってしまうのは、心苦しいことです」。

「在明の里の子規、郭公聞かんとて、杵を休めたり」。

「ホトトギス」は漢字表記がいろいろにある。「子規」「郭公」もそのひとつである。

「在明の里」だが、信濃の安曇郡に「有明」という地名があったらしいが、ここは、陸奥の「信夫の里」「名取川」ときているから、信濃は筋違いかもしれない。「川音」と「杵の音」が聞こえる里に、有り明けの頃合い、時鳥（ホトトギス）の鳴く声が聞こえるということか。

「武隈《たけくま》」は宮城県岩沼市に位置する。岩沼市の北が名取市であり、古代陸奥国に三六郡あり、名取郡は岩沼市、名取市、仙台市にわたる。岩沼市は阿武隈川下流の北岸に位置し、古代来「武隈の里」と呼ばれてきた。一時、陸奥の国府がおかれたこともある。近世では、陸羽街道と陸前浜街道の分か去れの宿場町であった。

「武隈」は、古代来、それほど枢要の地位を占めながら、「日本史事典」などでは扱いが冷たい。ようやく百科事典の「岩沼市」の項目でその名を見つけたていたらくである。「信夫の里」「名取の里」にくらべて、なんとも「武隈の里」はかわいそうだ。

「武隈」は「松」にかけて「たけくまの松」が歌枕の扱いになっている。『新古今』巻第十六雑歌上の一四七五番歌に、

おぼつかな、霞立つらん、武隈の松のくまもる春の夜の月

と見える。これは『新古今』張りのマニエリスムもよいところで、「武隈」という地名に「松のくまもる」をかけている。「くまもる」は「隈漏る」と漢字があてられて、松の葉が広がり、重なる、その隙間から月の光が漏れるというイメージをもてあそんでいる。

『新古今』のその歌の前歌に、同じ「加賀左衛門」の歌として、

白浪のこゆらんするゐの松山は、花とや見ゆる春のよの月

と見える。

「末の松山」もまた陸奥国の歌枕で、以下、「千賀の塩釜」「衣の里」「壺の石碑」「外の浜」もすべて陸奥国の歌枕である。「末の松山」は宮城県多賀城市にある末松山八幡宮裏手の丘とも、岩手県の一戸町と二戸市とのあいだにある浪打峠ともいう。「千賀の塩釜」は松島湾にのぞむ塩釜を指していると思われるが、「ちかの」の読みは分からない。

『後拾遺和歌集』巻第十二恋二の六七三歌に、

ちかの浦に波よせまさる心地して、ひるまなくても暮らしつるかな

と見える。

これはなんとも読みにくい歌で、「波よせまさる」は「寄す」の名詞形「寄せ」を「波寄せ」というふうに加工して、それが「増さる」と言いまわしている。「ちかの浦の波寄せがいっそうはげしくなり、衣の袖は乾く間もないが、それは近くにいながらなかなか逢えないあのお方を思って、昼間中から泣いている暮らしを送っているからなのですよ」。

「ちか」は「千賀」と漢字をあてることで諸家は意見が一致しているようだが、じつのところ、分かっていないらしい。日本中世・近世史の方で、「千賀氏」というのが出るが、これは瀬戸内から九州にかけての「水軍」がらみで、まあ、関係ないでしょう。

「衣の里」は奥州平泉の北の衣川のほとりの土地をいう。平安時代に陸奥国奥六郡に勢力を張った安部氏の軍事拠点「衣川柵」がそこにあった。平泉の藤原秀衡《ひでひら》も「衣河館《ころもがわのたち》」を建てた。秀衡の死後、跡目を継いだ二男の泰衡《やすひら》は、源義経をこの館に攻めて、自害せしめた。

「壺の石碑」は『新古今』巻第十八雑歌下の「前右大将頼朝」の作に（一七八六）、

陸奥のいはでしのぶは得ぞしらぬ、書き尽くしてよ、壺の石碑

これは「前大僧正慈円」が、手紙には、なかなか思うほどのことは書き切れませんという趣旨の歌に対する返歌で、「いはでしのぶ」は「言わずにがまんする」に、陸奥国の「磐手・信夫」の両郡をかけている。「得ぞしらぬ」は、「とうてい理解できません」に、「蝦夷」をかけている。

西行の『山家集』中雑に、

むつのくの奥ゆかしくぞ思ほゆる、壺の石碑外の浜風

の一首が見える。「日本古典文学大系」版で一〇一一番歌である。頭注によれば、『夫木和歌抄《ふぼく》』では「みちのくの」と書き始められているという。だから「むつのく」は「みちのく」か。なんとも理屈っぽい。

「壺の石碑」は平安時代末期から歌枕とされている気配である。はたして多賀城南門を入った東に設置されていたという石碑「多賀城碑」をいっているのかどうか。多賀城は十世紀半ばまでは存続していたが、その後、廃墟と化した。石碑は現在、東北歴史博物館が所蔵している。石碑に刻まれた碑文は、淳仁天皇の代、天平宝字六年（七六二）に多賀城が修造されたことを記している。

諸家は青森県上北郡天間林村《てんまばやし》（現七戸町）にある石碑も可能性があると注記している。この村には坪川という川が流れていて、そのほとりを「壺」と呼んでいたらしい。これ以上のことは、いまは分からない。

「外《そと》の浜」はいまは「外が浜」とよばれている。青森県東津軽郡から青森市にかけて、津軽半島の陸奥湾沿海の土地をいい、そこに「善知鳥《うとう》」という鳥が棲むという。この土地に流されて、この土地で没した烏頭《うとう》中納言安方《やすかた》の亡心で、これが「うとう」と呼ぶと、子が「やすかた」と応えるという。能の『善知鳥』はこの説話に材を採っている。青森県安方には善知鳥神社がある。

能『善知鳥』は、ワキの旅の僧が「是は諸国一見の僧にて候、われいまだ陸奥外の浜を見ず候程に」と語りはじめる。前場は越中国立山だが、後場は陸奥国外の浜という異色の組み立てである。

＊麦を搗く杵の音が聞こえる里に、信夫の里の名がついている。ずいぶんと昔の名で、懐旧の涙を誘う。逢うことも絶えてないのに、浮き名だけが立つ名取川の川の音、杵を搗く音が一緒になって、そこに

ホトトギスの声が聞こえて、杵の音も耳にたしかではない。陸奥には名所が武隈の松の葉、末の松山、千賀の塩釜、衣の里、壺の石碑、外の浜風、いろいろあって、陸奥の歌枕を重ねて、更けゆく月を眺めながら歌を作るとしようか。それがなんとも夏の夜は、あっという間に白々明けで、山の端に月が残っているのも、なんとも趣が深い。さてさて、手をかざして眺めようか、手をかざして眺めようか。

59　水にもえたつほたる

わが恋は、水に燃え立つ蛍、蛍、
物言はで、笑止の蛍

わか恋ハ水にもえたつほたる〳〵
ものいはてせうしのほたる

＊水辺のほたるが息づいている。血が脈動する。赤い炎がめらめらと立ち上がる。ほたるは、息づいていて、それが息は声にならない。物をいうことはない。笑止なほたるだ。だれがそれをいう。わが恋などとおこがましい。

「水に燃えたつ」がいい。これを読みたい。注釈はいらないと、気持ちだけがあせる。わからないのは、「水」を「見ず」にかけて読めるか。

「見ずは(44)」に、「見ず」「見たり」のやりとりを見たばかりに、「わが恋は、見ずに燃え立つ蛍、蛍」と歌を作って、「物言わで、笑止の蛍」と自嘲する権兵衛の一人芝居をここに見る。

いいえ、見たいと思う。なんと、これは「トルバドゥール」の歌作りではないですか。ブラーイア領主ジョフレ・ルーデルの「遠い恋」ではないですか。「ジョフレ・ルーデル」はとてもの貴人、ブラーイアの領主、トリポール伯妃に恋い焦がれた、見ることなく」と『伝記』は伝えている。じっさい、「見ずに」にあたるオック・ロマンス語で、そう書いている。

ところが、ところが、いくらそう見たいといっても、そう読みたいといっても、それはわたしの笑止な願望にしかすぎないようで、どうやら手前勝手な読みのようで、「水」は「みづ」で、「みず」ではない。『万葉集』の表記を見ると、巻第十三までは水は水だが、巻第十四から音表記が出始めて、「美都」「美豆」が目立つ。おもしろいのは巻第十四の三五四六番歌に「奈乎麻都等　西美度波久末受」と見えて、これは「汝を待つとせみどは汲まず」と読む。「せみど」は東国方言で「しみづ」をいうという。水が「美度」と書かれている。

それに、ここは「水に」でよい。「水に燃えたつ蛍」であって欲しい。それというのも、もうずいぶんと後の方だが、「水に布る雪(248)」がこう歌う。

水にふる雪、しろふはいはじ、
きえきゆるとも

なんとねえ、「わが恋は、水にふる雪」と頭に振ってみれば、これは「わが恋は、水に燃えたつ蛍」と同工異曲ではないですか。
「しろふ」は「白し」と「著し」の変化で、「白い」と「著しい」をかけている。
＊わたしの思いは水に降る雪、雪は水面に白を刷くことはない、わたしは物は言わない、いいえ、たとえ消えようと、消え失せようと。
一つ置いて、二つめの後の「影はつかしき」(61)をごらんください。ぜひ、ごらんください。

60　磯すまし

磯住まじ、さなきだに、
みるみる恋となるものを

磯すましさなきたにみる〳〵
恋となる物を

海松布

「さなきだに」は「然無きだに」ということで、
＊磯には住むまいよ。磯に住まなくたって、なんと磯の海松布《みるめ》だねえ、見る目、見る目に、人が恋しくなってしまうわたしなのだから。

なお、「海松布」に「見る目」をかけて、「逢い引き」を示唆する言葉遊びについて、このあと、「しめちかはらたちや（70）」の注釈をごらんください。

61 影はつかしき

影恥づかしき吾が姿、影恥づかしき吾が姿、
忍び車を引き潮の、後に残れる溜まり水、
いつまで澄みは果つべき、
野中の草の露ならば、
日影に消えも失すべきに、
これは磯辺に寄り藻掻く、
海女の捨草いたづらに、
朽ちまさりゆく袂かな

影はつかしき吾すかた〴〵忍
ひ車を引しほのあとにのこれる
たまり水いつまてすみハはつ
へき野中の草の露ならハ
日影にきえもうすへきに是ハ
磯へにより藻かくあまの
捨草いたつらに朽まさり
行袂かな

能の『松風』の一節の転記である。世阿弥作という。須磨海岸で、松風村雨のふたりの海女の亡霊が往時をしのぶ曲で、『古今和歌集』巻第八離別歌冒頭に載せられた在原行平《ありわらのゆきひら》の歌、

立わかれいなはの山の峰におふる、松としきかは今かへりこむ（三六五）

をからめている。

けっこう世阿弥はこの一節をあらかじめ解説していて、旅の僧が、「さてはこの松はいにしへ松風村雨とて二人の海女の旧跡かや。いたはしやその身は土中に埋づもれぬれども、名は残る世のしるしとて、変はらぬ色の松一木《ひとき》、緑の秋を残すことのあはれさよ。かやうに経念仏して弔らひ候へば、げに秋の日のならいとて程なう暮れて候。あの山本の里までは程遠く候へば、これなる海女の塩屋に立ち寄り、一夜を明かさばやと思ひ候」と語った後、脇座へ座ると、後見が塩汲車《しおくみぐるま》の模型を舞台の角に置く。そこに水桶を手にした村雨を先立てて、松風が霊体として登場する。そうして二人声を合わせて、

塩汲車わづかなるうき世に廻るはかなさよ、波ここもとや須磨の海、月さへ濡らす袂かな

＊月影に塩汲車を曳くこのわが身の恥ずかしさよ。小車がうき世に廻って、人目を忍んで曳く車のわだちの跡に水が溜まる。この水のいつまで澄んでいることだろうか。この身の、さて、いつまで生き延びられることか。それが野中の草の露ならば、日差しが出ればきれいに乾いてしまうことだろうが、この身は海女の捨て草、磯辺に寄りつく海藻を岩から掻き取って、屑と見れば捨ててしまう、そんな捨て草同然、乾く間もなく濡れたまま、朽ち果てる。月影に袂も濡れている。

62 桐壺の更衣の

桐壺の更衣の手車の宣旨、葵の上の車争い

桐壺の更衣のて車の宣旨葵
の上の車あらそひ

『源氏物語』の「桐壺」と「葵」の二巻を本歌としている。本歌としているといっても、なんのことはない、桐壺の更衣が「て車《ぐるま》の宣旨《せんじ》」を受けたといっているだけではないか。葵の上が「車あらそひ」をやったといっているだけではないか。この印象は避けがたい。

それが「て車の宣旨」は「輦」あるいは「輦車《れんしゃ》」と書いて、屋形の輿《こし》に車輪をつけ、轅《ながえ》を人手で曳く車をいい、これは勅許を得てはじめて使用できる車をいう。この勅許を「輦車宣旨」という。破格の待遇ということで、しかも更衣にこの宣旨が下されたというのはまさに破格のことだった。

『輦車』

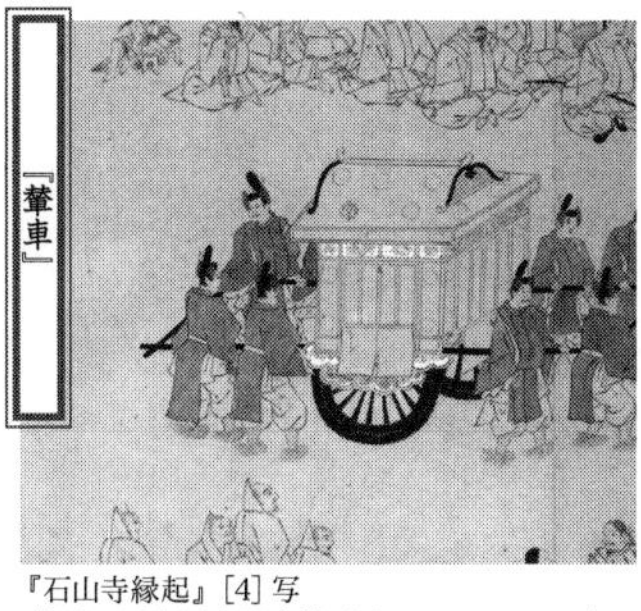

『石山寺縁起』[4] 写
(部分、国立国会図書館デジタルコレクション)

「いづれの御ときにか、女御、更衣、あまたさぶらひ給ひける中に」、とりわけ寵愛の深い更衣がいたと、紫式部は「桐壺」の段を書き始める。桐壺の更衣である。それが更衣は「世になくきよらなる玉のをの子御子」源氏が三歳の夏に「はかなき心ちにわづらひて」、体調がすぐれないと自覚して、御所を退出することを願った。桐壺帝はなかなか許さず、「手ぐるまのせむじなどのたまはせても、また入らせ給ひて、

さらにえゆるさせ給はず」というありさまだった。

桐壺の更衣はあっけなく死去する。「桐壺の更衣のて車の宣旨」は、このようないきさつを踏まえて読まなければならない文句であって、「て車」は、61番歌の「忍び車」を、またそれが前提として踏まえている、『松風』の「わづかなるうき世に廻るはかなさ」をいっている。

「輦車」はまた「小車」とも呼ばれた。

「葵の上の車争い」だが、こちらは「葵」の段、賀茂神社の祭礼見物にでかけた葵の上の一行が、源氏の愛人の六条御息所《ろくじょうのみやすんどころ》の一行とけんかになる。けんかは葵の上方が優勢で、御息所の一行は後方に押しやられるかたちになる。屈辱にうちひしがれた御息所の歌った歌というのを式部は作っていて、

影をのみ、みたらし川のつれなきに、身のうきほどぞ、いとど知らるる
御手洗川《みたらしがわ》の川面に映る影のように、愛しい方の影だけしか見えないこのつらさに、ただ川面に浮かぶ身の程をつくづくと思い知らされました。情けないことでした。

この歌の「身のうきほどぞ」という文言は権兵衛に感銘を与えたにちがいない。葵の上の勝ちという気配だった。ところが、その直後、葵の上は病気になる。どうも御息所の生き霊のたたりらしい。八月に入って、懐妊していた葵の上は男子を生む。夕霧である。その直後、物の怪に襲われた葵の上は急死する。

当時、賀茂祭は四月に催されていた。四月から八月まで、葵の上は死の影の下にあった。葵の上の牛車の車輪も、また、運命の車輪だったのである。

63　思ひまはせハ

思ひまわせば小車の、
思ひまわせば小車の、
わづかなりけるうき世かな

思ひまはせハ小くるまの〳〵わつ
かなりけるうき世哉

能の『葵の上』は、六条御息所の怨霊にこう語らせている。

三つの車にのりの道、火宅の門や出でぬらん。
夕顔の宿の破れ車《やぐるま》、やるかたなきこそ悲しけれ。
うき世はうしの小車《おぐるま》の、うき世はうしの小車の、廻るや報ひなるらん。
およそ輪廻は車の輪のごとく、六趣四生を出でやらず、
人間の不定《ふじょう》芭蕉泡沫の世の慣らひ、
昨日の花は今日の夢と、驚かぬこそ愚かなれ。
身のうきに人の恨みのなほ添ひて、忘れもやらぬわが思ひ、
せめてやしばし慰むと、梓の弓に怨霊の、これまで現れ出たるなり。

権兵衛は『葵の上』の能見物に出かけている。なんと、『葵の上』は「夕顔の宿の破れ車」と、「忍ひ車

の（66）」と「ならぬあた花（67）」の主題を歌い込んでいる。

64　宇治の川せの

宇治の川瀬の水車、
なにとうき世を廻るらう

宇治の川せの水車なにと
うき世をめくるらふ

「宇治の川瀬の水車」に「輪廻の車の輪」を見ている。

『梁塵秘抄』の三一〇（三三二）番歌に、「平等院なる水車」と見える。宇治平等院の近く、宇治橋より上流の河岸に仕掛けられていた水車をいうのではないか。『夫木《ふぼく》和歌抄』や『平治物語』に「宇治の川瀬の水車」は出てくる。そのあたりの気配は、どうぞ『わが梁塵秘抄』の第四段「をかしくまふものは」をごらんください。

『わが梁塵秘抄』では、「平等院なる水車」が「巫女」「木楢葉」「車の筒」といっしょに出てくる、その出方がおもしろく、そちらの方の話にかまけて、さて、いったいその「水車」なるものはどのような仕掛けのものだったのか。それが『閑吟集』の「宇治の川瀬の水車」と同じ物だったとするならば、水車の保守、技術の伝承はどうなっていたのか。その筋についてはまったく言及することがなかった。

一方で第三四段「すまのせきわたのみさきを」で「くるよふね」を問題にし、これを「くるまふね」の誤記とみなし、「車舟」と読む従来の読みをたしなめている。たまたま「車」が話題の気配があるからいうのではないが、これは首尾一貫していないとそしられても仕方がないかな。

その点、反省はしているのだが、その後、それでは「水車」について、なにか勉強したかといわれると、これが弱い。だいたいが、わたしは、若いころ出版した『回想のヨーロッパ中世』という本で、序章を「ドン・キホーテの風車」と題して、古代ローマ帝国以降、ヨーロッパ中世世界の水車と風車事情について、かなり書き込んだ経験がある（三省堂、一九八一年。現在は『人間のヨーロッパ中世』二〇一二年、悠書館、七〜二二頁に収録）。

いずれその修練をバネに、日本史の水車事情についていろいろ調べたかった。『梁塵秘抄』で、なんとも魅力的な「平等院なる水車」（これはつまり「巫遊」の源氏名だったのではないか?・）に出会った。それを機会に念願をはたせばよかったのだが、なにしろわたしは力つきた。いまは、

『石山寺縁起』（部分、国立国会図書館デジタルコレクション）

力なき蛙、力なき蛙、骨なき蚯蚓《みみず》、骨なき蚯蚓

である（このへんてこな一行は『催馬楽』で、これについても、どうぞ『わが梁塵秘抄』の「をかしくまふものは」の段をごらんください）。

絵巻物『石山寺縁起』に「橋のほとりの揚水水車の図」が見える。この絵巻物は詞書《ことばがき》は正中《しょうちゅう》年間（一三二四～二六）のものとされるが、絵の方は巻一から巻三まではこの時期から少し後の筆で、巻五もほぼそうだという。図は巻五のもので、したがって、十四世紀後半の作ということになる。

絵は上方に橋がかかっていて、下方左手に田圃が描かれている。供を従えた烏帽子に白い水干《すいかん》の貴人がいましも橋にさしかかろうとしている。右手下方の河岸に水車が二基、仕掛けられている。いまでも農村にわずかに残る揚水水車のかたちがはっきり見て取れる。水車から樋が河岸の道を越して水を田圃に引いている。魚釣りの浮舟が一艘見える。

石山寺の近くの「瀬田の川瀬の水車」なのだろうか。下流が宇治川なわけだから、もしやこれは「宇治の川瀬の水車」かな。もっとも「平等院なる水車」はどうやら一基だけとイメージされていたらしいから、二基あるわけだから失格か。

余計なことかもしれないが、『石山寺縁起』の詞書が書かれ、絵が描き始められたであろう頃合いに、兼好法師がエッセイを書いていた。『徒然草』は一三三〇年前後十年間ほどのあいだに書かれたとする推定がある。第五一段に水車の話が書かれている。

嵐山の麓、大堰川《おおいがわ》のほとり、後代天竜寺の寺域となる土地に、後嵯峨上皇が離宮をいとなんだ。亀山殿

である。屋敷地に大堰川の水をひこうと、在の領民に水車を建造させたが、うまくいかなかった。そこで宇治郷の住人を呼んで仕事に当たらせたところ、「安らかに結ひてまいらせたり」。

餅は餅屋にまかせろということで、どうやら宇治郷には水車の技術が伝承されていたらしい。歴史的に実証されているわけではなさそうだが、だから『梁塵秘抄』の証言が光り輝くわけで、宇治郷には「平等院なる水車」が、だから十二世紀の末ごろには確実に廻っていた。輪廻の車輪の「思やうにめぐりて、水を汲みて入るゝことめでたかりけり」。

65　京に八車

やれ、おもしろや、えん、京には車、
やれ、淀に舟、えん、桂の里の鵜飼舟よ

やれおもしろやえん京に八車
やれ淀に舟えん桂の里の鵜
飼舟よ

この小歌は、いかにもなんでもなさそうな歌の気配のうちに、ただならぬものを蔵している。「やれ」と「えん」は、これはどなたもが囃子詞と見る。そこで「田植草紙」のたぐい、巷間の民謡に探してみた。それがなんとも意外とみつからない。『鄙廼一曲《ひなのひとふし》』に、ようようひとつみつけた。「陸奥国南部やらくろずり」(二六四)に、

やれ、来るとんで来る、
銭《ぜに》も金《かね》もとんで、くる、妾《おなめ》もちの殿《との》かな

『巷謡編《こうようへん》』に、もうひとつかな、ふたつかな、みつけた。「高岡郡仁井田郷窪川村囃子田歌」三八〇番に、

やれうれしのしよてんや、昼は笠にきらやれ、夜は抱て寝よれ

これは、なんとも面妖な文字配りで、さて、どう読めばよいのか。わたしはこれを「新日本古典文学大系」版で見ているが、脚註に、京都木津町相楽神社に伝わる『八幡宮御田次第』からということで、「やらうれしや、しってんや、ひるはかさきしよぞ、よるハだいてねしよぞ」を引いている。注はそれだけで、「しってん」は「しつてん」の誤植だと思うが、読みはたしかに「しってん」で、それが、これはどうやら囃子詞らしいことは、同じ『巷謡編』の「安芸郡土佐をどり」のひとつ「お寺をどり」の囃子詞に、「シツテンハツテンハツテコテ」と見える。

わたしがいうのは、「しよてん」は「しつてん」の転ではないか。

それはよいのだが、「昼は」以下の言説は、どうも脚註に引かれた木津相楽神社の田歌とは合わない。だいいち、これが、はたして田歌かどうかもあやしい。

「笠にきらやれ」は、「笠に着よ、やれ」の転ではないか。「寝よれ」は、「寝をれ」の転ではないか。

やれ、うれしの、しよてん、や、昼は笠に着よ、やれ、夜は抱いて寝をれ

「笠に着る」は、室町時代にすでに知られていた言葉遣いで、まさに権兵衛の小歌集が編まれたころに、こちらも編集されたと見られている『中華若木詩抄《ちゅうかじゃくぼくししょう》』の、延べ番号で二七の「詠史　陸務観《りくむかん》」の注釈文に「天子ノ御威光ヲカサニ衣《キ》テ」と見える。「寝をれ」は「寝る」に「居る」をつなげた「寝居る」の命令形で、ちょっとさげすんだ物の言い様に使う。だから、この一文、こういう意味合いになるのではないか。

「ヤレ、うれしいな、シッテン、ヤ、昼は笠に着て、いばってればいいさ、ヤレ、夜は抱いて寝てればいいさ」。

いいえ、ですから、これは、テキストのままに、なんとか読もうとしてのことでして、そんな、ぜったいこうだなんて、けっして申しません。

それにしても、「ヤレ」はいいでしょう。

この二例の「ヤレ」と、その前に紹介した「陸奥国南部やらくろずり」の「やれ」は感動の助詞で、この手の「やれ」は、田植歌のたぐいには、それこそ掃いて捨てるほど出てくると思っていたら、それがそうでもなかった。

相手への呼びかけ、気軽な命令口調を作る「終助詞」としての「やれ」は、それこそ掃いて捨てるほど用例がみつかる。

だいいち、「高岡郡仁井田郷窪川村囃子田歌」の「昼は笠にきらやれ」の「やれ」がそれではないか。

『田植草紙』に、「新日本古典文学大系」本で八番歌、

　　朝寝をしやうよりは、おきておきをみよやれ
　　五月の佐兵衛がさよにこひだをみよやれ

をはじめ、それこそ十指に余るほど用例がみつかる。

そうはいっても、じつはいま掲げた用例も、『日本国語大辞典第二版』の編者は、これを感動の助詞に分類しているのであって、じっさい、どちらとみたものか、見分けがつかないケースが多い。

「窪川村囃子田歌」の「昼は笠にきらやれ」がそうだし、『田植草紙』の、これが出ているふたつ目の歌、四五番歌は、

けふの田人《とうど》に、酒をまいらせうやれ、
いざまいらせうやれ、千代の御盃《さかづき》に

と歌っていて、さて、この「やれ」はどっちかと迷わせるところがある。『田植草紙』は、八六番歌が、また、おもしろい。

をきの田中のくろはなにくろか、
けふの田主の、徳のまいくろよ、
いざやまいろう、まいれば徳をたもるぞ、
あやれ、うれしや、まいりて徳を得てきた

この歌は、一二一番歌と並べてみると、もっとおもしろみが増す。

おきの浜の白石に、貝添ふたり、
いそがしかろもの、かいそふたり、
あやれ、そなたは、いとしい顔のゐくぼや、
ゐくぼにほうづきそへいで、
禿《はげ》はよいもの、鬢櫛毛抜《びんぐしけぬき》いらいで

わたしがおもしろがっているのは、

あやれ、うれしや、まいりて徳を得てきた
あやれ、そなたは、いとしい顔のゑくぼや

の、この照応で、なんとねえ、「あやれ」は「やれ」なのではないか。
そうして、また、わたしがおもしろがっているのは、これに「えん」をくわえて、

あやれ、うれしや、えん、まいりて徳を得てきた
あやれ、そなたは、えん、いとしい顔のゑくぼや

と、歌はなめらかにわたる。

「えん」は、わたしはついに「田植歌」のたぐいにみつけることができなかった。わたしがいうのは、「やれ」や「えん」が「田植歌」のたぐいの歌曲の囃子詞にみつけることができないからといって、それがなんだろう。権兵衛の周囲に、どんな「田植歌」や「巷謡」が流れていたか、それを気にしなければ権兵衛の編んだ歌は読めないと、思いこみが強すぎないか。

囃子詞は、それはよいと思う。権兵衛は、どこかの祭礼で、どこかの桟敷興行で、この囃子詞を耳にしたのだと思う。ふと、使ってみようかなと思いついて、本歌から拾った言葉をこの囃子詞で囃し立ててみた。

本歌は『土佐日記』である。前土佐国司の帰路の紀行文学で、女性の筆で書いてみようと、おそらく紀貫之のアイデアなのだろうが、どうもだれが日記の書き手なのか、あいまいなことで、読むのがとてもくたびれる。土佐から京へ帰る前国司の一行は、河尻から淀川を遡航する。以下、引用は漢字交じり、濁音

記号つき。

「今宵、鵜殿《うどの》といふ所に泊る」。「鵜殿」はいまは高槻市に入っている淀川沿いだ。

十一日。雨いさゝかに降りて、やみぬ。かくて、さしのぼるに、東《ひむがし》の方に山の横ほれるを見て、人に問へば、八幡《やはた》の宮といふ。これを聞きて喜びて、人々拝み奉る。山崎の橋見ゆ。

さすがに、このあたりで、いったいこの文学者は、主人公をどう設定したのか、おうかがいをたてたくなる。前土佐国司の身近にいた女性と解説した文章を見たことがあるが、石清水八幡宮を知らなかったのですか。そういうことにしておきますということなのですか。

十二日。山崎に泊れり。

十三日。なほ、山崎に。

十四日。雨降る。今日《けふ》、車《くるま》、京へ取りにやる。

十五日。今日、車率《ゐ》て来たり。船のむつかしさに、船より人の家に移る。

山崎に滞留した一行は、ここからは陸路、「車」で行くことにして、「車」を「京へ取りにやる」「淀に舟」は、ここで乗り捨てることにした。

十六日。今日の夜《よう》さつかた、京へ上《のぼ》る。ついでに見れば、山崎の小櫃《こびつ》の絵も、まがりの大鉤《おほち》の像《かた》も、変はらざりけり。売り人の心をぞ知らぬとぞいふなる。

かくて京へ行くに、島坂にて、人、饗応《あるじ》したり。かならずしもあるまじきわざなり。発ちて行きしときよりは、来るときぞ人はとかくありける。これにも返り事《ごと》す。
夜になして、京には入らむと思へば、急ぎしもせぬほどに、月出でぬ。桂川、月の明《あか》きにぞ渡る。

山崎の町で、前に見た記憶のある「小櫃」看板の店家を見かけた。「まがり」、たぶんこれは木津川や宇治川が大きく湾曲して淀川に入るあたりの地形と関係した土地の名前だと思うが、「まがり」というところでは大きな釣り針の模型を看板にしている店屋があった。なんだろうねえ、いつも同じ看板で、売る気があるのかねえとみんなで批評した。

「島坂」というところで、土地の人たちが歓迎会を開いてくれた。なんだろうねえ、土佐に向かったときよりは、帰ってきた今の方が、ご丁寧なことだ。世間はこんなものだよと、前国司は訳知り顔である。

「島坂」は、長岡京市から向日市《むこうし》に入ったところに「向日神社」があって、ちょうど山崎から、飛ぶ鳥の距離にして三里、十二キロほどのところだが、その南面の坂道をこう呼んだのだという。

それにしても、夕方、山崎を発った「車」が三里行くにはかなりの時がかかろうに。心配してやってもしょうがないか。夜も更けて、月が出て、月明かりの下、桂川を渡ったのだという。

桂川は久世橋を渡ったのだろうか。橋の上から眺める桂川の川面を「鵜飼舟」の松明の明かりが焦がしている。

前国司は、「今宵、鵜殿といふ所に泊る」と、「鵜」の字を予告していた。前国司の屋敷は、後の仙洞御所の敷地にあったという。

夜更けてくれば、所々《ところどころ》も見へず。京に入《い》りたちて嬉し。家に至りて、門《かど》に入るに、月明ければ、いとよく有様見ゆ。聞きしよりもまして、いふかひなくぞこぼれ破れたる。家に預けたりつる人の心も、荒れたるなりけり。中垣《なかがき》こそあれ、ひとつ家のやうなれば、望みて預かれるなり。さるは、便りごとに物も絶えず得させたり。今宵、かかることと、声高にものもいはせず。いとは辛く見ゆれど、志《こころざし》はせむとす。

なんとねえ、「中垣」の文字が躍る。「ならぬあた花(67)」に、権兵衛は、

ならぬあた花まつしろに見えて
うき中垣の夕顔や

と歌っている。

66　忍ひ車の

忍び車のやすらひに、
それかと夕顔の花をしるべに

忍ひ車のやすらひにそれかとゆふ
かほの花をしるへに

67　ならぬあた花

生らぬあだ花真つ白に見えて、
うき中垣の夕顔や

ならぬあた花まつしろに見えて
うき中垣の夕顔や

このふたつの小歌は『源氏物語』「夕顔」の段を本歌にとっている。「夕顔」の段は、「六条わたりの御忍びありきのころ」とはじまる。「忍ひ車」はこれをとっている。乳母の家の門をあけさせる間、源氏は「むつかしげなる大路」の様子を眺めている。「忍ひ車のやすらひに」である。

「難しげなる通り」と、紫式部は「大弐《だいに》の乳母」の住まいのあるあたりをコバカにしている。いかにもむさくるしい感じの通りという意味です。西隣の家の窓のすだれ越しに、女性の人影がいくつか、外の気配をさぐっているようだ。

きりかけたつものに、いとあおやかなるかつらの心ちよけにはひかゝれるに、しろき花そおのれひとりゑみのまゆひらけたる、をちかた人に物申とひとりこち給を、みすいしんついゐて、かのしろくさけるをなむゆふかほと申侍、はなのなは人めきて、かうあやしきかきねになんさき侍りけると申す。

「きりかけたつもの」というのは「切懸けたつもの」と漢字をあてることが多いが、垣根の板と見てよいだろう。そこに葛の青葉が這い廻っている。そこに「白き花ぞおのれひとり笑みの眉」をひらいている。夕顔が咲いている。

ひともと折り取らせに人を差し向けたところ、「きなるすゝしのひとへはかまなかくきなしたるわらはのおかしけなる」が出てきて、薫き物をたきこめた白扇を差し出して、これに載せて持ってお行きなさいという。乳母を見舞ったあと、つくづく白扇を眺めると、歌がしたためてある。

心当てに、それかとぞ見る白露の、光添へたる夕顔の花
　失礼ながら、あなたさまとお見受けしました、白露を受けてきらきら光る夕顔の花は。

源氏はさっそくに返歌を贈る。

寄りてこそ、それかとも見め、たそがれに、ほのぼの見つる花の夕顔
　近くに寄ってこそ、ああ、あの人かと分かるものですよ、黄昏時にぼんやりと見えた夕顔の花も。

「それかとゆふかほの花をしるへに」は以上のいきさつを踏まえている。

源氏は夕顔と逢瀬を重ねることになるが、夕顔は頭中将《とうのちゅうじょう》の女であり、すでに子を産んでいる。玉鬘《たまかずら》である。夕顔はまもなくみまかる。「うき中垣の夕顔」はこの鳥辺野《とりべの》の別れを踏まえている。「中垣」は、源氏の依頼を受けた惟光《これみつ》が、隣家の女の探索に、「時々中垣のかいま見しはべるに」と式部は書いている。また、歌を交換した後、源氏は六条に住む「御心さしのところ」に通う。だから「ありつる垣根思ほし出《いで》らるべくもあらずかし」と、隣家の女のことなんか忘れていたと式部は突き放す。その「かきね」であり、たぶん「きりかけたつもの」のことである。

「ならぬあた花まつしろに見えて」は、「まつしろに見えて」は「夕顔」の形容で、それはよいのだが、「ならぬあた花」は分からない。ついに源氏とのあいだに子をなすことがなかったという意味なのだろうか。

また、「まつしろ」も胡乱な言いまわしである。『古語大辞典』には項が立っていない。『日本国語大辞典第二版』を見ると、『文明本節用集』に「真白マッシロ」と見えるという。たまたま『古語大辞典』（一九八二年、小学館）の付録「日本の古辞書」に『文明本節用集』の「伊勢」のくだりの複写が小さく挿図として載っていて、たまたまそれを見ただけなので、よくは分からないが、片仮名の読み仮名は漢字の右脇に記されていて、その複写の挿図中には小文字の読み仮名が見られないので、なんともいえないが、「マッシロ」のように「ツ」を小文字で書いているということがあるのだろうか。

『文明本節用集』は文明六年（一四七四）の年次が文中に見えるところからそう呼ばれているらしいが、その後の明応三年（一四九四）の年紀も見られるので、だいたい明応年間（一四九二〜一五〇一）に制作された辞書らしい。なんと権兵衛の壮年期で、もしか、権兵衛も制作にかかわったか。

権兵衛は「川」のくずしで、大きく、堂々と書いている。「川」の右の棒をそのまま下に流して留めて「し」と書いたつもりらしい。なにか「し」の方がつけたしに見えて、とてもおもしろい。

68　忍ふ軒端に

忍ぶ軒端に、瓢箪は植えてな、をいてな、
這はせて生らすな、心のつれて、
ひよひよらひよ、ひよめくに

忍ふ軒端に瓢箪ハうへてな
をいてなはゝせてならすな心の
つれてひよひよらひよひよめ
くに

*夕顔の宿の軒につりしのぶを吊るし、軒端に竹を立てかけ並べて、瓢箪を植えて、育てたいものだ。たくさん生って欲しいものだ。這わせて育ててはだめだ。竹棚に瓢箪がたくさん生り下がって、ひょろらひょろらと風に揺れ、心がそれにつれて、ひょひょらひょとひよめくよ。

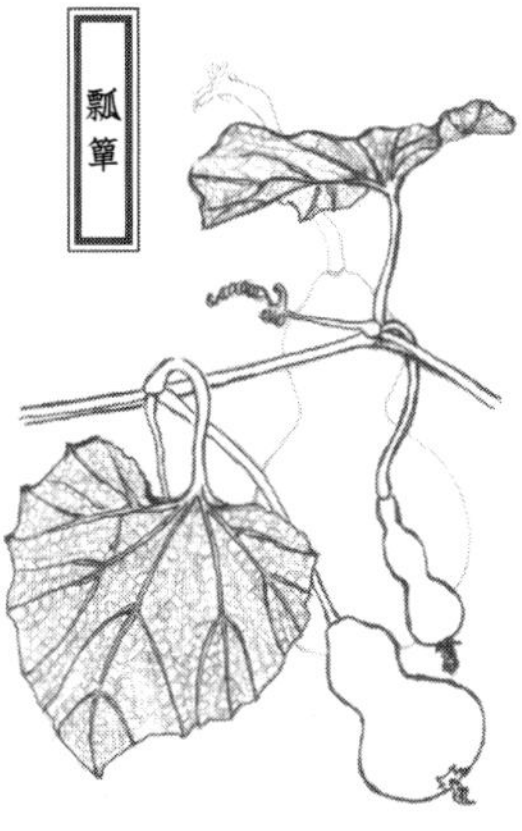

「忍ぶ軒端」は、これはたまたまなのか、よーく考えた上での歌の配列順序からくることなのか、そのあたりはともかくとして、権兵衛はこの前に源氏の「忍び車」と「うき中垣の夕顔」を歌っている。そこで「忍ぶ軒端」は「夕顔の宿」と、まずはとるのが筋だろう。それは、ずーと後になって、「日数ふりゆく(74)」に

日数ふりゆく長雨の、日数ふりゆく長雨の、葦葺く廊や萱の軒、竹編める垣の内

と歌っていることでもあるし、「忍ぶ軒端」は「人目を避けて、ひっそりと住んでいる家」と読んで、まずは当然なのだから、まさか「夕顔の宿」とはねえとしぶっているわたしもじつはいることはいる。だから歌人のたくらみに乗せられているということで、「忍ぶ軒端」は、竹棚に揺れる瓢箪の群れの陰になって、だれが住んでいるのか、よく見えないといっておくことにしよう。だけど、「瓢簞」だよねえ。やっぱりこの家の主人は「夕顔」だ。

「瓢簞は植えてな」の「てな」は、完了の助動詞「つ」の未然形「て」に、希望を表わす終助詞「な」をつなげたかたちです。だから「植えてな」は、「植えてもらいたいものだ」と、これはだから「夕顔の宿」の女主人にたのんでいる景色です。

「をいてな」の「をい」はおかしい。「おい」ではないか。「置く」の変化である。「を」はよくて、「い」が「ゐ」ならばどうか。調べてみたが、どうも合うのがみつからない。「をゐる」が「ををる」のなまりで、「撓」の字をあてて、「たくさんの葉や花のために枝がしなう」ことを意味するという。意味合いは当たっている。それがかたちが合わない。「をゐりてな」かな。

瓢箪はひとつではだめだというのはわたしの勘のようなもので、根拠はない。「をゐりてな」に未練をもっているわけではない。心がその眺めにつれて、「ひょひょらひょ」と「ひよめく」。たくさん生った瓢箪を眺めて、権兵衛の心が踊っているのです。

69　まつ宵ハ

待つ宵は、更けゆく鐘を悲しび、
逢う夜は、別れの鳥を恨む、
恋ほどの重荷あらじ、あら、苦しや

まつ宵ハふけ行鐘をかなしひ
あふ夜ハ別のとりをうらむ恋ほ
との重荷あらしあらくるしや

『新古今和歌集』巻第十三恋歌三（一一九二）の小侍従《こじじゅう》の歌、

待つ宵に、更けゆく鐘の声きけば、あかぬ別れの鳥はものかは

が本歌である。

小侍従はおもしろい。やはり『新古今』の巻第六冬歌（六九六）に、

思ひやれ、八十路の年の暮なれば、いかばかりかはものは悲しき

この歌は建仁二年（一二〇二）ごろの「千五百番歌合」の作だという。小侍従は生年は一一二〇年ごろということで、石清水八幡宮の別当紀光清《きのこうせい》の娘。母親も歌人で、花園左大臣家小大進《こだいしん》。『金葉和歌集』に三首、『千載和歌集』に四首、入選している。

その母親の歌人の方だが、「花園左大臣」は源有仁《みなもとのありひと》をいう。一一〇三年の生まれ。後三条天皇皇子輔仁《すけひと》親王の二男。源氏の姓を賜って臣籍降下。一一三六年左大臣。別荘が洛西の花園にあり、花園左大臣と呼ばれた。一一四七年、年初に病を得て辞職、二月に出家した直後、死去した。

『わが梁塵秘抄』の「このころみやこにはやるもの」の段に、この人がいかにダンディと見られていたか、『今鏡』に評判を聞いて、紹介しておきました。どうぞ、ごらんください。

「小大進」は、令制の中宮職《ちゅうぐうしき》の官職に「大進」「少進」がある。官位は従六位上と下に相当する。それを模した左大臣家の内務役人に「小大進」があったのだろうか。その官職についたものの妻になったことがあったということなのだろうか。この疑問は「小侍従」にも通じる。なにしろ古代朝廷とその衛星圏での役職の呼称、ひいてはその妻の呼び名については分からないことが多すぎる。

「花園左大臣家小大進」の歌は、『千載』巻第六冬歌（三九四）に、

わぎもこが上裳《うはも》の裾の水波に、今朝こそ冬は立ちはしめけれ

というのがあって、これはいいと思う。衣裳の柄模様から冬の気配が立つ。

それにくらべて、同じ冬歌でも、娘の歌は、それは八十路を迎えての詠歌だからという条件は割り引くとしても、なんにしても理屈っぽい。

小侍従の経歴ははっきりしない。『新古今』の入選歌は、すべて「小侍従」の名前で、「侍従」は、令制では中務省《なかつかさしょう》の官職である。夫であった藤原伊実《これざね》がその官職にあったということなのか。

『平家物語』巻第五の「月見」の段に、福原遷都の後、「徳大寺の左大将大臣実定《さねさだ》の卿」が旧都を訪ねて感慨に耽る場面が描かれている。藤原実定は右大臣藤原公能《きんよし》の嫡男で、小侍従が仕えた「太皇太后多子《たいこうたいごうたし》」の同母兄にあたる。卿は近衛河原の御所に太皇太后を訪ねる。

旧都はよもぎやちがやが生い茂る荒れ野に帰っていてと、『平家』の作者の描写というかレトリックは容赦がない。わずかに残る太皇太后の屋敷も惣門（正門）は錠が下りていて、卿は脇の通用門をくぐって屋敷内に入った。妹の多子は、「御つれ〴〵に」、南面の御格子《みこうし》（御殿の南側の格子戸、上下二面から成り、上面を上げ下げする）をあげさせて、琵琶を弾じていた。

「御つれ〴〵」をどう読むか、おもしろい。「所在なげに」と読んでよいのだろうか。貴人がすることはすべて「つれづれに」だと読んだ方がよいのだろうか。

それというのも、『平家』の作者自身、どうもこの言いまわしに、自分で言いまわしておいて、自分でとまどっているのではないかと思われる節々があるのである。というのは、『平家』の作者はここで『源氏物語』の「宇治の巻」（これは『源氏』五十四巻の最後の十巻を指していて、「宇治十帖」とも呼ばれる。ここではそのうちの「橋姫」の巻を指している）を引き合いに出している。

『平家』の作者の引用によると、八宮（源氏の一番年下の弟という設定）は娘たちとともに宇治に住んでいる。その娘の一人が、夜もすがら、「心をすまして」、琵琶を弾じた。有明の月が出た。そこでいっそうの興を覚えたということか、扇ならぬ撥《ばち》で月を招いたという。

ところが『源氏』の「橋姫」に書いてあることは、すこしちがう。薫は宇治の八宮の屋敷を訪ねる。西の廊に案内されたが、隙間から東の廊の方をうかがい見ると、八宮の娘たちの挙動が見えた。そのうちの一人は、琵琶を前に置いて、撥を手にもてあそんでいた。それが、霧わたってさやかだった月影が、流れる雲にさえぎられて、一瞬かげり、再び明るくなった。と、かの女は、扇じゃなくたって、と撥をかざして、これで月を招くことだってできたわよねえと、かたわらに横になっているもうひとりの女性の方に顔を向けた。その風情の、なんとまあろうたけて、匂いやかなことだったことか。

『平家』の作者は、なにしろ「夜もすがら」「心をすまして」「有明の月」と、パセティックな（悲壮感を煽るような）場面作りにいそしんでいる。それは、だから、「心をすまして」というような言葉遣いにあらわれて、どうも読みにくいが、なにか「心を研ぎ澄ませて」と読みたくなるようではないか。

だから「御つれ〴〵」の読み方にも、どうやら注意した方がよさそうだ。なにしろ紫式部の方は、この場面ではそれほどパセティックではない。むしろコミカルで、軽妙でということで、まあ、「橋姫」のこの前後の文章をお読みいただければ、そのことはお分かりいただけると思う。

なにをながながと徳大寺の左大将を迎えた太皇太后多子《たし》の日常の挙止振舞についてああだこうだと批評しているのかというと、なにしろ『平家』の作者にいわせると、そのとき、多子の屋敷に「待つ宵の小侍従」がいたのだという。小侍従も接待の席に出て、左大将が古都が荒廃するさまを今様に歌うのに和したりしたのだという。

古き都を来て見れば、浅茅原《あさじがはら》とぞ荒れにける、
月の光は隈なくて、秋風のみぞ、身には染む

話はそれだけなのだが、ここに『平家』の作者はかれ独特の注釈好みを発揮して、「待つ宵の小侍従」について一文を挿入している。

待つ宵の小侍従といふ女房も此の御所にぞ候ける。この女房を待つ宵と申ける事は或る時御所にてまつよひ帰るあしたいづれかあはれはまされると御たづねありければ、まつよひのふけゆくかねの声きけはかへるあしたの鳥はものかは、とよみたりけるによつてこそ待つ宵とは召されけれ。

太皇太后多子については、巻第一の「二代后」の段で語られている。近衛天皇に入内《じゅだい》したが、近衛が十七歳で没したあと、一代おいて二条天皇に再嫁した。父後白河天皇とのあいだに確執があり、一一五八年に即位した二条が多子を入内させるについてはいろいろともめ事があったらしい。「永暦《えいりゃく》のころほひは、御年廿二三にもやならせ給けむ、御さかりもすこしすぎさせおはしますほどなり。しかれども、天下第一の美人の聞えましましければ、主上色にのみそめる御心にて」と『平家』の作者はレトリックを駆使している。

わたしがおもしろがっているのは、『平家』の作者が「あるとき御所にて」と、この問答歌の由来を語るとき、その「あるとき」とはいつどきか。福原遷都の年、一一八〇年、小侍従は六十路の坂を越えようとしていた。待宵の問答歌がかの女の名を高めた宮廷文芸サロンの記憶は、もはや「昔いまの物がたり」

に属する。

小侍従の待つ宵の歌はむしろ軽い。軽いといいたくなるのは、権兵衛が「重荷」などといっているからだ。問答をかけた方は「いづれかあはれはまされる」と「あはれ」を立てている。「情趣」というほどの言《こと》あげである。それを権兵衛は「悲しむ」「恨む」と読んでいる。「恋ほどの重荷あらじ」を引き出すための解釈か。

というのは能の『三井寺』は、子を人買いに連れ去られた母親が、神託に導かれて三井寺に来る。狂女の母は、鐘を撞こうとするが、寺僧に阻止される。狂女は鐘の故事をひいて許可を求める。そういう文脈で、

山寺の、春の夕暮れ来て見れば、入相《いりあい》の鐘に、花ぞ散りける、げに惜しめども、など夢の春と暮れぬらん。そのほか暁の、いもせを惜しむきぬぎぬの、恨みを添ふる行方にも、枕の鐘や響くらん。また待宵に、更け行く鐘の声きけば、あかぬ別れの鳥は物かはと詠せしも、恋路のたよりの、音づれの声と聞くものを、または老いらくの、寝覚めほどふるいにしへを、いま思ひ寝の夢だにも、涙心のさびしさに、この鐘のつくづくと、思ひを尽くす暁を、いつの時にかくらべまし。

「待つ宵に、更けゆく鐘の声きけば、あかぬ別れの鳥は物かはと小侍従が詠んだのは、鐘の声を、恋路の便りと聞いたからです」と、狂女の解釈は冷静である。「恋路のたよりの、音づれの声」の「音づれ」は「音信」の意味で使われた。これについては、どうぞ『わが梁塵秘抄』の「わかこひはおとゝひみえす」の段をごらんください。だから、「たよりの音づれの声」は同じ言葉が重なっている。「音づれ」は、

写本には「をとづれ」と書いてあるらしく、「お」が「を」なのは疑問だが、校訂者は「音づれ」と起こしている。

能『三井寺』は世阿弥の周辺にいた作者の作かといわれている。一四六四年に下鴨神社の糺《ただす》の森の猿楽興行に上演されたという。わたしがおもしろいと思っているのは、権兵衛は観劇に出かけたろうか。なにしろ「忍ふ軒端に（68）」の瓢簞の歌から悲しく重い恋の恨みがでてくるはずもない。権兵衛が糺の森へ観能に出向いたとしたならば、さて、それから四十年後、恋を重荷と思うほどのなにが権兵衛の心を憂しとしたか。

『三井寺』の鐘の段のつづく文節が示唆的である。

または老いらくの、寝覚めほどふるいにしへを、いま思ひ寝の夢だにも、涙心のさびしさに、この鐘のつくづくと、思ひを尽くす暁を、いつの時にかくらべまし。

あるいは、老人が目覚めて、身体を起こさずにそのまま、古い昔のことをあれこれ思い、いとしい女の夢を見るのが思い寝の夢だというのに、心は涙で濡れている、この寂しさに、寺で撞く鐘の音が聞こえ、思いが千々に乱れる暁を、ほかのどんな時にくらべられるというのですか。

老いの自覚、青春の死が、権兵衛をして、こなまいきな待つ宵の小侍従の小歌を重く受けとめさせる。老いたる権兵衛は、冊子や紙束の山をひっかきまわして、『恋重荷《こいのおもに》』のテキストをさがす。

70　しめちかはらたちや

しめぢが腹立ちや、よしなき恋を菅筵、
臥して見れども、をられればこそ、
苦しやひとり寝の、わが手枕の肩替へて、
持てども持たれず、そも恋はなんの重荷ぞ

しめちかはらたちやよしなき恋
をすか筵ふしてみれともをられ
はこそくるしや独寝のわか
たまくらのかたかへてもてとも
もたれすそも恋ハ何の重荷そ

＊禁断の標茅《しめじ》が原に入ってしまった。われながら腹立たしい。してはならない恋をしてしまった。ええい、筵《むしろ》に編んで、寝てみたけれど、寝られたものではない。ひとり寝の苦しさに、何度も何度も手枕の肩を入れ替える。恋の重荷を背負ってしまったが、とうてい背負いきれるものではない。いったい恋の重荷というのは何なのだ。

本歌は能の台本『恋重荷《こいのおもに》』である。世阿弥が、前からあった『綾鼓《あやのつづみ》』を改作したのだという。現行の舞台では、「恋の重荷」が作り物で使われる。緞金《どんきん》を包みにして縄をかけた作り物が舞台正面に置かれていて、ワキの廷臣がシテの老人に「これこそ恋の重荷よ」といってみせる。

老人は作り物を持とうとするが、持てない。「げに持ちかぬるこの荷かな」と一旦あきらめて座に下がるが、地謡に囃されて、「重くとも思ひは捨てじ」とまたしゃしゃり出る。「よしとても、よしとても、この身は軽しいたづらに、恋の奴に成り果てて、亡き世なりと憂からじ」と身を捨てることを示唆する。

ここで老人が「しめぢが腹立ちや」と謡い、地謡が「よしなき恋を菅筵《すがむしろ》、臥して見れども寝られればこそ」と受けて、先に進む。

ごらんのように、現行曲では、権兵衛が「をられればこそ」と書いているのを「寝られればこそ」と謡う。まあ、その場に居られないという意味だから、このばあいは寝られないでもいいわけだ。

『古今和歌集』巻第十九雑体（一〇五八）に、

　人恋ふる事を重荷と担ひもて、あふこなきこそ侘びしかりけれ

と見える。「恋の重荷」のイマジナリーが遠く平安朝にまでさかのぼることを教えてくれて興味深い歌だが、もうひとつ、「あふこ」だが、これは「朸」と漢字をあてて、「おうこ」と読み、荷物を担ぐ天秤棒をいう。それをここでは「逢ふ期」にかけていて、以来、「逢期」が熟した言葉として使われる端緒を作った。

『かけろふのにき（蜻蛉日記）』の康保《こうほう》四年「しはすつごもり」から明けて五年一月一日にかけての記事に、「貞観殿《じょうがんでん》の御かた」なる女性が「にき」の筆者の居宅にあらわれたという話が書かれている。なお、康保五年は八月に安和《あんな》に改元されたので、この年明けを安和元年の年明けと呼ぶ人もいる。

筆者は藤原兼家《かねいえ》の妻のひとりで、兼家の二男道綱を生んだので「藤原道綱母《みちつなのはは》」と呼ばれた女性である。道綱母は康保四年十一月の半ばに兼家邸の近くに越した。その住まいのことを、「しはすつごもりがた」、

大晦日に「貞観殿の御かた」が「この西なるかたにまかで給へり」というふうに、夫の兼家の家に対抗して、「この西なる方」と呼んでいるところがとてもおもしろい。

「貞観殿の御かた」は、兼家と母親が一緒の妹登子《とうし》で、だから道綱母の義理の妹である。村上天皇の寵愛を受けていたが、村上はこの年五月に逝去している。

なにしろ大晦日である。夜中の追儺《ついな》の準備に家中追われて「こほこほはたはた」するのがおかしかった。明けて、元旦のお昼ごろ、客人の貞観殿はお部屋。男どもも姿を見せず、女たちはみんなのんびりして、陽気にはしゃいでいる。そんな様子を隣の部屋で聞きながら、「待たるるものは」などと、古歌を問いかけたりして遊んでいると、片方の脚に「こゐ」が出たかたちに作った男の人形に、なにか進物をもたせたのを作って持ってきたのがいた。そこで、あり合わせの色紙に歌を書いて、それを人形の「こゐ」が出ている方の「はぎ」につけて、貞観殿のところへ持って行かせた。

片こひや苦しかるらん山賤《やまがつ》の、あふこなしとは見えぬものから

片方の脚に「こひ」が出ていて、この山人は苦しそうです、荷物を背負う「あふこ」は持っているようですが。もしやあなたも片「こひ」にお悩みではありませんか、「あふこ」がないとは、どうもお見受けできませんが。

まあ、こんなふうにていねいに歌を解説するのも気疎いものですが。それにけっこうこの言葉遊びはやっかいで、なにしろ，ごらんのように、「かけろふ」の本文の方は「かたあしにこゐつきたるに」と書いていて、それが、和歌の方では「かたこひや」と書いている。

それに、「こゐ」ないし「こひ」に対応する漢字は「尰」だと、わたしは校注本をふたつ見ているが、そのどちらもそう示していて、『古語大辞典』なども、「こひ」ないし「こひあし」に「尰」の字をあてて、『和名抄』に「尰　古比」と見えると教えてくれる。ところが『廣漢和』で「尰」を引いても、「こゐ」ないし「こひ」の音は出ない。この漢字は「しょう」と読む。「こゐ」ないし「こひ」はどうやら日本独自のもののようで、それがその音の出所ははっきりしない。

「こゐ」ないし「こひ」は「はぎ」が腫れる病気である。そう藤原道綱母は理解していたようで、そう文章に読める。「はぎ」は「すね」で、「脛」の字をあてる。『古今和歌集』巻第十九雑体の一〇一四番歌が「はき」を解説する。

いつしかとまたぐ心を脛に挙げて、天の河原を今日やわたらむ

いつかは天の川をまたいで渡ろうと思っているこの気持ちを、渡るぞとすねむき出しに裾をからげるように、いっそ全部ぶちまけてはっきりさせて、さあ、今日こそ、天の川を渡ろうか。

まだ話は終わりではない。貞観殿登子《じょうがんでんとうし》は、人形の担いでいる「あふこ」に縛り付けられていた「かいくりをあしたて」たもの（これは分からないとみなさん匙を投げている）に替えて「海松《みる》のひき干しの短くおし切りたるを結ひ集めて」を縛り付けて、「こゐ」ないし「こひ」の出ていない方の脚にも、木を細工して「こゐ」ないし「こひ」の出ているように太くして、人形を返してよこした。やはり色紙がつけられていて、見ると、

山賤《やまがつ》のあふこ待ち出でて較ぶれば、こひまさりけるかたもありけり

この山人が「あふこ」を担いでやってくるのを待ち受けて、山人の両脚を較べて見ると、「こひまさりける」方、「こひ」が張り出している側がありました。そのように、この卑賤の身のわたくしが、「あふこ」を待ちかねてお逢いしてみて、較べてみれば、わたくしよりも「こひまさりける」御方もいらっしたようでした。

「海松のひき干しの短くおし切りたるを結い集めて」は、「海松布《みるめ》」に「見る目」をかけ、「逢い引き」を示唆している。

さてさて、能の『恋重荷』にもどろう。

細川幽斎配下の武将で能数寄の長岡妙佐《ながおかみょうさ》の『元亀慶長《げんきけいちょう》能見聞』と『能口伝之聞書』という、安土桃山時代の能舞台のルポルタージュ文学がある。ともに慶長三年（一五九八）の年紀の奥書を持っている。これに『恋重荷』の演出のことが記されていて、重荷の作り物は竹棒の先にとりつけて担いだという。

現行の能では、舞台は後半に入り、シテの老人が恨み死にしたことをアイが述べ、そこにツレの女御が登場する。女御は、半身を正面に向け、舞台に置かれた重荷の作り物に斜めに対して、謡う。

恋よ恋、わが中空《なかぞら》になすな恋、恋には人の死なぬものかは、無慚の者の心やな

立ち上がろうとするが、立ち上がれない。恋の重荷が女御を抑えつけている。

そこに老人の怨霊が登場する。ここからのツレと後シテとのからみは、わたしの希望するところ、流麗たる舞いになって欲しい。それが、なんか、納めは、現行の能の台本では、霊体の老人は、「これまでぞ、

姫小松の、葉守りの神となりて、千代の影を守らん」と、わが怨霊のあて先であるはずの女御の守護者になりましょうと、気の弱いことである。

それが安土桃山の舞台は力強い。霊体の老人は、竹棒の先にとりつけた重荷の作り物をもちあげ、女御にいどみかかって、竹棒を女御の肩に伸しかける。女御はその重みによろめく。さらには女御を押し倒す。

わたしがいうのは、さてさて、権兵衛が糺の森の桟敷舞台で眺めた能はこんなふうの演出だった。能に本歌があるというとき、本歌のありようはどうだったのか。おもしろい。

71　恋はをもしかろしと

恋は重し軽しとなる身かな、
重し軽しとなる身かな、
涙の淵に浮きぬ沈みぬ

恋はをもしかろしとなるみかな
〳〵涙の淵にうきぬしつミぬ

『恋重荷』を見物して、権兵衛はずうーんと腹に響くものを感じたのだろうか。現実の老人は重荷の作り物を持ち上げることができない。それが霊体の老人は、かるがると持ち上げて、女御に持てと迫る。

恋の重荷を軽荷にかへて、涙の淵に浮きつ、沈みつ

いいえ、ただこんなぐあいに詠みかえてみてもおもしろいかなと思ったわけですよ。「涙の淵に浮きぬ沈みぬ」の「ぬ」は、この文脈では並列を示す助詞で、この「ぬ」は「つ」とどっちが多いかなというほどに、中世では好まれた用法だった。だから「浮きつ、沈みつ」でもいいわけで、そうすると、どこか狂歌風になるかな。それに、「浮きつ沈みつ」というと、それは浮いているのですよ。

それが権兵衛は、本歌を能の『松風』にとっている。小段でいえば九段目を世阿弥はこう謡いはじめる。

三瀬河、絶えぬ涙の憂き瀬にも、乱るる恋の、淵はありけり

寛文五年に京都で出版された狂歌集『古今夷曲集《ここんいきょくしゅう》』巻第七恋歌（四三一）に、

思ひ侘《わび》うちぬるうでのだるきまで、恋の重荷におこる痃癖《けんぺき》

というのがある。

思ひわびさてもいのちはあるものをうきにたえぬは涙なりけり、なあんて、道因法師気取りにごろごろしていたものだから、手枕の腕がだるくなってしまったよ。恋の重荷のせいかねえ。けんぺきだねえ。

ちなみに道因の歌は『千載和歌集』巻第十三恋歌三（八一八）です。ちなみに、「痃癖」というのは、じつは目下、この仕事のせいで、小生のかかっている病でして、首筋から肩にかけての筋肉のきつい凝りをいう。

わたしがいうのは、この歌の感興は権兵衛のものではない。

72　恋風か

恋風が来ては袂にかいもとれてなう、
袖のをもさよ、恋風はおもひものかな

恋風かきてハ袂にかいもとれて
なう袖のをもさよ恋風ハおもひ
物哉

「袂《たもと》にかいもとれる」の「かいもとれる」の「かい」は接頭辞。『源氏物語』の「夕顔」の段、夕顔が死ぬ場面で、源氏は「そよ、などかうは、とて、かひさぐり給ふに、息もせず」と、「かひ」と書かれている。あまり意味はない接頭辞で、語調を整えるとか、ちょっと強調するとかのはたらきが期待されている。「もとれる」だが、これは「悖る」「戻る」の漢字をあてて、物がねじれる、ゆがむ、まがるの意味で使われた。この語意では『日本霊異記』上巻第十九縁に、「唇醜く鼻平み、手脚繚戻りて」と見え、校注者は「繚戻」に「もと」と振り仮名を振っている。

恋風が吹いて、袂にねじれ入って、袂をふくらますイマジナリーを権兵衛は要求しているようだ。そこで「袖の重さよ」と権兵衛は『恋重荷』にこだわっている。ちなみにこれは「恋はをもしかろしと（71）」でもそうなのだが、権兵衛は、というよりも写本の筆生は「をもさ」と書いている。これは「おもさ」と書いたつもりなのだろう。「をもさ」は言葉を作らない。

「恋風は思ひ物哉」と、権兵衛はなにをいいたいのか。「思ひ物」の「物」は、権兵衛はずいぶんと漢字で書いていて、それはさすがに「人」に対して「物」をいうケースが多いが、さて、こんなのはどうだろう。「いたずらものや、面影は(37)」の、

いたつら物や、おもかけハ、身にそひなからひとりね

これはその前の「一目見し面影(36)」が、

さて何とせうそ一めみしおもかけか身をはなれぬ

と歌っているから、意味ははっきりしている。

いたずら者だよ、あの人の面影は、この身に寄り添っていながら、それがいつもこの身はひとり寝。

＊風が吹いてきて、袂にねじれ入って、袂をふくらます。袖が重く、袖が思う。恋風はあの人なのだ。

あの人から風が吹いてくる。

73　おしやるやミの

おしやる闇の夜、
おしやるおしやる闇の夜、
つきもなひことを

おしやるやミの夜おしやる〱やミ
の夜つきもなひ（い）ことを

「おしやる」がいきなり問題で、この言いまわしは「上の空（78）」にも「なにをおしやるそせはくと」と出る。また、すでに「柳の陰に（42）」に、こちらは「おしあれ」の形で見える。

「おしやる」あるいは「おしある」はどこから出てきたのか、どうやらきまった意見はないようで、「おおせある」か「おおせらる」が変化したのではないか。「いう」の尊敬語である。

このばあいは「おじゃる」にもかけているのではないかという意見をどこかで見たが、「おじゃる」は、「おいでになる」がなまったかたちらしく、『玉塵抄《ぎょくじんしょう》』という、永禄六年（一五六三）の年紀をもつ抄物に「閻王《えんおう》のこれえおぢゃったと云たぞ」と見えるという。『日本国語大辞典第二版』に見たが、この年紀はきわどいですねえ。あやうく権兵衛ないし宗長の生涯にさわりそうだ。

そういう意見も出て当然で、なにしろ権兵衛のこの小歌は意味がとりにくい。

それに、「つきもなひことを」なんていってますからねえ。「月もない」に「付きもない」をかける。なお「思ひ切りかねて（83）」を参照。

『隆達小歌集《りゅうたつこうたしゅう》』（二八番歌）に、

山の端にこそ月はあれ、恋の道には付きもなや

山の端に月がかかっている。これは当然。恋の道には、かならずかかる月なんてないのよ。出たとこ勝負。

＊おっしゃいますねえ、月のない夜、おっしゃいますねえ、月のない夜、とっ月もないことをねえ。

74　日数ふりゆく

日数ふりゆく長雨の、
日数ふりゆく長雨の、
葺く廊や萱の軒、
竹編める垣の内、
げに世中のうきふしを、
たれに語りてなぐさまん
たれに語りてなぐさまん

日数ふりゆくなか雨の〳〵あし
ふく廊や萱の軒竹あめる垣
のうちけに世中のうきふしを
誰にかたりてなくさまん〳〵

「日数」については『かけろふのにき（蜻蛉日記）』が、天禄元年（九七〇）六月の記事に、「やうやう、また、日数、過ぎ行く」、また『源氏物語』「帚木」の、源氏がにわかに紀伊守《きいのかみ》邸を訪ねるくだり、「例のうちに日数、経給ふ頃」。

「日数」は体言としての用法がふつうであったようで、ここも「日数ふる」と、「古る、旧る」の漢字をあてて読むのだろう。それに「降り行く」を重ねる。

「廊」は寝殿造りの建物だと、母屋から離れの棟に渡る廊下、あるいは離れの細長い建物をいうが、そんな広壮な建物ではないと、むしろいいたがっているわけで、だから屋根を葦で葺いた小屋に形ばかりの廊がついている。廊はおそらく濡れ縁で、そこに萱造りの軒端がかかっている。

竹を編んで作った垣根がまわっているのは、「茅屋三間《ぼうおくさんげん》」のわが領土を固めているということで、これは一休宗純の詩です。

茅屋三間起七堂　狂雲風外我封疆

夜深室内無人伴　一盞残燈秋點長

柱間三つの小寺を建てて、なんと、このおれは、七堂伽藍《しちどうがらん》でも起こしたつもりになっている。外に風が吹き荒れ、雲が流れる。ここがおれの領土だ。

夜はしんしんと更けて、室内にはおれしかいない。灯火がまたたいて、秋の夜は長い。

ふつうは門だよ、草堂だよと、一休宗純、四十九歳が、反骨に肩をいからせている。むしろ若さが残っている。

『源氏物語』「須磨」の巻に、須磨に源氏を訪ねた三位中将の目に映じた源氏の住まいの様子は、「住まひ給へるさま、いはむかたなく唐めいたり、所のさま、絵にかきたらむやうなるに、竹編める垣しわたして、石の階、松の柱、おろそかなるものから、めづらかにをかし」。

「唐めいた」住まいの描写ということで、これは白居易の「香炉峰下新卜山居草堂初成偶題東壁詩」（香炉峰のもと、新たに山居を卜し、草堂はじめて成り、たまたま、東壁に題するの詩）というのに、「五架三間新草堂　石階桂柱竹編牆」と見える。これは、わたしは『廣漢和』の「石階」の項で見たが、紫式部の書斎にも、たぶん、『廣漢和』が備えてあったのでしょう。

「五架三間《ごかさんげん》」は『新唐書』「車服志」に「三品堂五間九架、門三間五架」と出る。「間」は柱間《はしらま》であり、「架」は桁をいう。

「石階桂柱竹編牆」は「石の階段、桂の柱、竹で編んだ垣」ということで、「桂の柱」を紫式部は「松の柱」と書いているのがおもしろいが、これはなんでも李白のこの詩の宋代の出版物から「桂柱」に変わったということらしく、もともとは「松柱」だったということで、だから、わたしは李白や杜甫の詩の書誌学はまったく知らないので、紫式部が読んだ李白は、さて、どういう李白だったのか、そんなことをあげつらう余裕はわたしにはまったくない。

権兵衛の小歌の後段「げに世中のうきふしを、たれに語りてなぐさまん」の本歌は『和泉式部日記』である。

『和泉式部日記』は日記と呼ばれながら、日記ではない。おそらく父親の官位から「和泉式部」と呼ばれる女性が、冷泉院の皇子為尊《ためたか》親王の没後、その弟の敦道《あつみち》親王の愛を受け入れるまでの一年間の経緯を描いた、これは一篇のロマンである。

夢よりもはかなき世の中を嘆きわびつつ明かし暮らすほどに四月十余日にもなりぬれば木の下暗がり持て行く。築地《ついじ》の上の草青やかなるも、人はことに目も留めぬを、あはれと眺むるほどに、近き透垣《すいがい》のもとに人の気配すれば、だれならむと思ふほどに、故宮にさぶらひし小舎人《こどねり》わらははなりけり。

以上は書き出しの一文だが、なんともレトリックな文体で、たぶんフランス人ならグラン・レトリクールと呼びたがるであろう。フランス人で和泉式部を読んでいるのがいるのかどうか、寡聞にして知らないが。

見方によればマニエリスムで、レトリックの過剰である。「人はことに目も留めぬを」は挿入で、なんでもこれを「文脈の折れまがり」というのだそうで、なるほど言い得て妙だ。文章が折れまがって、また折れまがって、もとにもどる。

四月も半ばになったのだから、枝葉が伸び広がって、木の下に日陰を作るようになる。土塀の屋根に青々と草が生い茂っているのは、人がとりたてて注目するものでもないが、なかなか趣があるものだと眺めていたら、すぐそばの透垣（木や竹を間隔を開けて編んで作る垣根）の向こうになにやら人の気配がある。だれかなと思ったら、お亡くなりになられた為尊親王にお仕えしていた小舎人の少年だった。

小舎人の少年は敦道親王から和泉式部への贈り物の橘の枝を持ってきたのだった。和泉式部はその贈り物に託された『古今和歌集』の歌を読み取り、親王の気持ちを知って、歌を返した。

香る香に寄そふるよりは時鳥《ほととぎす》、聞かばや同じ声やしたると

橘の香にかこつけて故親王のことを話題にしたりするよりは、時鳥さん、あなたの声を聞きたいものです、はたして故親王と同じ声かどうか。

なんと、思ったとおり、和泉式部は強い女でした。

こうして敦道親王と和泉式部の歌のやりとりがはじまり、ラブ・アフェアーもそれにともなって、その年の暮れには、和泉式部は親王の屋敷の南翼の建物に入居することになる。その直前にふたりが取り交わした歌が、ようようのことで、ここで権兵衛の小歌にもどって、「げに世中のうきふしを、たれに語りて

なぐさまん」という詩行の、わたしはこれが本歌だというのである。

和泉式部はこう書いている。

いかに思さるるにかあらん、心細きことを宣《のたま》はせて、なお世の中に在り果つまじきにやとあれば、

「くれ竹の世ゝのふること思ほゆる、昔語りはわれのみやせむ」と聞こえたれば「くれ竹のうきふししげき世の中に、在らじとぞ思ふしばしばかりも」など宣はせて、人知れず据えさせ給べき所などおきて……。

なにを考えていらっしゃるのか、心細いことをしきりにおっしゃり、まだまだこうして生きつづけなければならないのだろうかなどなどと、とんでもない、そこで、伊勢の物語の世ゝの条を思い出します、あなたとのあいだのことはわたしだけが伝えることになるのでしょうかと一発かませてやったらば、憂いこと、辛いことが一杯の世間に、すこしのあいだだけでもいたくないと思いますよと歌を作って、人に隠してわたしを住まわせておこうとお考えになったところを設けて……。

以下つづく文節の引用は遠慮させていただく。なにしろ清少納言とどっちかというほどの名文家で、うっかり踏み込むと、それこそ迷路にさそいこまれかねないのだ。迷路に右往左往するのは、それはわたしは好きだけれど、なにしろ分をわきまえなければならない。わたしのいう分とは、だいたいがわたしはいま権兵衛の注釈者として行動しているのであって、その分限をしっかり守るべきだとわたしに忠告するもうひとりのわたしがいる。

しかし、それにしても「くれ竹の世ゝのふること」がおもしろい。はじめわたしは「世にふる」こと

かと思っていたが、なにを気がつかないふりをしてとわたしを批判するもうひとりのわたしが出現して、「世ゝのふること」ではないか。

ささて、和泉式部の本歌はなにか。『伊勢物語』第二一段である。「世ゝのふること」の「ふること」は「旧る言」で、古歌あるいは昔の物語をいう。「世ゝのふること」は『伊勢物語』第二一段を指している。

むかし、おとこ女、いとかしこく思ひかはして、こと心なかりけり。さるをいかなる事かありけむ、いさゝかなることにつけて世中をうしと思ひて、いてゝいなんと思ひて、かゝるうたをなんよみて、物にかきつけゝる。「いてゝいなは心かるしといひやせん世のありさまを人はしらねは」、とよみをきて、いてゝいにけり。この女かくかきをきたるを、けしう、心をくへきこともおほえぬを、なにゝよりてかかゝらむといといたうなきて、いつかたにもとめゆかむと、かとにいてゝ、と見かう見ゝけれと、いつこをはかりともおほえさりけれは、かへりいりて、「思ふかひなき世なりけり年月をあたにちきりて我やすまひし」、といひてなかめをり。「人はいさ思ひやすらん玉かつらおもかけにのみいとゝ見えつゝ」この女いとひさしくありて、ねむしわひてにやありけん、いひをこせたる。「今はとてわするゝ草のたねをたにひとの心にまかせすも哉」返し「忘草うふとたにきく物ならは思けりとはしりもしなまし」又〳〵ありしよりけにいひかはして、をとこ、「わするゝ覧と思心のうたかひにありしよりけに物そかなしき」返し「中そらに立ちゐるくものあともなく身のはかなくもなりにける哉」とはいひけれと、をのか世ゝになりにけれは、うとくなりにけり。

むかし、男と女が、とても愛しあい、たがいに二心なく暮らしていた。それがなにがあったのか、ほんのちょっとしたことがきっかけで、女は夫との暮らしがいやになり、出て行こうとおもって、こんな歌を作って、その辺に書き付けておいた。出て行ったなら、心の軽々しい女だとひとはいうでしょう、夫婦のあいだのことなんか、だれも知らないのですから、こう詠み置いて、女は出て行った。女はこう書き置いて出て行ったが、なにかとりたてて心当たりもない　ものを、どうしてこういうことになったのだろうと、男は男泣きに泣いて、どこに捜しに行けばよいのだろうと、門前に出て、左見右見《とみこうみ》したけれども、捜すにあてどもなく、家の中に入って、心に掛けていたわってきたつもりだったけれど、その甲斐もない夫婦仲だった。かの女と一緒にこの家に住んでいた年月もあだに終わったということだったのかなあ、と心境を歌に作り、呆然としていた。また一首。あの人はさてどうだろう、いまだにわたしのことを思ってくれているだろうか。ただ、ただ、あの人が面影に見えて、たまらない。女は、ずいぶんと時が経ってから、心の中で詫びているということなのか、歌にして、こんなふうに言い寄越してきた、忘れ草の種を人の心に蒔くようなことは為さらないでくださいとお願いするだけです（「まかせすも哉」は「蒔く」「為す」の連語。「為す」は「せす」と読み、動詞「為《す》」と尊敬の助動詞「す」の連語。「人」は「男」ではない。「女」を指している）。男はこう返した。わたしがあなたの心に忘れ草を植えると人に聞いたというのならば、わたしがあなたのことを思っていると知ったのではなかったか（「しりもしなまし」は「知りも為なまし」、「なまし」は非現実的な事態についての推量をあらわす）。また、また、以前に増して歌をやりとりして、男は、あなたがわたしがあなたのことを忘れているだろうと思っている、その疑いの気持を知って、以前にも増して、わたしは悲しくなった。女が返す。中天に浮かんでいる雲がいつのまにか消えてしまうように、いま思えば、わたしは死んでいたのでした（「身のはかなくもなり」はこの意味しかない。「いま思えば」はわたしの勝手な追加）。そんなふうに歌のやりとりをしたのだったが、たがいにそれぞれの家族を持つ身になったものだから、しだいに疎遠になったのだった。

「をのか世〻になりにけれは」を「たがいにそれぞれの家族を持つ身になったものだから」と訳した。和泉式部は「くれ竹の世〻のふること思ほゆる」と、「世〻のふること」に『伊勢物語』をあてると同時に、その第二一段を示唆している。わたしがいうのは、和泉式部は「世にふることの思ほゆる」と書いているわけではない。

75　庭の夏草

庭の夏草、茂らば茂れ、
道あればとて、訪ふ人も、な

庭の夏草しけらハしけれ道
あれはとてとふ人もな

＊庭の夏草め、茂りたければ茂ればいいんだ。道を隠すほど、茂ればいい。道が夏草に隠されていないといったって、訪ねてくる人も……、やれやれ。

「な」がよく分からない。かるい詠嘆の終助詞だろうと踏んだが、諸家は「訪ねてくる人もいない」と断定なさる。

76
青梅の折えた

青梅の折枝、唾が、唾が、唾が、
やこりよ、
唾が引かるる

青梅の折えたつか〳〵つかや
こりよつかひかるゝ

「つばき」は「つ」を「吐く」からの造語らしく、それは『文明本節用集』に「唾　ツワキ」と出るからといって、「唾」は「つわき」か「つはき」だったとはいえない。その証拠がこれで、権兵衛は「つかひかるる」と書いている。

「つをひく」、「唾を引く」は、酸っぱい物や欲しい物を前にしたときに口中に唾が湧き出る様子をいう。『拾玉集』に「大和路や、解文《げぶみ》をしのぶ瓜の夫《ぶ》は、つをのみひきてあせぞながるる」と見えるという。『拾玉集』は慈円の歌集だが、貞和《じょうわ》二年（一三四六）までに青蓮院尊円親王が集成したという。わたしは見ていない。この一首は『日本国語大辞典第二版』から借りた。

「瓜の夫」は、「瓜」がわからないが、おそらく土地の名だと思う。「夫」は公事に徴用された人夫をいうから、「瓜」が地名でないとすると、なにがなんだか分からなくなる。愛知県豊橋市に「瓜郷町《うりごうちょう》」がある。弥生時代の遺跡があって、「瓜郷遺跡」と呼ばれて知られている。

また、「うりつくり」というと『催馬楽』の『山城』だ。「山城の狛《こま》のわたりの瓜つくり」とはじまる旋頭歌ふうのこの歌が、『広本拾玉集』の歌人の頭にあったかどうか。「夫」は、もしや「狛のわたりの瓜つくり」ではなかったか。「狛」は木津川の中流両岸にわたる古くからの土地の名で、高麗人の入植地で、「高麗」を「こま」と呼んだところから土地の名が出た。山城町上狛、精華町下狛にその名をとどめている。

「しのぶ」は、「偲ぶ」のほかに、「忍ぶ」「隠ぶ」と漢字をあてて、物を隠すこともいうから、ここでは、「解文」（「げもん」とも読む）を隠しているということで、なにか役所に提出する公文書を隠しているということで、「唾を飲み、唾を垂らして、冷や汗をかいている」ということらしい。

また、「虎明本《とらあきらぼん》狂言梅の舞」に、「みる人ごとにつをひく、さみだれのいみやうに、むめの雨も候」と見えるという。これも『日本国語大辞典第二版』から借りた。「女人を見るたびに、唾が垂れる。五月雨を梅の雨とはよくいったものだ」。

そこで、「青梅の折枝」は女人をいうのだろうか。なぜって、どうして「折枝」なのか。「青梅を見ると、唾が湧く」でよいではないか。なぜ「折枝」なのか。

「やこりよ」は分からない。「や」「こ」「り」「よ」と一字ずつ発音して、これは囃子詞なのか。これは、もしかしたらそうかな、というほどに「推した」だけのことです。

次歌に「わこれう」と見える。後段、142番の小歌に「わこりよ」と見える。この二例は「我御寮」「我御料」などの字をあてて、二人称を指したとされる。「やこりよ」もその異本と見てもよいが、そうだとするとこれは間投詞に読む。

＊青梅の折枝を見ると、唾が、唾が、ねえ、おまえ、唾が湧いてくるよ。

77　我御寮

我御寮思へば、安濃の津より来たものを、をれ振り事は、こりや、何事

わこれうおもへはあのゝ津より
きた物ををれふりことハこり
やなに事

伊勢国に安濃郡が置かれていて、伊勢湾に面して「安濃津」という港町があった。「安濃郡」は「あのぐん」あるいは「あのうぐん」と呼ばれていて、「安濃津」も「あのつ」と呼ばれていた。「あののつ」ではない。

それが宮内庁書陵部蔵本は「あのゝ津」と、このばあいは「の」の字のはらいからそのまま踊り字記号が流れるから、どうかなと見えるところもあるのだが、まあ、踊り字がついていると見て、だから「安濃の津」と、「津」の場所を特定していることになる。

諸家がいうように、前歌の「唾」が「津」にわたっているのだろう。それが、ただ「津」といわれると、テキストの伝承のなかで、読み手は「津国」を思う。「摂津国」の古名である。

だから「安濃の」と特定した。それはよいのだが、それが、なぜ「安濃」か。ここは、なにか伊勢国が出てきて当然の文脈なのか。

永享四年（一四三二）八月、世阿弥の息観世大夫十郎元雅《もとまさ》が安濃津で死去した。その伝承が関係していたか。

「わこれう」については前歌の注釈を参照。「をれ」は男女ともに使う一人称代名詞。

＊おまえのことを思えばこそ、こうして安濃の津から出かけてきたというのに、そのおれを振るとは、なんだよ、これは。

78　上の空

なにを仰やるぞ、せはせはと、
上の空とよなう、
こなたも覚悟申した

なにをおしやるそせは〳〵と
うはの空とよなうこなたも
覚悟申た

「うはの空とよなう」の「とよ」だが、これは格助詞「と」と間投助詞「よ」の連語で、『源氏物語』「紅葉賀《もみじのが》」がもう少しで終わりになるあたりに、頭中将《とうのちゅうじょう》が、源氏と源典侍《げんのないしのすけ》との逢瀬を邪魔してやろうと、太刀を抜いておどかす場面がある。源氏は、その太刀を抜いた腕をつかまえて、「まことはうつし心かとよ、たはぶれにくしや、いでこのなほしきむ」と頭中将をたしなめる。

この源氏の発言は、なかなか読みにくいようで、諸家はさまざまに読み分けている。よく分からないが、「うつし心」は「現し心」で、「たはぶれにくしや」は「戯れ憎しや」だと思う。

まことは現し心かとよ、戯れ憎しや、いで、この直衣着む
　実は正気だったわけだ、戯れが過ぎるぞ、さあ、直衣を着よう。

ところが頭中将は、源氏が着ようとする直衣《のうし》をつかんで、着させまいとする。そこで源氏は頭中将の着ているものの帯を解いて、自分と同じ、下着だけにしてしまおうと、大騒動になるという筋書である。

＊なにをおっしゃってることか、せわせわと、上の空ってわけだろう、こちらも腹を決めた。

「こなたも覚悟申した」が「さらば！　おれはアンジェーへゆく」と聞こえる。『形見分けの歌』に「ヴィヨン遺言詩」の権兵衛は、こう歌っている。

これはやばいぞ、なんとか逃げるには、
一番いいのは、そうだ、旅に出ることだ、
さらば！　おれはアンジェーへゆく、
なにしろ女に思し召しがないのだから、
おおよ、これっぽっちもないのだから、
女のせいでおれは死ぬ、五体生きながら、

そうよ、ついにこのおれは恋の殉教者、
恋愛聖者の黄金伝説に名をつらねる

79　むらさき

思ひそめずば、紫の、
濃くも薄くも、物は思はじ

思ひそめすハむらさきのこくも
うすくも物はおもはし

「我御寮」の冷たさをなじり、こちらも「覚悟申した」と宣言する。それが権兵衛は、まだまだ未練たっぷりである。『新古今和歌集』巻第十一恋歌一の「延喜御歌」（九九五）に、

むらさきの色にこゝろはあらねども、ふかくぞ人をおもひそめつる

と見える。「ふかく」は紫染めについて「濃い」をいう。

『後拾遺和歌集』巻第二春下に「承暦《じょうりゃく》二年内裏歌合《だいりうたあわせ》に藤花をよめる」と題して（一五五）、

水底に紫ふかく見ゆるかな、岸の岩根にかかる藤波

と見えるが、これはその意味合いを踏まえなければ読めない。

権兵衛は『新古今』の「延喜御歌」を本歌にとって、ただ、とりかたがおもしろく、心が紫に深く染《そ》まっているの、薄いのといったって、だいたいが思い初《そ》めることがなかったならば、物を思うこともないわけだと、斜めに構えている。

「思いそめる」がなぜ「紫そめ」なのか。『金葉和歌集』巻第一春部に「藤花をよめる」と題して（八二）、

紫の色の縁に藤の花、かかれる松もむつまじきかな

と見える。これは『古今和歌集』巻第十七雑歌上に「よみ人しらず」ということで（八六七）、

紫のひともとゆゑにむさしのゝ、草はみながらあはれとぞ見る

と見える。「みながら」は「皆ながら」の約《つづ》めだという。紫草が一本生えているというだけのことで、武蔵野の草は趣が深いと、だれしもがいうのです。

この『古今』の歌から「紫の色の縁」というと説明されるが、もう一筋、説明の筋道があって、染料にする紫草の根は、浸潤が強く、保存中、接している物に紫色をにじませることがある。そこから、縁につながる者への情けが深いという意味合いで「紫のゆかり」というという。

権兵衛は「見ずは(44)」に「見ずは、ただ、よからう、見たりやこそ、物を思へ、ただ」と歌っていた。なんと、「むらさき」はこれの再演ではないですか。

「見ずは」の注釈に、『梁塵秘抄』の歌が本歌だと紹介した。「思いは陸奥に、恋は駿河に通うなり、見

初めざりせばなかなかに、空に忘れて止みなまし」。なんと、「見初めざりせば」を「思ひ染めずば」と受けている。「むらさき」も、また、『梁塵秘抄』の歌を本歌にとっている。

「見ずは」の前歌「雲とも煙とも（43）」に「上の空なる富士の嶺にや」と見える。これを「むらさき」の前歌の「上の空（78）」が「上の空とよなう」と受けている。だから、歌の並びも同じである。

80　思へかし

思へかし、いかに思はれむ、
思はぬをだにも、思ふ世に

おもへかしいかにおもはれむおも
はぬをたにもおもふ世に

「かし」は、いまでも「さぞかし」に副詞を強調する用法を残しているが、室町時代以後は動詞の命令形をうけて、そうするんだよ、と念を押す意味合いの終助詞としての扱いが一般になった。

「いかに」は「いかにせむ」に「いかに」の一般の使い方がよく残っている。自問自答である。

＊人を好きになるんだぞ、いいか。だけど、どうしたら人に好かれるのだろうねえ。しようがないねえ、こっちを好きになってもくれない人を好きになるものさね、せらびこむさ。

「せらびこむさ」はフランス語でして、「人生ってそんなものさ」。

81　思ひの種

思ひの種かや、人の情　　思ひのたねかや人のなさけ

なんと傲慢な、その態度！

82　思ひ切りしに

思ひ切りしに、来て見えて、
肝を煎らする、肝を煎らする　　おもひきりしに来てみえて
きもをいらする〳〵

*思いは断ち切ったというのに、おまえの姿が見えて、これは、もう、いらいらするよ。

83　思ひ切りかねて

思ひ切りかねて、欲しや欲しやと、
月見て、廊下に立たれた、
また、なられた

おもひきりかねてほしや〳〵と
月見て廊下にたゝれたまた
なられた

なんとも権兵衛はいたずら好きで、「ほしやほしや」は「欲しや欲しや」に「星や星や」をかけている。「月見て」（宮内庁書陵部本は「月見」と漢字で書いている）だが、「つきむ」という動詞があって、『宇治拾遺物語』巻第十四の七に、「つきみていふにこそとおもひて」と、「つきみて」のかたちで出る。

白川院（白河院）の代に、「六」という「うるせき女」がいた。頭の回転が速く、話を取り持つのが上手な女ということで、あるとき、その「六」を呼び出したところ、「内の出居のかた」、母屋に近い応接の間まで来いというのに、「びんなくさぶらふと申て」、それは困りましてござりますと申し立てて、なかなか来ようとしない。そこで、「つきみていふにこそとおもひて」と文章はつづく。「遠慮してそういっているのだろうと思って」という意味になる。

「つきむ」はそういう文脈で、権兵衛が見ていたであろう古典のテキストに出る。しかし、だからといって、「つきみて」は「遠慮して」という意味で、そういう意味合いで権兵衛の小歌を読もうと提案しているわけではない。思いは断ち切りがたく、あの人の心が欲しい、欲しいと、遠慮して、廊下にお立ちになった。また、お出ましになられた。これではなんのことだか分からない。

書陵部蔵本の筆生はよく読んだ。「月見て」と書いていて、その通り、ここは「月を見て」と読む。

「立たれた」は「立つ」に尊敬の意味をこめた助動詞「る」（「らる」のなかま）をつけたかたちと読む。「お立ちになった」で、立った主格は「わたし」である。

「なられた」は、動詞「なる」は「なる」を説明する補語が必要で、まさか、「お立ちになった」を受けているから、「お立ちになられた」などという解説は、いまの言葉づかいと権兵衛の言葉づかいをごっちゃにするもはなはだしく、だから、ここは、「新潮日本古典集成」版が水戸彰考館本に「なかれた」と見えると示唆している。さしあたりそれに従って、いずれ写本は自分の目で確認するとして、「流れた」と読む。

ここに、読みが元へ戻って、どうやら、この小歌、表の読みは、思いは断ち切りがたく、御方の心が欲しや、欲しや、星や、星やと、月を見て、あたしゃ、廊下にお立ちんなったことです。ほら、また、流れた、と読むらしい。

『古今和歌集』巻第十九雑体の紀有朋《きのありとも》の歌に（一〇二九）、

あひ見まく星は数無くありながら、人に月無み、惑ひこそすれ

あなたに逢いたい、その思いは星の数ほどありながら、月がないと、星空の夜にも道に迷うように、いまはあなたに逢うすべもなく、わたしは惑っているのです。

なんと、次歌が小野小町の歌である。なにか、紀有朋と応唱しているかのようだ。

人に逢はむ月のなきには思起きて、胸走り火に心焼け居り

あの方に逢うすべもなく、思いだけがつのって、思い火の熾《おき》を起こし、熾がまた燃え上がってあたりを走りまわるように、わたしの心はあの方への恋に焼けております。

紀有朋が「月無み」と歌い、小野小町が「月のなきには」と歌ったのは、「月がない」と「付きがない」をかけている。動詞「つきなし」は「付き無し」と漢字をあてて、手掛かりがない、すべがないことをいう。

月と星々を一つ歌に歌い込んだのは、『万葉集』巻第七の巻頭の歌、前詞に柿本人麻呂歌集に出ると見える「詠天（天を詠む）」と題された歌（一〇六八）、

天の海に、雲の波立ち、月の舟、星の林に、漕ぎ隠る見ゆ

これは『拾遺和歌集』巻第八雑上四八八番歌にも、「天の海に」を「空の海に」と書き換えただけで、そのまま採られている。

わたしがいうのは、なんとねえ、小野小町と唱和する紀有朋の歌が権兵衛の小歌の本歌だった。

常に恋するは、　つねにこひするは、
空には七夕、流れ星、　そらにはたなはたよはひほし、

野辺には山鳥、秋は鹿、　　のへにはやまとりあきハしに、
配流の公達、冬は鴛鴦　　なかれのきうたちふゆはをし

『梁塵秘抄』三一三（三三四）歌である。なんともすばらしい歌で、この歌の主文は「常に恋するは配流の公達」である。どうすばらしいかは、どうぞ『わが梁塵秘抄』の「つねにこひするは」の段をごらんいただきたい。

「よばいほし」は「夜這星」あるいは「婚星」と漢字をあてる。流れ星のことである。男女がたがいに求めて「呼び合う」から来ているらしく、星が流れている間に「よばふ」と願いが叶うという俗習があったという。

わたしがいうのは、なんとねえ、権兵衛は『梁塵秘抄』の歌人に歌を合わせて、星空に「呼ばはって」いる。次歌「何の残りて（84）」に、権兵衛は、これぞ「奇絶」の小歌をものしている。「奇絶」qíjuéは李白が五言絶句「越女詞《えつじょし》」に使った形容辞である。

84　何の残りて

思ひやる心は君に添ひながら、
何の残りて、恋しかるらん

おもひやるこゝろは君にそひな
から何の残りて恋しかるらん

「恋する」は、離れている異性同士、相手を求めるの意味を作る。『梁塵秘抄』三一三（三三四）歌と四六四（四八五）歌が本歌である。どうぞ『わが梁塵秘抄』「つねにこひするは」の段と「こひしとよきみこひしとよ」の段をごらんいただきたい。
もっとも、前歌の注釈に、「つねにこひするは」は、心の動くままに転記したので、ここでは、「こひしとよきみこひしとよ」の方を転記して、ご紹介しておこう。

恋しとよ、君恋しとよ、ゆかしとよ、
逢わばや、見ばや、見ばや、見えばや

だから、「君に添ふ」と「何の残りて」が対応する。この二行の関係は逆接である。
＊あなたを思う心はあなたに寄り添っている。それなのに、そうだというのに、どうして、また、わたしの心はここに残っていて、あなたに恋い焦がれているのだろう。恋はそういうものなのか。

ついでにいうと、「何の」は「どうして」の意味の副詞である。

85　思ひだすとは

思ひ出すとは、忘るるか、
思ひださずや、忘れねば

思ひだすとハ忘るゝかおもひたさすや忘れねは

＊思い出したなんて、忘れたってことだな。思い出すこともないわけだ、忘れなければ。

86　思ひださぬ間なし

思ひださぬ間なし、
忘れてまどろむ夜なし

おもひたさぬまなし忘れてま
とろむよるなし

＊あなたのことを思い出さない時はない。あなたのことを忘れて微睡《まどろ》むことのある夜はない。
なんとも書陵部蔵本の筆生の書写ぶりはすさまじく、「よる」の「よ」を「夜」のくずしで書いている。

87　しやつと

思へど、思はぬふりをして、
しやつとしておりやるこそ、
底は深けれ

おもへとおもはぬふりをしてしやつ
としておりやるこそ底ハふかけれ

「しやつと」は「さつと」の変化だと思われる。「さつと」は「さっと」と読み、「颯と」と漢字をあててる。風雨がにわかに吹いたさまをいう。また、動作が軽く素早いさまをいう。「しやつと」も読みとしては「しゃっと」だったと思われる。

ヨーロッパの十六世紀の文芸の風潮をいうのに「マニエリスム」という概念が使われる。何気ない風情をして、手早く物事を上手に仕上げる作法をいう。どうぞ、わたしのエッセイ集『遊ぶ文化　中世の持続』（一九八二年、小沢書店）に収めた「マニエリスムへ」をごらんいただきたい。「さつと」は物事の「マニエリスム風処理」の作法をいっている。

『日本国語大辞典第二版』の「さっと」の項の「方言」の欄に、「さらりと淡泊なさま」（青森県上北郡ほか）、「見掛けによらずあっさりとしたさま」（山形県北村山郡）、「発音」の欄に「シャット」（津軽語彙）「チャット」（津軽語彙・秋田）と見えるのが印象的である。

『日本国語大辞典第二版』は、その点、示唆的なのだが、一方では「しゃっと」の項を立て、「しゃんと」に同じとして、出典を『閑吟集』から二個所引いているのはどうか。他の出典は指示していない。『閑吟集』の二個所とは、この小歌と、もう一個所、「しやつとした(252)」である。

しやつとしたこそ人ハよけれ

「しやつ」は、宮内庁書陵部蔵本では、両歌とも、「し」は「志」、「や」は「や」、「つ」は「州」あるいは「川」のくずしで書かれている。「つ」の字形についてはいろいろいわれていて、「川」のくずしだというのも一説にすぎない。むしろ「州」のくずしと見る見方の方が有力なようだ。

いずれにしても、両歌の「しやつ」は同じ概念なことはたしかで、それはよいのだが、そのふたつだけで、「しゃんとに同じ」と説明するのはどうか。

＊人を思っても、思ってなんかいないというふりをして、さりげない顔をしていなさってこそ、人間、底が深く見えるというものだ。

なお、「おりやる」は読みは「おりゃる」だろうが、「しやつ」と同じことで、書き言葉としては「おりやる」そのままでよい。室町時代に入ってから「お入りある」がなまって、「ゆく」と「く(くる)」、「あり」と「居《ゐ》る」、また、「である」の丁寧語として使われはじめた。江戸時代に入ると、狂言本などには出るが、話し言葉としてはすたれていく。万治三年（一六六〇）に京都の書肆の畑清左衛門が出版した狂言台本集『狂言記』の巻頭の狂言が「烏帽子折《えぼしおり》」だが、ここでは中段に入って「おりやる」「おりやれ」のオンパレードである。

下六「ゑい、殿の待ちかねさつしやれう、まづ烏帽子を持つて急いで参ろ」
藤六「のふ下六、殿の待ちかにやる、急いで持ておりやれ」
下六「さうであらふと思ふたい、のふ〳〵それがしが出たまでは注連飾り門松がなかつたが、今は注連飾りで、頼ふだお宿を忘れた」（頼うだお方、つまり主人の殿様の宿）
藤六「まことに、それがしも忘れたが、はあ、これでおりやるは、殿様御ざりまするか、のふ、こゝでもおりやらぬわいの」（ここにいらっしゃるのは、殿様でございますか、ここにもいらっしゃらないなあ）

88 思へど

思へど、思はぬふりをしてなう、
思ひ痩せに痩せ候

思へとおもはぬふりをしてなふ
おもひやせに痩候

「おもひやせ」の「や」は、かなり異体字だ。たまたま、次歌の初行頭の「げにや」の「や」と並んでいて、こちらの「や」は、まあまあ、ふつうの書体だから、なおのこと気になる。

「候」の読みはさだまらない。文章の調子で読めばよいと思うのだが、ここは「そうろう」か「ざうらう」か。

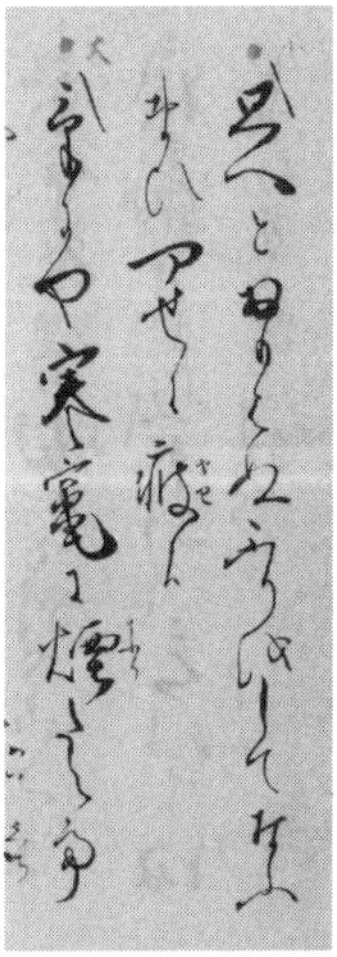

89　寒竈に煙たえて

げにや、寒竈《かんそう》に煙絶えて、
春の日、いとど暮らし難う、
迷室に燈消えて、秋の夜、なお深し、
家貧にしては、信智すくなく、
身いやしうしては、故人うとし、
親しきだにも疎くならば、
余所人は、いかで訪うべき、
さなきだに狭《せば》き世に、
さなきだに狭き世に、
隠れ住む身の世の中、山深み、
さらば心のありもせで、
なお道狭き埋もれ草、
露いつまでの身ならまし、
露いつまでの身ならまし

げにや寒竈に煙たえて
春之日いとゝくらしかたふ迷室
に燈きえて秋の夜なをふかし
家貧にしてハ信智すくなく
身いやしうしてハ故人うとし
したしきたにもうとくならハ
余所人ハいかてとふへきさなき
たにせはき世に〱かくれすむ
身の世中山ふかミさらハ心の
ありもせてなを道せはき埋
草露いつまての身ならまし
〱

能『雲雀山《ひばりやま》』の一小段だという。これは一番新しい刊本でも、昭和二十四年から三十二年にかけて朝日新聞社から出版された「日本古典全書謡曲集一～三」に収録されているというおそるべき冷遇ぶりで、まあ、そのうち見ますけれど、なにしろ「中将姫説話」を踏まえているらしく、世阿弥も『申楽談儀《さるがくだんぎ》』でちらっとふれている。それが能作者は分からない。

権兵衛は、どうやら「寒竈に煙絶えて」に感応したのではないか。それでこの能の小段をもってきたということで、そう見当をつけて、「寒竈」という文言を、『廣漢和辞典』に探したところ、みつからない。かわりに「寒炉」というのを見つけた。「冬のいろり、また、火の気のない、さむざむとしたいろり」をいうという。

また、「寒食」というのもおもしろい。これは冬至から百五日目の前後三日間、あらかじめ調理したものを、火を用いず、熱を通さず、冷たいまま食べる行事をいう。杜甫も、百六日目の「小寒食」を、七言律詩「小寒食舟中作」に歌い込んでいる。

佳辰強飯食猶寒　隠几蕭条帯鶡冠
春水船如天上坐　老年花似霧中看
娟娟戯蝶過閑幔　片片軽鴎下急湍
雲白山青万余里　愁看直北是長安

佳辰に強いて飯すれば、食はなお寒く、几によりて蕭条として鶡冠を帯ぶ。
春水の船は天上に坐するが如く、老年の花は霧中に見るに似たり。
娟娟たる戯蝶は閑幔を過ぎ、片片たる軽鴎は急湍を下る。
雲は白く、山は青くして、万余里、愁え見る、直北はこれ長安。

めでたい日だというので、冷たいのはいやだけれど、むりに食べる。肘掛けにもたれかかって、あたりをうかがえば、なにか荒涼たる気配。山鳥の羽根飾りの冠をつける。武官の装具だ。隠者のではないぞ。
春の水を行く船は、水面に天を映して、なにか船は天上に坐しているかのようだ。年のせいで視力がおとろえたか、花はみんな霧の中。
二頭の蝶が蝶の舞いを演じて幔幕の前を過ぎ、鴎が二羽、三羽、早瀬をかすめて飛び去る。
雲は白く、山は青く、一万里。そうだ、荒涼たる気配は船の進む方向、真北から来る。長安だ。

杜甫は、大暦五年（七七〇）の春、洞庭湖の南の潭州《たんしゅう》（現在のチャンシー、長沙）にいた。四月、そこで反乱が起きて、杜甫は南に逃げ、南嶺山脈の北麓の耒陽《らいよう》（現在のレイヤン、来陽）に来たところで、病死した。一説には、耒陽から北に引き返し、冬、洞庭湖上に死去したという。

この詩は、この年、潭州で作られたという。「小寒食」の節季の行事を歌い込んでいるから、時季は四月、南に逃げる直前ということになる。「春水船」「花」などといっている一方、「蕭条」をいい、「愁看直北是長安」といっている。杜甫は最後の最後まで、志を述べ、政治を諷喩《ふうゆ》する詩人だった。そうありたいと願った詩人であった。

「隠几」は「几による」と読み、もたれかかる所作をいう。「集注」に「隠依也。如隠几之隠」（隠は依るなり。几に隠るの隠のごとし）と出る。満目蕭条《まんもくしょうじょう》の光景のなか、いいえ、つまり「モルト・セゾン」枯れ季節です。『形見分けの歌』第二歌の注釈、七九頁をごらんください。それが季節は春である。そこに諷喩がある。

「鶡冠《かつかん》」は山鳥の羽根を挿し飾った冠。「ヤマドリ」はキジ目キジ科の鳥。キジに似るが、全体光沢のある赤銅色で、背・胸・腹に黒白のまだらがある。尾羽はきわめて長く、竹節状の横帯がある。雌は雄にくらべて地味で、尾羽は短い。雄は翼で胸を打ち、「ドドド」と音を出し、これを「ほろを打つ」という。雄雌は峰をへだてて寝るといい、古来、「独り寝」の枕詞である。一番有名なのは「人麿」作ということで『拾遺和歌集』に載った（七七八）「あしひきの山鳥の尾のしだり尾の、長々し夜を独りかも寝む」。まあ、そういうわけで、「肘掛けにもたれかかって、枯れ季節、山鳥の尾のしだり尾を飾りたてた冠を頭に載っけて」。いいえ、つまり漢の時代の武官の心意気。隠者だなんて、そんな。

どうやら、これが前歌「思ひ痩せに痩せ候」からの「わたり」の根拠らしい。なにしろかまどに火がなく、冷え切ったものしか食べていないのだから、痩せもするわけです。

なんともおもしろいことに、『廣漢和』は、「寒炉」の項に、唐の李益の「雑曲」からということで、

　愛如寒炉火　棄若秋風扇　愛すること、寒炉の火のごとく、棄つること、秋風の扇のごとし

なんと、なんと、次歌「扇の陰で、目をとろめかす」への「わたり」の根拠がこの漢詩文に見えるではないか。

人が人を、と補って読めばよく分かる。人が人を愛するということは、冬のいろりに火があるようなもので、人が人を棄てるということは、秋風が吹くと、扇がいらなくなるようなものである。

李益の詩では、「寒炉」は「冬のいろり」である。そこで、「いろり」を「かまど」に読み替えて、権兵衛の引く能の小段を読むとすると、「寒竈」はどうか。「冬のかまど」と意味をとると、次行の「春の日」にかからない。だから「煙絶えて」と意味が重なるところがあるが、ここは「火の気のない、さむざむとしたかまど」と読む。

「春の日」は「日が長い」印象を作る。だから、二行目は「日が長くなった春の暮らしは、とても苦しい」と読む。

そこまではよいのだが、問題は三行目で、「迷室」とはなにか。まだ自分で調べてはいないが、能の台本にもいろいろ書いてあるそうで、なにしろ「迷室」は読み手を迷わせる。「迷室」は、ここでは措くとして、この一行、「灯火もままならない状態で、秋の夜は、ますます深い」と読む。

＊ほんと、まあ、かまどに煙は上らず、どうやって食べていこうか、長い春日をもてあます。灯火もままならず、秋の夜は、なおのこと深い。こんなにまずしく、おちぶれてしまっては、以前付き合いのあった人たちも、だんだんと足が遠のく。親しくしていた人たちがそうなのだから、ましてこれまで付き合いのなかった人たちが訪ねてくるなどということはまずない。世間は狭いという。その狭い世間に隠れひそむわたしどもは山の奥深くに住んでいる。だからといって、風流心があるわけでもなく、狭い道を覆い隠す草に埋もれて、ようやく生きている。草葉の露が乾くまでのはかない人生であることよ。

90　扇のかけて

扇の陰で、目をとろめかす、
主あるおれをなんとかしょうか、
しょうか、しょうか、しょう

扇のかけて目をとろめかす
ぬしあるをれを何とかし《(せ)》ようか
しようか〳〵しよう

「とろめかす」は動詞「とらく」が「とろく」と変化したものの語幹「とろ」に、接尾辞「めかす」をつけたかたちと思われる。

『枕草子』五三段に、「くらうとのいみしくたかくふみこほめかして」と見える。この「ふみこほめかして」は「踏みこほつ」に「めかす」をつけたかたちではないかと思われる。「こほつ」は「音を立てて壊す」意味だと紹介されるが、もともと「コホコホ」という擬声語に「打つ」をつけたかたちとみられ、「ガタガタと打つ」の意味だったらしい。室町時代に入ると「こぼつ」と発音されるようになる。「蔵人が、とても大きな音を立てて、床に足を打ちつけるようにして歩いて」と清少納言は非難している。

「とらく」は物が離れてバラバラになる、かたちがくずれて溶ける様子をいう。「目をとろめかす」は「目のかたちがくずれて、とろけてしまいそうなめつきをして」という意味になる。

「なんとかしょうか」の「しょう」は、「なにせうそ(55)」に「なにせうぞ、くすんで」と、「せう」のかたちで書かれている。「せう」も、発音は「しょう」だよと、権兵衛は教えてくれる。

助動詞「う」は「む」の変化で、権兵衛にとってもむかしは「なにせむぞ」といっていたのが「なにせうぞ」、「なにとかせむか」といっていたのが、「なにとかせうか」と変化して、発音も「なにしょうぞ」「なんとかしょうか」に変わったということである。

＊扇をかざして、そんなふうに目をとろとろさせて、なんか気があるふうで、亭主のいるこのあたしをなんとかしょうっていうのかい、なんとかしょう、しょう、しょうって。

91　たぞよ、おきやうこつ

たぞ《(そ)》よ、おきょうこつ、
主ある我を締むるは、喰ひつくは、
よしや、じゃるるとも、
十七八の習ひよ、十七八の習ひよ、
そと、喰ひついて給ふれ、のう、
歯形のあれば、顕はるる

たそよおきやうこつぬしある我
をしむるハくひつくハよしや
しやるゝとも十七八のならひよ〱
そとくひつゐてたまふれなう
はかたのあれはあらはるゝ

「きやうこつ」は「軽忽」「軽骨」と漢字をあてるが、「忽」も「骨」も意味はない。音をあてただけである。ふるまいが軽々しいことをいう。また、その人をいう。

＊だれよ、軽々しいったらありゃしない。あたしゃ、亭主持ちよ。だれよ、あたしに抱きつくのは、噛みつくのは。いいわよ、いいわよ、じゃれたって。十七、八歳のころってそうだもの。だけど、噛みつくのも、そっとしてね。歯形がついたら、亭主にバレちゃう。

92

うからかひたよ

浮からかひたよ、みしなの人の心や

うからかひたよミしなの人の
こゝろや

「ミしな」は水戸彰考館蔵本に「よしな」と書かれているという。書かれているという、というのは、まだ、わたし自身、見ていないので。「よしな」を採るとすれば、「よしなし」の語幹の「よしな」を名詞的に使った表現である。

「よしな」については、序歌に「なかなか、よしなや」と用例がある。そこの注釈をごらんいただきたいが、そこでは「これは、もう、どうしようもない」と、「よし」が「手段・方法」をいうばあいと解した。「八代集」では、ただ一例、『古今和歌集』に出るが、それも同じケースと読んだ。

それが、『更級日記』に見られる用例の「よしなし心」は、「物語にある光源氏」を空想していた若いころの心の持ちようのたわいなさをいっている。この小歌の「よしなの人の心」がそこに通うのではないだろうか。

＊浮かれさせてやりました。なんとたわいもない男ども。

Ⅳ 人の心の秋の初風

町田本『洛中洛外図屛風』より桂川(左隻第6扇上)

93　軒端の荻

人の心の秋の初風、告げ顔の、軒端の荻もうらめし

人の心の秋の初風つけかほの
軒はの荻もうらめし

「軒端の荻」の「荻《おぎ》」に「はき」と読み仮名が振ってあるからといって、これを「萩」と読んでふしぎがることはない。だいたいが、いままで見てきて、振り仮名の主は、わたしは信用していない。「荻」は、たしかに字は下手だけれども、次歌の「下荻」とくらべても、「荻」と読んでなんの問題もない。

曾良《そら》の『旅日記』に、大垣を出立して、船中、芭蕉の一行は連句をものして、

木因《ぼくいん》の秋の暮行くさきざきの苫屋哉

に芭蕉がつけて、

萩に寝ようか荻に寝ようか

これは理屈っぽいと思う。芭蕉の一番悪いところが出ている。禾偏と獣偏のダジャレでしかない。

この小歌は、『源氏物語』「夕顔」の段に紫式部がいい調子で書いている、空蟬なる女性と、その夫伊予介《いよのすけ》の先妻の子「軒端《のきば》の荻《おぎ》」、このふたりと源氏が関係をもつという話を踏まえている。式部は「軒端

の荻」などという名前を工夫したわけではない。この女性は、空蝉に対して「片つ方」とか「片つ方人」と書いている。その「片つ方」へ源氏が歌を贈った。

　　ほのかにも軒端の荻を結ばずは、露のかことを何にかけまし

この歌から後代が式部は「片つ方」とおもしろく呼んでいるのを「軒端の荻」などとつまらなく呼ぶようになったというだけのことである。「軒端の荻」などと呼ばれて、女性がうれしがるわけはないではないか。

式部が書くには、源氏はもしや小君《こぎみ》にあずけてとどけさせたこの歌が、「片つ方」のもとへ、そのころ通っているという噂の蔵人《くろうど》の少将にみつかったらどうしよう。まあ、いいか、わたしからのだと分かれば、勘弁してくれるだろう。なんといやらしい、おごりたかぶって。かわいげがないと式部は源氏を突き放している。

一方、「片つ方」は、たまたま源氏の歌を蔵人の少将のいないときに見た。そうして、「心うし」と思った。けれども、このように歌をお寄せくださるのもお心がおありからなのだろうと思い直して、返事の歌を、上手下手はともかく、お歌をいただいてすぐ作りましたと口実をもうけて、源氏に贈った。

　　ほのめかす風につけても下荻の、半ばは霜に結ぼほれつつ

なんと、なんと、権兵衛が次に構えた小歌への「わたり」の根拠がこの歌に見えるではないか。そこで、ここで次の小歌を紹介したい。

94　下荻の末越す風

そよともすれば、下荻の、
末越す風をやかこつらん

そよともすれは下荻のするゑ
こす風をやかこつらん

宮内庁書陵部蔵本の「するゑこす」の「ゑ」はかなり読みにくい。ようよう「衛」のくずしで、それもかなりの変体字だと分かった。他の写本では、分かりやすい文字体で書いてあるのだろうか。『さごろも物語』に「下荻の末越す風」の文言が見えるという指摘もあるが、ここは、前の小歌との関係で、「軒端の荻」と「下荻」との掛け合いで、権兵衛のこのふたつの小歌は『源氏物語』「夕顔」の段を本歌にとっている。

そこで、本歌の方だが、まず、

ほのかにも軒端の荻を結ばずは、露のかことを何にかけまし

「軒端の荻」は「軒下に生える荻」をいう。同じ『源氏物語』の「夕霧」の段、夕霧が落葉宮《おちばのみや》にしつっこく言い寄っているあたりに、

おきはらや軒はの露にそほちつゝやへたつきりをわけそゆくへき
わけゆかむ草はの露をかことにてなをぬれきぬをかけんとやおもふ

と、ふたりの歌のやりとりが見られる。

荻原や、軒端の露にそぼちつつ、八重立つ霧を分けぞ行くべき
分け行かむ、草葉の露をかことにて、なお濡れ衣をかけんとや思ふ

荻原に、一軒家がぽつんとあって、その家の屋根の軒端にとどこうかというほどに、荻が旺盛に茂っている。そういう景色を想像しろということで、「軒端の荻」というのはそういう現実をいう。「かこと」は「託言」と漢字をあて、「かこつけごと、言い訳、弁解」といった意味分野と「恨み言、愚痴」の意味分野が重なっている。

こうしてわたしの衣は濡れていて、それは軒端の荻の茂みに分け入ったからだと弁解しましょう。ところがあなたとの仲はすこしも結ばれていない。ほんのすこしも結ばれていないということになれば、いったいどのように、露に濡れた恨み言をあなたにいえばいいのでしょうねえ。

「片つ方」の歌の方は、

ほのめかす風につけても下荻の、なかばは霜に結ぼほれつつ

は、なんとも当意即妙に仕上がっていて、源氏が「片つ方」に手を焼いたふうに式部が書いているのが納

得できる。

あなたはわたしに対して、なにやらご好意をお持ちだと、しきりにほのめかしていらっしゃいますが、わたしなどは軒下の荻、腰から下は、もう、ほとんど、霜に凍っておりますよ。

そこで、ようやく権兵衛の歌にもどって、

人の心の秋の初風、告げ顔の、軒端の荻もうらめし（93）

＊秋風が吹いた。あの人の心にも秋風が吹いた。秋風が吹いたよと、さやさやと風に揺れている軒下の荻の茂みのやつ、お節介な。けれど、軒端の荻にかこつけて、さて、いったいどう恨み言をいえばよいのだろう。

そよともすれば、下荻の、末越す風をやかこつらん（94）

＊軒下の荻が風にそよぐ。葉末をなぶる風に、なにか恨み言をいいたいのだろうか。どうもそうは思えない。かってになぶらせているだけなのだ。

推量の助動詞「らむ」は、あんがいと確信の度合いは低いとたいていの古語辞典に書いてあります。

95　夢のたはふれ

夢の戯れ、いたづらに、
松風に知らせじ、
槿は日に萎れ、
野草の露は風に消え、
かかるはかなき夢の世を、
現と住むぞ、迷ひなる

夢のたはふれいたつらに松
風にしらせし槿は日にしほ
れ野草の露ハ風にきえかゝる
はかなき夢の世をうつゝとすむ
そまよひなる

「槿」は「むくげ」あるいは「あさがほ」をいう。宮内庁書陵部蔵本には「あさかほ」と読み仮名が振ってある。

「野草」にも「のくさ」と振り仮名が見えるが、これは「ののくさ」と読んだ方がいいとおもうが、いずれにしても、これは、鎌倉時代以降に登場した田楽法師の能の台詞らしく、猿楽能以前の能の台詞ということで、だからそのあたりを踏まえて、読みをつけていかなければならない。江戸時代のおそらく後期の『閑吟集』の写本に、写本の筆生より後代の手跡で入っている振り仮名に負ぶさるのは控えたほうがよい。

「夢の戯れ」は美しい表現だが、どうも文脈がとれず、読みにくい。『落窪物語』の第四部の、「四の君」の縁談をめぐって、物語が佳境に入ったあたりに、左大臣道頼が、物語全体のヒロインである「女君」をいかに愛しているかを「少将」＝三郎君が語る場面がある。

「内にまいり給ひても、后の宮の女房たち、きよげなるに、たはぶれに目見入れ給はず」。とにかく、夜中だろうが、明け方になっていようが、まっすぐ家に帰る。この「女君」のばあいこそが、女が男に思われるということのためしです。

この文脈での「たはぶれに」は、「あそびとして」とか、「冗談に」とかの意味取りはあたらない。「かりそめにも」という言い換えがよいだろう。

「夢のたはぶれ」は、この文脈になじむ。「夢に見たかりそめ事」ということで、「かりそめの夢」と言葉を置き換えて読んでもよい。

＊かりそめの夢を松風に知らせるなどということはよしなし事だ。松風に頼んでふれ回ってもらおうなんて、意味のないことだ。だいたいがこの世ははかない夢の世なのだから。槿の花は一日でしおれ、野の草に置く露は風が吹けば乾く。現の世と思って住んでいること自体が錯覚なのだから。

「夢の世」と「うつつと住む」の対応は、すでに「くすむ人（54）」に、「夢の世」と「現顔《うつつかお》」の対応ということで、権兵衛は書いている。

96　ただ人は情あれ

ただ人は情けあれ、
槿の花の上なる露の世に

たゝ人ハ情あれ槿の花の上なる
露の世に

「ただ」は、そうせよと強くいうとき、「ともかく」といった語意を作る。それが、すでにご案内したように、「なにせうそ（55）」では、「ただ、狂人」と、へんてこな言いまわしになっている。それは、だから、「狂人」を、写本の読みとして、「狂へ」と読めばよいのだが、なんともこの「人」の字は「へ」とは読めない。「狂人」でもよい。そんなことをご案内した。

＊ともかくだ、人は情けがあって欲しい。槿の花に降りた露のように、はかない世の中なのだから。

「くすむ人（54）」の注釈にご案内したように、「ただ人は情けあれ」の文句は、「ただ人は（114）」に再現し、「ただ人には馴れまじもの（119）」まで、権兵衛は「なさけ」変奏曲をかなでている。

97　秋の夕べの虫の声々

秋の夕べの虫の声々、
風打ち吹いたやらで、淋しやなふ

秋の夕の虫のこゑ〳〵風うち
ふひたやらてさひしやなふ

能『野宮《ののみや》』の台詞に、「秋の花みな衰へて、虫の声もかれがれに、松吹く風の響きまでも、淋しき道すがら、秋の悲しみも果てなし」と見える。権兵衛は「あるる野の宮（158）」と「野の宮の森の木からし（159）」に『野宮』から小段をふたつ、引いているが、その前者に引用した方が、「その長月の七日の日」と、季節を教えてくれる。陰暦九月七日は、いまの暦で、二〇一一年の今年、十月三日である。「虫の声もかれがれに」は、虫の声も間遠になってということで、どうだろうか、権兵衛の小歌の本歌を『野宮』にとってよいだろうか。

＊風が吹いてきた気配で、虫の声も間遠になった。秋の夕べは淋しいなあ。

98　手枕の月

尾花の霜夜は寒からで、
名残り顔なる秋の夜の、
虫の音も恨めしや、
手枕の月ぞ傾く

尾花の霜夜ハさむからて名
残かほなる秋の夜の虫の音も
うらめしやたまくらの月そかたふく

『万葉集』巻十に「尾花」と「手枕」を歌い込んだ歌がある。

左小壮鹿之　入野乃為酢寸　初尾花　何時加妹之　手将枕（二二七七）

ごらんのように、「尾花」はともかく、「手枕」は熟語になっているわけではない。この歌は「さ牡鹿の、入野《いりの》のすすき、初をばな、何時しかいもの、手を枕かむ」と読む。ただし、この読みだと字足らずになる。「いつしかいもの」「てをまかむ」なのだから。だから別の読みもあるということで、「いづれの時か、妹が《(ママ)》手まかむ」というのだという。それは、だから、「手を枕かむ」の「枕」を「まくらかむ」と動詞として読もうという態度だから、別の読みではということになるのであって、「枕」は巻四に出るが、それは名詞としてである。

吾背子者　不相念跡裳　敷細乃　君之枕者　夢所見乞（六一五）

これは「わがせこは、不相念とも、しきたへの、きみのまくらは、ゆめにみえこそ」と読むのだと思う。「不相念」は「あいおもはずとも」と読まれているようだが、これでは字余りになる。それでもよいのだろうか。笑ってしまうのは、「きみのまくら」を「せめて思い出の枕」と読んでいらっしゃる方がいる。それでもいいけれど、ここは枕にしていたあなたの腕でしょう。もしなにか頭を載せる物は枕で、頭を載せる行為を「まく」というのだったならば。

巻十四に「やまとめのひざまく」という言いまわしが出る。

宇知日佐須　美夜能和我世波　夜麻登女乃　比射麻久其登尓　安乎和須良須奈（三四五七）

これは「うちひさす、みやのわがせは、やまとめの、ひざまくごとに、あをわすらすな」と読む。大和の朝廷で宮仕えしているあなた、大和女の膝に頭をのっける度ごとに、どうぞわたしのことを思い出しなさってください。「ひざまく」とか「うでまく」とかは、こういうふうにつかわれた言葉遣いだったらしい。

それが紫式部や清少納言が物語やエッセイを書くのにはげんでいた頃合い、一条天皇の御代に編集された『拾遺和歌集』巻十四にこういう歌がある。

あさねかみ我はけつらしうつくしき人のた枕ふれてし物を（八四九）

これは「朝寝髪、我はけずらじ、美しき人の手枕、触れてしものを」と読む。「けずらじ」は髪を「くしけずる」ことをいっている。漢字をあてるとすれば「梳る」である。冒頭の「花の錦の」の注釈をごらんねがいたい。大伴家持が任地先から妻にあてたというスタンスで作った長歌に、おまえと別れたあの時は、なにしろ「朝寝髪、掻きも梳らず」というていたらくだったよなあと、親愛の情をフルにこめて書いていることを紹介した。

こちら『拾遺』の歌人は、くしけずるなんてするもんですか、わたしのいとしいお方の手枕がふれたこの髪の毛を、と、フェティシズムをやっている。フェティシズム論議はともかく、この歌のばあい、「手枕」は「うつくしき人」の腕である。「手枕」というものをそのように解釈したということで、この解釈は『万葉』の「やまとめのひざまく」に対抗している。ひざまく、ではなくて、うでまく、と応用編ではっきりするわけで、頭をのっけるのは男が女の膝あるいは腕にである。ところが『拾遺』の歌人は男の腕に女の頭を載せている。女の髪が男のむきだしの腕にさわる。女はその漆黒の髪を男の記憶に大事にしたいと歌う。

『万葉』の「いつしかいものてをまかむ」はどちらか。いとしい女の手をまきたいものだといっている。「まく」に「枕く」の漢字をあてている。こちらの気づかないうちに、名詞である「枕」を動詞に動員して、「まくらかむ」などと校注者は読み仮名をつけている。まあ、ここは、いつかはいとしいあいつの腕にこの頭をのっけたいものだ、というほどの意味合いでしょうねえ。

『千載和歌集』は『拾遺和歌集』より二世紀あと、後白河院の時代の編集である。なにしろ巻十六の周防内侍《すおうのないし》の百人一首歌がいい。そのまた前詞がいい。「手枕」をすっきり説明している。二月のこと、みんな集まって夜更けまでおしゃべりしていた。周防内侍は眠くなって、横になって、枕がないかなとひと

りごちたら、御簾《みす》の下から腕が伸びてきて、これを、という。大納言藤原忠家の頓智だった。歌は、

春の夜の夢ばかりなる手枕に、甲斐なく立たむ名こそ惜しけれ（九六四）

だから手枕は男の腕に女が頭を載せることをいうのですよと、周防内侍が解説してくれている。

これで決定かなと思うのだが、それが巻三の藤原基俊の歌は、

風に散る花橘に袖染めて、我思ふ妹が手枕にせむ（一七二）

だからこれは、橘の香りが染みた袖を、いとしい妻の手枕の代わりにしようと歌っているのであって、手枕は枕として差し出す方の手をいうのだという。

『新古今和歌集』の巻四には、読みに問題があった『万葉』巻十の歌が、すっきり改造されて載っている。

さ牡鹿のいる野のすすき初尾花、いつしか妹が手枕にせん（三四六）

「いつしかいものてをまかむ」が、つまりこういう趣旨なのですよと、あっさり解説されていて、「初尾花」までは妹が初々しいということをいう前詞なのですよ。そのいとしい妻の腕を枕に、はやく寝たいものだと、こういっているわけですよ。ほんとうかな。

だから、『万葉』から『新古今』へ伝承された「さ牡鹿の入野のすすき」の歌が、権兵衛の歌の本歌であったとしても、ススキに霜が降る寒い夜も、あなたが添い寝してくれているのだから寒くはない。秋の夜がだんだんと更けて、きぬぎぬの別れの時も近づく。明け方に近いのにまだ虫の音がすだく。なんとも

恨みがつのる。わたしの腕のなかのあなたの頭越しに見える月も東の空に傾いた、と、こう読みたいのだが、問題は「手枕」で、いったいどちらの腕が枕なのか。まあ、いいか。まさか一晩中、女の腕に男が頭をのっけていられるわけはないではないか。だから、「手枕」は「逢瀬の夜」と読むことにしよう。

薄

99

風破窓を篵て

風、破窓を篵《ひ》て、灯消えやすく、
月、疎屋を穿ちて、夢なり難し、
秋の夜すがら、所から、
物凄まじき山陰に、
住むともたれか白露の、
降り行く末ぞ、あはれなる、
あはれ馴るるも山賤の、
友こそ岩木なりけれ、
見ぬ色の、深きや法の花心、
深きや法の花心、
染めずはいかが、いたづらに、
その唐衣の錦にも、
衣の玉は、よも掛けじ、
草の袂も露涙、
移るも過ぐる年月は、
廻り廻れど、泡沫の、

風破窓を篵て灯消やすく
月疎屋をうかちて夢なり
かたし秋の夜すから所から物
すさましき山陰にすむとも
誰かしら露のふり行すえそ
あはれなる哀なるゝも山か
つの友こそ岩木なりけれ
見ぬ色の深きや法の花心〱
そめすハいかゝいたつらに其から
衣のにしきにもころもの玉ハ
よもかけし草の袂も露涙
うつるも過る年月ハめくりめくれ
とうたかたのあはれむかしの
秋もなし

あはれ、昔の秋もなし

金春禅竹の能『芭蕉』の一小段の転記である。

この能は、法華経にいう「草木成仏《そうもくじょうぶつ》」の功徳を歌うもので、前シテの里の女が、後段、芭蕉の精として後シテの役をつとめる。その前シテの里の女が、数珠と木の葉を持って登場して、「芭蕉に落ちて松の声、芭蕉に落ちて松の声、あだにや風の破るらん」と歌い、つづけてレシタティーヴに歌うのが権兵衛の引用した小段である。

「簸て」の「簸（ひ、あおる）」は、「箕《み》」に「皮」を書いて、箕で煽って、穀物のぬかや塵を取り除く作業をいう。

「所から」はやっかいだが、『枕草子』の一五六段（一六一段とする意見もある）に「秋になりたれど、かたへだに涼しからぬ風の、ところからなめり、さすがにむしの声などきこえたり」と見える。「かたへだに」は、『古今和歌集』の歌を受けて、この場所は片側さえも涼しくないと、清少納言は文句をいっている。まあ、場所が場所だからしょうがないか。清少納言は、よほど奥まって、風の吹き通らない部屋にいたにちがいない。

「あはれなる哀なるゝも」の「哀」は「表」とも読める。書陵部蔵本の写本はそれほどあいまいな書き方をしているということで、それは初行の「簸て」の「て」についてもいえて、どう見てもこれは「〱」あるいは「くの一字」としか見えない。おそらく「天」のくずしをぞんざいに書いたものらしいが、そのばあいは「く」は「人」のくずしであって、「天」の二本の横棒を、たとえチョンチョンと書くだけにせよ、ともかく「人」の上にのせなければ「て」とは読めない。

「山賎」は、これは「山か川」と書いていて、なにしろゆかいだが、ともかくも「やまかつ」と読めて、めでたくおさまる。「やまがつ」と濁って読む。里山からさらに山の奥に入ったところの住人をいう。

『わが梁塵秘抄』の「やまふしのこしにつけたる」の段をごらんください。

「唐衣」と「衣の玉」は、同じ「衣」の字をあてながら、前者は「からきぬ」、後者は「ころものたま」と、こういうのは解説に苦労します。

＊風が破れた窓をバタバタと煽って、風に煽られて灯火が消えてしまう。建て付けの悪いボロ屋なものだから、月光が遠慮なく差し込んで、なかなか眠れたものではない。秋の夜に、こんなところに、凄まじいまでの山奥に、わたしが住んでいるなんて、だれも知らないだろう。白露が降って、露が乾いて、そんな哀れな人生だ。山里の暮らしにも馴れて、岩石や樹木を友として生きている。まだ見ることはできないでいるが、ありがたいお経の法華経は、深い仏法の花を蔵しているという。その花の色を見たい。そうは思うけれど、その色をわが心に染め付けなければ、いくら唐錦《からにしき》の衣裳を身にまとっても、衣裏《えり》の玉《たま》という、衣裳の裏に玉の飾りがついていなくては、なんにもならない。唐衣《からぎぬ》どころか、草衣をまとった姿で、露に打たれ、涙に濡れて、長い年月を経た。年月は廻り廻って、うたかたに過ぎた。いまさら、昔の秋よ、もどれといってみたところで詮ないことだ。仏の結縁《けちえん》を得ないまま、時はすぎてしまった。いまさら、昔の秋よ、もどってくれといってみたところで詮ないことだ。

こちらは世阿弥の作という『姨捨《おばすて》』は、段々と進んで、最後の小段に入る、そのひとつ手前の小段で、シテの白衣の老女が「昔恋しき夜遊の袖」と「序の舞」を舞い始める。そうして高い調子で、「我が心、なぐさみかねつ更級や、姨捨山に照る月を見て、照る月を見て」と歌い、声を抑えて、「月に馴れ、花に戯るる秋草の」とつないで、「露の間に、露の間に、なかなかなにしに顕れて」と、最後の小段を、レシタティーヴに歌う。

露の間に、露の間に、なかなかなにしに顕れて、胡蝶の遊び、戯るる舞の袖、返せや返せ、昔の秋を、思い出たる妄執の心、やる方もなき、今宵の秋風、身にしみじみと、恋しきは昔、忍ばしきは閻浮《えんぶ》の、秋よ友よと、思居れば。

100　月も仮寝の露の宿

惜しまじな、月も仮寝の露の宿、
月も仮寝の露の宿、
軒も垣穂も古寺の、
愁へは崖寺のふるに破れ、
神は山行の深きに傷ましむ、
月の影も凄まじや、
誰か言つし、蘭省の花の時、錦帳の下とは、
廬山の雨の夜、草庵のうちぞ、思はるる

おしましな月もかりねの露
の宿〳〵軒もかきほも古寺
のうれへハ崖寺のふるにやふれ
神ハ山行のふかきにいたまし
む月の影もすさましや誰か
いつし蘭省の花の時錦帳
のもとゝハ廬山の雨の夜草
庵のうちそおもはるゝ

これも能『芭蕉』からの転記である。

前歌に転記した小段を受けて、前シテの里の女とワキの庵室の主の僧とが問答をくりひろげる。その段の最後の小段がこれで、シテとワキが声を揃えて、高い音域で歌う。

「惜しまじな」は、そこまでの問答の最後のシテとワキの掛け合い、「一樹の蔭の」「庵の内は」を受けて、「惜しまじな」で、だから「庵室に入るのを拒んだりしないでくれ」というほどの意味になる。

「うれへは崖寺のふるにやふれ、神は山行のふかきにいたましむ」は、どうもよく分からない。杜甫の詩「法鏡寺」に「神傷山行深　愁破崖寺古」と見えるという。これが本歌かとされているのだが、この読みはこれでよいのだろうか。例によって後代の手跡の読みかなが「たましひ」と付いているのいうので、諸家は「神《しん》」を「たましい」と読んでいるが、「こころ」ではないか。

杜甫の五言古詩「太子張舎人遺織成褥段（太子の張舎人、織成の褥段を贈る）」に、

客云充君褥　承君終宴栄
空堂魑魅走　高枕形神清

の四句が見える。

太子舎人の張なにがしが客にきて、緑色の絨毯をくれた。風濤の図柄に鯨が、小魚どもを引き連れて泳いでいる。「客がいうには、これを君の敷物にして、君が憩うている間中の用にあてていただきたいのです。部屋に闇の化け物が走りまわろうと、ゆっくりお休みになれ、身体も心もすがすがしくなりますよ」。

「形神」は熟した言いまわしで古くからあり、『廣漢和』の紹介では、『列子』「仲尼《ちゅうじ》」に「顧視子列子形神不相偶　而不可与羣」と見えるという。

「ふる」が分からない。能の詞書を見ると、本によって、あるいは「古《フル》」、あるいは「古《ふ》る」と読んでいる。本歌の「古《こ》」を「ふる」と読んでいるのだから、それでよいではないかとは思うのだが、どうもなっとくできない。

「山行のふかきにいたましむ」も分からない。「山行のふかきにいたむ」なのではなかろうか。

「蘭省の花の時、錦帳の下」と「廬山の雨の夜、草庵のうち」の対句は白居易（楽天）の詩に出るが、

これは清少納言が『枕草子』に軽妙洒脱に引いている。同時代人の藤原公任《きんとう》が『和漢朗詠集』に取り込むよりも早い。白居易は九世紀半ばに逝った晩唐の詩人である。清少納言や紫式部、藤原公任にとっては現代文学だ。

話はその公任、行成《ゆきなり》、俊賢《としかた》とともに後世「四納言《しなごん》」と呼ばれることになる斉信《ただのぶ》が清少納言は生意気だと思って、ためしにかけた。七八段で、斉信は「頭中将《とうのちゅうじょう》」と呼ばれている。左近中将であり蔵人頭《くろうどのとう》だったからである。

炭櫃《すびつ》もとに居たれば、そこにまたあまた居て、物など言ふに、なにがしさぶらふと、いと華やかに言ふ。あやし、いつのまに、なに事のあるぞと問はすれば、主殿寮《とのものりょう》なりけり。ただここもとに人伝《ひとづて》なで申べきことなん、と言へば、さしいでて、いふ事、これ、頭の殿の奉らせたまふ。御返事《おんかへりごと》とく、と言ふ。いみじく憎み給に、いかなる文ならんと思へど、ただいま急ぎ見るべきにもあらねば、去ね、いま聞《きこ》えんとて、懐に引き入れて、なをなを人の物言ふ、聞きなどする、すなはち返《かへ》りきて、さらば、そのありつる御文を給はりてこ（来）、となん仰らるる、とくとく、と言ふ。かいをの物語なりや、とて見れば、青き薄様にいと清げに書き給へり。心ときめきしつるさまにもあらざりけり。蘭省花時錦帳下と書きて、末はいかに、いかに、とあるを、いかにかはすべからん。御前おはしまさば御覧ぜさすべきを、これが末を知り顔に、たどたどしき真名《まな》書きたらんも、いと見ぐるし、と思ますほどもなく、責め惑はせば、ただその奥に、炭櫃に消え炭のあるして、草の庵《いほり》をたれか訪ねん、と書きつけて、とらせつれど、また返事も言はず。

斉信は清少納言の文才をためそうと、青色の薄紙に「蘭省花時錦帳下」と達筆に書いたのだけを届けさせた。これの対句を知っているかという謎かけである。少納言は、はじめ、この手の事柄についてはまず相談相手の中宮定子が外出中ということもあり、また女の身で、字の上手下手はともかく、漢字書きなどしてよいのかどうか、思い惑ったが、斉信の方がしきりにせっつくものだから、一計を案じて、筆ではなく、消し炭で、七言詩ではなく、和歌の下句のかたちで、「草の庵をたれか訪ねん」と書いたのを返した。これほど返事をせっついた斉信だというのに、清少納言の返事に対して、なかなか反応がなかった。これがお答えですよ、今度はあなたの方が、わたしのスタイルに合わせて、上の句を返してくださいという謎掛けをやったつもりだったが。というわけで、以下七八段はさらに延々とつづくのである。

おもしろいのは斉信の謎掛け、少納言の返事について、白居易の「あまりにも有名な句」だというのにと不審のまなざしを向けている評釈者がいる。わたしには分からない。これが謎掛けあるいは問答の文学形式として立派に成立していたと見てこそ、当時の知識人たちの状況は推し量れるのでないかとわたしは思う。また、数世紀あとの『閑吟集』の作家がこの「あまりにも有名な句」をどこで見たか。本歌取りの問題についても、もちろんそれは『和漢朗詠集』ですよ。それとも『白氏文集《はくしぶんしゅう》』のなにかの版本かなと捜すのも結構だが、『枕草子』はどうなのか。そのあたりのこともぜひ検討の俎上に載せていただきたいと思う。

＊どうぞ庵室へ入れておくれ。見たところ、屋根も壁も隙間だらけで、月が遠慮なく入り込み、仮寝の夢を結ぶ、ささやかなお宿ではないですか。軒も垣根も、なんとも古びていて、これは、あれですよ、

前にどこかで読んだが、杜甫にありましたよ。崖の寺があまりにも古びているので、わたしの心は愁いどころか憂いに破れる思い。なにしろあまりにも山奥なものだから、とぼとぼと道を行けば、心に痛みを覚えるほど。月が、また、煌々と照っている。なおのこと、憂いが心に沁みる。だれの言だったか、むかし尚書省の役人だった時は、錦帳《きんちょう》の下にあった。そうだ、思い出したよ、白楽天だよ。蘭省の花の時、錦帳の下、廬山の雨の夜、草庵の下ってねえ。むかしは錦のとばりを張り巡らせて、栄耀栄華を尽くしていた。それが、どうですか、見たところ、廬帳《ろちょう》の下、ではないですか。天幕ばりの仮住まいのようなものではないですか。廬山なんて、陶淵明ばりの風流をいいたいのかもしれないが、しょせんは雨がびしゃびしゃ降る山の中のボロ小屋ではないですか。

101　暁寺の鐘

ふたり寝るともうかるべし、
月斜窓に入る暁寺の鐘

ふたりぬるともうかるへし月
斜窓に入暁寺の鐘

「うかるべし」は動詞「うかる」の終止形に、推量の助動詞「べし」をつけたかたちである。形容詞「うし」をともなう、なんらかの語形ではない。「うかる」の用例は、西行の歌が『新古今和歌集』巻第十六雑歌上に見える（一五三二）。

　月を見て心うかれしいにしへの、秋にもさらにめぐり逢ひぬる

　これは『山家集』に収められていて（三四九）、『山家集』にはもう一歌、やはり秋の歌に（四〇四）、「うかる」の用例が見える。

　さらぬだにうかれてものを思ふ身の、心をさそふ秋の夜の月

『源氏物語』「葵」の巻で、紫式部は、六条御息所《ろくじょうのみやすんどころ》の生霊が物の怪となることを書く段に、あの葵の上との「車争い」の事件のあと、「一ふしにおぼしうかれにし心しづまりがたうおぼさるるけにや」と書いている。「一ふしに」は「ひとふしに」、そのおりから。

『源氏物語』には、もう一個所、「うかる」の用例が見える。「真木柱《まきばしら》」の巻の中段、玉鬘《たまかずら》に夢中になった鬚黒大将《ひげくろのたいしょう》を見限って、北の方は、娘真木柱ほか、こどもたちを連れて実家の式部卿宮家へ帰ってしまった。鬚黒は宮家へ赴くが、宮家側は、娘真木柱を鬚黒に会わせようとしない。そのくだりに、物語作家は、この件に関する北の方の両親の意見ということなのだろう、こう書いている。

　なにか。ただ時に移る心の、いま初めて変はり給ふにもあらず。年頃、思ひうかれ給ふ様、聞きわたりても久しくなりぬるを、いづくを、また、思ひ直るべき折とか待たむ。

『源氏物語』の二例については、「うかる」は「浮かる」と漢字をあてて、問題はない。六条御息所につ

いては、「その事件のおりに、思い、浮かれた心が、そのあと、なかなか静まらないという自覚がおありなのだろうか」と書いている。

真木柱の祖父母の考えについては、「以前から、婿殿があの女性を思い、浮かれているようだと聞いて、ずいぶんになるのに、なにをいまさら、いつ、婿殿は思い直してくれるのかと、その時を待つ気になろうか」と書いている。

心が浮かれ、みだれるのである。浮気の虫が騒ぐのである。

西行法師の歌は、なにかよく分からないが、みょうに説得的なところがある。

「月を見て心浮かれし古の、秋にもさらにめぐり会いぬる」は、「月を見て心が騒いだ昔の秋が、また、帰ってきたことであった」と読む。西行のばあい、「いにしえ」は、出家以前をいう。

出家する以前は、月を見ると、なぜか心が騒いだものだったが、仏門に帰依してから後というもの、そのような俗心のゆらぎは、わたしの知るところではなかった。それが、なんとしたことか、この秋、わたしは、ふっと、俗心に立ち返る時がある。

もうひとつ、『山家集』に載っている歌「さらぬだに浮かれてものを思う身の、心を誘う秋の夜の月」は、「ただでさえも、心が揺れて物を思うこのわたしの心を騒がせる秋の夜の月であることよ」と読む。

前歌との関連で、『山家集』の、その次に載せている四〇五番歌がおもしろい。おもしろいけれど、なんとも理屈っぽい。この臭みはどうだろう。

捨てていにしうき世に月の住まであれな、さらば心の留まらざらまし捨てていった現世に秋の月が懸かっていて欲しくない。もし月が懸かっていないならば、わたしの心が月にとらわれることもないわけだ。

なんとも身勝手な感想を述べている。わたしがいうのは、こういうのを身勝手というのである。

「うき世」の「うき」は形容詞「うし」の変化で、「うし」は『万葉集』から用例が見られる。『閑吟集』には、これまでのところ、13、50、63、64番歌に「うき世」、28番歌に「うきこと」、67番歌に「うき中垣」、74番歌に「世中のうきふし」の用例が見える。

「ふたりぬるともうかるへし」は、動詞「うかる」の用例の歴史のなかにあり、形容詞「うし」のそれのなかにはない。

後段の七言詩「月斜窓に入る暁寺の鐘」は元稹《げんしん》（『白氏文集』の編集人）の詩を写しているという。

＊なんか、漢詩文集に、月影が窓に斜めに差す明け方、遠く寺の鐘を聞くのがどうのこうのと書いてあるが、じっさい、女と一緒でも、明け方の寺の鐘を聞くと、なにか落ち着かない気分になるよね。ましてや、一晩、独りの床で、もんもんと過ごした明け方だよ。落ち着かないよ、まったく。

「うかる」と「うし」の関係について、関係というよりはそれぞれの意味取りについて、諸家はなにか誤解しているところがあるようだ。

『千載和歌集』巻第十四恋歌四の円位法師《えんいほうし》の歌がおもしろい（八七六）。

逢ふと見し、その夜の夢の覚めであれな、長き眠りはうかるべけれど

「うかるべけれど」は「うかる」に「べし」の変化形をつけたかたちである。このばあいの「うかる」は、わたしが目にした限り、その根本の意味合いに限りなく近づいた用例である。「うかる」は「かる」が語源で、「かる」は「離る」と漢字をあて、「離れる」を意味する。「魂魄遊離《こんぱくゆうり》」の状態をいう。

「長き眠りはうかるべけれど」は、もし漢字をあてるならば「浮かるべけれど」で、「眠りがながいと、魂が遊離する状態になるだろうけれども」の意味である。それでも、思わせ人に逢った夢は長く覚めないで欲しいと、円位法師の思いは深い。

「円位法師」は西行の法名で、西行は通称である。『千載和歌集』に入選した西行の歌はすべて円位法師の名前である。

それでおもしろいのは、この歌は西行の『山家集』一三五〇番に、「千載十四」と頭注されて、そのまま載っている。その後詞がおもしろい。

この歌、題も又、人に変りたることども、ありげなれども、書かず。この歌ども、やまざとなる人の語るに随ひて書きたるなり。されど僻事《ひがごと》どもや、昔今の事とり集めたれば、時折節違ひたることども。

この歌は、題も、また人も、変わっているところがあるように見えるが、そのことについては書かない。この歌などは山里に住む人が語っているところにしたがって書いたものである。だからどうでもいいことで、（この歌集は）昔の歌、今の歌を取り集めているのだから、歌によっては節まわしがちがっていることもあるのだ。

『山家集』が西行の作った歌だけではないことがこの後詞によっても分かるわけで、だいたいが、これにつづく一三五一番歌は、「この集をみてかへしけるに」と前詞を置き、「院の少納言のつぼね」と作者名が記されているのである。

「この歌」はどうなのか？　西行は、はっきり「この歌」と書いているが、とりたてて、この歌に「題」を立てているわけではない。強いていえば、その前歌と前々歌が「いとはまほしき」「いとはましうかりし」と「厭わしい」という感想辞を述べていることをいっているのかもしれない。ということは、この歌の「うかるへけれと」に「憂かるへけれと」と漢字をあてて読んでいることになるのか。

だから、おもしろいのは、わたしが見ている『山家集』の現代の刊本である「日本古典文学大系」本は、原本の写本には、仮名書きされているところに漢字をあてて、

逢ふと見しその夜の夢の覚めであれな長き眠は憂かるべけれど

と読んでいる。ごらんのように、「うかるへけれと」を「憂かるべけれど」と書いている。これは西行自身の『山家集』における読みを、そのように理解して、そう読んだということなのだろうか。

「この歌」もふくめて「この歌ども」は巷の人たちが語り継いでいるように書き写したというようなことをいっている。『千載』に入選したのは「円位法師」の歌で、だから人も変わっているし、歌の伝承についてはわたしは責任を持てないといっているのであろうか。なにしろおもしろい。話は『千載』と『山家集』、それに『新古今』三者の関係の書誌学的検討を促す方向へ向かう。

なお、「この歌」の「後詞」の紹介は、「日本古典文学大系」本の編集者の現代語版の表記をそのまま引いた。仮名書き文に起こすには、なにしろ踊り字表記のところがかなりあるはずで、そのあたりの気配が、

なにしろわたしは写本は見ていないので分からない。

南北朝時代、応安年間（一三六八～七五）の著述である『増鏡』の「第十五むら時雨《しぐれ》」に、

うかりける身を秋風にさそはれて、おもはぬ山の紅葉をぞみる

の一首が見える。この「うかりける」もまた、動詞「うかる」の用例のうちにある。

102　今夜しも

今夜しも、鄜《ふ》州の月、
閨中、ただひとり見るらん

今夜しも鄜州の月閨中たゝ
ひとりみるらん

杜甫の詩（「月夜」）から引いている。

玄宗天宝十四年（七五五）十月、杜甫は低い官位だが、ともかくも役人になった。それまでは求職中で、生活もままならず、妻子は奉先県の親戚に預けていた。ところが十一月に安禄山が反乱を起こし、十二月に洛陽を占領した。この不穏な情勢と関係があるのかどうか、よくは知らないが、杜甫は、翌年六月、家族を鄜州羌村《ふしゅうきょうそん》（鄜州は現在の陝西《せんせい》省富《ふ》県）に移した。同月、玄宗は長安を逃れて蜀に移った。太子亨《こう》が寧夏

省の霊武で即位した（粛宗）と聞き、霊武に赴こうとして途中で安禄山軍の捕虜になり、長安に連行された。翌年四月、脱獄して、粛宗の許へ赴くまで、杜甫は長安で捕囚の身をかこつ。

この二行の詩は、長安の捕囚となったその年の秋に作った五言律詩の冒頭の首聯からである。五言律詩については「鶏声茅店月（209）」をごらんください。

今夜鄜州月　閨中只独看
遥憐小児女　未解憶長安
香霧雲鬟湿　清輝玉臂寒
何時倚虚幌　双照涙痕乾

今夜、鄜州の月、閨中《けいちゅう》、ただひとり見るらん。

遥かに憐れむ、小児女の、未だに解せず、長安を思うことを。

香霧《こうむ》に雲鬟《うんかん》うるおい、清輝《せいき》に玉臂《たまひ》寒からん。

いつの時にか、虚幌《きょこう》によりて、双照《そうしょう》、涙痕《るいこん》を乾かさん。


今夜のこの月を、鄜州にいる妻は、部屋の窓から、ただひとりで見ていることだろう。

はるかこの地で、妻子を愛しいと思う。妻やこどもたちは、まだ長安を思うことを知らずにいるのだ。夫が、父が、ここ長安に囚われていることを知らずにいるのだ。

香る夜霧に、よこたう雲のように優美な妻の髪はうるおい、清らかな月の光に、つややかなその二の腕は冷たかろう。

いつになったら、とばりを背にして、ふたり、たたずんで、ふたりともに月の光に照らされて、涙の痕も乾くことになるだろうか。

103　清見寺

清見寺へ暮れて帰れば、
寒潮、月を吹いて、袈裟にそそく

清見寺へくれてかへれは寒
潮月をふひてけさにそゝく

「そそく」は、絶海中津《ぜっかいちゅうしん》の『蕉堅藁《しょうけんこう》』の「七言絶句」（全四行から成っている）の一〇八番歌「春雨」の前半に、「雨洒春簷花滴香　作声故向主人牀」と見え、校注者は「雨は春簷に洒《そそ》いで、花は香りを滴《したた》らし、声を作《た》てて故《ことさ》らに主人の牀に向かふ」と読んでいる。「簷」は「檐」に同じ。「えん」と読み、意味は「軒」に同じ。

しかし、「洒」は「水をそそいで洗う」の意味で、「あらう」とも読めるではないか。『集韻』に「灑洒也　或作洒」と見え、これは「灑うは洒ぐ也、或いは洒に作る」と読むと、『廣漢和』は読んでいる。「あらうはそそぐ（すすぐ）也、あるいは（灑は）洒に作る」。

『廣漢和』の「洒」の項は、語意を「あらう、すすぐ、そそぐ」と第一にあげている。「雨洒春簷花滴香」は「雨は春の軒を洗い、花は香りを滴らす」とも読めるふうだ。

ところが、絶海中津の詩は、つづく一〇九番歌の前行の上の段に「一天過洗新秋」と「洗」という語を出している。だから一〇八番歌の「洒」は、校注者の読みの通り、「そそく」でよいようだ。

権兵衛は「そそく」と平仮名で書いていて、読まされるこちらとしては、これに合う漢字を考えなければならない。「注く」でもよいが、絶海禅師に倣って、「洒く」と書いてもよい。なお、『日葡辞書』に「そそく」と清音で読める。江戸時代に入るまで、「注ぐ」は「注く」だったようである。

「寒潮月を吹ひて」が、これもやっかいだ。それが、おどろいたことに、絶海禅師の詩の、すぐまたつづく一一〇番歌「題扇面画」の前行に「瀑花吹雪映山明　五老雲開紫翠生」と見え、校注者は「瀑花は雪を吹いて山に映じて明らか、五老は雲開いて紫翠生ず」と読んでいる。「五老」は廬山の峰のひとつで、「紫翠」はむらさきとみどりの色合いの景色を形容する。

こちらは「月を吹いて」だが、「瀑花」と「寒潮」が照応して、「花を吹く」「月を吹く」と、調子を合わせている。そこに「そそく」の字配りがある。おもしろい。

なお、絶海中津は、足利義満の時代に京都相国寺の第六世住持《じゅうじ》になった禅僧で、その詩文集『蕉堅藁《しょうけんこう》』のタイトルの意味は、「蕉」は「芭蕉」から、「堅」は堅い。「藁」は「こう」と読み、「わら」のことだが、「稿」の異体字でもあり、著述集を謙遜して、こう呼ぶ。

ところが、「蕉堅」は「芭蕉のように堅い」という意味だが、じつは「芭蕉」の幹は中は堅くない。「芭蕉の堅さ」は、「中は空洞だ」という意味になる。中身が空っぽのつまらない書き物だといっているのである。

興津市の西の清見寺山《せいけんじさん》が駿河湾の清見潟《きよみがた》に入る山陰に、古代関所の清見関《きよみがせき》跡がある。中世に入ると宿場町が形成された。興津宿である。江戸時代の東海道五十三次の由比と江尻（江尻津が清水港）のあいだの興津宿である。

清見寺は清見関の鎮護のために創建されたという伝えがある。康永年間（一三四二〜四五）に足利尊氏から清見興国禅寺の称号を受けた。臨済宗妙心寺派の禅寺である。観月の名所として知られる。

＊暮れ方、海岸伝いに清見寺へ帰る僧形の人影がある。冬の海に月が昇り、まるで波濤が月を吐いているようだ。波濤は僧の袈裟に水を「そそく」。

104　残月清風雨声

残月、清風、雨声となる

残月清風雨声となる

この言葉遣いは絶海中津《ぜっかいちゅうしん》の『蕉堅藁《しょうけんこう》』には出ない。強いていうならば、やはり「七言絶句」一〇一番の「高人招友会春亭　花影闌残月一庭　満袖香風吹藹々　良宵何必負衰齢」がある。

高人、友を招いて、春亭に会す、花影、闌残たり、月一庭、満袖に香風、吹いて、藹々、良宵、なんぞ必ずしも、衰齢に負けん。

「高人」は「高士」、山林の隠者に同じ。「闌残」は「らんざん」と読み、「闌」は、真っ盛りを少し過ぎた頃合いをいう。「闌暑」というと「残暑」に同じ。「藹々」は「あいあい」と読む。「藹」は、草木が茂って、さかんである、いっぱいであるという意味を表わす。「負」は、この文脈では、「相手に背を向ける」ことを意味する。

高徳の隠者たちが、友を招いて、春の亭《ちん》に集まった。庭の花々は、盛りを過ぎて、なお、盛んである。月光が庭一面に差している。袖を一杯に孕んで、香風が吹き、靄《もや》がかかっている。この春の宵が、どうして衰齢に負けるということがあろうか、そんなことはない。衰齢なんぞ、けっとばせ。春の宵だ。

それが、権兵衛の詩では、月は残月となり、香風は清風と、きよく、さわやかになって、どうやら、雨の気配だ。

105

身は浮き草の

身は浮き草の、根も定まらぬ人を待つ、
正体なやなう、寝うやれ、月のかたぶく

身ハ浮艸の根もさたまらぬ
人を待正体なやなふねうやれ
月のかたふく

＊わたしは浮き草の身、待ってる人の方だって根無し草。正気じゃないよ、まったく。月も傾いた。夜明けが近いよ。もう寝るとしますか。

「身は浮き草の」だが、ほかに四歌ある「身は」ではじまる歌は、「身はあふみ《（近江）》舟かや」(130)、「身はなると《（鳴門）》舟かや」(132)、「身はやぶれ《（破）》笠よなふ」(149)、「身はさび太刀《たち》」(155)と目的格を立てている。これを考え合わせれば、「浮き草の」も目的格と見ることができる。このばあい「の」はいわゆる準体助詞である。下世話にいう「八丁堀の」とか、たしか漱石の『明暗』に見える「青山の」のたぐい。語例はそれこそ『万葉集』から出てくる。

「寝うやれ」だが、「寝う」は「寝む」の転らしい。「寝よう」の意味を作る。「やれ」が問題で、小学館の『古語大辞典』に近世初期の語と但し書きつきで、不確かな意を表わすと、「虎寛本《とらひろぼん》狂言・釣狐《つりぎつね》」から「何とがな致さうやれと存ずる所に」の用例が引かれている。手元の「狂言本」にみつからないので、原本について調べられないが、説得的である。

106　雨にさえ

雨にさえ、訪われし仲の、
月にさえ、なう、月によ、なう

雨にさへとはれし中の月に
さへなう月によなう

＊雨の夜でも訪ねてきてくれた仲じゃあないの。まして、いい月の夜じゃあないの。月のいい夜よ、訪ねてきてくれたっていいじゃあないの。

107　木幡山路《こはたやまじ》に行き暮れて、月を伏見の、草枕

木幡山路に行暮て月を伏
見の草枕

『竹むきが記』という、これは南北朝時代の仮名書き日記があって、筆者は日野名子《ひのめいし》。日野家の出で、西園寺家に嫁した。「竹向《たけむき》」は西園寺家の屋敷の自室の呼称だという。

初瀬詣での帰路、奈良に泊まって、翌日京都へ向かった。途中、「宇治のわたりにいとあやしき事なんありて、その夜はにはかにしゅせん僧正が坊に泊まる」ということで、さて、「宇治のわたり」はどこか。なにしろ「しゅせん僧正」が分かっていない。その夜は大宴会になってしまって、「ふりにし世語に時をうつしつつ、朝日山の日影もはるかにさしのぼりぬ」。

宇治平等院は山号を「朝日山」という。「阿弥陀堂」、のちに「鳳凰堂」は、宇治川西岸に、東に正面を向けて建てられた。川向こうの「朝日山」に日が昇るほどまで、おしゃべりしていたということですか。そこからあとの日野名子の文章がおもしろい。「木幡山越え、なお怖畏あるべしとて、水の御牧の方へ伝う」。

宇治平等院のあたりから、どう道をとって、さて、ここからは「木幡山越え」でいこうか、それとも「水の御牧の方」へまわろうかと思案したのか。そのあたりが、このくだりでは明らかではない。

何年か前に、日野名子は、「春日にまうづる事あるに」と、奈良にくだり、「次の日は宇治のわたりにとどまるべければ」、ということで、のんびり東大寺、興福寺などにお参りした。そうして、その日のうちに、ということなのだろうと読めるが、宇治に泊まった。やはり平等院のあたりの宿坊泊まりだったらしく、「あけぬれば、舟にてさしわたり、（中略）伏見にこぎよせて、御所のかたみめぐるに」と、宇治から伏見まで舟できたことを示唆している。

「御所の方《かた》見廻るに」というのが、また示唆的で、ここでいう「御所」は、後深草院《ごふかくさいん》の持明院《じみょういん》統の離宮が「伏見山」の西南に「上御所」、宇治河畔に「下御所」とあった。どうもよく分からないが、現在の「六地蔵」から「木幡池」にかけてのあたりではないか。なにしろ宇治川の水路もいまとはちがっていたろうし、そのあたり、実証するのはむずかしい。「あれはてぬるもいとあはれになん」と、日野名子は感想を述べている。

この先年の春日詣での行路を、話をもどして、初瀬詣での帰路に重ねれば、「うぢのわたり」に泊まった日野名子の一行は、翌日の朝、宇治川を舟で下って「伏見にこぎよせ」たのではないか。そこから、さて、道をどうとるか、相談があって、「木幡山越え、なお怖畏あるべしとて」、「水の御牧の方へ」向かった。

「水の御牧」は、西園寺家の嫁女は、別の文脈でもその名をあげている。また、権兵衛の小歌集の、すぐこのあと、「末は淀野のまこも草（11）」に、もっと大きな文脈で「ミつの御牧」が登場する。「ミつ」については、その注釈文でご案内する。ここでは問題は「木幡山越え」の道である。

現在の「六地蔵」のあたりから山道に入って、「伏見北堀公園」と呼ばれている往時「伏見山」（後代、伏見城が築かれ、いまはその跡地）と、その東の「仏国寺」裏手の山地とのあいだに低い峠があった。それを越して、北西の方向に、「大亀谷《おおかめだに》」に入り、鴨川沿いの道をとって京都に入る道筋を「木幡山越え」の道と呼んでいた。

その木幡山越えの道をとったら、途中で日が暮れてしまいますよ。盗人なども出るという話だし。伏見の山中で、草を枕に、横になって、月を見る羽目になりますよと、本歌の日野名子が権兵衛に忠告する。

『万葉集』巻第二、近江天皇（天智天皇）夫人倭姫《やまと》の歌に「木幡」の名が出る（一四八）。ところが、この「木幡山越え」がおもしろい。これはあるいは「木幡の山越え」と読むのだろうか。というのは、どうも「木幡山」が定まらないのである。

青旗の木旗の上を通うとは、目には見れどもただに会わぬかも

むろん校注者は「木旗」を「木幡」と書いていて、「こはた」と振り仮名をつけていて、少年の日のわたしは、なんだかよく分からない歌だなあと思いながらも、言葉の響きが美しく、けっこう気に入ったのだろう。年老いたいまでも、いくつかそらんじている『万葉』の歌のひとつである。

前詞から、近江天皇の病気が重くなったときに、これは倭姫がよんだ歌だと分かる。近江天皇が死去したのは六七一年の年末だとはどの本にも書いてあるが、どこでかは知らない。近江大津宮でだったろうとは思うのだが、それでは倭姫はどこにいたのか。

歌を作った者、あるいは作ったとされる者の居座が定まらない。これはとりわけ『万葉』を読むときに理解の妨げとなる。

同じ巻第二の、これはまことに適切にも「相聞」に分類されている挽歌、大伯皇女《おおくのひめみこ》の歌に（一〇五と一〇六）、

わが背子を大和へ遣ると小夜更けて、あかとき露にわれ立ち濡れし

ふたり行けど行き過ぎがたき秋山を、いかにか君の（如何君之）ひとり越ゆらむ

大伯皇女の居座は伊勢斎宮である

どうして伊勢にまで訪ねてきたか、なにもいわない。翌日、鶏が鳴く明け方に、弟は大和へ帰るという。姉はふつうの顔をして、弟を見送る。弟はすぐ朝霧のなかに隠れた。姉はそのまま立ちつくす。

こうなると、二歌目の「秋山」は、ぜひとも「阿騎山」と読みたい。伊勢から大和へ抜ける「阿騎野」である。現在、奈良県宇陀郡大宇陀町一帯の山地をいう。姉の目に、いまとぼとぼと、ひとり、阿騎野を歩いている弟が見えている。

ちなみに、「秋山」と「阿騎山」の読みの問題については、ながらく論争があることは承知している。ささやかながら、わたしもそれに参加させていただくつもりで、若いころ、友人の父親が発行していた句誌に文章を載させてもらったことがある。また、十年ほど前、講談社現代新書に『教養としての歴史学』（一九九七年、わたしとしては『わが史学概論』とタイトルをとりたかったのだが、編集部の容れるところとならなかった）を入れたとき、「アリストテレスの史学」と題する章にそのことを「ちろりと」書いたことがある。

まあ、どうしても「秋山」だというのなら、どうぞ歌の意味を教えていただきたい。わたしがいうのは、

「ふたり行けど行き過ぎがたき秋山を」というけれど、秋山は行き過ぎがたいという読みは、さて、『万葉集』になじむものなのだろうか。ぱらぱらと探してみてはいるのだけれど、ほかには見つからない。連想に釣り上がるのが、

秋山の黄葉をしげみ惑ひぬる、妹を求めむ山道知らずも（二〇八）
秋山におつるもみじば、しましくは、な散りまがいそ、いもがあたり見む（一三七）

だが、そんな、もみじが生い茂っているから行き過ぎがたいだなんて。わたしがいうのは、秋山を秋山と読むと、どこか恋歌ふうで、運命の弟を気遣う姉の気持ちなんてうかがいようもない。

秋山を阿騎山と読めば問題は一挙に解決する。じっさい阿騎野は行き過ぎがたい山道だと『万葉集』自身が証言しているではないか。このあと、三二九〜三〇、三三四頁以下に、あらためて「安騎野」はどこか、と断りを入れて、「あきの」探訪をやっておりますので、そちらをご参照ください。

なお、ついでにいえば、「如何君之」はふつう「いかにか君が」と読まれている。しかし「之」は「の」ないし「し」であって、これを「が」と読むのは苦しい。同類のケースは多いが、「之」がつづけざまに出て、それが「し」「の」「が」と三様に読まれているケースがあって、柿本人麻呂が、妻と別れて、石見国から都へ上ってきたときの作歌二首のうちの最初の歌（巻第二の一三一番）の別伝の歌（一三八番）の「靡吾宿之　敷妙之　妹之手本乎」で、「なびきわが寝し　しきたへの　いもがたもとを」と読まれている。

なるほど、巻第二の柿本人麻呂の「天飛ぶや　軽の道は」とはじまる哀傷歌（二〇七番）は「妹之名喚

而　袖曾振鶴」と閉じている。これまた古く「いもが名呼びて、袖ぞ振りつる」と読まれている。「之」を「が」の読みは『万葉』に通っているかのようだ。それが、さっそくにも巻第五の八五七番歌は、

　遠つ人松浦の川に若鮎釣る、いもがたもとを我こそまかめ

と、「いもがたもとを」と歌い込んでいて、これは「伊毛我多毛等乎」と書いている。「伊毛之多毛等乎」とは書いていない。「いもがたもと」とか「いもがな」とか書くとき「が」は「之」だなどというのは万葉仮名の規則でもなんでもない。飛んで巻第十五にいたれば、「が」はたいてい「我」と書かれている。

　またまた、ついでに、大伯皇女《おおくのひめみこ》の二首の歌のうち最初のに「吾立所霑之」と見える。わたしはこれを「われ立ち濡れし」と読むが、ここはふつう「わが立ち濡れし」と読まれている。「吾」の読みは「わ」あるいは「われ」が基本だが、「あ」あるいは「あれ」とも読む。一人称代名詞である。

　大伯皇女の二歌にすぐつづいて、大津皇子が石川郎女《いしかわのいらつめ》に贈った歌がある。

　　あしひきの山のしづくに、いも待つと、われ立ち濡れぬ、山のしづくに

　また、これにすぐつづいて石川郎女の返歌が見える。

　　わを待つと君の濡れけむあしひきの、山のしづくにならましものを

「しづく」は「雫、滴」をいっていて、山中、どこからともなく落ちてくる水滴に、わたしは濡れてしまったことです、あんたが来るのを待っていて、と大津が歌いかけ、郎女が返して、あたしを待っていて、

それを浴びて、あなたが濡れてしまったという、その水滴にわたしはなりたいものだ。

「しづく」は音は同じで「水底に沈んでいる」をいう。また、「しづか」と同類で、だから、深々と音もなし、水底に沈んでいる気配の谷間に立って、思い人の来るのを待っていて、と、「山のしづくに」を深読みすることがあるいはできるかもしれない。

それはともかく、音は「吾」が「われ」であり、「わ」である。「わを待つと」は、「あを待つと」と読むひともいるようだ。

「吾立所霑之」を「わが立ち濡れし」と読む向きは、「吾」を「わ」に、主体をあらわす助詞の「が」をつけたかたちと読むようだ。「わが」だが、そうすると所有をあらわす「わが」と同じになってしまって、読み手をまどわす。だから、このばあいなどは、「われ」の方が、読みとしてはよいようだ。

巻一の、和銅元年（七〇八）に元明天皇《げんめい》の歌に和して御名部皇女《みなべのひめみこ》が作ったという歌（七七）、

わが大君、ものな思ほし、皇神の、そへて賜へる（副而賜流）われなけなくに

これはいささか読みがめんどうで、御名部皇女は元明天皇の姉にあたる。天皇に即位した妹に、心配しなくていいですよ、わたしがついていますといっている。「皇神《すめかみ》」は天皇家の先祖の神々という意味。「副而」は、皇神があなたに添えてお遣わしになったこのわたしが、という意味合いで、この読みはいろいろある『万葉』のテキストのなかで、それほど多い支持を受けているわけではないという。

いずれにしても、「吾莫勿久尓」の読みがおもしろく、これは「われなけなくに」と読む。「なけなくに」はたいへんやっかいで、「なし」の変化で、古語辞典を引くと、「いないわけではなく、いるのだか

ら」「ないわけではなく、あるのだから」の意だと、ていねいに説明してくれる。

「われ」や「わが」、「わが」の変化で「わご」を万葉仮名二字で書く例はたくさんある。さしあたり巻第一、第二、第三あたりを見まわしてみただけだが、巻第一の高市古人《たけちのふるひと》の歌（三二）に「和礼」の語形が見える。

いにしへの人にわれありや（古人尓和礼有哉）楽浪の、古き京を見れば悲しき

同じく巻第一の「藤原宮の御井の歌」と題する長歌の書き出し（五二）には「和期」の語形が見える。

やすみししわご大君（和期大君）、高照らす日の皇子

この「和期」の語形は、また巻第二の天智天皇の大喪のおりの作歌の一五二番歌には「吾期」とも見える。同じおりの額田女王《ぬかたのおおきみ》の一五五番歌にも見える。

巻第三に入って、「弓削皇子《ゆげのみこ》の吉野に遊びし時の御歌」（二四二）は、「わが思はなくに（和我不念久尓）」と歌を止めている。

この「和我」の語形は、「長田王が筑紫に遣わされて水島に渡った時の歌二首」に「石川大夫が和した歌」（二四七）にも見える。また、「近江国から上り来たった時に刑部垂麻呂《おさかべのたりまろ》が作った歌」（二六三）にも見える。

「山上憶良臣が宴会が終わったときに詠んだ歌」（三三七）がおもしろい。

おくららは、今はまからむ、子泣くらむ、それその母もわを待つらむそ（吾乎将待曾）

この歌は、「吾乎」と、「吾」を「わ」と読む読みを示唆している。

「天平三年辛未の秋七月、大納言大伴卿がお亡くなりになった時の歌六首」のうちの四五四番歌も、また、「昨日も今日も、わを召さましを（昨日毛今日毛　吾乎召麻之乎）」と、「わを（吾乎）」と書いている。

それに対して、「葛飾の真間《まま》の娘子《おとめ》の墓に立ち寄ったおりに、山部宿祢赤人の作った長歌」（四三一）は「名のみもわれは忘らゆましじ（名耳母吾者不可忘）」と、「われは（吾者）」と書いている。その反歌が、また、「吾毛見都　人尓毛将告　勝壮鹿之　間々能手児名之　奥津城処」（われも見つ、人にも告げむ、葛飾の、真間の手児名の奥津城どころ）と、「吾」は「われ」と読むのだよと教えてくれる。

ちなみに「昨日毛今日毛」は巻第二の一八四番歌の、これもまたわが青春の『万葉』のひとつ、

ひむがしの滝の御門にさもらへど、昨日も今日も（昨日毛今日毛）召すこともなし

が初出だが、なんとごらんのように「昨日」「今日」と、やはり同じに書いていて、さて、どう読むのか、これでは分からない。「今日」については、それ以前、一五九番歌に「今日毛鴨」と見える。「今日もかも」と読む。また、巻第一の四三番歌、「当麻人麻呂の妻の作った歌」に「今日香越等六」と見えて、これは「今日か越ゆらむ」と読む。これが「今日」の初出だろうか。

巻第二の後の方を探していったら、二二四番歌に、「且今日々々々」という、とんでもなく人騒がせな言いまわしが見つかって、なんでもこれは「今日今日と」と読むのだという。この「今日今日と」の読み

は、巻第十五の三七七一番歌に見られる。

宮人の安眠も寝ずて今日今日と（家布々々等）、待つらむものを見えぬ君かも（美要奴君可聞）

なんと、ごらんのように「家布家布等」を「けふけふと」と読む。「今日今日」は「けふけふ」と読む。それが「初期万葉」について「けふ」の仮名は「今日」と書いている。そのわけはなにか、よくは知らないが、音の形は巻第十五が示して見せてくれている。

これはあくまでついでだが、「美要奴君可聞」の読みは「見えぬ君かも」で、それはいまの日本語に直せばそれでよいのだが、じつは白文（万葉仮名で書かれた本文）を漢字の当時の音で平仮名に直せば「みゑぬきみかも」である。漢字「要」で書かれた「え」は「ゑ」である。わたしの見ている刊本はその点無頓着で、それがたとえば巻第二の一三一番歌「石見乃海　角乃浦廻乎」の長歌は「能咲八師」「縦画屋師」を「よしゑやし」「よしゑやし」と白文にルビを振り、また漢字交じり平仮名文に直している。「咲」「画」は、「要」とともに、「ゑ」の「え」群に属する。

閑話休題。この「けふ」を「家布」の書写は、「家布家布等」の歌の五つ後の三七七六番歌にも出るし、さらにその次の三七七七番歌に「伎能布家布」と見えて、「今日」を「家布」の書写が巻第十五では安定していることを示唆するとともに、「昨日」の書写が「伎能布」で、だから「昨日」は「きのふ」と読んだのだと教えてくれる。

この間、巻第三から第十二まで、「今日」「昨日」「明日」あるいは「前日」は、白文自体、そう書いていて、読み下しはそれをそのまま転記し、ばあいによっては「けふ」「きのふ」「あす」「をとつひ」と読み仮名を付するのが常態である。巻第十三にはこれらの語句は見つからなかった。

それが、巻第十四にいたって、白文に音表記が登場する。巻第十四東歌の三四〇一番歌に「家布尓思安良受波」と見える。「けふにしあらずは」と読み、じつにこれが「今日」の音表記の初出である。ここで、ようやく音が巻第一の四三番歌、「当麻人麻呂の妻の作った歌」の「今日香越等六」へ帰る。「けふかこゆらむ」である。

「明日」については、三四八四番歌に「安須伎西佐米也」と見える。「あすきせさめや」と読む。三五四五番歌に「安須可河伯」と見える。「明日香川」である。

巻第十五の三五八七番歌に「家布可安須可登」と見える。「今日か明日かと」と読む。三七七一番歌に「家布々々等」と見える。「今日今日と」と読む。三七七六番歌に「家布毛可母」と書いている。「今日もかも」と読む。三七七七番歌に「伎能布家布」と見える。「昨日今日」と起こす。

巻第十六には「けふ」「きのふ」「あす」などは見られないが、三七九一番の長歌に「飛鳥壮」と見える。これは「あすかをとこ」と読む。このばあいは白文自体が訓読みで書かれている。

巻第十七の三九二四番歌がおもしろい。

山の峡、そことも見えず一昨日も（乎登都日毛）、昨日も今日も（昨日毛今日毛）雪の降れれば

「けふ」「きのふ」は「今日」「昨日」と訓読みで書きながら、「一昨日」は音表記で書いている。「をとつひ」である。

閑話休題。ここでようやく倭姫の歌に帰って、佐佐木信綱は「目尓者雖視」の「目には見れども」の読みに、「見れども或見ゆれど」と注記している。いささか問題のある言いまわしらしいことは分かるが、おもしろいのは、倭姫は見ている。見ているのだが、何を見ているのか。

だいいち、万葉仮名は「視」と書いていて、これは「見」とはちがう。『大学』に「心不在焉　視而不見　聴而不聞」「心がそこになければ、視ても見えない。聴いても聞こえない」。さて、倭姫は『大学』を勉強したかどうか。あるいは、この歌を書き記した筆生は、この二語がちがうのだと意識していたかどうか。

『古事記』の「応神天皇」の条に、「この蟹や」とはじまる長歌（「古事記歌謡」四二）があって、これはいろいろなところで部分的に引用し、話題に供してきたし、またこれからもそうすると思うのだが、そこに「志那陀由布　佐佐那美遲袁　須久須久登　和賀伊麻勢婆夜　許波多能美知邇　阿波志斯袁登売」と見えて、これは「しなだゆふ楽浪道を、すくすくと、わがいませばや、木幡の道に、逢はししをとめ」と読む。

「佐《さ》佐《さ》那《な》美《み》遲《ぢ》袁《を》」を「楽浪道を」と読むわけで、これは琵琶湖南岸の地域を山科のあたりまでいう。この道は「しなだゆふ」と形容されているわけで、これは「階だゆふ」あるいは「坂だゆふ」と漢字をあてて、「だゆふ」は「たゆむ、たゆたふ」と同義で、「坂が多くて足がためらう」という意味である。

その道を「すくすくと、わがいませばや」は、どんどん、わたしが行くと、という意味で、「いませばや」の「います」は「居る」「行く」「来る」の丁寧語である。「ばや」については、かなり大変な議論があるようで、このばあいは「ば」は、動詞の已然形について、「行けば」と確定条件を示している。

「や」は詠嘆をあらわすとされる。それが、たとえば『源氏』の「薄雲」に「浅からぬ下の思ひを知らねばや、なほかがり火の影は騒げる」（この歌はわたしが43番の小歌の注釈に紹介している）のように、たしかに已然形を受けるが、「や」が疑問をあらわすのが『古今』以後の作法で、だからこの『古事記』の歌のケースは、あくまで特例だと、『日本国語大辞典第二版』は、「ばや」の項の冒頭で断っている。

坂道が多い楽浪道をわたしがどんどん行けば、おお、なんと、「許波多能美知爾　阿波志斯袁登売」ということで、「許波多能美知爾」は、山科から木幡へ抜ける「木幡の道」、「阿波志斯袁登売」は、その道で出会った、その娘は、という意味でした。

なお、「山科」と「木幡」の関係については、『万葉』巻第十一の二四二五番歌に、

山科の木幡の山（強田山）を馬はあれど、歩吾来、なを思ひかねて

と見えて、なにか山科の延長に木幡山路があったように書いている。

「強田山」だが、これは「木幡山」と読む。「こはたやま」である。じつのところ『万葉集』には「強し（こはし）」の用例は出ない。それがここに「強田山」があるので、万葉時代にも形容詞「こはし」は用いられていたと解釈する向きがある。ただ、歌に用いなかっただけだというのである。いささかひるむところはあるが、なにしろ一番古い辞書で平安末期院政時代の『類聚名義抄』と同時代の『新撰字鏡』に載っているということで、それが平安末期から急に出てきた言葉ではなかろうにというわけで、以上の推理は妥当なものとされている。

「歩吾来」だが、これは「新日本古典文学大系」版では、「徒歩《かち》より我《あ》が来《こ》し」と読まれている。巻第

十三の三三一四歌に、「人都末乃　馬従行尓　己夫之　徒従行者」と見え、これは「人づまの、馬より行くに、おのづまし、かちより行けば」と読んで、このばあいの「つま」は夫で、他人の夫は馬に乗って行くが、わたしの夫は歩いて行くので、と歌の主は嘆いている。この歌のように「徒従」と書いてあれば、それは「徒より」と読みをつけてもよいが、二四二五番歌には「従」の字がない。そのあたり、説明が必要なところである。

ここは「あるきわれこし」と読む。「歩」を「あるき」と読んだ根拠は巻第五の八〇四番歌、山上憶良の「世間のとどまりがたきを哀しむ歌一首」に「あそびあるきし（阿蘇比阿留伎斯）」と見える。また、巻第十四の三三六七番歌に「ももつ島足柄小舟あるき多み（母毛豆思麻　安之我良乎夫祢安流吉於保美）」と見える。それは前者は馬に乗って狩猟に明け暮らしていた青春時代の悔恨であり、後者は足柄山から採取した木材で作った船がたくさんの島々をへめぐるように、出歩くことがどうしても多いものだから、というような意味合い。だから人が歩くのをべつに証言している歌ではないが、問題の歌は、馬で行くと歩いていくを対義的に言いまわしていて、だから「歩きわれ来し」は足で歩いていく。

しかし、馬はあるが、馬には乗らず、歩いて行くという意志の表明は、これはいったいなんだろう。これは『古事記』の歌い振りが大いに関係していると思う。「しなだゆふ楽浪道を、すくすくと、わがいませばや、木幡の道に、逢はししをとめ」これは、もう、足で歩いてくるとしか読めないではありませんか。

なんと、「木幡」の地名は、「古事記歌謡」からテキストに留められていたということだが、この応神天皇の歌のように、「をとめ」を見るとかんたんに片づけられるものならばよい。それが、倭姫の歌では、「青旗の木幡の上を通ふ」のは夫、近江天皇の霊魂であるように読める。

「ただに逢はぬかも」は、やはり「古事記歌謡」の十八番歌、「神武天皇」の条に、「袁登売爾　多陀爾阿波牟登　和加佐祁流斗米」と見えて、これは「をとめに、直《ただ》に逢はむと、わが裂ける利目《とめ》」と読まれている。「おとめに面と向かって逢いたいと思って、目を張り裂けんばかりに探している」という意味になる。

あなたの霊魂は青旗の木幡山路をお通いになっていらっしゃる。それはわたしの目に見えます。けれども、面と向かってあなたにお会いすることはない。それが悲しい。

倭姫の歌の座は大和にあったのだろうか。

なお、「青旗の木幡の上」の「青旗の」だが、これまたどう読むか、分かっているようで、それが案外分かっていない。

「青旗の」は、『万葉』に、あと、二個所に出る。巻第四の長歌五〇九番歌に、「吾立見者　青旗乃　葛木山尓」と見えて、これは「われ立ち見れば、青旗の、葛城山に」と読む。

また、巻第十三の長歌三三三一番歌に、「隠来之　長谷之山　青幡之　忍坂山者」と見える。「こもりくの泊瀬《はつせ》の山、青幡の忍坂《おさか》の山は」と読む。ごらんの通り、ここでは「青旗」は「青幡」と書かれている。「青旗」が「青幡」でもよいようだ。「幡《はた》」は、古くは長大なものがふつうで、数旒《りゅう》押し立てて、儀式の場を飾る。仏事のばあいには「幡」を「ばん」と発音してもいた。

「古事記歌謡」の一〇四番歌に、「立赤幡見者　五十隠　山三尾之竹矣」と見え、これは「赤幡を立てて見れば、い隠る山の御峰の竹を」と読むらしい。「赤幡」を数旒押し立てると、山の峰が隠れるということらしい。なにしろ「竹矣」が分からない。「矣」に「を」の音があるとは『廣漢和』はいっていない。

「古事記歌謡」には、なお、八九番歌に、「許母理久能　波都世能夜麻能　意富袁爾波　波多波理陀弖　佐袁袁爾波　波多波理陀弖」と見え、これは「こもりくの泊瀬の山の、大峰《おほを》には、はた張り立て、さ小峰《をを》には、はた張り立て」と読む。

この歌は、「軽太子《かるのひつぎのみこ》」が同母妹の「軽大郎女《かるのおおいらつめ》」のことを歌ったもので、泊瀬の山の峰々のように、おまえはどっしりと、ふたりの仲を信じている。いとしいわたしの妻だというのが歌の前段の趣意である。

「大峰には、はた張り立て、さ小峰には、はた張り立て」は、峰々に対して数旒の「はた」を押し立て、という意味ではないようだ。山の峰々が「はた」を張り廻らせたように、枝葉を茂らせている。その大峰のように、どっしりと、と軽太子は歌っている。

「青旗の木幡の上を」は、青々と枝葉を茂らせた木幡山路を、という意味なのではないか。「葛木山」と「忍坂の山」も、数旒の青幡を押したてたように、緑ゆたかな山容という印象があったのだろう。

ただし、軽大郎女の心境については、ことはそれほど単純ではなさそうだ。軽太子と軽大郎女の名は『古事記』や『日本書紀』の「允恭《いんぎょう》天皇」の条に出るが、そこに『古事記』の方では七八番とも七九番とも計算され、『書紀』の方では六九番とかぞえられている歌謡があり、『古事記』の方でご案内すると「阿志比紀能　夜麻陀袁豆久理　夜麻陀加美　斯多備袁和志勢　志多杼比爾　和賀登布伊毛袁　斯多那岐爾　和賀那久都麻袁　許存許曾婆　夜須久波陀布礼」、これを読みくだせば「あしひきの山田を作り、山高み、下樋をわしせ、下どいに、わがとう妹を、下泣きに、わが泣く妻を、こぞこそは、やすく肌触れ」。

「わしせ」は「走せ」と漢字をあてる。自動詞で水が流れる。他動詞で水を流すである。「どい」と「とう」は「誂」の漢字をあてるというが、「誂ふ」は求婚するの意味である。

『古事記』の伝えでは、軽太子は、同母妹に「たはけた」罪を問われて逮捕され、伊予の湯（道後温泉）に流された。「たはく」は「奸」の漢字を使っている。もっとも、同母妹に「奸」たことがそのまま罪に問われたというのではなく、家臣団が軽太子に背いて穴穂御子《あなほのみこ》についたので、勢い、軽は勢力をなくしたということらしい。

そのあたりの経緯については『古事記』の書きぶりはあいまいで、はたして軽太子が本当に伊予の湯に流されたのかどうか、『日本書紀』の筆者は疑っている。『書紀』は「太子は皇位継承者である。刑を加えることはできない。すなわち、大娘皇女《おおいらつめのひめみこ》を伊予に移す」ことにしたと書いている。

ふたりがどうなったかについては、どうも記紀の筆者はあまり自信がなかったのではないか。『書紀』にいたっては、穴穂御子との対決にやぶれた軽太子は自決したと書きながら、「一云　流伊予国」、「あるは言う、伊予国に流すと」となんとも気の弱いことである。もっとも、そうとでも別伝をたてなければ、ふたりは生き別れで、伊予で相対死にしたという巷の噂に蓋をすることになる。『日本書紀』はけっこう世論を気にしていたのです。

『竹むきが記』からいきなり『万葉集』へ、「木幡山越え」の道探しに出かけてしまったが、日野名子が日記をつけていた頃合いから三十年ほど後の、同じ南北朝時代の、一三六〇年代から一三七〇年代の応安年間の著述である『増鏡』に「木幡山」が出る。

後醍醐天皇が京都を脱出して奈良へ向かう道筋を、「九条わたり」までは「御車にて」、そこから「御馬にたてまつ」りて、「暗き道をたどりおはする程、げに闇のうつゝの心ちして、我にもあらぬさま也。丑三ばかりに、木幡山過ぎさせ給ふ。いとむくつけし。木津といふわたりに御むまとめて」と書いている。
「日本古典文学大系」版を見ると、「木幡山」の注に、「伏見山の東面の旧称」と見える。さてさて、それが問題なのです。

108　月さへ匂う夕暮れ

薫物の木枯の漏り出る
小簾の扉は、
月さへ匂う夕暮れ

たき物のこからしのもりいつる
こすのとほそハ月さへにほふゆふ
くれ

「こすのとほそ」を「小簾の扉」と漢字をあてたが、これには問題があって、「こす」という語はみつからない。「小簾」は、もしそういう「すだれ」があったとしたら、「をす」と読むのではないか。だから、権兵衛が、むしろ権兵衛の小歌集を書写した人が、「こす」と書いたには問題があるのではないかという問題である。

ところが、それならば「をす」と書いたならば、それでよかったのかというと、それがそうではない。

『石山寺縁起』[3] 写（部分、国立国会図書館デジタルコレクション）

わたしの見たかぎり、『源氏物語』に「をす」は出ない。『枕草子』にも見つからない。さて、『万葉集』に出るのだろうか。

『万葉集』には、たまたまこれはわたしの若いころの関心の方向にあったものだから、覚えていただけのことなのだが、いま、あらためて刊本を参照すれば、巻第四の額田王《ぬかたのおおきみ》の歌に（四八八）、

君待つと、われ恋ひをれば、わが宿の、簾動かし（簾動之）、秋の風吹く

まず「簾」がある。これは「すだれ」と読まなければ、「す」では、語調が整わない。なんと「小簾」もある。巻第七の一〇七三番歌、

玉垂れの小簾の間通し（小簾之間通）、ひとり居て、見るしるしなき、夕月夜かも

また、巻第十一の二三六四番歌、

玉垂れの小簾のすけきに（小簾之寸鶏吉仁）入り通ひ来ね、たらちねの母が問はさば風と申さむ

さがせばきりがないかもしれない。ともかくそのあたりさらに見ていけば、おもしろいのは二五五六番歌に、

玉垂之　小簀之垂簾乎　往褐　寐者不眠友　君者通速為

「小簀」の「簀」はサク、シャク、ないしサイ、シャと読み、寝台の敷板、寝台の上に敷く竹のむしろ、

寝台の前の横木などをいう。『廣漢和』によれば、竹＋責で、責は冊に通じ、紐で編むの意。竹で編んだすのこの意、だそうである。白文でスの音にとられたということらしく、これの連想から「簾」を「ス」と発音する習慣が生じたらしい。「簾」はレンと読み、漢語にはその読みしかなく、竹などを編んで作ったとばりをいうという。しかし、それは字義から立ち上がる理解ではない。「簾」は竹＋廉で、廉は部屋の隅の意。部屋の隅にたらす竹で編んだ敷物状のものとしか説明のしようがない。

二五五六番歌が、いったいどういう魂胆で、「小簀」と「垂簾」と使い分けているのか、よくわからない。どう発音させようとはかったのか、それも分からない。こういうふうな語義の穿鑿からは「小」の音など、出てこようにもないではないか。

「小」の読みは、かならずしも規則的なものではない。「を」と読んだり、「こ」と読んだりしているようで、二四五六番の「ぬばたまの黒髪山の山菅に、小雨降りしき（小雨零敷）しくしく思ほゆ」は、「こさめ」だろうか。「をさめ」だろうか。「小雨」については、後代、十世紀の源順の『和名抄』が「古佐女」と読みをつけていて、そのあたりから「小雨」を「こさめ」の読みがかたまったのだろう。

二四六六番歌に「浅茅原小野印　空事　何在云　公待」があるが、これは数ある万葉歌中、難解をもって知られる歌のひとつである。この「小野」を、さて、どう読むか。小野は小野だろうでは説明にならない。『古事記』「景行《けいこう》天皇」の条の、二四番とも二五番ともかぞえられる歌謡に、「佐泥佐斯　佐賀牟能袁怒邇」と見える。どうやら「さねさしさかむのをのに」と読むらしい。漢字を入れ直せば「さねさし相模の小野に」だという。さて、『古事記』にそう見えるからといって、『万葉』の「小野」を「お《(を)》の」と読む根拠となしうるであろうか。

同じく巻第十一の二四七〇番歌に「湖　核延子菅　不窃隠」と見える。これなどは「小菅」を「こすげ」と読んだと証言している希有な事例である。なお、この下の句は「公恋乍　有不勝」とつけていて、これなども、二四六六番歌などとともに、『万葉』で難解と知られる歌の一つである。

巻第一の一一番歌に、「吾勢子波　借廬作良須　草無者　小松下乃　草乎苅核」と見えて、この「小松下乃」は「小松が下《もと》の」と読み下されることが多く、「小松」には読み仮名が振られていない。「こまつ」と読んで当然だという態度と見える。そうして脚註に「小」は美称と書いている。

この歌は「中皇命《なかつすめらみこと》」が、紀伊の温泉に行ったときに作ったと前詞に見える。「中皇命」は「間人皇女《はしひとのひめみこ》」とも、その母の「斉明《さいめい》天皇」だともいわれていて、はっきりしていない。いずれにしても斉明天皇を継いで天智天皇が立つ頃合いで、七世紀の半ば。

『万葉』に「小」の音をさがすと、とてもおもしろい。

『万葉』は巻第五を除いて、巻第十三までは、おおかたは音を漢字に当てて書いていくというふうではなく、たとえば「筑紫」なら「筑紫」、「小松」なら「小松」と訓読みで書いている。ただ例外はあって、すでにご紹介した巻第十一番の二四七〇番歌もそうだが、巻第三の四〇七番歌などがそのよい例だ。

春がすみ、春日の里の植ゑ子水葱（殖子水葱）、苗なりと云ひし、柄はさしにけむ

春がすみが立つ頃合いに植えたナギは、まだ子ナギで、苗だったのが、立派に育って、茎も随分と伸びました。

この「子水葱」は「小ナギ」と読みかえてよいかどうか。

ナギはミズアオイで、葉を食用にしていた。「子水葱」を「小水葱」とあて字するのは、ナギに大振りのと小振りのとふたつあったのかどうか、わたしは知らないのでよく分からないが、この歌は大伴宿祢駿河麻呂《おおとものすくねするがまろ》というのが大伴坂上郎女《おおとものさかのうえのいらつめ》の妹に求婚したときのものだと前詞に見えるので、「子」がその妹娘を指していることはたしかだと思われる。だから「小水葱」とあて字するのなら、「小」は「子」が駿河麻呂の坂上郎女の妹に対する親しげな気持ちを表わした接頭辞だと読んだということをいうことになる。

いずれにしても、ここでは『万葉』は、おそらく漢字のあて字で表記しているということになる。巻第十三までの『万葉』のなかでは、ここは、だから例外的なケースだと思われる。

巻第十四には「小」にあたると思われる漢字表記が十九例、見られる。その一番最後、三五七六番歌に「古奈宜」が出る。「こ水葱」である。「水葱」を「なぎ」の読みが、じつはここにようやく保証された。なぜって、じつのところ、巻第三の四〇七番歌の「水葱」はどう読めばよいのか、あやうい気分でここまできたのだから。

苗代のこなぎが花を（古奈宜我波奈乎）衣に摺り、なるるまにまにあぜかかなしけ

苗代に生えているこ水葱の花を布地に摺りつけて、青紫色に染めた衣を着ていると、だんだんと着慣れてくる。そのようにいつもいつも一緒にいると、こ水葱の花のようにかわいいあの娘がますますいとおしくなってくる。

だから、このばあいの「こ」も小さい、かわいいを意味する接頭辞として使われているようだ。

巻第十四に頻出する「小」に当たる漢字表記を、歌の順序に見ていくと、まず三三六二番歌に「相模祢

乃　乎美祢見可久思」（相模嶺の乎峰見隠し）の「乎」がある。三三六七番歌に「母毛豆思麻　安之我良乎夫祢　安流吉於保美」（百つ島、足柄乎舟歩き多み）の「乎」がある。三三六九番歌の「麻万古須気乃　須我麻久良」の「古」は「こ」と読んで、読み下しに「ままの小菅の管枕」と「小」の字をあててよいと思われる。

それが、三三九四番歌から三三九六番歌までの三首に、読み下しで従来から「小筑波」と漢字をあてられる文言があるが、前二者は「乎豆久波」と書いているが、三三九六番歌は「乎都久波」と書いている。いずれにせよ、読み下しで「乎」は「小」と書いて「を」と読んでいる。先に紹介した三三六二番歌と三三六七番歌の「乎」についても扱いは同じである。

「乎」を『廣漢和』で見るとコ、ゴと読む。それは『論語』に「攻乎異端斯害也已」異端を攻むるはこれ害なる也と、目的語をともなって「を」と読む読みもあるが、「乎」を「を」と読むのは日本の古音だと『廣漢和』は断じている。

三四一五番歌は、ここにも「こ水葱」が登場する。「宇恵古奈宜」だが、これは「植え小水葱」と読み下す。そのことは巻第三の四〇七番歌と巻第十四の三五七六番歌の掛け合いで立証されたことだった。

三四二四番歌の「許奈良能須」は「小楢のす」と字をあてて「こならのす」と読む。ちなみに「のす」は「なす」が転化したもので、「のように」を意味する。「小楢のようにまぐわしいこの娘が持っている弁当箱はだれのものか」というのが歌の大意で、だから「小楢」の「小」もまた親しみをこめた言いまわしだったと思われるのだが、それがじつは「なら」という木はない。「こなら」「みずなら」の総称が「なら」である。

それに、じつはもっと問題があって、「許奈良」は「小楢」とは読めないという。例の「万葉仮名」の「甲乙」の区別の話だが、「許」は「こ乙」で、「小」は「こ甲」である。だから白文に「許」と見えるのを、読み下しで「小」の字にあてることはできないというのである。

できないが、他に読みようがないからというので、鹿持雅澄《かもちまさずみ》はこれは音の訛りで、「小」と読んでよい。若い楢の木をいっていると解釈したという。これはわたしは直接文献は見ていない。『万葉』のある校注者の注記に見ただけである。その校注者は「古義」（鹿持雅澄の著述）にしたがって、ここは「小」と読むとして、読み下しを「小楢のす」と書いている。

これは、しかし問題で、ここは「こ乙」を「こ甲」に読み替えるという勝手がまかり通るということになれば、ちょっと待てよといいたくなる。以前ご案内した巻第二の一〇六番歌、大伯皇女《おおくのひめみこ》の歌、

ふたりゆけど、ゆき過ぎがたき秋山を（秋山乎）、いかにか君のひとり越ゆらむ

の「秋山」を「安騎山」と読めないか。万葉人の人を思う視線は特定の場所に固着する性向を見せる。どうしてここに、大伯が、「秋山」などと、どこの山地でもよいような物の言い様をするのか。

巻第一の四三番歌、当麻真人麻呂《たぎまのまひとまろ》の妻の歌、

わが背子は、いづく行くらむ、沖つ藻の名張の山を（巳津物隠乃山乎）今日か越ゆらむ

がなんともステキなのは、「沖つ藻の名張の山を」と、夫の居所を特定して想像しているからである。

この歌の、ひとつおいて次の歌、四五番の長歌は、「軽皇子宿于安騎野時　柿本朝臣人麻呂作歌」と

前詞をおいているが、本歌の方では「三雪落阿騎乃大野尓」というふうに書いていて、だから「あき」は「安騎」とも「阿騎」とも書いたようだ。それが、たとえば「安伎」とは書かない。これが「き甲」「き乙」に関する了解事項になっている。「安伎」と書くと、それは「秋」をいうというのである。

なお、「宿于安騎野」は「安騎野に宿る」と読む。「于」は「う」と読み、「於」に通じる。

そこで「秋」だが、「秋」は巻第一の七番歌にはじめて出るが、なんとそこには「金野乃」と見えて、これを「秋の野の」と読む。これは中国の「五行説」に基づいたものだというが、だからこれは音表記ではない。

巻第五まで、音表記はない。「秋」は「秋」である。

巻第六の冒頭の九〇七番の長歌に「蜻蛉乃宮」と書いている。「秋津宮《あきつのみや》」と読む。「秋津宮」は九一一番歌に出る。九二六番歌に「飽津之小野」と見える。「秋津の小野」である。ついでだが、この「小野」は「この」だろうか。「をの」だろうか。

巻第七は「秋風」、「秋津」、「秋芽子《はぎ》」「秋山」と、すべて「秋」と書いている。

巻第八は四季で部門をわけていることもあって、「秋」がらみの文言が多い。そのどれもが「秋」は「秋」で、代表として、一六〇六番歌、「額田王思近江天皇作歌一首」、

君待つと、われ恋ひをれば、わが宿の、すだれ動かし（簾令動）、秋の風吹く（秋風吹）

これもついでだが、「簾令動」は「れんをうごかし」とも読めるふうだ。

巻第九は一七〇〇番歌がいきなり「金風」と書いていて、驚くが、その後、かなりのかずにのぼる

「秋」はぜんぶ「秋」（一七〇七・一七一三・一七五七〜五八・一七六一・一七七二・一七九〇）。

巻第十は、全体の眺めは「秋」だが、そこに「金」「白」「冷」が入っている。「白」も「五行説」に基づく表記である。「冷」の事例は、「秋萩に（冷芽子丹）置ける白露、朝なさな、玉としそ見る、置ける白露」（二一六八）。

巻第十一には、わたしの見たところ、ただ一個所にしか出ていない。二四七八番歌で、それが「秋柏潤和川辺　細竹目　人不顔面　公無勝」と、なんだかよく読めない。同じ巻第十一に類歌があって、こちらの方は「朝柏」と書きはじめている。「朝柏　潤八河辺之　小竹之眼笑　思而宿者　夢所見来」（二七五四）。こちらも、どうもよく分からない。

巻第十二は二個所。ともに「秋津」と読み下されるケースで、ひとつは三〇六五番歌の「蜻」、もうひとつは三一七九番歌の「蜓」いずれにしても音表記はひとつもない。

巻第十三も同様で、いくつか出るが、すべて「秋」である。おもしろいのは三三二四番の長歌に「四具礼乃秋」と見える。「時雨の秋」である。「時雨」の方は音表記になっている。

巻第十四に、「秋」に当たる音表記はもとより、「秋」そのものも出ていない。

巻第十五に入っても、「秋」の書法は強く、三五八六番歌は、まだ「秋風能」などと書いている。それが三六二九番歌にいたって、ようやく「秋」は音読みの表記を見せる。

秋さらばわが船はてむ（安伎左良婆　和我布祢波弖牟）忘れ貝、寄せ来ておけれ（与世伎弖於家礼）、沖津白波

「さらば」は「去る」の変化形、「はてむ」は白川静の『字訓』によれば「泊《はつ》」の変化形で、「泊」は「極」や「竟」と同字で、船が旅を終えて港に停泊することをいうという。「おけれ」は「置く」の変化形。

秋がくれば、船は港に入るだろう、貝殻を寄せてきて、置いていっておくれ、沖の白波よ。

三六五五番歌に「安伎豆吉奴良之」と見える。「秋づきぬらし」と読むという。三六五六番歌に「安伎波疑」と見える。「秋萩」あるいは「秋芽子」と書かれてきたものの音読み表記である。三六五九番歌に「安伎」、三六六六番歌に「安伎可是」(秋風)と「安伎」の表記は安定するかのように見えるが、三六七七番歌に「秋野乎」と、また、「秋」の表記が見える。しかし、三六八一番歌に「安伎波疑」と見えて、やれやれと思う間もなく、三六八四番歌に「秋夜乎」と見えて、なんだなんだとがっかりさせられる。それが、三六九一番の長歌に「安伎波疑能」と見えて、なんとも不安なことだ。

その後、三六九九番歌に「安伎左礼婆」、三七〇七番歌に「安伎也麻能　毛美知乎可射之」(秋山の、紅葉をかざし)、三七一四番歌に「安伎佐礼婆」(秋されば)と見えて、ともかくも、「安伎」の音読み表記は安定している印象を与える。

巻第十六に「秋」は出ない。

巻第十七は、三九四三番歌に「秋田乃」と見えて、やれやれと思ったところ、その次の次の三九四五番歌は「安伎能欲波」と書いている。「秋の夜は」である。ところがその次の三九四六番歌に「秋風吹奴」(秋風吹きぬ)と書いている。どうなっているのだろうと、見ていくと、三九五三番歌も「秋風左無実」

いている。

と書いている。「秋風寒み」である。それが四〇一一番の長歌は「安伎尓伊多礼婆」（秋にいたれば）と書

巻第十七は書写が安定しているとは言い難いようだ。

巻第十八に「秋」は出ない。

巻第十九には三個所に見えるが、すべて「秋」。

巻第二十はおもしろい。第三歌の四二九五番歌に「秋風」と見えて、やれやれと頁をはぐっていくと、四三〇六番歌に「波都秋風」（初秋風）と見える。つづいて四三〇七番歌に「秋等」（秋と）、ひとつおいて四三〇九番歌に「秋風尓」（秋風に）と見える。なるほど音読み表記はなしかと思ったら、次の四三一〇番歌が「安吉佐礼婆」（秋されば）と書き始められている。ところがその次の四三一一番歌は「秋風尓」、また次の四三一二番歌は「秋草尓」とつれないことで、しばらくいって四三一七番歌は「秋野尓波」（秋野には）と連動している。

それが次の四三一八番歌は「安伎能野尓」（秋の野に）と音表記を復活させている。ところがその次の四三一九番歌は「秋野乃宇倍能」（秋野の上の）とまたまた元に戻り、戻ったかなと思うと、その次の四三二〇番歌は「安伎野波疑波良」（秋野萩原）と書いている。

巻第二十には、この後、しばらく「秋」は出ない。ようやく四四五二番歌に「安伎可是不吉弖」（秋風吹きて）、四四五三番歌に「安吉加是能」（秋風の）と見える。ごらんのように「安伎」と「安吉」と両様の音表記を見せている。その後、四四八五番歌に「阿伎多都其等尓」（秋立つごとに）と見える。ごらんのように、「阿伎」と音表記を変えている。

巻第二十は巻末の四五一六番歌に、

　新しき年の初めの初春の、今日降る雪のいやしけ吉事

とめでたく歌い収める、その前歌、四五一五番歌に、やはり大伴《おおともの》宿祢《すくね》家持《やかもち》の作で、「秋風乃」と書いている。

あらためて「安騎野」はどこか。

巻第一の四五番、「軽皇子が安騎の野に仮泊した時に柿本朝臣人麻呂が作った歌」。

　やすみしし、わが大君、高照らす日の皇子、神《かむ》ながら神さびせすと、太敷かす京《みやこ》を置きて、隠口《こもりく》の泊瀬《はつせ》の山は、真木立つ荒山道《あらやまぢ》を、石《いは》が根、禁樹《さへき》おしなべ、坂鳥の朝越えまして、玉かぎる夕さりくれば、み雪降る阿騎の大野に、旗すすき、小竹《しの》をおしなべ、草枕、旅宿りせす、古《いにしへ》思ひて

（「泊瀬」はいまは「初瀬」と書く。）奈良の都から初瀬の山を越えていく。木々がそびえたつ荒々しい山道を、道をふさぐ岩や木々を押し伏せて、朝早くに越え、夜にはいって、雪の降る阿騎の大野に、すすきや小竹のしげみを押し伏せて、仮泊される。父君の故事を思い起こされて。

軽皇子は後の文武天皇。父の草壁皇子、往年の壮んな狩猟を思い起こして、軽皇子が阿騎野に出かけたと柿本人麻呂は歌っている。

巻第二の一七一番歌から一九三番歌まで、草壁皇子が薨去したのを悼んで、舎人たちが作った歌二三首

がある。その内のひとつ、一九一番歌、

けころもを、春冬かたまけて、出でましし、宇陀の大野は思ほえむかも

毛衣をお召しになる春冬の狩猟の季節がくるとお出ましになったあの宇陀の大野のことがいつまでも思い出されます。

「春冬かたまけて」は七音に余る。そこで「春冬」をなんとか二音に読もうとする解釈合戦がくりひろげられ、「とき」と読む説が有力になったという話である。『爾雅《じが》』（春秋戦国以前、中国古代の辞書）に春の狩猟を蒐《しゅう》といい、冬の狩猟を狩というという対語的表現が見られるという。そのあたりに根拠を据えたという説らしい。

阿騎野のことは宇陀の大野ともいったらしい。宇陀川最上流の山地である。現在、大宇陀町や宇陀野町のあるあたりだろうか。それとも東に寄って、室生寺の裏手の山野を指したのだろうか。王者の狩猟である。そんなやわな原っぱなんかでやるはずはない。柿本人麻呂の長歌は場の雰囲気をよく描いている。

大津皇子《みこ》と草壁皇子《みこ》は異母兄弟で、大伯皇女《おおくのひめみこ》は大津の同母姉にあたる。かれらかの女ら共通の父親である天武天皇が死去したあと、天皇の位は天武の后であった鵜野讃良《うののさらら》が継いだ。持統天皇である。草壁はかの女の生んだ子で、天武の皇太子だった。『日本書紀』によれば、その皇太子にそむいたということで、天武死去後、一か月もしないうちに大津は除かれた。朱鳥《あかみとり》元年（六八六）十月二日に逮捕され、翌日処刑されたという。

『日本書紀』はなにしろおもしろい。朱鳥に改元されたのは七月戊午廿日だから、まだ天武十五年だが、

二月から三月にかけての記事に、二月五日、国司のうち功のあったものを九人選んで勤位《ごんい》を与えた。三月六日、大弁官《おおともいのつかさ》直大参《じきだいさん》羽田真人八国《はたのまひとやくに》が病気にかかった。僧侶三人をつかわした。二十五日、羽田真人八国がみまかった。壬申の年の功によって、直大壱《じきだいいち》の位を贈った、と、あいかわらず人事、官位の事柄にかまけているなと思っていると、突然、「庚戌《かのえいぬ》雪降る」と、三月十日に雪が降ったと教えてくれる。

なんとねえ、「み雪降る、阿騎の大野に」と『万葉』が『日本書紀』にことばをあわせているようではないですか。このばあい、わたしの想像力のよりどころは、なにしろ「み雪降る」が「阿騎野」の枕詞だったなんて聞いたこともない。だいたいが「阿騎野」の噂話はここだけなのです。「雪降る」という文言も、ここ以外、わたしはまだ見つけていない。

その点『万葉』は饒舌で、いろいろあるがここでおもしろいのは、天武天皇が藤原夫人におくったという歌、巻第二の一〇三番歌と、それに応えた藤原夫人の一〇四番歌である。

わが里に大雪降れり大原のふりにし里に降らまくはのち

わが岡のおかみに言ひて降らしめし雪のくだけしそこに散りけむ

大原は飛鳥東南の山間の土地で、現在明日香村小原。藤原夫人は藤原鎌足の娘、五百重娘《いおえのいらつめ》。新田部皇子《にいたべのみこ》の母親。天武の十番目とも七番目ともいう皇子だから、晩年の子だろうと思う。天武十五年が十年か九年かなと思って『日本書紀』を丹念に見ているのだが、新田部誕生の記事はなく、また、大雪情報も汲めない。いいえ、五百重娘は子を産みに里へ帰っていたのではないかなと思いまして。

もうひとつは巻第二の一九九番の長歌、高市皇子《たけちのみこ》の葬儀に際して柿本人麻呂の作った歌に、往時、皇子

の勇猛な戦いぶりを描写して、

み雪降る冬の林に、つむじかも、い巻きわたると思ふまで、聞きのかしこく、引き放つ矢のしげけく、

大雪の乱れてきたれ

こちらでは「み雪降る」は「冬の林」の枕詞かのようだ。「大雪の乱れてきたれ」が天武と藤原夫人の歌のやりとりを思いださせておもしろい。

高市皇子は天武天皇の最初の息子で、持統十年七月庚戌（六九六年七月十日）四十三歳で死去した。『日本書紀』は天武の巻に、まず皇后と后を列挙し、そのあと、なにか付け足しかのように、額田姫王《ぬかたのおおきみ》が天武とのあいだに子をなした、十市皇女《といちのひめみこ》である。また、胸形君徳善《むなかたのきみとくぜん》の娘尼子娘《あまこのいらつめ》が高市皇子を生んだと書いている。

壬申の乱に際して十九歳の若者である。おそらく大海人皇子の長男である。大海人は吉野から行動を起こすにあたって、近江にいたその高市皇子に連絡をとり、味方を集めて、伊勢へ向かえと指令を発している。天武元年（弘文元年）六月甲申（六七二年六月二十四日）、大海人皇子は吉野を発って宇陀に入り、その日の内に「菟田《うだ》の吾城《あき》」を経て「大野」にいたって日が暮れた。なお夜中行軍して、「隠郡《なばりのこおり》」から「伊賀郡《いがのこおり》」に入り、「伊賀の中山」を経て、夜の明けるころ「莿秋野《たらの》」にいたり、さらに「積殖《つむえ》の山口」にいたったところで高市皇子の率いる別働隊と合流した。そこから「大山」を越えて「伊勢の鈴鹿」にいたった。

『日本書紀』を見ると、ほぼ以上のような里程をとって大海人は進軍している。ここに見える地名の

ほとんどは、わたしには確認できない。ただおもしろく思うのは「菟田の吾城」で、なんとねえ、「安騎野」ではないですか。「菟田」は「宇陀」です。「吾城」は「あき」と読む。それが、だからここでも、「き甲」「き乙」の問題がしゃしゃり出て、わたしのファンタジーの邪魔をする。

『万葉』巻第十四の「小」にあたる漢字表記の諸例の紹介にもどる。

三四三六番歌の「志良登保布　乎尓比多夜麻乃　毛流夜麻乃」は「しらとほふ小新田山の守る山の」と読み下して、「小新田山」は「をにひたやま」と読む。

三四四五番歌の「美奈刀能　安之我奈可那流　多麻古須気」は「水門の葦が中なる玉古須気」と読み下して、「古須気」は「小菅」と字をあてて、「こすげ」と読む。

三四五四番歌は「尓波尓多都　安佐提古夫須麻　許余比太尓　都麻余之許西袮　安佐提古夫須麻」は「庭に立つ、安佐提古夫須麻、今宵だに、夫《つま》寄し来《こ》せね、安佐提古夫須麻」と読む。どこか『催馬楽』ふうの古風な歌振りで、「安佐提古夫須麻」は「あさでこぶすま」と読み、「麻手小衾」と字をあてる。カバーが麻地の布団、庭に干してある。

三四六四番歌の「麻乎其母能　於夜自麻久良波」は「真小薦《まをごも》のおやじ（同じ）枕は」と読む。「麻乎」は「其母」にかかる接頭辞で、「其母」は「こも《（薦）》」で、「其」はその薦が真性のものであることを、「乎」はそのものが小さく、かわゆく、親しいものであることをいう、それぞれ独立の接頭辞である。身近に使っている薦枕というふうな言い分だ。

次は三四八四番の名歌。「麻苧らを麻笥《をけ》にふすさに績《う》まずとも、明日きせさめや、いざせ小床に（伊射西乎騰許尓)」。「乎騰許」に「小床」と字をあてている。「をどこ」である。

三四九二番歌。「乎夜麻田乃　伊気能都追美尓」を「小山田の池の堤に」と読む。「小」は「を」である。

次の三四九三番歌に「四比乃故夜提能」と見える。「椎の小枝」で、「しひのこやで」と読む。「こやで」は「こえだ」の訛りだとする説がある。「小枝」である。写本の筆生は「乎夜麻田」「故夜提」と書き分けている。そこがおもしろい。

三五二四番歌は、まるでコピーをとったかのように、三四六四番歌の「麻乎其母能」と書いている。

「真小薦の」である。

三五二七番歌がおもしろい。


沖に住も、乎加母乃毛己呂、八尺鳥、息づく妹を、置きて来のかも

「乎加母乃毛己呂《のもろこ》」、「小鴨」は、だから「をかも」か「こかも」かまようところなのだが、まあ、鴨のように、というほどの意味で、鴨は水にもぐり、浮かび上がって息を継ぐ。そのように、長く大きなため息をつく妻を置いて、わたしは来てしまったことだと、これは防人に徴用された男の嘆き節だった。「八尺鳥」は「やさかどり」と読んで、息継ぎの長い水鳥をいうのだという。

三五六四番歌はよく分からない。分からないが、これはとても美しい詩だ。


小菅ろのうら吹く風のあどすすか、かなしけ児ろを思ひ過ごさむ

「あどすすか」は「どうしたらいいんだろう、どうしたらいいんだろう」と重ねて自問自答する形式の

文体である。どうしたら、いとしいあの子を忘れることができるんだろうとつなぐ。このふたつの文節を枕詞風に飾るのが「小菅ろのうら吹く風の」である。これを理解するには、巻第七の一二八八番歌に立ち返らなければならない。

みなとの葦のうら葉をたれか手折りし、わが背子が振る手を見むとわれぞ手折りし

あるいは、また、巻第十三の三二七八番の長歌にそえた反歌、三二七九番歌もまた大いに参考になる。

葦垣のうらかきわけて君越ゆと、人にな告げそ、事はたな知れ

両歌に共通する「うら」は「末」と書かれていて、「うら」の音はかくれている。「うら」はおそらく「うれ」の転で、巻第二の一四六番歌に、

のち見むと君の結べるいはしろの、小松のうれを（子松之宇礼乎）また見けむかも

「宇礼」は松の枝先を意味している。だからここは「末」と漢字をあててもよいところだとは思うのだが、校注者にためらいがあるのか、従来の読み下しでは「うれ」と仮名書きしている。ただもうひとつ、巻第十六の三八七六番歌のケースでは、「菱の末《うれ》」と「末」の漢字をあてている。

とよくにのきくの池なる菱の末を、摘むとや妹のみ袖濡れけむ

女たちが菱の実を摘む情景が描かれている。これの本歌は李白にある。菱の実のもあるが（五言絶句

「其の十三」）、このケースでは「採蓮曲」と題された七言古詩がおもしろい。「呉軍百万（24）」に引用した。

『古今』巻第十七雑歌上の八九一番にも見える。

笹の葉に降り積む雪の末《うれ》を重み、本くたちゆくわが盛りはも

なお、上記の歌の「乎」は、『廣漢和』の紹介する、目的語をともなって「を」と読む読みのケースである。

三五七四番歌は、「乎佐刀なる（乎佐刀奈流）花橘をひきよじて、折らむとすれど（乎良無登須礼杼）、うら若みこそ（宇良和可美許曾）」と書いている。

なんと、「乎良無」と書いている。「折らむ」としか読みようがない。それが初句に跳ね返って、「乎佐刀」は「をさと」である。なんと、ひとつの歌のなかで、ひとつの文字の読みを決める。すばらしい。

「宇良和可美」は「末若《うらわか》し」を副詞的に使う語形。「春へさく藤の末葉」（『万葉集』三五〇四番歌、下二八五～六頁）のように若いというほどの意味合い。

三五七六番歌はもう紹介しました（三二七頁）。

苗代の小水葱が花を衣に摺り、なるるまにまにあぜかかなしけ

『源氏物語』に「すだれ」と「みす（御簾）」は頻出する。「す」も六、七個所に見える。だが、「をす」はない。「こす」も出ない。

『枕草子』がおもしろい。「すだれ」と「みす」が、ところどころ、思い出したように四、五例（あまり自信はないが）ずつ見えるなかに、「す」が二個所に出て、そのひとつは七三段（数え方によって段数がちがう）。

又、さしぬき《（指貫）》いとこう《（濃）》、なをし《（直衣）》あざやかにて、色々のきぬどもこぼしいでたる人の、す《（簾）》をおしいれて、なからいりたるやうなるも、と《（外）》より見るはいとをかしからむを。

あざやかな青の色合いの直衣の下に、何枚も下着を重ね着している人（若者です）が、簾を押して、なかば部屋の中に身を入れている様子がこよなくよろしいと、清少納言おばさまはご機嫌です。

もう一個所が「いとをかしく」、一八九段だが、なんとこの段の「たきもの」を話題に提供している文節に「す」が出ていて、「たきもの」の話題が「こす」の話題に競合している。

たきものの香、いと心にくし。五月のながあめのころ、うへの御つぼねのことのすに、斉信《ただのぶ》の中将のよりゐ給へりしかは、まことにをかしうもありしかな。その物のかともおぼえず、おほかたあめにもしめりてえんなるけしきの、めづらしげなきことなれど、いかでかいはではあらむ。又の日までみすにしみかへりたりしを、わかき人などの世にしらず思へる、ことわりなりや。

「たきもの」は置いて、まず「こす」の話題を片づけるとして、文中、「うへの御つぼねのことのすに」は「上の御局の小戸の簾に」と読み解ける。「上の御局」は、清少納言が仕えた一条天皇中宮藤原定子の弘徽殿（こきでん）の一室、女房たちの部屋をいう。その部屋の小さな戸に吊してあった簾を「ことのす」と書いている。

また、「たきもの」の話題からますます遠のくようだが、『枕草子』もはるか前段に帰って、二〇段に、「みすのうちに、女房、桜のからぎぬども、くつろかにぬぎたれて、藤、山ぶきなどいろいろこのましうて、あまたこはじとみのみすよりもおしいでたる程、日のおましのかたには、おものまゐるあしをとたかし」と読める。

文中、「こはじとみのみす」は「小半蔀の御簾」と漢字をあてる。「蔀《しとみ》」は、上半分を開閉する仕組みの、格子の片面に板を張った戸をいう。「小半蔀《こはじとみ》」は、小さな蔀戸をいうが、とりわけ清涼殿の奥の女房たちの部屋の「小半蔀」はよく知られていて、その「小半蔀」に吊した簾の下から、女房たちの薄紫の色合いの、また薄朽ち葉色の色合いの衣が廊下にはみ出ている。これを「出し衣」といって、挑発的にそうしているのだが、わたしがいうのは、なんとねえ、ここでも「こはじとみのみす」と「こす」の音が聞こえる。

ここでも、というのは、一八九段にもどって、「ことのす」と、「こす」の音が聞こえていた。

わたしはけっこうまじめにものをいっていて、使われてもいない「をす」の表記を正しいモデルと措定して、権兵衛に、いいえ、権兵衛の小歌集の筆生に、もしかおまちがえではないでしょうかとおうかがいを立てたりするよりは、権兵衛の書いたがままに読む作法をこそ、わたしたちは身につけなければなるまい。

わたしがいうのは、「こすのとほそ」については、権兵衛の本歌は『枕草子』である。

それが、こと「たきもの」については、清少納言は反面教師で、およそかの女は「たき物」にうとい。「あそびは」、「舞は」、「ひく物は」と、「物尽くし」をいろいろ挙げながら、いつ出てくるのかなと期待して待っているというのに、ついに最後の段まで、「たきものは」は出てこない。

「たきもの」については、あと一個所、二二七段に、「よくたきしめたるたきものの、昨日、をととひ、けふなどは、わすれたるに、ひきあけたるに、煙ののこりたるは、ただいまの香よりもめでたし」と、どこか腰を引き気味の文章にしかお目にかかれない。

「たきもの」は日常で、それだけにこの才気煥発な女性の関心をひかなかったのか。そうもいえる。それは、一八九段の文章でかの女自身、そうと認めていて、どこかといえば、「その物の香とも覚えず、大方雨にもしめりて、艶なるけしきの、珍しげなきことなれども、いかでかいはではあらむ」の文節で、「どういう配合の香なのか、それは分からないが、雨にしめったあたりの艶な気配に、香の匂いが際立って、だからこれは別に珍しいことではないのだけれども、これをいわずにすますわけにはいかないですよ」と、清少納言は一人舞を演じている。

そこで、わたしがおもしろく思っているのは、斉信《ただのぶ》の中将が「小戸の簾」に残した移り香は、もしや「木枯」と呼ばれた香だったのではないか。清少納言は、日ごろ、「薫き物」にうとく、その名を知らなかったのではないか。

あるいは、これはなんとも皮肉屋の清少納言のやりそうなことだが、この「薫き物」談義を含む一八九段が、あとひとつ、みじかい文節を残して終わって、次の段、一九〇段は「しまは」《(島)》、一九一段は「はま(浜)は」、一九二段は「うらは」《(浦)》と、短い「ものは」を重ねていって、一九三段に「もりは」と、森の評判を占う。

もりはうへきのもり、いはたのもり、こからしのもり、うたゝねのもり、いはせのもり、おほあらきのもり、たれそのもり、くるへきのもり、たちきゝのもり。ようたてのもりといふかみゝとまるこそあやしけれ。もりなといふへくもあらす、たゝ一木あるを、なにことにつけけむ。

ごらんのように、「こからしのもり」が噂されている。

わたしがいうのは、権兵衛は、噂の才女の小歌に合わせて、「たき物のこからし」と書いている。

いいえ、それは「木枯」と呼ばれる練香があったのだろう。権兵衛は香道にもくわしい。

なお、噂の才女のこの段落の後半、「ようたてのもり」についての文章は、なんともおもしろい。そのおもしろさぐあいについて、この権兵衛の小歌集の「柳の陰に(42)」の注釈に言及した。どうぞ、お目通し下さい。

＊すだれのかかった小さな戸口から、練香木枯を薫く匂いが漏れて、暮れなずむ庭にひろがる。おりしも昇った月さえも、匂いのなかにいるようだ。

「たか袖ふれし（8）」に、「誰が袖触れし梅が香ぞ、春に問はばや、物言ふ月にあひたやなふ」とある。興趣は通じると思う。

なお、『日本国語大辞典第二版』の「こす【小簾】」の項は、「古く『おす』といったのを読み誤って用いられた語」と書いているが、どうしてそういうふうにいえるのか、どうもよく分からない。また、用例として、「康和四年内裏艶書歌合《だいりえんじょうたあわせ》（一一〇二）」なる資料から源家時の歌と、「風雅（一三四六～四九ごろ）」なる資料から「永福門院内侍《えいふくもんいんのないし》」の歌を引いているが、わたしはちゃんとした刊本にそれらを見ていないので、なんとも批評できない。

なおまた、『竹林抄』巻第六恋連歌下の、わたしの見ている「新日本古典文学大系」版で延べ番号八四三・八四四・八四五番句に、つづけて「こす」が見える。

露の間も、心は行て添ふものを　こすの迷ひに消ゆる面影
耳とゞむるは心引く方　面影も洩らさぬこすに立添いて
匂ふ桜の奥深き方　誰となき、こすの面影花に見て

校注者はこの「こす」に「鉤簾」の漢字をあてて、「鉤簾は万葉『小簾《をす》』の誤訓より生じた歌語」と書いている。分からない。『日本国語大辞典第二版』によれば、「鉤簾」の字あてが出るのは『和漢三才図会』（一七一二）かららしい。

『竹林抄』は、あるいは『閑吟集』の作者ではないかと噂されている宗長との関わりが深い連歌集である。どうぞそのあたりの消息については「宇津の山辺（113）」の注釈をごらんいただきたい。

109
都は人目つつましや

都は人目慎ましや、
もしもそれかと、夕まぐれ、
月もろともに出でてゆく、
雲井百敷や大内山の山守も、
かかるうき身はよも咎めじ、
木隠れて、よしなや、
鳥羽の恋塚、秋の山、
月の桂の河瀬舟、
漕ぎ行く人はたれやらん、
漕ぎ行く人はたれやらん

都は人目つゝましやもしも
それかと夕まくれ月もろとも
に出てゆく〳〵雲井もゝ
しきや大内山の山もりも
かゝるうき身ハよもとかめし
こかくれてよしなや鳥羽の
恋塚秋の山月のかつらの
河瀬舟こき行人ハ誰や
らん〳〵

＊都は人目がはばかられる。もしやあれかと後ろ指を指されないように、夕方、月の出を待って都を出る。朝廷の警護の者たちも、なにしろこのようにしおたれた身だ、あやしんで誰何するようなことはしないだろう。人目を忍んで行くほどのこともないか。都を出はずれれば鳥羽殿の秋山を眺めて恋塚

の伝えを偲び、桂川に川瀬舟を漕ぐ人影を遠くにのぞむ。

能『卒塔婆小町《そとばこまち》』の詞書の一小段の転記である。

「新潮日本古典集成」版の『謡曲集』中巻所収の校注を見ると、「もしもそれかと夕まくれ」が「もしもそれとか夕まくれ」と読まれている。「河瀬舟」が「川瀬舟」と書かれている。そのほか、仮名書きの数語が漢字に直されていて、とりわけ「かゝるうき身」と、「うき」ということばの意味合いをあからさまに示す。なんと読みにゆらぎはない。「かかる憂き身」と、「なにしろこのようにしおたれた身だ」と訳したが、これでいいだろうか。小野小町が「かかるうき身」と発音するとき、気持ちは自嘲的だったろう。そんなに重苦しくはない。

「宇記も一時（193）」に、「うきもひととき、うれしきも、おもい覚ませば夢候よ」と見える。うきはひとときのこと、うれしさもそうだよ。人生は夢だ。

「うき」を「宇記」と書いている。それは写本の仮名文字は、漢字を借字している。「うれしき」の「れ」も借字のひとつで、「連」が見え見えだ。「うき」を「宇記」と書いても、それは借字だ。そう見ることもできる。だが権兵衛は大方は平仮名で「うき」と書いている。ときどき「憂き」と書いたり、「浮き」と書いたりしている。そのあたりの景色は、だんだんとご紹介する。「宇記」と書いている例はほかにはない。「憂き」とも「浮き」とも書きたくなかったのかなあ。なんともおもしろい。

小野小町もこの小歌を口ずさんでいたのではないか。わたしがいうのはそのことである。なにしろ小野小町と宇記の道行は「四塚《よつづか》」から「作道《つくりみち》」を南に下る。道行の先は「鳥羽殿《とばどの》」だ。「雲井百敷《くもいももしき》や大内山」

は鳥羽殿をいっている。「こかくれてよしなや」は「人目を忍んで行くほどのこともないか」と訳したが、鳥羽殿に足を踏み入れた小町が「木の葉隠れに」景色を眺める。見えにくいのも「しょうがないか」と読もうかねえ。

鳥羽に袈裟御前《けさごぜん》の墓があった。高雄《たかお》の文覚《もんがく》法師が「恋塚」と名付けたという。文覚は出家前、北面の武士であったとき、同輩の源渡《みなもとのわたる》の妻袈裟に横恋慕した。袈裟は懸想者と夫とのあいだに立って死を選び、文覚に手を下させるよう仕組んだのだという。

「秋の山」って、『太平記』がそういっているよと道行者は知識をひけらかす。巻第八の「三月十二日合戦事」だけど、こういってるよ。

> さるほどに赤松入道円心、三千余騎をふたつにわけて、久我《こが》縄手、西の七条より押し寄せたり。大手の勢、桂川の西の岸に打ちのぞんで、川向かいなる六波羅勢を見渡せば、鳥羽の秋山風に、家々の旗翩翻《へんぽん》として、城南《せいなん》の離宮の西門《さいもん》より、作道《つくりみち》、四塚《よつづか》、羅城門《らしょうもん》の東西、西の七条口まで支えて、雲霞《うんか》の如くに充満したり。

播磨の悪党、赤松円心は、主力四千をひきいて、山崎から久我縄手まで進んだ。鎌倉から進軍してきた足利尊氏が、京都の南をかすめて北上し、保津峡の篠村に布陣する。現在京都府亀岡市篠町篠である。篠村八幡宮に願文《がんもん》を奉納した。篠村八幡宮は、延久三年（一〇七一）後三条天皇の勅宣によって河内の誉田《こんだ》八幡宮を勧請《かんじょう》したのが創祀《そうし》と伝えられる。「今から誉田まで(47)」をご参照。

赤松円心と足利尊氏が北条幕府の六波羅政権と対峙した。六波羅勢は四塚から「城南の離宮の西門」まで展開している。四塚というのは朱雀大路が羅城門跡で東西の九条大路と交差する。その四つ辻をいった。そこから鳥羽作道が南に延びて鳥羽殿にいたる。なんとねえ、「軍記物」は往時小野小町と「宇記」の道行を叙している。

110　夜の関戸の明け暮れに

夢路より幻に出る仮枕、
夢路より幻に出る仮枕、
夜の関戸の明け暮れに、
都の空の月影を、
さこそと思いやるかたの、
雲居はあとに隔たり、
暮れ渡る空に聞こゆるは、
里近げなる鐘の声、
里近げなる鐘の声

夢路よりまほろしに出るかり枕
〱よるの関戸の明くれに
都の空の月影をさこそと思ひ
やるかたの雲ゐハ跡にへたゝり
くれわたる空にきこゆるハ里
ちかけなる鐘のこゑ〱

＊寝ては夢、起きてはうつつ、まぼろしの仮のやどり、関戸の夜が明け、また暮れる。都の方の空の月影を、ああ、あの方角かと眺める。雲居は、わたしの歩いてきた道にあって、もうずいぶんと隔たってしまった。暮れなずむ空に鐘の音が流れる。里山の寺の鐘だ。

能『蟻通《ありどおし》』の一小段を写している。『蟻通』は、歌人紀貫之が和泉国の蟻通神社の神域で神の怒りにふれ、和歌を詠むことでその怒りをやわらげたという筋書の、あまりおもしろくない能だが、冒頭の「夢路より幻に出る仮枕」を「夢に寝て、現に出る旅枕」と、「さこそと思いやるかたの」を「さこそと思いやるかたも」と書いている刊本がある。あとはそっくり同じである。

「雲ゐは跡にへたゝり」だが、「雲ゐ」は前歌で「雲井」と書かれているが、ふつう「雲居」と漢字をあて、皇居のあるところ、都の意味でよく使われる。歌い込んだ歌は多く、その大方が月を伴に連れている。

思ひきや深山の奥に住まいして、雲居の月をよそに見んとは

これは『平家物語』「灌頂巻大原御幸《かんじょうのまきおおはらごこう》」に建礼門院の御製として引かれた歌である。雲居で見ていた月を山奥で見ることになってしまった、おもわぬことでしたと嘆き節をかなでている歌で、このあたりがけっこうこの小歌の本歌だったのではないか。

前歌「都は人目つつましや(109)」で、「小野小町」が雲居に懸かる月を見る。次歌「末は淀野のまこも草(111)」で、「頼風女《よりかぜのめ》」が放生川《ほうじょうがわ》の川面に映る雲居の月を見る。この小歌は、このふたつのドラマをつな

いでいる。

天和《てんな》二年（一六八二）に着手され、二年後の貞享《じょうきょう》元年に完成した山城国の地誌『雍州府志《ようしゅうふし》』は関戸の項をこう書いている。「関戸　大山崎の南に在り。伝えていう、古くこの所に関を置いて非常に備う。関戸、自ずから山城の南界と為る。これより南は河内国に属す」。

どうやら天王山の南麓に位置していたらしい。

111　末は淀野のまこも草

東寺のあたりに出《いで》にけり、
東寺のあたりに出にけり、
むかし、たれか作り道、
むかし、たれか作り道、
さて、鳥羽殿の旧跡、
さなきだに秋の山風吹きすさみ、
うき身の露の袖の上、
末は淀野の真菰草《まこもぐさ》、

東寺のあたりに出にけり〳〵昔誰
かつくり道〳〵さて鳥羽殿の
旧跡さなきだに秋の山風吹
すさみうき身の露の袖の
上末はよとのゝまこも草かれ〳〵
なりし契ゆへならはぬ旅の
わか心ミつの御牧のあら駒を
さゝかにのいともてつなくとも

二途かくる人心たのむそ
おろかなりける〱

かれがれなりし契ゆへ、
習はぬ旅のわが心、
美豆《みづ》の御牧《みまき》の荒駒を、
細蟹《ささがに》の糸もてつなぐとも、
二途かくる人心、
頼むぞ、おろかなりける、
頼むぞ、おろかなりける

＊東寺のあたりに出た。羅城門跡の四塚《よつづか》に立って、さて、だれが作った道なのか、作道《つくりみち》を南にたどって、鳥羽殿の旧跡を歩く。秋山から吹きすさぶ風に、うきわが身の袖は女郎花の露に濡れる。道は淀野に通う。女郎花の咲く淀野に群生するはなかつみはもう枯れはじめている。愛し合ったあの人とも、心は枯れ枯れのはなかつみのように離《か》れ離《が》れになった。旅慣れないこのわたしは愛の道を行くのもおぼつかない。淀野の水の御料場に育てられた元気盛んな若駒を、蜘蛛の糸でつなぐのは、それはできるかもしれないが、ああ、二人の女を愛するような男の心を頼んだのは愚かなことだった。

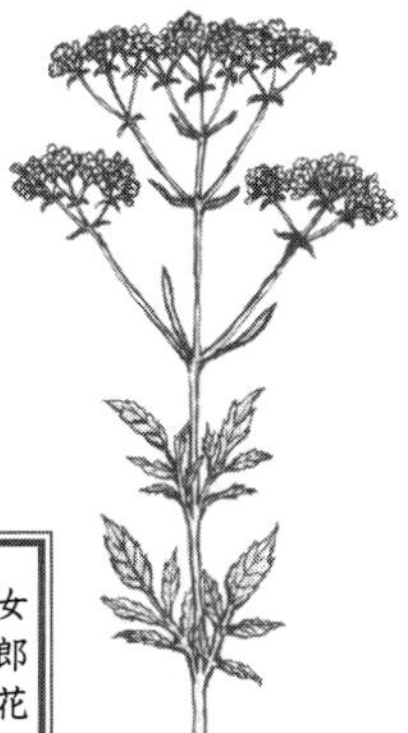
女郎花

これはいまは上演されることのない『現在女郎花《げんざいおみなめし》』という能の詞書の一小段である。世阿弥が『申楽談儀《さるがくだんぎ》』や『六道《ろくどう》』で引き合いに出し、多少詞書も引いていることで知られている。刊本は昭和二十五年（一九五〇）に古典文庫に収められた『番外謡曲』（田中允校訂）があるというが、わたしはそれは見ていない。

一方で『おみなめし』の演目はいまでも上演されている。九州松浦《まつら》の僧が石清水《いわしみず》八幡宮に参詣する。八幡宮には女郎花が咲き乱れている。僧が小野頼風《おののよりかぜ》の夫婦塚《めおとづか》に詣でると夫婦の亡霊が現われて、妻が女郎花になったいわれを語る。

わらはは都に住みし者、かの頼風に契りを籠めしに、すこし契りの障りある、人間《ひとま》を真《まこと》と思ひけるか、女心のはかなさは、都を独りあくがれ出《い》でて、なほも恨みの思ひ深き、放生川《ほうじょうがわ》に身を投ぐる。

「人間を真と思ひけるか」は「ちょっとのあいだ、男が来なくなったのを、捨てられたのだと思いこんで」というほどの意味あい。「放生川」は石清水八幡宮の法山男山の麓を流れている川で、放生会の行事場である。

「現在能」は「夢幻能」に対応する能のスタイルで、このばあいの小野頼風夫婦の亡霊のように、霊体の出演者が登場するのが「夢幻能」であるという。権兵衛が転写した古型の『おみなめし』は現在の頼風女に現実の鳥羽作道を歩かせているのだという。

季節は秋である。「秋の山風」と書いているからというのではない。「秋の山」は鳥羽殿にあった丘をいう。さきほど紹介した『太平記』の記事は「三月十二日合戦事」に「鳥羽の秋山風に、家々の旗翩翻《へんぽん》として」と書いている。三月に秋ですよ。

「末は淀野の真菰草、かれがれなりし契ゆへ」の「末は」は「道の末」であり、「身の末」である。「淀野の真菰草」は「かれがれ」だという。「かれがれ」は「枯れ枯れ」であり、「離れ離れ」である。真菰草は枯れている。季節は秋である。

「女郎花」は言葉には出ていない。能『おみなめし』の台詞からの転写ということで、わけは知れる。それが権兵衛はちょうどうまいところを引いた。「末は淀野の真菰草」が「女郎花」を指示する。本歌は『万葉集』巻四、中臣女郎《なかとみのいらつめ》が大伴家持《おおとものやかもち》に贈った歌五首のうちの一首、通し番号で六七五番歌である。

をみなへし佐紀沢（咲沢）に生ふる花かつみ（花勝見）、かつても知らぬ（都毛不知）恋もするかも

歌の意味はむしろ単純で、女郎花が咲く沢に花かつみが生い茂っている。だからなんだよと、なにをいいたいのかとみんなが固唾を呑んで待ちかまえていると、今まで知らなかったほど、はげしい恋をしているんですと、女郎は本気なのだろうか。

なお「都」を「かつて」と読むのはむずかしい。『広辞苑』は「嘗て、曾て、都て」と漢字をあてている。前二者については用例をあげているが、「都て」については用例をあげることをしていない。

「花かつみ」が真菰草《まこもぐさ》らしいのだ。いまは「はながつみ」と発音しているようだが、イネ科の植物で、なにしろ種子はコメに先立つ食用穀粒だったらしいのだ。北アメリカからカナダに植生するアメリカマコモの種子は「ワイルドライス」と呼んで、いまでも食用に供している。葉は筵《むしろ》、薦《こも》、畳《たたみ》に編まれる。

頼風女は、無意識のうちに真菰草の穂をしごいて「ワイルドライス」を口に運ぶ。

もっとも「花かつみ」が真菰草を指すとは一概にはいえない。水辺に生える草をそういっていたというのが真相で、花あやめ、葦、かたばみなどをいうこともあった。

『菟玖波集《つくばしゅう》』秋の上に、

　かつ見てをしき秋の色かな
　風に散る野辺の千草の花かつみ

と見える。これは伝聞。ちゃんとした刊本をわたしは見ていない。

『貫之集』三に、

　秋の野の千くさの花は女郎花、まじりておれる錦なりけり

と見えるという。これも伝聞で、最近刊行された神田龍身氏の『紀貫之』にもこの歌の引用は見えなかった。

「花かつみ」は「千草」で、「千草」に「女郎花」もまじっていておかしくなかった。「をみなへし咲く沢に生ふる花かつみ」は、「女郎花」がまじって花とりどりに咲く沢に、と読み解ける。

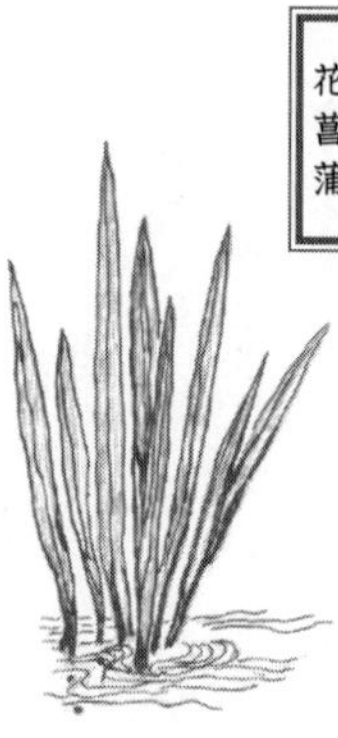
花菖蒲

「花かつみ」はまた「花あやめ」ともいう。「花あやめ」は「菖蒲」の古名で、「あやめ草」ともいっていた。『堤中納言《つつみちゅうなごん》物語』の「逢坂《おおさか》越えぬ権中納言《ごんのちゅうなごん》」に、

　いずれともいかが分くべきあやめ草、おなじ淀野に生うる根なれば

と見える。

また『栄花物語』の第二十三丁に、

　むかしより尽きせぬ物をあやめ草、深き淀野に引けばなりけり

と見える。

草花の名前の連想が歌の世界にひろがって、頼風女は淀野にいる。

大山崎のあたりで、東から宇治川と木津川が桂川と合流し、淀川を作る。この三河の合流点に近く、古代来、淀津《よどのつ》と呼ばれる港町がにぎわっていた。淀野は淀津の郊外の湿原をそう呼んだ。その南の男山を法山として石清水八幡宮が鎮座する。

『古今和歌集序聞書三流抄』に「平城《へいぜい》天皇の御時、小野頼風といふ人あり。八幡に住みけるが、京なる女を思ひて、たがひにかちこち通う」と見えるという。「八幡」は石清水八幡宮をいう。頼風は石清水八幡宮に寓居していた。頼風女は淀野を渡って男山を目指す。

現在、男山の北、三河の合流点に近く、桂川と宇治川にはさまれた一郭に「淀美豆町《よどみづちょう》」がある。「美豆の御牧」の跡地であろうか。『竹むきが記』という、これは南北朝時代の仮名書き日記で、筆者は日野名子《ひのめいし》。日野家の出で、西園寺家に嫁した。「竹向《たけむき》」は西園寺家の屋敷の自室の呼称だという。

「天王寺に詣づる事あり。水の御牧より舟をば設く。程なき淀の渡りにて鳥羽に着きぬ」とかの女は書いている。「美豆《みづ》」は「水」とも書き、あるいは名前の由来を語っているとも読める。頼風女は「美豆の御牧の荒駒」を現在の目で見ている。

「細蟹の糸」は「蜘蛛の糸」の異称である。

「美豆の御牧」は、わたしははじめ「ミ須の御牧」と読んでいた。「須《す》」としか読めなかったのである。しかしこの字は「津」のくずしだと後で分かった。「みつ」である。だから「美豆」で、「水」である。なお、「水にもえたつほたる（59）」の注釈をごらんください。

112　残灯

残灯、牖下、落梧の雨、
これ、君を思ふにあらずとも、
鬢、まだらなるべし

残灯牖下落梧之雨是
君を思ふにあらすとも鬢
またらなるへし

「残灯」で思い出す詩がある。

権兵衛の時代から一世紀ほども後、禅僧一絲文守《いっしもんじゅ》が、近江永源寺に病を養いながら、修学院に住む大通尼梅宮を思い、「乙酉《きのととり》の秋の病中口占四首」を作った、その七言絶句である。

明滅残灯若有情　　明滅する残灯、情けあるがごとし、

山村一夜不聞更　　山村の一夜、更に聞こえず、
幾回欹枕難成睡　　幾回となく枕をそばだてて、眠りなりがたし、
聴尽西風吹葉声　　聞きつくす、西風の葉を吹くの声

どうぞわたしのエッセイ集『いま、中世の秋』か『飛ぶ鳥の静物画』をごらんください。心を込めて、「文守と梅宮」の噂話をさせていただいております。ただし、この詩の読みは唐木順三のもので、ずっと長い間、拝借していたが、平成二十九年の今、ようやくわたし自身の読みを作ろうと思う。読みのポイントは二行目の「聞」と最終行の「聴」の対比にある。『礼記《らいき》』「大学」伝七章に「心不在焉視而不見聴而不聞」と見える。「心ここに在らざれば、視れども見えず、聴けども聞えず」。また、二行目の「不聞更」を「更に聞こえず」と呼んでも意味が通らない。ここは「聞かずして更ける（過ぐる）」でしょう。まとめて、

明滅する残灯、情けあるがごとし、
山村の一夜、聞かずして更ける、
幾回となく枕を欹てて、眠りなりがたし、
ただ聴く、西風の葉を吹くの声

「牖下」は「窓下」の意。「牖」は本字は片と戸と甬を合わせた字形。甬が後に変形して甫になった。甬は通に通じ、「穴を明けて抜けとおるの意」と『廣漢和』は説明している。「ゆう」と読む。

「梧」は「ご」と読み、「あおぎり」をいう。「あおぎり」は「梧桐」と書く。「梧桐」は「ごどう」と読む。「梧桐一葉」といえば、『群芳譜《ぐんぽうふ》』（「群芳」は群れなす花々、あるいは美人をいう）に「梧桐一葉落　天下尽知秋」の五言詩二行が見える。また、「梧楸」といえば、最初に落葉する木をいう。「楸」は和名「ひさぎ」といい、のうぜんかずら科の高木である。

ただ、「梧桐雨」というと、北宋の蘇軾《そしょく》の詩「次韻朱光庭初夏」に「臥聞疎響梧桐雨　独詠微涼殿閣風」と見えて、これは初夏の詩である。

「鬢」は、書陵部蔵本は、下部の旁が「賓」ではなく「兵」と書く異体字で書いている。だから「弱兵」と書いてあるように見える。

＊明け方も近づき、油の乏しくなった灯火がまたたいている。梧桐の見える窓の下に雨音が聞こえる。梧桐の雨は初夏の風光だが、いまは秋、雨は梧桐の葉を落とす。これは、もう、人を思うのあまりにということではなくとも、鬢に白い毛がまだらに混じることになりそうな気配ですよ。

113　宇津の山辺

宇津の山辺のうつつにも、
夢にも人の逢はぬもの

宇津の山へのうつゝにも夢
にも人のあはぬもの

『伊勢物語』の第九段に、宇津山路で、京の知り合いに出会った。思いがけない出会いに興を得て、「京なる人」（どうぞ、『わが梁塵秘抄』「つねにこひするは」の段をごらんください）へ宛てて手紙を書いたことだったと、そこで一首。

駿河なる宇津の山辺のうつつにも、夢にも人に逢はぬなりけり

駿河国の宇津山の名のように、現実の山路で思わぬ人に逢うことがあるが、あなたには、このところ、現実にも、また夢の中でも、お逢いすることがない。どうぞわたしの夢の中にお出になってください。

権兵衛の小歌はこれを本歌にとっているが、たった一字、「に」を「の」に変えて、人は逢うことがないものだ。これが人生かと、むしろ突き放している。

書陵部蔵本はこの「人の」の「の」を「農」のくずしで書いている。これは「の」はたくさんあるなかで、めずらしい字体である。それは写本のひとつの字体をいっているのだから、わたしは他の写本は見ていないのだから、権兵衛がここで「の」を「農」と書いて、「の」を強調したとかなんとか、そこまで強

弁するつもりはない。ただ、気にはなる。

それは、だから、この権兵衛の歌ぶりに接して、在原業平のこの歌は『新古今和歌集』の九〇四番にそっくりそのまま転記されているとか、九八一番に、藤原家隆《いえたか》が、

　旅寝する夢路はゆるせ宇津の山、関とは聞かず、守る人もなし

と、業平の歌をちょっとひねって歌っているとか、そういうことをあげつらうくらいならば、いっそ『竹林抄』を紐解いたならばどうだろう。巻第七旅連歌（一〇三五番）に、

　都いてゝ、幾夜旅ねのうつの山

という句が見える。

行助《ぎょうじょ》が「うつゝといふも　たゞ夢のうち」という前句を受けて付けたものである。この前の一〇三四番は杉原賢盛《かたもり》の「八橋の行く手に遠き旅の道」という句で、編纂者である宗祇が『伊勢物語』第九段を意識した配列であることがうかがえる。

　うつつといふも、ただ夢のうち、都出て、幾夜旅寝の宇津の山

在原業平の歌の「宇津の山辺のうつつにも、夢にも」を、「うつつといふも、ただ夢のうち」と揚げ足を取ってみせる。なんとも、そのあたりの呼吸がおもしろく、気がつけば、次歌のわたりに、これがなっている。

なお、文明八年（一四七六）五月、宗祇は奈良に一条兼良《いちじょうかねよし》を訪ね、やがて『竹林抄』と呼ばれることになる連歌集の「序文」を依頼している。まもなくこの連歌集は宗祇のてもとでまとめられたはずだが、その時期については不明である。現在、四十本ほどの写本が残っているそうで、そのうち、室町時代に筆写されたと見られるいくつかの本のうち、野坂本と呼ばれる写本の「序文」の最後に、「文明十八年蠟月晦日一校終　宗祇」と見えるというが、これはその写本が写した元本にそう書いてあったということらしく、これをそのまま『竹林抄』が成った年紀ととることはできない。

おもしろいのは、宗祇は、一条兼良に「序文」を依頼した年の二年後、文明十年に、越後方面へ旅したが、その旅に「宗長」なるものが同行した。後に「宇津の山辺」に庵を編み、「柴屋軒《さいおくけん》」を号することになる宗長である。宗長が生地の駿河から上洛して宗祇に師事したのは、おそらく宗祇が一条兼良に「序文」を依頼した年に前後していたと思われる。

じつは、その「序文」がおもしろい。「竹林抄序」の三つ目で最後の段落を、宗祇は「爰《ここ》に宗祇といへるひとりの桑門ありけり」と書き起こしている。「桑門」は「よすてびと」と訓読みされることがある。それから四十年ほどして、宗長は、みずから「閑吟集」と呼んだ文集の仮名文の序文を「ここに一人の桑門あり」と書き起こしている。いいえ、ですから、宗長が権兵衛ならばおもしろいというだけの話ですが。宗長のことは、どうぞ「今うきに（140）」をごらんください。

114

ただ人は

ただ人は情けあれ、
夢の、夢の、夢の、
昨日は今日のいにしえ、
今日は明日のむかし

唯人ハなさけあれ夢の〱〱
きのふハけふのいにしへけふハ
あすのむかし

この前の小歌の「夢にも人の逢はぬもの」を受けて、「人」を「ただ」と強めているようで、おもしろい。「人というものは」と、道学者めいて構えている。

ともかく書陵部蔵本の景色がおもしろい。「今日の」は「京ふ農」と書いていて、「今日は」は「京婦ハ」と書いている。なんと「今日の」は「人の」と同じ字配りだ。「けふの」の「の」を、「人の」の「の」と同じ「農」のくずしで書いている。

筆生は権兵衛の歌を写しながら、在原業平の歌を思っていたか。「けふハ」を「京婦ハ」などと、なんと、「けふ」は「京なるひと」ではないではないですか。

だから、前歌からのわたりは「ひと」で、「ただ人は」と、「人」の強調は、すでに権兵衛は「ただ人は情けあれ（96）」でやっている。

ただ人は情けあれ、
槿の花の上なる露の世に

これに「夢の、夢の、夢の」と上書きする。「ただ人は情けあれ」は、うるさいと鼻を鳴らす。

＊人には情けがあって欲しいものだ、夢の世なんだから。夢の世だ、夢の中に時が経つ。昨日は今日の昔、今日は明日の昔。槿の花の上の露の世に、人の情けがひあがるようなことはあって欲しくない。

115
よしやつらかれ

よしや、辛かれ、なかなかに、
人の情けは身の仇よのう

よしやつらかれ中〳〵に人の情ハ
身のあたよなふ(う)

＊ええい、ままよ、むしろ辛く当たってくれ、なまじ情けをもらうとこの身が苦しい。

116

うやなつらやなふ

憂やな、辛やのう、
情けは身の仇となる

うやなつらやなふなさけハ身の
あたとなる

＊うっとおしいことだ、辛いことだ、人の情けがこの身を苦しめる。

117

なさけならては

情けならでは頼まず、
身は数ならず

なさけならてハたのます身は
数ならす

＊情けを受けて、あなたに頼りたい、情けをくれないのなら、頼りにしない、あなたにとって数の内にも入らないこの身なのだ。

「ならでは」は、断定の「なり」に打ち消しの接続助詞「で」と係助詞「は」をつけた形。「でなければ」を意味する。

『新古今和歌集』に収められた西行法師の歌のひとつに、

哀れとて、人の心の情けあれな、数ならぬにはよらぬ嘆きを

がある。これは巻第十三恋歌三の最後に近い、延べ番号で一二三〇番である。

このあたり、『新古今』の歌のならべかたはとてもおもしろく、なにしろこの西行の歌の直前に、刑部卿頼輔《ぎょうぶきょうよりすけ》が見えて、

恋ひ死なん、命はなほも惜しきかな、同じ世にある甲斐はなけれど

と、なんともこれは諧謔と諷刺の効いた詩ではないか。

ついつい、おもしろくなって調べたら、頼輔、『新古今』に三首入選していて、延べ番号の若い方から見ると（一一三二）、

散りまがふ花のよそめは吉野山、嵐に騒ぐ峰の白雲

というので、これはおもしろくない。よく、まあ、こんなのを入選させたものだ。選者の顔が見たい。

延べ番号でひとつ後の三番目、巻第十八雑歌下の一七七五番（「新日本古典文学大系」版で一七七五、「日本古典文学大系」版で一七七三番。このちがいは第十五巻と第十六巻に二歌同一番号を二個所に出している

ので）がおもしろい。

　　河舟の登り煩う綱手縄、苦しくてのみ世を渡る哉

「河舟」が「日本古典文学大系」版では「川舟」になっているところが妙だが、まあ、写本のちがいということなのでしょう。なんにしてもおもしろい。「綱手縄」は「綱手」に同じ。『和名抄』に「牽紋　豆奈天　挽船綱也」と見える。

なお、「牽紋」だが、『廣漢和』に「紋」の字は出ない。「き」の読み、「し」の読み、また糸偏、「文」扁とさまざまに引いてみたのだが、なんとも不安なことにこの字は出ない。わたしは小学館の『古語大辞典』の「綱手」の項で見た。

諧謔と諷刺の詩人「サンブネの司祭」は、一四五六年、第一詩集『形見分けの歌』を出版したが、その第一歌にこう見える。

　　この年は四百と五十六年、おれは、
　　フランスェ・ヴィオン、学生である、
　　心をしずめ、気をおちつけて、考察するに、
　　ハミをかみ、首輪にかかる綱を引き、
　　まずはおのれの所業をかえりみろ、
　　そう、ヴェジェッスもいっている、

賢明なるローマ人、偉大なる助言者、
おこたれば、自分自身を測りそこなう

恋い死なん、なんて、みなさんおっしゃいますがねえ、命は、やっぱ、惜しいですよ。そりゃあ、数ならぬ身、なんていわれちゃあ、同じ浮き世に浮き沈みしてたって、詮ない話ですけどね。
「恋ひ死なむ」は、『新古今』にはもう一個所、権中納言長方《ながかた》の歌（一一四四）に出る。

恋ひ死なん、同じ浮き名をいかにして、逢ふに替へつと、ひとに言はれん
恋に死ぬだろう、恋に死んで浮き名が立つだろう、同じ浮き名が立つならば、逢うを死ぬに替えたのだと人にいわれたいものだ。

長方の歌の三つ先、一一四七番歌の西行の歌は、頼輔の「恋ひしなん」の歌をなぞっている。頼輔は文治二年（一一八六）七十五歳で死去したという。西行の同時代人である。『千載』に五首、『新古今』に三首、入選している。頼輔と西行の本歌関係は霧の中。長方と頼輔の関係も分からない。だから頼輔が長方を諷喩して「恋ひ死なん」なあんて、ひっかけたとはだれもいえない。ただ、その気配はある。
なお、『六百番歌合』の「恋二」廿四番の、わたしは「新日本古典文学大系」版で見ているが、延べ番号で七〇七番と七〇八番の掛け合いが、このばあい、おもしろい。

死ぬばかり嬉しきにこそ知られけれ、逢ふに命を替ふと聞きしは（顕昭）
逢うと命を取り替えると聞いたが、それは逢うが死ぬほど嬉しいことなので、そういうのだと分かった。

命かは、逢ふに心や換えつらん、惜しからぬ身ぞ、惜しくなりゆく（寂蓮）

命なんか惜しくないと思っていたが、どうやらわたしの心は逢うの方に心変わりしたらしい。そうなると、惜しくない命と思っていたのが、だんだんと惜しくなってくる。

後者、七〇八番の寂蓮の歌は、情趣が頼輔の歌に近い。さすが寂蓮、自分自身の心を興味深げに観察している。「命かは」を「命なんか惜しくないと思っていたが」と現代語にひらいたが、いっそ「恋い死なん、なんて歌ったりなんかしていたが」とひらきますか。

『後拾遺和歌集』巻第十二「恋二」の少将藤原義孝の歌（六六九）、

君がため、惜しからざりし命さえ、長くもがなと思ひぬるかな

あなたにお逢いするためには捨ててもよいと思っていたこの命でしたが、こうしてお逢いした後になってみると、長くもてばよいなと思うようになりました。

なにしろ、「小倉百人一首」で有名なこの歌は、前詞に「をむなのもとよりかへりてつかはしける」と書いている。「女のもとより帰りて、遣わしけり」ということで、つまりこれは「後朝《きぬぎぬ》の歌」なのでした。この歌は、寂蓮の歌よりも、さらに遠くに、頼輔の歌から遠ざかる。なにしろ素直で、真面目である。寂蓮や頼輔のように、ひねていて、皮肉っぽいところがない。

閑話休題。『新古今』の一一四七番の西行の歌はこうである。

なにとなく、さすがに惜しき命かな、あり得ば人や思いしるとて

いまの日本語でも「思いしる」はあまりいい意味ではつかわれない。「どうだ、思いしったか」とか「思いしるがよい」とかつかうではないですか。西行の時代には別の語意があったのだろうか。生きていればあの人が思いしるだろうから、というのは尋常ではない。

この歌につづく、第十二巻最後の西行の歌も、また、「おもひしる」（今度は写本が漢字表記ではないようだ）という言葉をつかっている。

思いしる人ありあけの夜なりせば、つきせず身をば恨みざらまし
思い知ってくれる人がいるのならば、こんなにも夜も明けるまで、わが身のふがいなさを嘆いたりはしなかろうに。

西行のばあいは「自分の思いを人が」だが、『千載和歌集』の五〇三番の和泉式部は自分自身に思い知れと号令をかけている。

水の上に、うき寝をしてぞ思いしる、かかれば鴛も鳴くにぞありける

「海の面に舟ながら明かしてよめる」と前詞が見えて、船中仮泊のおりにつくった歌と分かる。水の上に独り、浮き寝をして思い知りました。このような気分だからこそ、鴛《おしどり》も連れ合いを求めて鳴くのでしょう。

もっとも『和泉式部集』の一一四二番に収録されたこの歌は、「思ひしる」を「思ひやる」と書いている。前詞も「海つらに夜とまりて、舟なからあかして」と微妙に変化している。これはわたしの見ている『千載』と『和泉式部集』の刊本の校訂の問題にかかわるので、わたしとしてはなにもいえない。ただ、余計な注記かもしれないが、「海つら」は「海面」と漢字をあてて、海岸と海上の両様の意味あいで使われる。『和泉式部集』の方では、海辺に泊めた舟の上で一夜を過ごしたということでしょう。

『八代集総索引』を見て見当をつけていくと、やはりこれも『千載』九三二番の藤原隆親《ふじわらのたかちか》の歌は「思いしる心のなきをなげくかな」と、やはり自分自身の心についていっている。『金葉《きんよう》』一七六番の法橋忠命《ほっきょうちゆうみょう》の歌も「草枕、この旅寝にぞ思いしる」と、やはり自分自身が「思いしって」いる。

『後拾遺』八〇〇番の和泉式部の歌は「たぐいなくうき身なりけり、思ひしる人だにあらば、問ひこそはせめ」と、わが身がうき身だと思い知っている人がもしいれば、と、やはり自分自身についていっている。

『拾遺和歌集』一三三五番と、『後拾遺』一〇三一番の藤原公任《ふじわらのきんとう》の歌は、「思いしる人もありける世の中を」とはじまり、これはむしろそれぞれの前詞から、仏道歌と知れる。やはり、それぞれ人が自分自身、仏の心を思いしる、ということだ。

『拾遺』八三一番の清原元輔《もとすけ》の歌、「思いしる人にみせばや、夜もすがら、わがとこなつに置き居たる露」も、また、「思いを知る人」ということで、これは仏道ということではなく、「常夏《とこなつ》（なでしこの異称）」に置いた露に、一晩中、起きていて、床を涙で濡らす恋の始末をかけているというこの歌の情緒を解する人に、だから、その常夏に置いた露を見せたいものだと歌っている。

『後拾遺』のもうひとつ、六五五番の小弁の歌、「思ひしる人こそもあれ、あぢきなく、つれなき恋に身をやかへてむ」も、また、こんな恋はあじきなく、つれなき恋だと身に沁みて思いしる人もいるでしょう、そんな恋なので、わたしとしては、いっそ身をかえたい、と読む。「身をかふ」を「身を替ふ」と読むか、「身を変ふ」と読むか。前者ならば「命を替ふ」だという理解がある。後者ならば「生まれ変わる、別人になる、出家する」ということで、そのあたり問題だ。もっとも、わたしは、「身を替ふ」が「命を替ふ」の言い換えだ、「命を替ふ」は死ぬことだと説明されても、納得できない。

けっきょく、西行だけが、どこか変なのだ。自分の気持ちを「思いしる」主体を他人に求めている。これは異常である。「日本古典文学大系」版には、各首ごとに底本写本にしるされた人名の略記が見られる。問題の西行の一一四七番歌には「定」「隆」「雅」の三字が見え、一一四八番歌には「有」「定」の二字が見える。藤原定家《さだいえ》、藤原家隆《いえたか》、藤原雅経《まさつね》、藤原有家《ありいえ》である。この四人が推薦したということらしく、わたしとしては批評の言葉もない。

ここで、ようやく本道にもどって、『新古今』は、刑部卿頼輔の軽妙洒脱な歌のあとに、西行の歌をふたつならべて、この第十三巻最後の二歌、藤原俊成《としなり》と藤原定家の母の歌につなげている。

哀れとて、人の心の情けあれな、数ならぬにはよらぬ嘆きを
身をしれば人のとがとは思はぬに、恨みがほにもぬるゝ袖かな
よしさらば、後の世とだに頼めおけ、辛さに耐へぬ身ともこそなれ
頼めおかん、たださばかりを契にて、浮き世の中の夢になしてよ

最初の西行の歌はよくないと思う。「あはれとて」が説明調で、これはいらない。「数ならぬには」もまた理屈っぽいし、上句と下句がつながらない。「目数に入らないわが身であるということに起因する嘆きではないのですから」。「日本古典文学大系」版によれば、この歌の推薦者は藤原家隆、藤原雅経のふたり。権兵衛は、あるいは西行のこの歌を参考にしたのかもしれない。情け、頼むと言葉はそろっている。しかし、これは本歌とはいえない。あるいは本歌の逆接どりである。

権兵衛のはなにしろ強い。前歌に「憂やな、辛やのう、情けは身の仇となる」と弱気な発言をしていたのに、ここではだんぜん、「情けでなければ、頼まない。わが身はあなたの目数に入らない存在なのだ」とむしろ突き放している。

西行の方は、つづく歌に、「身をしれば」とはいいながら、「人のとが」とか、「うらみ顔」とか、なにか人のせいにしている。この西行は権兵衛の歌の師ではない。これは定家の撰歌だという。定家という歌人は、こういう歌をよしとした歌人なのか。

つづく歌はその定家の両親の応答歌である。

「後の世とだに」の「と」は特定の場所をさす助詞である。「せめて後の世でということで」という意味になる。「俊成」あるいは、撰歌者として「定家」のつもりとしては、西行の歌を受けて、「そういうことならば、せめて後の世でということで頼むことにしよう」が前句である。後句は、だから、「いっそ、辛さに耐え得ずに死んでしまってもよいのだ」という、こういう言いかたもなんだが、やけのやんぱちの歌ぶりだ。

「藤原定家朝臣母」、つまり藤原俊成の妻の「返し」は、「わかりました、後の世でということでお頼みすることにしましょう。ただ、それは互いの契りということにして、現世の夫婦の関係は、浮き世の中の夢ということになさってください」と、これも言葉は悪いが、開き直っている。ふたりの夫婦仲はよくなかったにちがいない。

118 情けは人のためならず

情けは人の為ならず、
よしなき人に馴れ染めて、
出し都も偲ばれぬほどになりにける、
なりにける

なさけハ人のためならすよし
なき人になれそめていてし都も
しのはれぬほとになりにける
〱

最後のところ、「なりにける」は踊り字、このばあいは「くの字」をともなっている。わたしは「なりにける、なりにける」と重ねたが、これはわたしの読みで、どれだけ繰り返すかはどこにも指示されていない。約束もかなりあいまいで、いろいろなケースでこれは問題になる。いまはもう上演されることのない能の『粉川寺《こかわでら》』の一節だという。

応仁の乱の前後に「宮増大夫《みやますだゆう》」を棟梁とする猿楽座が活動していたらしく、「宮増」を作者とする能の台本がかなり残っている。曽我伝説や義経伝説をはじめ地方の伝説に材をとった作品が多い。男が主人公で、とりわけ少年の運命が語られる。

「粉川寺」は和歌山県那賀郡粉河町（現、紀の川市）にある寺で、ふつう「粉河寺」と書く。なにしろ鎌倉時代には寺領四万石、数千の僧徒をかかえる大寺だった。天正十三年（一五八五）、豊臣家の南都襲撃によって堂塔伽藍、寺宝のほとんどを失ったというが、現在国宝に指定されている絵巻物『粉河寺縁起』は残った。

『梁塵秘抄』と『千載集』の時代の作で、童子が現われて金色の千手観音像を作ったというのが第一話。第二話は、河内の長者の娘が病気にかかったところ、童子が現われて千手陀羅尼経を唱えて病気を治す。童子の存在が話のミソで、能『粉川寺』はこの伝説を踏まえた稚児と都からやってきた男の話である。

『大乗院寺社雑事記』の文明十年（一四七八）八月二十日の条によると、「宮増大夫」は大和国内の田部社と小田中社の「楽頭職《がくとうしき》」をもっていたという。この資料は興福寺大乗院門跡尋尊《じんそん》の日記で、「宮増大夫」が大和の興福寺系列の寺社の祭礼に際して猿楽興行を打つ権利を取得していたことを証している。

権兵衛が『閑吟集』のメモをとっていたころ、「宮増大夫」の一座が、大和の寺社の祭礼で、創作能『粉川寺』を上演していたかもしれないではないか。権兵衛のテキストと町の演劇とは同時性をもっていた。わたしがおもしろく思うのはそのことである。

＊情けは人の為ならず、見ず知らずだった人にこうして馴れ親しんで、慇懃《いんぎん》を重ね、いつしか都のことを思い出すこともなくなったなあ。

119
ただ人には馴れまじもの

ただ人には馴れまじものじや、
馴れての後に離るる、るる、るる、るるが
大事じやるもの

たゝ人にハ馴まし物ちやなれて
の後にはなるゝるるるるるるか
大事ちやる物

「大事」は「おおごと」ではなく、「だいじ」と読む。容易ではないことをいう。「離るる」の「るる」を重ねているのは「離れる」ことを強調している。人の縁は不定。別れることになったときの含みであろう。

＊あまり馴染んでしまうと、いざ、別れるとき、大変だよ。

『文正草子』より塩屋(部分、海の見える杜美術館蔵)
出典:文化遺産オンライン
(https://bunka.nii.ac.jp/heritages/detail/220584)

V 今朝はとりかき聚たる松の葉は

120

浦は松葉を

浦は松葉をかきとしよるの嵐を、
今朝はとりかき聚《あつめ》たる松の葉は、
焚かぬも煙なりける、
焚かぬも煙なりける

浦ハ松葉をかきとしよるの嵐
をけさハとりかき聚たる松の
葉はたかぬもけふり成ける〲

118番から119番へ、「よしなき人に馴れ染めて」から「ただ人には馴れまじものじや」へわたって、つづくこの小歌にも、「馴れ」が隠されている。というのは、この小歌は、能『高砂《たかさご》』を写していて、ここは詞書そのままの転記ではなく、なにしろ『高砂』は、ワキの名乗りの後、シテの木守りの老人が、『古今』の藤原興風《ふじわらのおきかぜ》の歌（九〇九）、

たれをかもしる人にせむたかさごの、松も昔の友ならなくに

を踏まえて、「たれをかも知る人にせん高砂の、松も昔の友ならで、過ぎこし世々は白雪の、積もり積もりて老いの鶴の、ねぐらに残る有明の、春の霜夜の起き居にも、松風をのみ聞き馴れて、心を友とすがむしろの、思ひをのぶるばかりなり」と語る。だから、この小歌に隠されている文節は、「松風をのみ聞き馴れて」である。

能は、つづけて、シテとツレの老女が、声を合わせて、下げ歌に、「訪れは、松に言問ふ浦風の、落葉衣の袖添へて、木陰の塵を掻かうよ」、上げ歌に、「所は高砂の、所は高砂の、尾上の松も年ふりて、老いの波も寄り来るや、木の下陰の落葉掻く、なるまで命ながらへて、猶いつまでか生《いき》の松、それも久しき名所かな、それも久しき名所かな」。

権兵衛の小歌は、かたちがかなりくずれているようだ。

「阿波国文庫旧蔵本」は「かきとしよる」を「かきはしまり」と書いているという。「新日本古典文学大系」本は、これを底本にとったので、ここのところ、「掻き始まり」と起こしている。

けれども、能『高砂』を本歌と見れば、「かきとしよる」は「掻き、年寄る、夜」と読む。「浦は、松葉を掻き、年寄る、夜の嵐を、今朝は、取り掻き集めたる松の葉は、焚かぬも、煙なりける」。

それに、「松の葉は」の「は」は、書陵部蔵本では、「は」と読むには苦しい字体である。むしろ「を」か。いずれにしても、意味上は、ここの「は」は、「は、それを」の「は」である。

「浦は、今朝は、取り掻き集めたる松の葉は、それを焚かぬも、煙なりける」。

あるいは、

「浦は、今朝は、取り掻き集めたる松の葉を、焚かぬも、煙なりける」。

「焚かぬも、煙なりける」だが、これを「松の落葉を焚かなくても、浦は煙っている」と読むのは、それはよいのだが、その「煙っている」気配は、秋の霧か、春の霞か。

能『高砂』は、なにやらシテの木守りの老人の最初の発言に、「春の霜夜の起き居にも」と、春の浦を示唆しているふうだが、シテとツレの合唱に、「木の下陰の落葉掻く」と、なにやら、秋の季節をいっているふうだ。それが、中段にいたって、「しかれどもこの松は、その気色とこしなへにして花葉時を分かず」と、四季の別をいわない。

「焚かぬも、煙なりける」は、「松葉を焚かなくても、なにか煙《けぶ》っているふうだ」と読むことにしよう。

＊松の落葉を掻いて年を取った。夜来の嵐に、浦は、掻き集めた松葉をまだ焚いていないというのに、なにか煙っているふうだ。

ちなみに、「梨花一枝(39)」にご案内した杜甫の詩に「万里風煙接素秋」と見える。この「風煙」が、すなわち、春の靄、秋の霧を一緒にいっている。そうして、なんと、これが次歌へのわたりとなっている。

121　塩屋のけふり

塩屋の煙、塩屋の煙よ、
立つ姿までしほがまし

塩屋のけふり〳〵よたつ姿ま
てしほかまし

「しほがまし」だが、『平家物語』巻第三の「無文」に「人の親の身として、かような事を申せば、きわめておこがましけれども」と読める。「がまし」の用例としては、おそらく「おこがましい」というのが、いまでも一番流行っているのではないだろうか。

そこで「しほ」とはなにか。これは「塩」の漢字をあてる。たいていの国語辞典は、「塩」の項目の語意説明項目の後の方に、とってつけたように「愛嬌」の語意を「しほ」に与える。それが、なんで「塩」が「愛嬌」なのか、あまり親切な紹介はない。

『日本国語大辞典第二版』が項目の最後の「語源説」のところで、その意味での「しほ」は「シヲル、シヲラシの語根」ではないかという説があることを紹介してくれている。「しをる」は「萎る、撓る」の漢字をあてて、もう『万葉集』から出ている。

これから形容詞が作られて「しをらし」は、『八帖花伝書』が初出らしく、だから権兵衛の時代に流行りだした言いまわしらしく、「しほがまし」に対抗してこれがキュートな表現だったといえるのかどうか。

「塩屋の煙」だが、これは、まあ、塩を炊く塩竈を設置した小屋から昇る煙ということである。はなはだめんどうなことに「しほがまし」は「しほがま」、塩竈にひっかけている。それが「塩竈」は、ずいぶんと古典和歌に出てくるが、これがぜんぶ「塩釜の浦」ということで、「歌枕名寄《うたまくらなよせ》」ですよ、これは。「塩屋の煙」は『新古今和歌集』巻第十九「神祇歌《じんぎか》」（一九〇九）に、

立ちのぼる塩屋の煙浦風に、なびくを神の心ともかな

『千載和歌集』にひとつ、やはりこちらも巻第二十「神祇歌」（一二五八）に、

思ふこと、汲みて叶ふる神なれば、塩屋に跡を垂るるなりけり

ともに前詞がついていて、この「塩屋」は熊野神社の末社「塩屋王子社」を指している。どこかの海岸の「塩屋」から立ち昇る煙を見て、熊野三山の「塩屋王子社」を連想したというのではない。逆です。歌人は熊野にいる。

「立つ姿まてしほかまし」だが、さてさて、「塩屋の煙」がどうして「立つ姿までしほがまし」につながるのか。

「まて」とはなにか。「まて」については、『わが梁塵秘抄』の記憶がある。「まゐまゐかたつふり」の段に書いたことだが、

参ゐ参ゐ、蝸牛、
舞わぬものならば、馬の子や牛の子に
蹴ゐさせてん、踏み割らせてん、
まことに愛しく舞うたらば、
華のそのまて遊ばせん

ごらんのように、「華のそのまて遊ばせん」と歌をとじている。「そのまて」とはなにか。注釈者の大方は「まて」を見て見ぬ振りをする。「花園で遊ばせてやるぞ」と解釈する。愚直なわたしはこの「まて」は看過できなかった。ここは、花の園のところまで行かせてやるぞ、と読む。

この読みは初句の「参ゐ参ゐ」の読みについての理解を前提に置かなければ理解しかねよう。写本は「まゐまゐ」と書いていて、注釈者たちはこれを強引に「舞へ舞へ」と読みたがる。これは、しかし、そ

うは読めない。「おいで、おいで、蝸牛」が「華のそのまて遊ばせん」につながる。「遊ばせん」は小動物の行動をいう。

さてさて、権兵衛の歌の方だが、こちらの「まて」は類似の事物を前提に物をいう式の「まて」でしょう。「さえ」とか「すら」とかの助詞に置き換えられる。「座る姿」や「寝姿」にくらべて、「立つ姿」をいうたぐい。

その選択的命題「立つ姿」が、また、「しほがまし」だという。こうなると、そこに人の影が差して、なんと、上の句の「塩屋の煙、塩屋の煙よ」は、その人影に呼びかけている。「よ」はムダに置かれていたのではなかった！

そこで、なんとか古典に本歌がないかと、「しほやく」がらみを探してみた。「もしほやく」とか、「もしほのけふり」といったたぐい。『新古今和歌集』巻第十七「雑歌中」（一五九二）に、

　志賀の海人の塩焼く煙、風をいたみ、立ちは上らで、山にたなびく

また、そのふたつ前のに（一五九〇）、こう見える。

　蘆の屋の灘の塩焼き、いとまなみ、黄楊《つげ》の小櫛《おぐし》も挿さず来にけり

いいですねえ。志賀の浜の海人が塩を焼く煙は、風に邪魔されて、まっすぐには上らず、山の方にたなびいている。津の国の芦屋の磯で塩を焼く海人は、その暇がなかったので、黄楊の櫛も挿さずにやってきたことだった。ほつれ髪が風に遊ばれる。

この「海人」は、まあ、「海女」でしょうねえ。

ちなみに、「志賀の浜」は、いまは博多湾をとりまく海の中道の先端で、往時島だった。だから、『新撰狂歌集』六〇番歌は、こう歌っている。

心尽くし、志賀の島なる文珠師利《もんじゅしり》、毛を生やしてはたれか偲ばん

これはわたしはちゃんとした刊本は見ていない。伝聞である。なにしろ全体の言葉遣いが汚い。わたしは好きではない。『新古今和歌集』巻第十二「恋歌」二の一一一六番歌、

藻塩焼く海人の磯屋の夕煙、立つ名も苦し、思い絶えなで

磯の塩屋のまわりには、夕方になると、煙が立ちこめる。塩を焼く煙のように、浮き名が立つのも苦しいものだ。思いは絶えず燃えている。

また、そのひとつ前の一一一五番歌に、

いつとなく、塩焼く海人の苫庇、久しくなりぬ、逢わぬ思いは

いつもいつも塩を焼く塩屋の苫《とま》で葺いた庇《ひさし》がすっかり古びてしまった。思えば、もうずいぶんとあの人に逢わずにすごしていることだなあ。

この歌の「海人」の男女別は、あまり気にすることはない。

＊塩屋にあがる煙よ、おまえは立ち姿のあの娘のようだ、それは塩を汲んでいるあの娘、塩竈をかきまわしているあの娘、塩屋の戸口の前に座っているあの娘、いろいろだけど、浜木綿《はまゆう》の花茎のように、すっと立っているあの娘、なんとねえ、愛らしい。

122 磯の細道

しほに迷うた磯の細道

しほにまよふた磯のほそ道

この「しほ」はなんとも漢字をあてにくい。『隆達小歌集《りゅうたつこうたしゅう》』に、「しほに迷うた磯の通路《かよいじ》」と見える。安土桃山時代、粋な辻が花模様の小袖の若衆が口ずさんだ端唄なのだろうか。『田植草紙』の「昼歌四番」にこう見える。

上るやら下るやら、鮎が三つ釣れてな、
瀬入ろう、瀬に住む、淵へは入らいで、
濁さじ、鮎取る川の頭を、
梁を打ていの、鮎取る川の下には、

鮎の白干し、目元の小しおに迷ふた

「鮎の白干し」は、鮎を塩をしないでそのまま河原に干す。鮎が「をんなご」を連想させることは、『梁塵秘抄』の歌人が証明している。『わが梁塵秘抄』の「さか月とうのくふいをと」の段をごらんください。

盃と鵜の食う魚と女子は、
方なきものぞ、いざ、ふたり寝ん

「目元の小しおに迷ふた」は、目元のあたりがなんともいえず愛嬌があってかわいいと意味がとれる。権兵衛の「しおに迷ふた」に照応する。この『田植草紙』「昼歌四番」は、さらに権兵衛の歌の下句を読むのを助けてもくれる。ふたつ手前の連に、こう見える。

うぐいすというたる鳥は興がる山の鳥だ、
興がる山にかくれて、和歌を詠む鳥だ、
声が涸れたら、うぐいすの声借れ、
声を上げては、歌えや、野辺のうぐいす、
声は聞いても、飽かぬは細声

飽きることがないのは、うぐいす鳥の「細声」だという。これが権兵衛の小歌の「磯の細道」に響き合う。

『竹林抄』巻第三「秋連歌」に、能阿弥と心敬《しんけい》の句が見える（五二六、五二七）。

もみぢする木陰の月に宿かりて
いづくにゆかんわび人の秋（能阿弥）
ともしびほそくのこる秋の夜
露青き草葉は壁にかれやらで（心敬）

能阿弥の「いづくにゆかんわび人の秋」という句と、心敬が「灯細く残る秋の夜」に付けた「露青き草葉は壁にかれやらで」という配列は、なにやら、秋の気分のうちに一筋の杣道《そまみち》が通り、灯火が細い炎をあげる気配があっておもしろい。じっさい、『竹林抄』には、道、それも細道の描写が多い。

「日木《ひき》こる峰の道の哀さ」（七二）、「かすかに残る山道の末」（一一二）、「草の原にも道はありけり」（二七二）、「ふむとも見えぬ道の露霜」（四一八）、「夕露しろき山の下道」（四五三）、「山里にかよふ朽木《くちき》の一《ひとつ》ばし」（一二七三）、「道ほのかなる草むらのかげ」（一四五六）。

一筋の物は「声」でもある。

「山ほとゝぎすすぐる一声」（二七四）、「一声をたのむおもひのたまさかに」（三二七）、「しぐれにつるゝ雁の一声」（三三四）、「けふはつ雁の一行《ひとつら》のこゑ」（三八四）、「ひとなき庭はたゞ風の音」（七八六）。

「水」でもある。「ゆふ日の下の水の一すぢ《（筋）》」（一一三〇）。

「香」はどうだろう。「けぶり《（煙）》ぞうすき《（薄）》園の呉竹」（三七九）、「うすくそのこる袖の梅かゝ（薄くぞ残る袖の梅が香）」（九七九）。

「煙ぞ薄き園の呉竹」は、心敬の、「山里に鹿おどろかす火は見えて」の前句で、庭の呉竹の葉群れに薄い煙がまといつくように見える。目を上げれば、遠く田の中に鹿を追いはらうための焚き火が見える。煙はそこから一筋に流れてくる。

「薄くぞ残る袖の梅が香」は、法眼専順《ほうげんせんじゅん》の「山里に一夜ばかりの仮寝して」の前句で、なにか、この「一夜ばかり仮寝」の付けは、独り寝の衣の袖から一筋の気配で立ちのぼる「梅が香」をいっているようにも読める。

＊あの娘の愛らしさにひかれて、磯伝いの細道をたどる。磯のはずれの塩屋から、煙が一筋、立ちのぼっている。

123

片し貝

何となる身の果てやらん、
塩により候、片し貝

なにとなる身のはてや覧塩
により候かたし貝

「により候かたし貝」の「候」は「そろ」と読んだかどうか。

「なる身」を「鳴海」にかけている。「鳴海」はこれも「歌枕名寄《うたまくらなよせ》」で、現在は名古屋市内鳴海町。天白川と扇川にはさまれた土地で、東海道の宿駅のひとつがあった。鳴海潟は干満にともなう潟全体の変化が大きかったらしく、『新古今和歌集』巻第二十「釈教歌」（一九四五）の崇徳院《すとくいん》の歌は、

おしなべて、うき身はさこそ、鳴海潟、満ち干る潮の変わるのみかは

と、単純直截な無常歌を奏でている。うき身というのはこういうことなんだわ。鳴海潟は満潮干潮の変化だけではない、もっとおおきく変わってしまうのだよ。

これにくらべると『金葉集』の撰者源俊頼《としより》の歌は、万葉調老いらくの恋だ。もっとも、これも『新古今和歌集』に拾われた（俊頼は白河院政が鳥羽院政に引き継がれた年、一一二九年に死去している）歌で、巻第十二「恋歌二」の一〇八五番歌、

君恋うと、鳴海の浦の浜ひさぎ、しほれてのみも、年を経るかな

万葉調だといったのは、どうしようもなく柿本人麻呂の歌を思い出すからで、

み熊野の浦の浜木綿百重《はまゆふももへ》なす、心は思へど(心者雖念)、ただに逢はぬかも（直不相鴨）（四九六）

「心者雖念　直不相鴨」は「こころはおもへど　ただにあはぬかも」とつづけて字余りになるが、それはそれでよい。巻第十二に類歌があって、

わが恋は夜昼わかずももへなす、心し思へば（情之念者）いたもすべなし（二九〇二）

だが、ここでも第四句は「こころしおもへは」と八音になっている。

また、二九一〇番歌は、

こころには（心者）ちへにももへに　おもひあれど　ひとめをさはみ（人目乎多見）いもにあはぬかも

「心者」はすなおに読めば「こころは」だが、「ちえにももえに思いあれど」といっているのだから、「こころには」と「に」を入れて読む。べつに数あわせをやっているわけではない。

「人目乎多見」だが、この語句は『万葉』巻第二の二〇七番の長歌「天飛ぶや軽の路は」に印象的に出ていた。そこのばあいと同様、「人目をさわみ」と読んでなんの問題もない。「人目をおほみ」と読む人がいるようだが、賛成しかねる。なお、「み」は接尾辞で、形容詞あるいは形容詞型活用の助動詞の語幹部分につく。たいていのばあいは「なにかを……み」のかたちで原因や理由をあらわす。『万葉』巻第六の九一九番歌がそのかたちのいいモデルを提供してくれる。

若の浦に潮満ち来れば潟をなみ、葦辺をさして鶴《たづ》鳴き渡る

ところで、「ひさぎ」とはどんな花か。『万葉集』巻第十一（二七五三）に、

波の間ゆ、見ゆる小島の浜久木、久しくなりぬ、君に逢はずして

と見える。巻第六（九二五）に、

ぬばたまの夜のふけゆけば、久木生ふる、清き河原に、千鳥しば鳴く

と見え、これが「久木《ひさぎ》」の初出である。

なにか、波のあいだの小島の磯に「久木」が見える、「清き河原に」生えている。水辺の灌木の印象がある。それが比定されている「きささげ」も「あかめがしわ」も、いずれも六メートルから十メートルの高木で、それに葉が大きく、ハート形だ。「しほれてのみも」といわれても、様にならない。「しほる」は「しをる」と混同されることがあるが、これはそれだけの語で、「しめる、ぬれる」を意味する。

『新古今和歌集』巻第三「夏歌」（二七四）に、

ひさぎ生ふる片山陰に忍びつつ、吹きけるものを秋の夕風

久木が丈を伸ばしている山陰に、こうしてひとしれず吹いていたのだなあ、秋の夕風よ。

「ひさぎ生ふる」を「久木が生えている」などと訳すと、なんか赤芽とか青木とか、そんな灌木の茂みを連想させられる。それがわたしがこの歌から受ける「ひさぎ」の印象は、むしろ梢高く、枝葉のあいだを風が吹き抜ける。これは「あかめがしわ」であってもよい。

そんなことで、「ひさぎ」がどんな木で、どんな花かは、古典和歌の歌人たちのあいだでも、意見が一致していなかったのではないか。

そこで問題の源俊頼の歌に帰れば、「君恋ふと、鳴海の浦の浜ひさぎ、しほれてのみも、年を経るか

な」の「浜ひさぎ」は「きささげ」を思わせる。

「きささげ」はのうぜんかつら科の落葉高木で、秋に細長い鞘状の果実を、何本も、釣り鐘状に枝からぶら下げるところが景観上の特色だ。これが「しほれて」いる。「鳴海の浦」のはげしい風波のしぶきを受けて、濡れそぼっている。そのように、わたしはただただ涙に袖を濡らして、時を過ごし、年を送っています。

いいえ、「俊頼、老いらくの恋」とふざけたのは、なにも名前にひっかけた地口のつもりではありません。なんと鳴海潟だ。地の果てだと権兵衛は嘆じている。

四百年ほど前、日本では鳥羽院政のはじまった頃合いだが、遠くユーラシア大陸の西の果て、ガリアのパリスの町の学校教師アバエラルドゥスは、生徒のエロイーサをたぶらかし、子まで生ませたというので、制裁を受けて、ガリアの西の果て、大西洋の荒波が打ち寄せるサンジルダス潟の修道院に放逐された。

いいえ、これはかれ自身が、『わが災禍の歴史』と題した半生の記に、そう書いているのです。わたしがレトリックを駆使したわけではない。誤解のないよう、念のため。

「流れの権兵衛」は、（あの、「流れの」の言葉遣いについては、どうぞ『わが梁塵秘抄』「きんたちすさかはきのいち」の段をごらんください）、「塩により候」と、事の原因について言及する。筆生にここは「塩」と漢字で書かせたのがおもしろいところで、なんのつもりか？　前歌を見れば、「しほに迷ふた磯の細道」と、ちゃんと書いている。あの娘の愛らしさにひかれて、磯伝いの細道をたどり、はるばると地の果て、鳴海潟にやってきたと白状している。

「しほ」を「潮」と読まれると困ると思って「塩」と書かせたのかな？「片し貝」が、貝殻の片方が、

「潮」に乗って流されて、はるばると地の果て、鳴海潟に到達したと、そんな即物的に読まれては困ると思って、「塩」と書かせたのかな？

「片し貝」は恋の巡礼の徽章である。『シェイクスピア・ソングズ』と呼ばれる、これはシェイクスピアの演劇舞台で歌われた当時民間の歌謡の原曲を復元した歌曲があって、それに「オフィリアの歌」というのがある。これが当時巡礼の風俗を写している。

ハウ・シュッド・アイ・ユア・トゥルー・ラヴ・ノウ
フローム・アナザー・ワン
バイ・ヒズ・コックル・ハット・アンド・スタッフ
アンド・ヒズ・サンダル・シューン

どうやってあなたがあなただと、あなたの愛があなたの愛だと見分けたらいいの、他の人ではなく、他の人のではなく、あなたで、あなたの愛だと、コックルもハットも、スタッフも、すりへったサンダルもみんな同じなのに。

「コックル」は「ホタテ貝の片し貝」、これは徽章として身体に付ける。「ハット」、巡礼帽をかぶる。「スタッフ」、巡礼杖を手に、素足にサンダル。権兵衛は鳴海潟へ愛の巡礼に出かける。

「片し貝」と「片思ひする鮑貝」とはちがうのか。御伽草子のひとつ、『岩屋の草子』の物語も進んで、そろそろ大団円を迎えようとする頃合い、明石の海士や海女のとる海藻や貝類を列挙して、「時雨に音する板屋貝、物ぐねりする尼貝、片思いする鮑貝」とならべる、その「片思いする鮑貝」である。「かたしく（片敷く）」のひっかけはもちろんあるんでしょうねえ。
＊なんという身の果てだ。鳴海潟まで流された。しほのせいである。片敷く思いのせいである。

124　塩くませ網ひかせ

塩汲ませ、網曳かせ、松の落葉掻かせて、
うき三保が州崎や、波のよるひる

塩くませあミひかせ松の落葉
かゝせてうきみほかす崎や
波のよるひる

「うきみほかす崎」の「崎」に「よる」と振り仮名が見える。後になって振り仮名を付けた人が、まちがって「倚」と読んだのだろう。

「州崎」は「すさき」と濁らず、州が海に突き出た地形をいう。『平家物語』巻第八「太宰府落」に、「州崎にさはぐ千鳥の声は、暁《あかつき》恨《うらみ》をまし」と見える。

「三保が州崎」は「三保の松原」の「州崎」をいっている。清水港を抱えるように、北東の方向に四キロメートルほどのびている三保半島は、地形学の用語で「分岐砂嘴《さし》」と呼ばれる。その外洋の駿河湾側の海岸が「三保の松原」だ。現在は近代化によって大きく形を変えてしまっているが、往時この「分岐砂嘴」を、権兵衛は「州崎」と呼んだのだろう。ここまで小歌五つ、磯物連歌の隠された舞台は「三保の松原」だったか。

『岩屋の草子』の舞台は「明石の浦」で、だいたい磯物、海人物は西国が多い。「三保が州崎」や「鳴海潟」のように東国系のはどのくらいあるか？
＊潮汲まされる。網引かされる。松の落ち葉を掻き集めさせられる。三保の松原の毎日は、流人の身にこたえる。波の打ち寄せの絶えることはない。

125
汀の夜の塩

汀の浪の夜の塩、月影ながら汲もうよ、
つれなく命永らえて、秋の木の実のおちぶれてや、
いつまで汲むべきぞ、あぢきなやや

みきはの浪のよるの塩月影
なからくまふよつれなく命
なからへて秋の木のみのおちふ
れてやいつまてくむへきそ
あちきなやゝ

「おちぶれてや」、「あぢきなやや」の「あぢきなや」の「や」は詠嘆の助辞。「あぢきなやや」の結びの「や」は、漢語で「イ」と読む、「矣」という字が権兵衛の頭にあったのだと思う。詠嘆の助辞だが、音声に出さない。あえて読むとすれば「かな」とか「や」とかになる。「いつまで汲むべきぞ、あぢきなや、や」と、権兵衛は嘆きを深めている。

＊夜、海岸で潮を汲む。月影ごと汲もうか。無為の暮らしが長引いて、秋の木の実が落ちるように、世間から落ち溢《あぶ》れて、こうして夜の潮を汲んでいる。いつまで汲むことになるのだろう。自分で自分が情けないねえ。

126 天野の里

刈らでも運ぶ浜川の、刈らでも運ぶ浜川の、
しほ海かけて流れ蘆の、
世を渡る業なれば、心なしとも言い難し、
天野の里に帰らん、天野の里に帰らん

からてもはこふ浜川の〱
しほうミかけてなかれあしの
世をわたるわさなれは心なし
ともいひかたしあまのゝ里に
かへらん〱

能の『海士《あま》』の一節である。この能は『申楽談儀』に言及されていて、大和猿楽の一座円満井座《えんまいざ》が奈良興福寺関係の勧進興行で上演したことがなんどもあったのだろう。というのは、この能は、藤原氏北家《ほっけ》の開祖藤原房前《ふじわらのふささき》出生にまつわる出来事を扱っていて、興福寺こそは藤原氏の氏寺だったからだ。

「おん急ぎ候ほどに、これははや讃州志度《しど》の浦におん着きにてござ候」とワキが劇の場を指示する。つづいてレシタティーヴ。

げにや名に負ふ伊勢をの海士は夕波の、うちとの山の月を待ち、浜荻《はまおぎ》の風に秋を知る。また、須磨の海士人は塩木にも、若木の桜を折り持ちて、春を忘れぬ便りもあるに、この浦にては慰みも、なのみあまのの原にして、花の咲く草もなし。何をみるめ刈ろうよ。

「伊勢をの海士」と「須磨の海士人」を引き合いに出して、これは風狂の心を持っている。それが「志度の浦」は「名のみ天野原」だが、「花の咲く草もなし」、「なにを見る目」があるかと一段見下している。とんと「襟裳岬」ですねえ。

ちなみに「伊勢をの海士」の「を」は感動の間投助詞で、『万葉集』巻第一（二一）の「紫のにほへる妹を憎くあらば人妻ゆゑに我恋ひめやも」の「を」がそうだという。「紫のにほへる妹よ、これが」と読むのだという。

「何をみるめ刈ろうよ」は、「なにも見るものがない」に「海松布《みるめ》、海の藻草を刈るしかない」を重ねている。これにすぐつづけて、権兵衛が転写した一節がくる。

＊浜辺の川は、人が刈り取ったわけでもないのに、蘆を海に運ぶ。なにをわざわざ刈るのかというが、海松布を刈るのは、これが渡世の業なんだから、しかたない。心なしともいえないだろう。さあ、天野の里に帰ろう。天野の里に帰ろう。

「天野の里」は「志度が浦」の漁村をいっている。志度寺《しどうじ》という古刹があって、その関係文書に「讃岐国志度荘内寺領天野村」と出る。また、寺の縁起物（『讃州志度道場縁起』）に「南海道讃岐国寒河郡房前浦」と出るという。藤原房前との関係が強く意識されている事情がうかがえる。

127
涙川の瀬枕

舟行けば、岸移る、涙川の瀬枕、
雲速ければ、月運ぶ、上の空の心や、
上の空かや、何ともな

舟ゆけハ岸うつる涙川の
瀬枕雲ハやけれは月はこふ
うはの空の心やうはの空かや
なにともな

「瀬枕」は『平家物語』巻第九「宇治川先陣」に「瀬まくらおほきに滝なて」と見える。「瀬枕、大きに滝鳴って」と読むらしい。「瀬枕」は、岩礁にあたって水流が盛り上がったところをいう。『日本国語大辞典第二版』や、たいていの古語辞典には、「瀬枕」が熟語として項を立てている。たいていのばあい、まず、この『平家物語』の一節が引かれている。「日本古典文学大系」版にはそう読める。ところが「新日本古典文学大系」版は「灘まくら」と書いている。前者は「龍谷大学図書館所蔵の平家物語」を底本にとったという。後者は「東京大学国語研究室本（高野辰之氏旧蔵）」を底本としたという。両者ともに注記はない。『日本国語大辞典第二版』の「瀬」の項の「表記」の欄に「瀬」と「湍」にくわえて「灘（色・下・玉・文・天・黒・易・書）」と見える。『色葉字類抄《いろはじるいしょう》』や『下学集《かがくしゅう》』などの古辞書にその表記があるということで、『色葉』は院政期、『下学』は室町時代とおおづかみに成立年代が推定されている。これと『平家物語』の諸本の成立とどう関係するのか。ぞくぞくするほどおもしろい。

「涙川」は、和歌に歌いこまれたのがそれこそたくさんあって、『八代集総索引』の「なみだがは」の項の五十音順で最初の『後撰和歌集』巻第十二「恋四」（八八九）を見てみたら、その前の歌も「涙河」を組み込んでいて、

帰るべき方も覚えず、涙河、いづれか渡る浅瀬なるらん

への「返し」ということで、

涙河、いかなる瀬より帰りけん、見なるる澪もあやしかりしを

最初のは、前詞に、いいかげんに早く帰れといわれて帰ったものだから、と見えて、おもしろいが、「返し」の方は、「涙河のどこの浅瀬を渡って帰ったのですか、涙河はわたしも見慣れていますが、それなのに澪（水脈）のことはよく知りませんのに」。見慣れては身慣れてともお読みください。

＊舟が行けば、岸辺が流れる。涙河のはげしい流れが岩礁にぶつかって、盛り上がり、月光が散る。月は恋している。空を見上げれば、雲が流れて、月を運ぶ。心は上の空だ。もうなにも考えられない。どうしようもない。

128
歌へや歌へやうたかたの

歌へや、歌へや、泡沫《うたかた》の、
あはれ昔の恋しさを、
今も遊女の舟遊び、
世を渡る一節《ひとふし》を、
歌ひて、いざや、遊ばん

うたへや〳〵うたかたのあはれ
昔の恋しさを今も遊女の
舟遊世をわたる一節をうたひ
ていさやあそはん

能の『江口《えぐち》』の一節である。

月は昔の友ならば、月は昔の友ならば、世のほかいづくならまし

月は僧籍に入る以前、親しんだ風光であった。それが今、僧であるわたしも、また、月を友とする。この風光にあって、現世の外はどこにあるというのだろうか。

ワキの旅の僧の、この印象的な語りで能『江口』は舞台を開く。なんと、権兵衛はこの前の歌からの「わたり」を月にとっている。この印象は避けがたい。というのは、現在、全十二段の構成のこの能は、第九段に遊女たちの「川逍遥《かはぜうえう》」の場面を置いている。この場面を照らしているのは月の光なのである。

（ワキ）不思議やな、月澄みわたる水の面に、遊女のあまた歌ふ謡《うたひ》、色めきあへる人影は、そも誰人の舟やらん。
（シテ　江口の君の霊）なにこの舟をたが舟とは、恥づかしながらいにしへの、江口の君の川逍遙の、月の夜舟をご覧ぜよ。
（ワキ）そもや江口の遊女とは、それは去りにしいにしへの。
（シテ）いや、いにしへとは、ご覧ぜよ、月は昔に変はらめや。
（ツレ　遊女）われらもかやうに見え来たるを、いにしへ人は現《うつつ》なや。
（シテ）よしよしなにかと宣《のたま》ふとも。
（ツレ）言はじや、聞かじ。
（シテ）むつかしや。
（シテとツレ）秋の水、漲《みなぎ》り落ちて、去る舟の。
（シテ）月も影さす、棹の歌。

ここで金地唐織壺装束《こんじからおりつぼしょうぞく》、緋《ひ》の大口袴《おおくちばかま》、霊体の江口の遊女が、ふたりのツレを誘うように、嫋々《じょうじょう》と謡うのが問題の小段である。

＊歌おうよ、歌おうよ。泡と消えた昔が恋しい。昔を今に、遊女は舟で世を渡る。さあ、舟歌を歌おうよ。歌って遊ぼうよ。

おもしろいのは、この小段の手前、シテとツレの斉唱の、和歌ともみまがう「秋の水、漲《みなぎ》り落ちて去る舟の、月も影さす棹の歌」は、『和漢朗詠集』に収められた野展郢《やてんえい》の七言詩「秋の水漲《みなぎ》り来たつて船の去ること速《すみや》かなり。夜の雲収《をさ》まり尽きて月の行くこと遅《おそ》し」（読み下しは川口久雄『和漢朗詠集全訳注』による）を踏まえているという理解がある。

なんとねえ、権兵衛のこの前の歌、

舟行けば、岸移る、涙川の瀬枕、
雲速ければ、月運ぶ、上の空の心や、
上の空かや、何ともな（127）

と趣がずれる。おもしろい。

129

さほの歌

さほの歌、
歌ふ憂き世の一節を、
歌ふ憂き世の一節を、
夕波千鳥、声添へて、
友呼びかはす海士乙女、
恨みぞまさる室君の、
行く舟や、慕ふらん、
朝妻舟とやらんは、
それは近江の海なれや、
我も尋ね尋ねて、
恋しき人に近江の海、
山も隔たるや、
あぢきなや、浮舟の、
さほの歌を歌はん、
みなれ棹の歌、歌はん

さほの歌うたふ憂世の一ふしを〳〵夕波ちとりこゑそへて友よひかはす海士乙女恨そまさる室君の行舟やしたふ覧あさ妻舟とやらんハそれハあふミのうミなれや我もたつね〳〵て恋しき人にあふミのうミ山もへたゝるやあちきなや浮舟のさほの歌をうたハんみなれ棹の歌うたハん

「さほ」がおもしろい。「ほ」は「本」のくずし字で堂々と、肉太に書いていて、もしやこれは「佐保」ではないかととまどわさせられる。それが、後段、「浮舟の、さほの歌」は「さほ」だが、「みなれ棹」は、これまた堂々と、行頭に「棹」と漢字で書いていて、ごていねいなことに、後代の手で「さほ」と振り仮名が付いている。その「ほ」も、また、「本」のくずしで書いている。『八代集総索引』を手掛かりに、古典和歌に「さほ」を探すと、『千載和歌集』巻第十六雑歌上（九九一）に、

筏下ろす清滝川にすむ月は、さほに障らぬ氷なりけり

『金葉和歌集』巻第四冬部（二七一）に、

高瀬舟、さほの音にぞ知られける、蘆間《あしま》の氷、一重しにけり

『詞花和歌集』巻第九雑上（二八六）に、

難波江のしげき蘆間を漕ぐ舟は、さほの音にぞ行く方を知る

と、三例とも「さほ」と書いている。

『源氏物語総索引』を手掛かりに、『源氏物語』に「さほ」を探すと、五個所に出るうちに、「胡蝶」の巻がはじまったばかりに、「からのよそひにこと〳〵しうしつらひて、かちとりのさをさすわらはへ」と書いていて、「唐の装ひにことごとしうしつらひて、梶取の棹さす童べ」と漢字をあてることができるが、

そこに「さを」と見える。

また、「浮舟」の巻で、薫《かおる》と匂宮《におうのみや》とのあいだに立って悩む浮舟が、いっそこの身をなくしてしまいたいとまで思い詰めたところに、宇治川の水の音がする。母親の中将の君が、なにか娘の自害をけしかけるかのように、この川の「はやくおそろしきこと」をいいたてる。「さいつころ、わたしもりかむまこのわらはさをさしはすしてをちいり侍りにける」、漢字をあてて書き直せば「さいつころ、渡し守が孫の童、棹さしはずして落ち入りはべりにける」。

この二個所が「さを」で、あと三個所は「さほ」と書いている。紫式部がそう書き分けたのかどうかは知らない。また、これはあくまで「新日本文学大系」版で見てそう推測しているだけで、これはもう写本の筆生、校訂者の良心にこの身をゆだねるしかない。

おもしろいのは、「胡蝶」の巻で、先例の「かちとりのさをさすわらはへ」のすぐ後、中宮方の女房たちの歌四首を掲げているところで、その第四首、

　春の日のうららにさして行く舟は、さほのしずくも花ぞ散りける

では「さほ」と書かれている。ほとんど同一紙面での「さを」と「さほ」の使い分けには理があるのだろうか。それとも筆生は気分でやっているのか。

さかのぼって『万葉集』には、いまのところ三例しかみつけていない。ひとつは巻第十の二〇八八番、

吾隠有　檝棹無而　渡守　舟将借八方　須臾者有待

この歌の読み方については、いろいろと考え合わせなければならない。「檝」だが、『廣漢和』によれば「集韻」に「楫は舟櫂、あるいは檝に作る」と出るという。「須臾」は「しゅゆ」と読み、しばらく、暫時をいう。巻第四の六六七番歌に

恋ひ恋ひて、逢ひたるものを、月しあれば、夜はこもるらむ（夜波隠良武）、須臾はあり待て（須臾羽蟻待）

と、やはり「須臾」の表記で出る。これではどう読んだのか分からない。それが巻第十五の最終歌三七八五番歌に、

ほととぎす、間しまし置け（安比太之麻思於家）、汝が鳴けば、我が思ふ心、いたもすべなし

と、「須臾」を「しまし」と読む読みが証言されている。

たまたま巻第四の六六七番歌に「隠」の字が見えて、これは「良武」と合わせて「こもるらむ」と読まれている。巻第十の二〇八八番歌の冒頭の三字「吾隠有」はどう読むか。「われ隠せる」と読みたいところだが、これでは字余りになる。そこで「吾」をとって「隠したる」と読みたいという意見がある。それにしたがって全体を読むと、

隠したる、楫棹なくて、渡守、舟貸さめやも、しましはあり待て

となるが、これは彦星の帰るのを引き止めたい織女の気持ちを歌っていると思われる。だから「吾」は強い。ここは字余りは無視して、「われ隠せる」、あるいはむしろ「われ隠したる」と行きたいところだ。

なお、「渡守」の読みだが、巻第十八の四一二五番の「七夕歌一首」（大伴宿祢家持作）に「和多里母理」と見えて、「渡守」は「わたりもり」と読んだと分かる。「わたしもり」は平安時代以後の読みらしい。

棹は「さを」か「さほ」かの『万葉』の用例のもうひとつは巻第十三の長歌三二四〇番、「真木積む泉の川の速き背を棹さし渡り」の「棹」で、原文は「竿刺渡」である。「竿を刺す」というのは、なかなかの情景描写だと思うのだが、これは校注者のとるところではなかったようだ。

三つ目は巻第二十の四三六〇番の「陳私拙懐一首」（大伴宿祢家持作）に「安佐奈芸尓　可治比伎能保理由布之保尓　佐乎佐之久太理」と見える。「朝凪に楫引き上り、夕潮に棹さし下り」で、「棹」は「佐乎」と書かれている。「さを」である。

さかのぼって「古事記歌謡」五〇番に「佐袁」と書かれている。

ちはやぶる宇治のわたりに、棹とりに、速けむ人し、わがもこに来む（和賀毛古邇許牟）

「和賀毛古」は「わがもこ」と読み、「もこ」は「むこ」に通じるという説がある。婿のように親しい人という意味だ。仲間という漢字をあてることがある。

「許牟」を「こむ」と読み、「来む」の漢字をあてる。未来助動詞で、願望をあらわす。来てくれればいいなあ。上手に棹する者よ、味方についてくれ。

古典和歌の世界にもどれば、『山家集』上巻の、「日本古典文学大系」版で延べ番号二二〇に、

舟据えし湊の蘆間（ふねすゑしみなとのあしま）、棹立てて（さをたてて）、心ゆくらん、五月雨のころ

ごらんのように「さを」と書いている。

「するし」は「据う」の変化形で、物を安定した状態に置くことを意味する。現在よりも幅ひろく使われていたようで、舟を据えるなどという言いかたはいまはないが、舟を蘆原にもやって、棹を立てる動作をいっている。それが「心ゆくらん」というのは分からないが、西行のことだから、なにか理屈があったのだろう。心満ち足りるだろうという意味なのだろうか。五月雨の季節に?

「さほ」か「さを」か、諸説均衡している。『日本国語大辞典第二版』を見ると、「小尾（サヲ）の義」、「細い意のソの転」、「衣居（ソヲ）の転」などは「さを」派だが、「衣を干すところからサはサラス、ホはホス」、「サは指のサス、ホは水脈のミホ」などは「さほ」に軍配を上げている。

十五世紀以前のフランス語の用語集である『古フランス語辞典』の編集者のひとり、十九世紀のアルフレッド・トブラーは、辞書編集者たるものは、語のかたちについてはもちろん、音のかたちについても細心でなければならないと心得を述べた。いま、わたしは、「さほ」の用例を、いくつもの辞書について見ていきながら、トブラーのこの発言を思い起こしている。『廣漢和』の「棹」の項に「棹歌《とうか》」の熟語が出ていて、『文選』漢の武帝「秋風の辞」から七言詩が引用されている。

横中流兮揚素波　簫歌鳴兮発棹歌

「中流に横たわり、素波を揚げ、簫歌鳴って、棹歌を発す」と読む。「兮」は「ケイ」あるいは「ゲイ」と読み、漢文の訓読ではほとんどのばあい読まない。韻文の語句の中間に添えて、一時語勢をとどめ、次の語勢を強めるのに用いる助辞であるという。

「棹歌」は船頭が舟を漕ぎながら歌う歌をいう。船歌、櫂歌の言い換えである。最近出版された松浦友久編訳の『李白詩選』に「儲邕《ちょよう》が武昌へ行くを送る」と題された五言排律詩があって、「黄鶴《こうかく》西楼の月、長江万里の情」と歌い出され、「滄浪吾《そうろう》に曲有り、寄せて棹歌の声に入れん」と締める。「滄浪」は青く澄んだ水の形容で、その流れをもいうが、固有名辞として、武漢で北西から長江に合流する漢水の呼び名だったという。『楚辞』に「漁夫」の辞があり、「滄浪の歌」というと「舟歌」をいう。

李白の詩は、武昌（現在の武漢市武昌とされるが、昔の「武昌」は武漢の東六〇キロメートルに位置したとする説もあるようで、定まらない）へ行く友人を送って、はるか長江の流れを思う。

「滄浪は漁夫の詩で知られるが、わたしにも詩がないわけではない。君を送って、詩を作ろうか。君の舟の棹歌の声にあわせようか」。

＊室津の遊女の舟が行く。憂き世をなげく船歌を歌いながら棹をさす。海女がたがいに呼び交わすように、夕波に飛ぶ千鳥が声を添える。だれを恨むでもない、恨むとすれば天命だ。歌う遊女の舟をしたうかのように、千鳥が飛ぶ。室津といえば朝妻《あさづま》の遊女の舟が思い浮かぶが、朝妻は近江の海だ。近江の海に朝妻舟を訪ねて、恋しい人に逢いたいわたしだ。それが室津から朝妻は山がへだてる。なんとねえ、どうしようもないものだ。室津の遊女の身に慣れた棹の歌を一緒に歌うとしようか。

『法然上人絵伝』より室の泊の遊女（巻34部分）

本書を読むにあたって――テキストについて

田村　航

はじめに

『閑吟集』から小歌を集めた。宮内庁書陵部に保存されている写本を複製で読んだ。昭和五一年に、「復刻日本古典文学館」の一冊として、財団法人日本古典文学会の編集、株式会社ほるぷ出版から刊行されている。写本はほかにもいくつか残っているが、どうもそこまでは手がのびなかった。この歌集の最後の小歌「籠がな、籠がな、浮き名漏らさぬ、籠がな、なう」の籠をわたしは鳥籠と読み、本人、籠の鳥の気分だと批評したが、いまのわたしもそんなものです。籠の鳥の気分だ。

宮内庁書陵部本の『閑吟集』に囚われたということで、

右は堀越孝一先生が本書に関して残されたメモのうちのひとつで、二〇〇九年八月三十日の日付をもつものである。一見してわかるとおり、本書の冒頭に据える予定だったものであるが、完成稿ではないところに遺憾の念を禁じえない。

しかし、それでも、本書が宮内庁書陵部蔵の『閑吟集』を底本としたこと、そして先生が殊のほか該本に傾倒していたことがうかがえる。

『閑吟集』の伝本としては、該本以外に志田《しだ》延義《のぶよし》栂《つが》の木資料館蔵本（阿波国文庫旧蔵本）・水戸彰考館蔵小山田《おやまだ》与清《ともきよ》本が存在するが、このうち先生が該本に「囚われた」理由は判然とせず、いまとなっては確認するよすがもない。[1]

また「写本はほかにもいくつか残っているが、どうもそこまでは手がのびなかった」とあるとおり、先生は該本と他本との校合をおこなわず、そのため校訂本文を作成していないという誹《そし》りを受けかねない。[2] しかし、先生にとっては眼前のテキストこそがすべてであり、校訂本文という手の届かぬものには信を置けなかったようである。このことは本書の次の一文に端的にあらわれていよう。

「原本」の話をしているのではない。『宮内庁書陵部蔵本閑吟集』の話をさせていただいている。写本に読めない字を読むことはできない。（229歌）

これによれば『閑吟集』の書陵部蔵本から離れて、実在しない原本を本文校訂というかたちで追求するのではなく、目の前のテキストと向き合い、そのテキスト固有の世界を掘り起こすことに重きが置かれているのである。実際、本書の本文中「夢幻や南無三宝」（53歌）の小歌に対して、先生は次のような注釈をつけている。

「夢幻」に「ゆめまぼろし」の振り仮名が振ってある。「南無三宝」の「宝」にも「ほう」と振り仮名が見える。この前の小歌では「ゆめまほろし」と書いている。筆生は「ゆめまほろし」と書いて、次、「夢幻」と書いた。後代、読み合わせた人が「夢幻」に「ゆめまほろし」の振り仮名を振った。そういう景色である。おもしろい。

あるいは「昨日は今日のいにしえ、今日は明日のむかし」(114歌)については、こういう注釈をつけている。

ともかく書陵部蔵本の景色がおもしろい。「今日の」は「京ふ農」と書いていて、「今日は」は「京婦ハ」と書いている。なんと「今日の」は「人の」と同じ字配りだ。「けふの」の「の」を、「人の」の「の」と同じ「農」のくずしで書いている。

先生は執拗に、といえるくらい、テキストとしての書陵部蔵本の「景色」と生成過程を再現しようと試みているのである。

このように本文校訂とは別に一個のテキストを忠実に再現する研究手法は、古典籍学者の武井和人氏の提唱するところでもある。(3) 諸本のなかから適切と思われる字句を選択する本文校訂は当然ながら原著者の意に沿うことをめざすものではあるが、本当に原著者の意を汲みとれているのかということになると確証がもてるわけではなく、同時に研究者自身の個人的な見解が投影されてしまうものでもまたある。こうした不確実性を極力排するための方法のひとつとして一個のテキストに密着する研究手法は、あながち否定しきれるものではない。

注釈の対象

本書が注釈にとりあげた事柄は広範に及び、おおよそ以下のように分類することができる。

＊語彙・表現に関するもの（序歌・3・9〜14・16・18・21〜25・28・29・31〜38・43〜50・52・54・56・58〜60・65〜84・87・89〜92・94〜96・99・101・103〜105・107・108・114・117・119・121・122・125・127・129・130・133・134・136・145〜149・151・156・157・160・162・167・168・171・176・178・180〜182・184〜186・188・189・191・193・196・201〜204・207・215・216・218・219・223・226・227・231・233・235・240・242〜244・246・251・257・261・267・269・270・276・278・281・282・285・286・288・289・292〜295・297・299歌）

＊歌語に関するもの（序歌・2・4・8・60・93・98・121・127・138・148・153・154・159・161・169・175・179・183・192・194・195・206・208・214・228・244〜246・258・265・302・305歌）

＊地名・歌枕に関するもの（2・4・6・7・15・19・43・47・48・58続・77・103・107・109・111・113・123・124・126・133・138・150・166・173・179・187・193・207・216・222・228・236・237・254・256・257・260・290・293・296・297・299・303・306歌）

＊植物に関するもの（3・19・32・38・42・64・95・111・123・141・168・250・254・258・262・280・281歌）

＊動物に関するもの（5・17・19・38・148・194・254歌）

＊物（施設・道具・楽器・装束）に関するもの（14・16・19・21・26・29・30・39・48・57・62・64・74・108・138・150・188・241・304・309〜311歌）

＊芸能民に関するもの（19・131歌）
＊行事に関するもの（20・62歌）
＊人物に関するもの（23・24・39〜41・113歌）
＊飲食に関するもの（32・33歌）
＊詩語に関するもの（39・40・50・51・100〜102・112・172・174・209・232・239歌）
＊底本の表記に関するもの（5・14・20・21・25・35・38・41・49・53〜58・67・77・83・86〜88・92〜95・99・112〜114・118・120・124・129・134〜137・140〜143・147・151・152・173・182・185・191・193・198・208・210・216・217・221・222・227・229・234・241・243・248・251・254・256・259・263〜265・272・274・276〜280・283・287・290・292・295・301・307歌）
＊星に関するもの（160歌）

以上は『閑吟集』本文の注釈に関しての分類だが、これだけにとどまらず、『閑吟集』の出典を解明する過程で、注釈は他の史資料にまで連鎖的に拡大していく。以下、このことについて見てみよう。

謡曲（能の詞章）との関係

本書に先立ち、堀越先生が執筆された『わが梁塵秘抄』には次の一文が確認できる。(4)

『閑吟集』の128歌と129歌は、じつは借用でして、元本は十五世紀の前半、観阿弥世阿弥父子の書いた謡曲『江口』と『室君』です。前者は観阿弥の作を世阿弥が補筆したという説が有力です。後者『室君』は、世阿弥作と伝えられているのですが、いまひとつはっきりしない。

ここから先生が早い段階から『閑吟集』に関心を寄せていたことと、本書が『わが梁塵秘抄』の続編という位置にあることがうかがえる。本書でも、2・4・10・11・19・22・29・34・39〜41・53・55・58続・61・63・69〜71・89・95・97・99・100・109〜111・118・120・126・128・130・131・135・140・141・144・158・159・161・163・182〜184・190・192・194・196・203・214・220・221・224・230・232・238・246・247・250・253・265・271・279・280・295歌のように、『閑吟集』の出典として大和猿楽や近江猿楽の詞章をかかげるが、これは右の記述を承けたものと考えてよい。

しかも『閑吟集』の小歌と謡曲を比較するだけにとどまらず、『閑吟集』が編纂された十六世紀初頭における能の上演記録に言及していることも見落としてはならない。

たとえば次の一文では、永正二年（一五〇五）の粟田口における勧進能で能作者である金春《こんぱる》禅鳳と『閑吟集』の編者が接触しえた蓋然性について触れている。

永正二年（一五〇五）四月十三日から四日間、粟田口で勧進能が催された。初日の脇能に金春元安（筆者注・禅鳳）の『嵐山』の名が見える。『嵐山』の、これが演能の記録の初出である。

この勧進能は青蓮院尊応《そんのう》が『粟田口猿楽記』に子細を記録している。勧進能終演の翌日、四月十七日の日付をもつ資料である。

（中略）

わたしがおもしろいと思っているのは、さて、権兵衛（筆者注・『閑吟集』の編者）は粟田口へ出か

けたであろうか。（163歌）

また次の一文では『閑吟集』の編者が能の詞章をどのように摂取していたのかという問題提起をする。

権兵衛がどのようなかたちで能『横山』に接したか。これはおもしろい。「謡本」は、権兵衛の時代にはまだまだだったようで、能の詞章を抜き書きした紙などが売られていたのであろうか。そういう関心のもちようから、もういちど、権兵衛のこの歌集を眺め直してみたい。（184歌）

猿楽＝能は十四世紀後半から台頭したものの、足利義満の寵愛を受けていた世阿弥は「乞食」と蔑まれ、(5)禁中における演能も忌避されていたため、(6)夜陰にまぎれてなされ、(7)十五世紀後半に手猿楽（古来の座に属していない役者による演能）の流行と相まって、禁中でもこれが請じ入れられるようになった。(8)十六世紀後半には豊臣秀吉の差配で観世や金春のような専業の役者が禁中で本格的な猿楽を演じ、秀吉は自演までおこなった。(9)このほか秀吉は金春安照《こんぱるやすてる》に謡本百番を校合させ、(10)秀吉を襲い関白職に就いた豊臣秀次は初の謡曲の注釈書である『謡之抄《うたいのしょう》』の編纂を山科言経《やましなときつね》らに命じもした。(11)そして江戸時代に能は将軍宣下・公家衆の饗応・謡初《うたいぞめ》など、幕府の公的な儀礼でもよおされる式楽として定着するまでにいたった。(12)

すなわち『閑吟集』が編纂された十六世紀前半は能が芸能として急速な勢いで普及し、定型化されるまでの過渡期に相当するといえよう。『閑吟集』が摂取した能の詞章も、あるいは手猿楽をとおしてのものなのかもしれない。このような背景があったればこそ、先生は『閑吟集』の編者が能作者や舞台をとおして能を受容した余地を想定し、『閑吟集』と同時代の接点を模索したのである。

古典の受容

さて、世阿弥が「ほんぜつ《本説》たゞしく《正》、めづらしきが、ゆうげん《幽玄》にて、おもしろき所あらんを、よきのう《能》とは申すべし」といったように、[13]能は「本説」すなわち『源氏物語』などの古典をふまえることが求められた。したがって『閑吟集』が能の詞章を摂取しているということは、間接的に王朝時代の古典をもとりこんでいるということになる。そこで、先生はさらに『閑吟集』の出典を解明すべく、『伊勢物語』『源氏物語』『枕草子』などを引用し、その詳細な読解にまでふみこむのである。

当時、王朝時代の古典が重要な規範だったことは能に限ったことではない。たとえば室町時代の代表的な歌人である正徹《しょうてつ》が、永享《えいきょう》六年（一四三四）二月に義父の後小松上皇に服喪していた後花園天皇との対面を記した「（筆者注・清涼殿の）時のふだ《簡》、年中行事のついたてしやうじ《衝立障子》などぞ、たち《立》どかは《変》らず侍し」[14]は『源氏物語』[15]「末摘花」の「き丁《几帳》などいたくそこなはれたるものからとしへ《年経》にけるたち《立》どかは《変》らず」をふまえた節があり、「かたじけなくめ《目》を見あはせたてまつりし、御ぞ《衣》の色、墨染の袖におもひよそへらるゝも、あはれにかぎりなき心ちして」[16]も『源氏物語』「夕顔」の「御心地もなやましければ、人にめ《目》もみ《見》あはせたまはず」[17]、「若菜上」の「いとかうばしくてらうたげにうちなくもなつかしく思ひよそへらるゝぞ、すき〴〵しきや」[18]、「若紫」の「いとゞあはれにかぎりなうおぼされて、御つかひなどのひまなきも空おそろしう、ものをおぼす事ひまなし」[19]と語彙が類似する。正徹は「我は定家宗にてはつべきうへは」というほど藤原定家を尊崇していたため、[20]その定家の父俊成が残した「源氏見ざる歌詠みは遺恨ノ事也」との言葉が影響を及ぼしていることはまず疑いない(21)。

このほか本書における漢詩への言及にも留意したい。漢詩もまた当該期の重要な規範だったからである。たとえば長禄《ちょうろく》・寛正《かんしょう》の飢饉（一四五九〜六一）で苦しむ民たちを顧みずに山荘の造営にいそしむ足利義政に対して、後花園天皇が諷諫《ふうかん》するために詠んだとされる漢詩は、本書の102歌の注釈でとりあげられた杜甫「哀江頭」（江頭に哀しむ〈曲江のほとりで哀しむ〉）を典拠としている。まず伝後花園天皇の詠作から見てみよう(22)。

残民争採首陽薇　処処閉廬鎖竹扉　　残民《ざんみん》争ひ採《と》る首陽《しゅよう》の薇《び》、処処廬《ろ》を閉じ竹扉《ちくひ》を鎖《とざ》す。
詩興吟酸春二月　満城紅緑為誰肥　　詩興《しきょう》吟は酸《さん》なり春二月《じげつ》、満城の紅緑誰《た》が為にか肥ゆ。

災害に虐げられた民たちは首陽山のワラビをわれさきに採り、いたるところでわびしい住まいを閉ざし竹の扉に錠をおろしている。詩を吟じようにも気持ちの痛ましい春二月、都に満ちる赤い花と緑の葉は一体だれのために茂っているというのか。

次いで杜甫の「哀江頭」である(23)。

少陵野老呑声哭　春日潜行曲江曲　　少陵野老《しょうりょうやろう》声を呑んで哭し、春日《しゅんじつ》曲江《きょくこう》の曲《くま》を潜行す。
江頭宮殿鎖千門　細柳新蒲為誰緑　　江頭の宮殿千門を鎖し、細柳《さいりゅう》新蒲《しんぽ》誰が為にか緑なる。
（中略）
黄昏胡騎塵満城　欲往城南忘南北　　黄昏《こうこん》胡騎《こき》塵城に満ち、城南に往かんと欲して南北を忘る。

わたくしは声を押し殺して痛哭し、春の一日曲江の曲がりくねったところを人目につかぬようにして歩を進めた。ほとりにある宮殿はすべての門を閉ざし、春の柳や蒲は一体だれのために青くなっているというのか。（中略）夕方に胡《えびす》の騎兵の土ぼこりが街に立ちこめ、城南の少陵に戻ろうとして方角を見失ってしまった。

両詩が共通の語彙を使用しているのは見てのとおりであるが、同時に安禄山の乱（七五五）や長禄・寛正の飢饉がもたらした惨劇で人がいなくなっても春はくるという、内容面における類似も等閑視できない。当時は公家・禅僧を問わず、杜詩が流布していたのである。(24)

こうした古典を下敷きにするという時代潮流のゆえに、『閑吟集』の読解にあたっては、和漢の古典に関する言及は避けては通れない。

先行研究との関連

それでは、このように本書で盛んに古典への言及がなされることには、いかなる意義があるのだろうか。先行研究との関連から検討していきたい。

先行研究では『閑吟集』が歌謡史における「中世小歌」や「室町小歌」の嚆矢であるところから、後続の『宗安小歌集』『隆達小歌集』や近世の文芸に及ぼした影響面など、その「新しさ」に注目する傾向がつよい。(25)

『閑吟集』の成立は永正十五年（一五一八）で、町衆《ちょうしゅう》が台頭してきた時期と合致する。(26)足利義政期まで室町幕府に属し、その芸術活動や文化事業を担ってきた同朋衆が独立し、町衆に転じるようになったこともそのあらわれである。(27) そして村井康彦氏が「天文文化《てんぶん》」という概念で、いわゆる東山文化よりも天文年間(一五三二〜五五)こそが文化上の画期であると主張した点にかんがみても、(28) 先行研究でしめされてきた見解は首肯できるものである。

一方、本書は『閑吟集』と前代の文化との関係に重きを置いている。これは堀越先生が『閑吟集』をあくまでも同時代の文脈でとらえるという節度を持したためで、同書編纂の渦中にあっては後代への影響は予見できるはずもなく、そこで必然的に当該期のもの、もしくは当該期において受容しえた古典をとりあげることとなったのである。

先行研究と本書の関係はさながら「ルネサンス」と「中世の秋」の対比に相当する。(29) すなわち『閑吟集』に「新しさ」を求めてきた先行研究に対して、本書ではむしろ古きものの「かたち」を見いだそうとしているのである。ホイジンガの『中世の秋』を訳された堀越先生は、このことについて自覚的であったにちがいない。このように本書の意義は、先行研究とはまた異なる観点を提供したところにある。

同時に『閑吟集』が『万葉集』を摂取した蓋然性があるという見解(序歌・56歌)も等閑視できない。これは従来注目されてこなかったばかりか、芳賀幸四郎氏が当該期における『万葉集』の受容を中世以来の伝統と見なした説にかんがみて、(30) 右の支証になるからである。

三つの臨場感

最後に、本書を読むにあたっては、三つの臨場感を味わいたい。

ひとつは『閑吟集』の宮内庁書陵部蔵本がもたらす臨場感である。先生は、一個のテキストとして凝縮されている該本の情報を、言葉を尽くして再現しようとしているのである。

ふたつは『閑吟集』作成当時の臨場感である。『閑吟集』を時代の文脈に置くことで、その生成過程を再現しようとしているのである。

三つは『閑吟集』を読解する臨場感である。先生は、御自身が調べ、考え、そして感じたことを逐一記していく。前掲の引用および本書の本文中に頻出する「おもしろい」という語は『閑吟集』と向き合った率直な感想をその都度表明したものである。したがって、本書は研究のプロセスを克明に記録した日記と見なすこともできよう。

さらに、本書を読み進めると、上記以外にも『万葉集』の引用が多いことに心づく。これは先生が十代のころから同書に慣れ親しんできたためで[31]、本書が先生の血肉と化した教養に裏づけられたものであることをしめしている。かかる意味において、本書には一個の人間の「生」が投影されてもいるのである。

なお書陵部蔵本の93歌の「軒《のき》はの萩《はぎ》」を、先生は「軒はの荻」と、221歌の「老の波も帰《かへる》る(ママ)やらん」を「老の波も満るやらん」と翻刻され、222・274歌については、見消《みせけち》を御存知ないという問題も散見するが、こうした誤りは改めずにそのままとした。ただし、先生のおっしゃるとおり「軒《のき》はの萩《はぎ》」を「軒端の荻」と読むのが正しいのはいうまでもない。

このほか『田植草紙』の誤訳と思われる箇所があり（42歌）、また「妄想顚倒《もうぞうてんどう》」は熟したいいまわしではなかったようだとするが（232歌）、この語は天台智顗《ちぎ》『摩訶止観《まかしかん》』の「妄想顚倒、謂有生滅」（妄想顚倒、生滅《しょうめつ》有りと謂ふ）をはじめ[32]、仏典に頻出するものである。永明延寿《えいめいえんじゅ》『宗鏡録《すぎょうろく》』にも「妄想顚倒、不得解脱」（妄想顚倒、解脱《げだつ》を得ず）と見え、(33) 同書を夢窓疎石《むそうそせき》が受容したところに、(34) 間接的なものではあるが、この語と『閑吟集』との接点を見いだせるかもしれない。

（明治学院大学非常勤講師）

---

(1)『閑吟集』の伝本については、志田延義「中世小歌と阿波文庫旧蔵本閑吟集」（『文学』二一―四、一九五三年）と浅野建二『閑吟集研究大成』（明治書院、一九六八年）七八九～七九〇・八三七頁が書陵部蔵本、ついで阿波国文庫旧蔵本を善本とし、これに対して吾郷寅之進『中世歌謡の研究』（風間書房、一九七一年）三〇〇～三〇六頁、井出幸男『中世歌謡の史的研究―室町小歌の時代』（三弥井書店、一九九五年）一二二～一二三・一四三～一四四頁が彰考館蔵本を最善本とする。

(2) たとえば北川忠彦校注『新潮日本古典集成』（新潮社、一九八二年）および徳江元正校注・訳『新編日本古典文学全集』（小学館、二〇〇〇年）は書陵部蔵本を底本にして阿波国文庫旧蔵本・水戸彰考館蔵本との校合を、また中哲裕『閑吟集定本の基礎的研究』（新典社、一九九七年）は阿波国文庫旧蔵本を底本にして書陵部蔵本・水戸彰考館蔵本との校合をおこなっている。

(3) 武井和人『中世古典籍学序説』（和泉書院、二〇〇九年）「序」、同『中世古典籍之研究―どこまで書物の本姿に迫れるか』（新典社、二〇一五年）二六九頁。

(4) 株式会社図書新聞、二〇〇四年、一二四～一二五頁。

(5)『後愚昧記』（『大日本古記録』）永和四年（一三七八）六月七日条。

(6)『満済准后日記』（『続群書類従』補遺一）応永三十四年（一四二七）正月十二日条。

(7)『綱光公暦記』（国立歴史民俗博物館蔵、H―六三―八三八、『東京大学史料編纂所研究紀要』第二二号、二〇一二年）寛正三年（一四六二）三月十二日条。

(8)『実隆公記』(続群書類従完成会)・『後法興院記』(『増補続史料大成』)・『親長卿記』(『増補史料大成』) 延徳三年(一四九一) 三月六日条など。
(9) 時慶記研究会編『時慶記』文禄二年(一五九三) 十月五日条、『駒井日記』(『改定史籍集覧』第二十五冊) 同年同月七日条。
(10) 天野文雄『能に憑かれた権力者―秀吉能楽愛好記』(講談社、一九九七年) 一〇九~一一一頁。
(11)『言経卿記』(『大日本古記録』) 文禄四年(一五九五) 三月二十四日・二十六日条など。
(12)『台徳院殿御実紀』(『新訂増補国史大系』) 慶長十二年(一六〇七) 正月二日・七日・九日条、市岡正一『徳川盛世録』(平凡社、一九八九年、初出一八八九年) 六六~七一頁。
(13)『風姿花伝』(表章・伊藤正義編『風姿花伝 影印三種』和泉書院、一九七八年) 一〇一頁、吉田東伍校注『世阿彌十六部集』(能楽会、一九〇九年) 二五頁。
(14)『草根集』(『冷泉家時雨亭叢書』第九十三巻、四五四頁、『私家集大成』第五巻、六〇〇頁)。
(15)『源氏物語大成』二一八頁。
(16)『草根集』(注14『冷泉家時雨亭叢書』四五五頁、『私家集大成』六〇〇頁)。
(17)『源氏物語大成』一三一頁。
(18)『源氏物語(明融本)I』(『東海大学蔵 桃園文庫影印叢書』第一巻) 五一二頁、『源氏物語大成』一一一五頁。
(19)『源氏物語大成』一七五頁。
(20)『東野州聞書』(『日本歌学大系』第五巻、三三六頁、『歌論歌学集成』第十二巻、二八頁)。
(21)『六百番歌合』「冬上・十三番左」(『新日本古典文学大系』) 一八七頁。
(22)『新撰長禄寛正記』(『群書類従』第二十輯) 三三四頁。
(23) 蕭滌非主編『杜甫全集校注』(人民文学出版社、二〇一四年) 七六〇~七六一頁。
(24)『薩戒記』(『大日本古記録』) 永享五年(一四三三) 正月十九日・二月二日条、『臥雲日件録抜尤』(『同』) 宝徳三年(一四五一) 十二月十七日条など。
(25) 注1 井出幸男『中世歌謡の史的研究』二一・二八・一五八頁、植木朝子『中世小歌 愛の諸相―『宗安小歌集』を読む』

（森話社、二〇〇四年）四三・一〇六〜一一六頁、同『風雅と官能の室町歌謡―五感で読む閑吟集』（角川学芸出版、二〇一三年）一三九〜一四一・一四八〜一四九頁、小野恭靖『戦国時代の流行歌―高三隆達の世界』（中央公論新社、二〇一二年）二八・八六〜八八頁。

(26) 林屋辰三郎『中世文化の基調』（東京大学出版会、一九五三年）二〇〇〜二〇五頁。

(27) 『鹿苑日録』（続群書類従完成会）明応八年（一四九九）十一月二十八日条、永島福太郎「東山殿義政と茶湯」（『茶道文化論集』上巻、淡交社、一九八二年）一一八頁、島尾新『水墨画―能阿弥から狩野派へ』（『日本の美術』第三三八号、至文堂、一九九四年）六二〜六五・七五〜七六頁。

(28) 村井康彦「花伝書の登場と天文文化」（同『花と茶の世界―伝統文化史論』三一書房、一九九〇年、初出一九七〇年）一五六〜一五七頁。

(29) ホイジンガ著・堀越孝一訳『中世の秋』Ⅱ（中央公論新社、二〇〇一年）四二三〜四二四頁。

(30) 芳賀幸四郎『東山文化の研究』（河出書房、一九四五年）八三七〜八三九頁。

(31) 『教養としての歴史学』（講談社、一九九七年）三九頁。

(32) 『大正新脩大蔵経』第四十六巻、一一〇頁下段。

(33) 『大正新脩大蔵経』第四十八巻、九四六頁上段。

(34) 柳幹康「夢窓疎石と『宗鏡録』」（『東アジア仏教学術論集』第六号、二〇一八年）。

堀越孝一（ほりこし・こういち）

1933年東京に生まれる。1956年に東京大学文学部西洋史学科卒業。卒論のテーマは「十八世紀フランスにおける『百科全書』の出版について」。4年ほどの放浪生活を経て、1960年同大学大学院入学。

堀米庸三教授の薫陶をうけつつヨーロッパ中世史の研究を深める。1966年、同院人文科学研究科博士課程満期退学。茨城大学、学習院大学、日本大学をはじめ多くの大学で教鞭を執る。学習院大学名誉教授。著書に『中世ヨーロッパの歴史』、『中世の秋の画家たち』、『ヴィヨン遺言詩注釈』Ⅰ～Ⅳ、『人間のヨーロッパ中世』、『放浪学生のヨーロッパ中世』、『中世ヨーロッパの精神』、『パリの住人の日記』Ⅰ，Ⅱ，Ⅲなど。翻訳書に、ホイジンガ『中世の秋』、『朝の影のなかに』、G.オーデン『西洋騎士道事典』、C.B.ブシャード『騎士道百科図鑑』、『ヴィヨン遺言詩集』など。2018年 9月 8日没。

日本の中世の秋の歌
『閑吟集』を読む（上）

2023年5月8日　初版発行

著　者　堀越 孝一

装　丁　尾崎 美千子
発行所　悠書館
〒113-0033 東京都文京区本郷3-37-3-303
TEL. 03-3812-6504　FAX. 03-3812-7504
http://www.yushokan.co.jp/

印刷・製本　理想社

ISBN978-4-86582-038-6

堀越孝一の本

中世ヨーロッパの精神

堀越孝一の歴史の作法──「資料を、現在の目ではなく、書かれた時代的コンテキストにおいて読む」姿勢の言挙げと、その作法の実践編、そして、堀越ブシ炸裂の「最終講義」を収録!

本体3,000円+税　四六判512ページ 978-4-86582-037-9

放浪学生《ヴァガンテース》のヨーロッパ中世

歴史と文学とのせめぎ合い──滋味と諧謔精神に富む文章で、西洋中世史への自身の思いを語る「いま、中世の秋」と、彷徨《さまよ》える青春時代を回想しつつ、半生をかけて打ち込んできたヴィヨン探求の道程を詳らかにする「わがヴィヨン」を新たな装いで。

本体3,000円+税　四六判450ページ 978-4-86582-032-4

人間のヨーロッパ中世

ヨーロッパ中世という歴史の舞台を彩った有名無名の青春群像を、みずみずしい筆致で、臨場感ゆたかに描きつつ、徹底した時代考証に裏打ちされたテキスト解釈により、ヴィヨン=無頼詩人“伝説”の虚実に迫る!

本体3,000円+税　四六判556ページ　978-4-903487-56-4

ヴィヨン遺言詩集　形見分けの歌 遺言の歌

詩人は15世紀のパリを照射し、歴史家は時代の空気を今に伝える──実証精神と想像力とがみごとに融和した達意の訳業!　中世最大の詩人といわれるヴィヨンが残したとされる詩作品の全訳。

本体2,800円+税　四六判414ページ　978-4-86582-011-9

騎士道百科図鑑　C.ブシャード/監修　堀越孝一/日本語版監修

騎士になる訓練、騎乗する馬、剣や槍に鎧、身元を明かす紋章のシンボリズム、キリスト教信仰と暴力との折り合い、宮廷での身の処し方と恋愛、名だたる合戦のさまを臨場感ゆたかに描き出し、〈騎士〉と〈騎士道文化〉をあますところなく紹介。

本体9,500円+税　B4変形判フルカラー304ページ　ISBN 978-4-903487-43-4